MANFRED BRAUNGER

EISKALTER BODENSEE

MANFRED BRAUNGER

EIS KALTER BODEN SEE

KRIMINALROMAN

KOMMISSAR ZOFFINGERS ZWEITER FALL

VERLAG STADLER

Grafik/Umschlag: Manuel Pollanka – Irgendwas mit Grafik, Deizisau
Satz: Satzteam Dieter Stöckler, Konstanz
Gesamtherstellung: Dardedze Holografija, Riga

Bildnachweis Umschlag:
Foto © bodenseebilder.de, Konstanz/Fähre und Säntis

Verlag und Vertrieb:
Stadler Verlagsgesellschaft mbH
Max-Stromeyer-Straße 172
78467 Konstanz
www.verlag-stadler.de

3. Auflage 2024

© Copyright by
Verlag Friedr. Stadler GmbH & Co. KG, Konstanz

Die Wiedergabe oder die Veröffentlichung der Texte und Bilder des Buches
ist nur mit ausdrücklicher Zustimmung des Herausgebers oder des Verlages
gestattet. Personen und Handlung sind frei erfunden. Ähnlichkeiten
mit lebenden oder toten Personen sind rein zufällig und nicht beabsichtigt.

ISBN 978-3-7977-0756-7

»Mordermittlungen sind wie Abiprüfungen.
Wenn es richtig beschissen läuft,
hilft auch kein Spickzettel.«

Kommissar Paul Zoffinger

1
KEIN FALL WIE JEDER ANDERE

Mit einer Mischung aus Abscheu und professionellem Interesse starrte er auf die Horrorfotos. Der Polizeifotograf hatte mal wieder richtig zugelangt. Ausgebreitet wie ein giftiges Pokerblatt lagen die widerwärtigen Bilder auf Zoffingers Schreibtisch. Erstochene, Erschossene, Erdrosselte, Erhängte und Vergiftete waren zwar nicht gerade sein tägliches Brot als Kriminalkommissar, aber ›Ingredienzien‹ seines Berufs, um die er hin und wieder nicht herumkam. Aber es gab auch Fälle, die bei ihm ans ›Eingemachte‹ gingen. So wie dieses neueste mysteriöse und nebulöse Verbrechen, dem eine zierliche junge Frau zum Opfer gefallen war. Die Informationen gaben bislang nicht allzu viel her. Zunächst hatte es nach einer Entführung ausgesehen. Doch dann wurde der Leichnam gefunden, und das Rätsel nahm seinen Lauf.

Zoffinger spürte, wie ihm die Widerwärtigkeit der Fotos die Kehle zudrückte und ihn trocken schlucken ließ. Als altes Schlachtross an der Kriminalistenfront hatte er schon häufig mit menschlichen Abgründen zu tun gehabt. Der neueste Fall hätte aber grotesker kaum sein können.

Kurzerhand fegte er die Fotos mit beiden Händen zusammen, warf sie in eine Schublade, fingerte seinen Autoschlüssel aus der Jackentasche und zog die Bürotür hinter sich ins Schloss. Er hätte die Angelegenheit telefonisch erledigen oder einen Kollegen schicken können. Aber er hatte das Bedürfnis, dem Fall nicht nur durch abstoßende Beweisfotos und dürftige Informationen, sondern auch persönlich näherzukommen.

Zoffinger überquerte die Rheinbrücke, auf der ein Straßenkünstler auf einem Podest stehend die Freiheitsstatue mimte, nahm die B33 nach Westen und bog ein paar Kilometer später auf die Pirminstraße Richtung Insel Reichenau ab.

Im Ortsteil Oberzell lotste ihn sein Navi zu einer Ferienwohnung, in der sich eine Urlauberin aus Hannover mit ihrer Zwillingsschwester für ein paar Tage einquartiert hatte. Zoffinger läutete. Niemand machte auf. Er ging um das Haus herum und fand die Frau im Garten zusammengesunken auf einer Bank sitzen. Sie sah übernächtigt aus, hatte dunkle Ringe unter den Augen und knetete ihre Hände, dass die Knöchel weiß hervortraten.

»Guten Tag, Frau Wernicke. Tut mir sehr leid, was passiert ist. Wirklich tragisch«, sagte Zoffinger. »Glauben Sie mir. Wir tun alles, um diesen Fall aufzuklären. Wären Sie vielleicht in der Lage, mir ein paar Fragen zu beantworten?«

Es dauerte ein paar Atemzüge lang, bis die Frau kaum merklich nickte.

»Natürlich! Ich will wissen, was Margarete passiert ist. Ihr mysteriöser Tod zerreißt mir das Herz.«

Im Kommissariat kannten Zoffinger alle als einen umgänglichen, sympathischen Menschen, der trotz seiner Prominenz sowohl in Ermittlerkreisen als auch im kriminellen Milieu bodenständig und unkompliziert geblieben war. Jeder, der jemals mit ihm gearbeitet hatte, wusste, dass er den Dingen auf den Grund ging, sich an seinen Fällen festbiss. Aber man schätzte ihn auch als empathischen Menschen, der die leisen Töne auf der Klaviatur des Mitgefühls beherrschte und nachempfinden konnte, wie es um die Frau bestellt war, die ihre Schwester verloren hatte. Mit der Tür ins Haus zu fallen, kam nicht infrage. Nur zu gut konnte er sich an seinen eigenen Zustand erinnern, nachdem er vor zehn Jahren seine Frau bei einem Autounfall verloren hatte. Damals war er in ein abgrundtiefes Loch gestürzt. Selbst in späteren Zeiten holte ihn die Erinnerung hin und wieder ein wie ein dämonischer Flashback. In solchen Situationen zog Zoffinger sich in seine eigenen vier Wände zurück und versorgte seine Wunden mit alterprobten, verlässlichen Heilmitteln aus Küche und Kühlschrank: mit badischen Seelentröstern und Most vom Obstbauern.

»Aus welchem Grund haben Sie eigentlich gerade die Insel Reichenau als Urlaubsort ausgesucht?«, nahm er das Gespräch auf.

Frau Wernicke verbarg ihr Gesicht in den Händen.

»Es hätte so schön sein können hier am Bodensee.«

Sie atmete tief ein, ehe sie fortfuhr.

»Ich wollte uns auf der Reichenau einquartieren, weil meine Schwester eine Stelle als Lehrerin an einem Konstanzer Gymnasium in Aussicht hatte. Sie war seit einem halben Jahr mit einem Schweizer liiert und wäre am liebsten sofort an den Bodensee umgezogen.«

Frau Wernicke ließ die Hände in den Schoß sinken und verharrte eine Minute lang. Zoffinger starrte in den Himmel, weil die qualvolle Situation auch an ihm nagte. Eine leichte Brise schob zerzupfte Wölkchen über den See. Er hielt inne, wollte ihr Zeit geben, sich zu sammeln. Dann bat er sie zu erzählen, was an dem verhängnisvollen Tag passiert war.

»Wir hatten schönes Wetter und beschlossen, nachmittags nicht nach Konstanz zu fahren, sondern ein paar entspannte Stunden am Seeufer auf der Reichenau zu verbringen.«

Zoffinger hörte aufmerksam zu und versuchte, sich jedes Detail einzuprägen, als die Frau den Ausflug schilderte.

Während sich Frau Wernicke auf einer Wiese gesonnt hatte war ihre Schwester am Seeufer entlangflaniert, hatte sich hier und da nach einem Blümchen gebückt, ihre Zehen ins Wasser getaucht und ihrer auf einer Decke sitzenden Schwester vergnügt zugewinkt. Als es Frau Wernicke zu warm geworden war, hatte sie aus ihrem geparkten Auto einen Sonnenschirm holen wollen. Auf dem Rückweg war ihr eingefallen, dass sie, einen Katzensprung entfernt, in einem Dorfladen zwei Becher Eis besorgen könnte.

»Wie lange waren Sie weg?«, erkundigte sich Zoffinger.

»Vielleicht eine Viertelstunde. Wahrscheinlich nicht mehr.«

»Und als Sie wieder zurück auf Ihre Wiese kamen?«

»Ich spannte den Sonnenschirm auf und drückte ihn so in den Boden, dass ich genügend Schatten bekam. Dann packte ich das Eis aus und wunderte mich, wo Margarete abgeblieben war.«

»War nichts von ihr zu sehen?«

»Nein! Ich rief nach ihr, bekam aber keine Antwort.«

»Kann es sein, dass Ihre Schwester schon nicht mehr da war, als Sie sich auf den Weg zu Ihrem Auto machten?«

Sie schüttelte energisch den Kopf.

»Ich habe sie zuletzt im knöcheltiefen Wasser stehen sehen, wie sie mit einem abgebrochenen Ast herumfuchtelte. Sie war definitiv noch da, als ich zum Auto ging. Ganz sicher!«

»Sind Ihnen andere Leute in der Umgebung aufgefallen oder ist Ihnen jemand auf dem Weg zum Auto begegnet? Parkte vielleicht ein anderes Fahrzeug in der Nähe?«

»Wir waren mutterseelenalleine! Da war niemand in der Nähe.«

»Was machten Sie, als Margarete nicht auf Ihre Rufe reagierte?«

»Ich ging ans Seeufer, um nach ihr zu schauen. Hätte ja sein können, dass sie sich versteckte, um mich zu necken. Aber ich sah und hörte nichts. Zuerst kam mir das komisch vor. Dann packte mich die Panik. Ich rannte am Seeufer entlang, erst auf die eine, dann auf die andere Seite unseres Liegeplatzes. Ich konnte mir einfach nicht erklären, wo sie geblieben war.«

»War sie vielleicht in den See hinausgeschwommen?«

»Dazu hätte sie sich ausziehen müssen. Einen Badeanzug hatte sie unter ihrer Kleidung nicht an. Am Ufer lagen auch nirgends Kleidungsstücke. Außerdem verabscheute sie kaltes Wasser. Eine ausgezeichnete Schwimmerin war sie übrigens auch. Ich war mir sicher, dass sie nicht ins Wasser gestiegen war. Sie können sich nicht vorstellen, welche Verzweiflung mich ergriff.«

Die Erinnerung überwältigte Frau Wernicke. Von Tränen geschüttelt saß sie da wie ein Häufchen Elend. Zoffinger beschloss, seine Befragung abzubrechen. Ohnehin wusste er von seinen Kollegen, dass noch am selben Spätnachmittag der örtliche Polizeiposten eine Suchaktion eingeleitet hatte, an der sich mehrere Personen aus der Gemeinde beteiligten – ohne Erfolg. Sogar mit zwei Booten und einem Taucher war im See gesucht worden.

Einen Tag später stellte sich bei einer Ortsbegehung heraus, dass sich Frau Wernicke in ihrer Liegewiese geirrt und den Nachmittag tatsächlich an einem anderen, jedoch ähnlich aussehenden Uferabschnitt verbracht hatte. Als die Polizei das richtige Gebiet gründlich in Augenschein nahm, fand sie die Zwillingsschwester an einer von Schilf dicht bewachsenen Stelle neben einem umgestürzten Baumstamm. Ihr Tod erschien rätselhaft, weil sie äußerlich keinerlei Verletzungen aufwies.

Der vorläufige medizinische Befund hätte mysteriöser kaum sein können. Neben zahlreichen Hämatomen hatte Margarete offenbar unerklärliche Knochenbrüche erlitten. Von einem Sturz konnten die Frakturen nicht herrühren, weil am fraglichen Ufer weder ein größerer Baum noch sonst etwas stand, wovon sie hätte herunterfallen können. Auch kamen die Knochenbrüche als Todesursache nicht infrage. Aber wie war die Urlauberin dann zu Tode gekommen?

Zoffinger wusste aus Erfahrung, dass Familien entgegen der weitverbreiteten Annahme nicht unbedingt Schutz, Sicherheit und Geborgenheit garantieren. Häusliche Gewalt und Missbrauch waren Phänomene, über die man tagtäglich in der Zeitung lesen konnte. Aber so, wie er Frau Wernicke kennengelernt hatte und einschätzte, schloss er kategorisch aus, dass sie irgendetwas mit dem Tod ihrer Schwester zu tun hatte. Auch die Situation am Seeufer sprach dagegen.

Auf dem Weg zurück ins Büro zermarterte er sich das Gehirn. Er hatte null Idee, wie er seinen jüngsten Fall lösen sollte. Hoffnung setzte er auf die Kollegen der Rechtsmedizin. Außer mehrfachen Blutergüssen und Knochenbrüchen machten sie an der Frauenleiche eine weitere Entdeckung, die für die Ursachenforschung von Bedeutung war.

»Die Sache wird immer rätselhafter.« Institutsleiter Dr. Ulrich Herrlinger klang längst nicht so hochnäsig wie sonst, als ihm der Kommissar einen Besuch abstattete. »Als wir die Kleidung des Opfers in eine Kiste packten, fiel einem meiner aufmerksamen Mitarbeiter ein seltsames Detail auf: ein etwa 25 cm langes Stück vertrocknete Schlangenhaut!«

»Schlangenhaut? Hat sich eine Klapperschlange in Ihre heiligen Hallen verirrt?«

Dr. Herrlinger warf ihm einen vernichtenden Blick zu.

»Es besteht im Grunde genommen kein Zweifel: Die junge Frau muss mit einer Schlange in Kontakt gekommen sein.«

»Haben Sie Bisspuren gefunden? Vergiftungserscheinungen?«

»Selbst wenn sie von einer Giftschlange gebissen worden wäre – wo kommen dann die Knochenbrüche und Hämatome her? Der Schlangenhautfund an ihrer Kleidung lässt eigentlich nur ein Szenario zu: Die grazile Dame, 164 Zentimeter groß und nicht einmal 55 Kilo schwer, wurde von einer Riesenschlange zu Tode gequetscht.«

Zoffinger starrte seinen Gesprächspartner ungläubig an, als hätte der ihm gerade ein Angebot für einen gemeinsamen Besuch im Swingerclub gemacht.

»Margarete ist am Bodenseeufer auf der Reichenau zu Tode gekommen. Nicht am Amazonas!«

»Ist mir bekannt, Herr Kommissar!«

Der Herr der Unterwelt tat den Einwand mit einer wegwerfenden Handbewegung ab, mit der er seinem akademischen Dünkel gerne Ausdruck verlieh.

»Fast tagtäglich berichten die Medien, dass Leute ihre Haustiere aussetzen. Weil sie unbequem geworden sind, weil sie nicht mehr in die Wohnung passen, weil sie ein neuer Lebenspartner nicht akzeptiert. Meine Theorie: Ein verantwortungsloser Reptilienfan hat seine Würgeschlange am See ›entsorgt‹, und die junge Frau hatte das Riesenpech, ihr in die Quere zu kommen.«

Zoffinger wusste, was zu tun war. Im Kommissariat trommelte er ein paar Kollegen für einen beispiellosen Spezialauftrag zusammen: die Suche nach einem Riesenreptil.

Unter seinen Männern herrschte teils Heiterkeit, teils Skepsis gegenüber der Diagnose von Dr. Herrlinger. Am Ende rückte eine schlagkräftige Schlangenfängertruppe auf die Reichenau aus, wo sich bereits örtliche Hilfskräfte in martialischer Schutzkleidung eingefunden hatten, als müsste ein Seemonster dingfest gemacht werden.

Zwei Tage lang krochen die Reptilienjäger durch jedes Buschwerk, untersuchten akribisch jedes Schlammloch und kontrollierten jeden Meter Uferlinie. Zoffinger war im Büro geblieben, um bei Bedarf organisatorisch eingreifen zu können. Nachmittags bekam er die sehnlichst erwartete Vollzugsmeldung.

»Ein ganz schöner Oschi, den wir gefunden haben«, jubelte der Anrufer. »Das Exemplar ist mindestens dreimeterfuffzig, wenn nicht sogar vier Meter lang. Am Kopf hat die Schlange eine Verletzung, aber sie zappelt noch. Was machen wir jetzt mit dem Riesenteil?«

Vorsorglich hatte Zoffinger mit der Konstanzer Tierklinik Kontakt aufgenommen. Karin Maiwald, die dort als Tierärztin arbeitete, gehörte zum engsten Freundeskreis des Kommissars. Sie wollte sich melden, sobald sie das eingelieferte Tier untersucht hatte.

»Es gibt Neuigkeiten von der Reptilienfront«, kündigte sie einen Tag später am Telefon an. »Das wird dich interessieren!«

»Zu meinen Lieblingstieren zählen Schlangen nicht. Mir sind Pelzträger lieber. Wie etwa dein Hauskater Bobby.«

Karin lachte, weil sie wusste, dass Zoffinger ihren vierbeinigen Hausfreund spontan ins Herz geschlossen hatte, als er ihm das erste Mal begegnet war.

»Dass die Schlange verletzt gefangen wurde, hast du ja vermutlich mitbekommen. Vielleicht hilft dir bei deinen

Ermittlungen weiter, was ich jetzt herausgefunden habe. Erstens: Bei dem Tier handelt es sich ohne jeden Zweifel um eine Gelbe Anaconda, die auf der Reichenau entweder ausgesetzt wurde oder einem Schlangenhalter ausgebüxt ist. Zweitens: Die zwar schweren, aber nicht tödlichen Wunden am Kopf der Anaconda rühren von einem Hundebiss her. Ich habe mir die tiefen Schrammen genau angesehen. Es gibt keinen Zweifel: Hundebiss!«

»Als ich vom mysteriösen Tod der Frau erfahren habe, war mir sofort klar, dass das einer der rätselhaftesten Fälle sein würde, mit denen ich je zu tun hatte«, gab Zoffinger zu. »Deine Diagnose macht die Sache noch bizarrer.«

»Warum noch bizarrer?«

»Wenn ich die Fakten wie ein Puzzle zusammensetze, komme ich nur zu einem einzigen Schluss. Die vermutlich ausgehungerte Anaconda hat die am Wasser flanierende Frau angegriffen, umschlungen und getötet. Wie mir Dr. Herrlinger von der Rechtsmedizin bestätigte, war das Opfer relativ klein und ein Leichtgewicht, das gegen die Würgeschlange keine Chance hatte. Dass Margarete nicht im Magen der Riesenschlange endete, ist offenbar einem Hund zu verdanken, der das Tier angriff. Leider, leider etwas zu spät. Hätte das Reptil die Frau tatsächlich verschlingen können?«

»Würdest du regelmäßig die Boulevardpresse lesen, wüsstest du die Antwort. Sensationshungrige Schreiberlinge stürzen sich mit Wonne auf Horrorgeschichten, in denen große Würgeschlangen als Mörderreptilien stigmatisiert werden. Ich erinnere mich an Headlines nach dem Motto ›Je schauerlicher, desto besser!‹

Indonesischer Bauer von Anakonda verspeist.

Südafrikanischer Hirtenjunge von Felsenpython attackiert.

Grausige Schlangenmahlzeit im Dschungel einer Philippinen-Insel.«

Zoffinger gab ihr recht.

»Ähnliche News habe ich auch schon gelesen.«

»Im Guinnessbuch der Rekorde«, fuhr Karin fort, «ist von einem 10 m langen Netzpython die Rede, der 1912 auf der indonesischen Insel Sulawesi gefangen wurde. So einem Monster möchte man auch als professioneller Kampfsportler nicht begegnen.«

Zoffinger riss die Augen auf.

»Baaah, zehn Meter! Da frage ich mich, wie ein solcher Gigant mit seinem doch relativ kleinen Maul eine Mahlzeit wie einen Menschen überhaupt fressen kann. Abbeißen können Würgeschlangen meines Wissens ja nicht«.

Karin packte ihr Fachwissen aus.

»Solche Reptilien haben zwei flexible Unterkiefer. Die können sie aus dem Oberkiefer aushängen. Was dem Schlangenmaul eine unglaubliche Flexibilität verleiht und es sogar möglich macht, ganze Wildschweine am Stück zu verspeisen.«

Zoffinger schnitt ein anderes Thema an.

»Hast du eine Idee, warum in der Gerichtsmedizin an der Kleidung der Toten Teile von Schlangenhaut gefunden wurden?«

Karin druckste einen Moment herum.

»Ich will mich ja nicht als Schlangendompteuse präsentieren. Aber ich weiß, dass Schlangen ihr Leben lang wachsen. Die Haut macht dieses Wachstum allerdings nicht mit. Das ist der Grund, weshalb sich die Reptilien von Zeit zu Zeit häuten. Junge Exemplare wachsen schnell und wechseln ihr sogenanntes Schlangenhemd ziemlich häufig. Je älter sie werden, desto seltener wird dieses Prozedere.«

Zoffinger wusste jetzt genug. Auch wollte er auf dem Thema Anaconda nicht länger herumreiten, als unbedingt nötig war.

»Was passiert jetzt eigentlich mit der gebissenen Patientin?«

»Sie wird von uns aufgepäppelt. Sobald ihre Wunden verheilt sind, kommt sie in ein Tierheim. Darum wird sich aber jemand anders kümmern.«

Blieb Zoffinger am Ende noch die undankbare Aufgabe herauszufinden, wo die Riesenschlange überhaupt hergekommen war. Er hakte in zwei Zoohandlungen nach. Eine hielt gar keine Reptilien. Die andere verkaufte nur andere Arten. Am einfachsten war es wohl, an die Öffentlichkeit zu gehen.

Hilfe versprach er sich von seinem Freund Florian Faller, dem Lebensgefährten von Karin Maiwald. Jahrelang hatte er beim Konstanzer ›Seekurier‹ gearbeitet, bevor er sich ein einjähriges Sabbatical leistete, um seinen Lebenstraum zu verwirklichen: einen Roman zu schreiben. Seit Monaten dokterte er an seinem Manuskript herum und war längst auf die tiefere Weisheit gestoßen, dass aktuelle Redaktionsarbeit mit einem schriftstellerischen Buchmarathon nicht viel zu tun hatte. Gestern noch brillante Ideen landeten einen Tag später im digitalen Nirwana. Ein Kriminalroman lag eigentlich nahe. In seinem Zeitungsjob hatte er oft genug mit den abgründigen Schattenseiten der Gesellschaft zu tun gehabt. Außerdem war es ihm schon mehr als einmal gelungen, seine schriftstellerische Einfallslosigkeit dadurch zu kaschieren, dass er sich bei Zoffingers Ermittlungen als Hiwi geschickt aufgedrängt hatte.

«Lass mich mit meinen ehemaligen Kollegen reden«, schlug Florian vor. »Über den Fall Anaconda wurde ohnehin schon einiges publiziert. Durch einen Aufruf an die

Bevölkerung wird sich vielleicht doch noch das eine oder andere ergeben.«

Die Ausbeute der Kampagne war mager. Ein Leser erinnerte sich, dass vor einem halben Jahr ein kleiner Zirkus in Radolfzell gastiert hatte, aus dem eventuell die Riesenschlange entwichen sein könnte. Ein Telefonanruf Zoffingers ergab, dass die Rummelshow überhaupt keine Schlangen im Programm hatte. Ein Witzbold meinte, dass sich das Reptil eventuell vom Schwarzen Meer über die Donau bis in den Bodensee vorgearbeitet haben könnte. Aus Staad meldete sich eine glaubwürdigere Anwohnerin und erwähnte einen schrulligen Nachbarn, der zu ihrem Missvergnügen in Terrarien offenbar exotische Tiere hielt. Zoffinger rief diesen nur Rembrandt genannten Kerl an und erkundigte sich nach dessen Privatzoo.

»Schlangen? Sogar Riesenschlangen? Um Himmels willen!«

Rembrandt überschlug sich fast. Seine spontane Reaktion zeigte, dass er vor diesen Reptilien nicht nur gehörigen Respekt, sondern höllischen Bammel hatte.

»Wahrscheinlich hat sich mal wieder diese alte Kuh aus der Nachbarschaft über mich beschwert«, moserte er. »Sie kann mich nicht ausstehen, wahrscheinlich weil ich nicht ihren stinkbürgerlichen Vorstellungen entspreche. Wenn Sie die Kanaille wieder sprechen, sagen Sie ihr, dass …«

Zoffinger hatte keine Lust auf eine Diskussion mit einem Unbekannten über Verhaltensnormen und auch nicht über Klatschsucht.

»Entschuldigen Sie, aber mir geht es nur darum herauszufinden, ob Sie Schlangen halten oder nicht.«

Wieder plusterte sich Rembrandt auf, bis ihm der Kommissar das Wort abschnitt.

»Mittlerweile habe ich mitbekommen, dass Sie Schlangen weder mögen noch halten. Ich hake nur nach, weil ich gehört habe, dass Sie exotische Tiere besitzen.«

»Falls Sie von meinem Terrarium reden, in dem vier Skorpione herumkrabbeln – ja!«

Für Zoffinger war die Sache damit erledigt. Sollten sich andere die Köpfe darüber zerbrechen, wie und warum eine Anaconda auf der Reichenau ihr Unwesen treiben konnte. Der gewaltsame Tod der Margarete Wernicke war aufgeklärt, ganz abgeschlossen war der Fall aber noch nicht.

Zwei Wochen später erreichte Zoffinger ein aufgeregter Anruf aus dem Reptilienzoo in Unteruhldingen, in dem die Riesenschlange nach ihrer Genesung in der Konstanzer Tierklinik Asyl genoss. Der Kommissar ließ alles liegen und stehen und fuhr hin.

»Hammermäßig«, war das Einzige, was die Tierpflegerin über die Lippen brachte, als sie dem Kommissar die Hand schüttelte.

Mit hängenden Schultern trottete sie vorbei an kleiderschrankgroßen Terrarien, zwischen denen Landkarten mit Verbreitungsgebieten von krabbelnden und schlängelnden Insassen rot markiert waren. Unter einer Wärmelampe hockte ein grüner Leguan, der Zoffinger mit heraushängender Zunge ziemlich unverschämt anglotzte.

»Wo stammen die Tiere eigentlich her? Ich meine nicht, wo sie ursprünglich zu Hause sind, sondern woher der Zoo sie bezieht.«

Die Wärterin blieb vor einem Terrarium stehen, in dem sich eine Schlange zwischen Eierschalen kringelte. Auf einem Infotäfelchen stand ›Königspython‹.

»Ob Sie es glauben oder nicht: Unser Hauptlieferant ist der Zoll. Was die Leute aus dem Urlaub mit nach Hause bringen, ist geradezu unfassbar. Besonders Reptilien sind beliebte Urlaubsmitbringsel«, erklärte sie. »Aber auch vor Chamäleons, Geckos, Unken, Feuersalamandern und Schildkröten machen Sammler lebender Souvenirs keinen Halt. Man glaubt es nicht, was auf dem Frankfurter Flughafen von aufmerksamen Beamten beschlagnahmt wird und als illegale Einfuhr zunächst in der Tierstation Animal Lounge landet – von Touristen auf traditionellen Märkten in Asien oder Südamerika gekauft und in Reisetaschen und Koffern mit nach Hause geschleppt.«

Sie schüttelte angewidert den Kopf.

»Viele Tiere überleben den Transport nicht. Außerdem müsste sich herumgesprochen haben, dass der Import speziell von Arten, die vom Aussterben bedroht sind, nicht nur illegal ist, sondern auch verflucht teuer werden kann. Da drohen bis zu fünf Jahre Haft oder Geldbußen bis 50 000 Euro. Aber leider ist der Handel unter der Ladentheke auch eine sehr lukrative Sache ...«

Sie blieb vor einer großen Box mit gläsernem Deckel stehen.

»Ich muss nicht aufmachen. Sie sehen auch so, was passiert ist!«

Im Innern lag die Gelbe Anaconda von der Reichenau in einer Blutlache. Das erste, was Zoffinger auffiel, war eine Art Buschmesser, das in einer Ecke der Box auf der Spitze der Schneide in einem kleinen Blutfleck lehnte. Der abgetrennte Kopf des Reptils lag zwei Handbreit vom restlichen Körper entfernt. Die Verletzung durch den Hundebiss war noch deutlich zu erkennen.

»Wahnsinn!«, stieß der Kommissar durch die Zähne. »Was ist denn hier passiert?«

Die Frage war eher rhetorischer Natur. Im selben Augenblick schoss ihm ein bizarres Szenario durch den Kopf.

Hatte jemand die Schlange nach dem Motto ›Rübe ab für das Mörderreptil‹ für Margaretes Tod bestraft? Wenn ja, kam dafür nur eine Person infrage.

»Ist so etwas schon einmal passiert?«

»Nein, natürlich nicht«, entrüstete sich die Tierpflegerin. »Wir passen auf unsere Tiere auf und bringen sie nicht um. Einen Schuldigen unter unserem Personal zu suchen, können Sie vergessen. Das war jemand von außerhalb. Ein Kollege hat mir erzählt, dass auf der Rückseite des Hauses ein Fenster aufgehebelt wurde. Sollen wir uns jetzt auch noch gegen übergriffige Einbrecher schützen?«

Dass es sich um eine völlig sinnlose Bluttat handelte, stand außer Frage. Schließlich konnte man die Schlange für ihre natürlichen Reflexe nicht verantwortlich machen. Irgendwie erklärlich und nachvollziehbar war die widerwärtige Schlächterei aber schon. Denn die Anaconda hatte einer Frau auf brutale Weise ihre Zwillingsschwester genommen.

Zoffinger schwante, wer für den ›Mördermord‹ verantwortlich war. Aber darum sollten sich die für den Bodenseekreis zuständigen Kollegen vom Polizeipräsidium Ravensburg kümmern. Seine Angelegenheit war das nicht.

Ein Nachspiel hatte der Fall Anaconda aber nicht nur bei den Kollegen, die sich auf die Suche nach dem Schlangenkiller machten. Immerhin drohte dem oder derjenigen nach dem Tierschutzgesetz unter Umständen eine lange Freiheitsstrafe. Natürlich hatte der bizarre Tod der Frau einen gehörigen Wirbel in den Medien verursacht. Zu Zoffingers Freundeskreis gehörte Rolf Riedle, der als Moderator bei Radio Grenzland arbeitete und wegen seiner zum Teil schrägen Beiträge eine große Fangemeinde hinter sich wusste. Anderseits gab es viele Hörer, die den typischen Riedle-Humor für geistlos und seine abstrusen Themen für dümmlich hielten. Zoffingers engster Fanclub war zwischen beiden Einschätzungen hin- und hergerissen.

Einen neuen Beweis dafür bekam der Kommissar, als er mit der Fähre von seinem Besuch im Reptilienzoo in Unteruhldingen nach Konstanz zurückfuhr. Er war in seinem Wagen bei heruntergedrehten Seitenfenstern sitzengeblieben. Im Auto nebenan lümmelten sich zwei junge Kerle, die offenbar hochvergnügt im Autoradio einem Riedle-Bericht lauschten.

»Mein Thema heute: der Fall Anaconda«, begann Riedle seine Sendung. »In jüngster Zeit hatte es die Polizei mit einem skurrilen Mordfall zu tun, der in der Bodenseeregion, vielleicht sogar in ganz Europa seinesgleichen sucht. Eine junge, noch nicht einmal mittelalterliche Urlauberin aus Hannover wurde auf der Insel Reichenau von einer Riesenschlange attackiert und geradezu tödlich umgebracht. Das Monsterreptil muss nach Expertenmeinung mindestens so lange wie ein städtischer Gelenkbus gewesen sein. Das hat die Aufmerksamkeit der Öffentlichkeit auf das Thema Schlangen gelenkt. Nun, es gibt unterschiedliche Schlangen: Würgeschlangen, Riesenschlangen, Giftschlangen, Brillenschlangen, Klapperschlangen, große Schlangen, kleine Schlangen. Solche Reptilien spielen aber nicht nur im Biologieunterricht und in Asia-Imbissen, sondern auch in Kulturgeschichte, Mythologie sowie in Kunst und Literatur eine bedeutende Rolle. Bereits in der alttestamentlichen Schöpfungsgeschichte taucht die Viper als Verführerin des Ehepaares Adam und Eva auf. Selbst so bodenständige Bereiche wie Medizin und Pharmazie wollten auf das Reptil nicht verzichten und machten es zusammen mit dem Äskulapstab zu ihrem Symbol, wobei man statt einer Schlange vielleicht besser eine Schachtel Kopfwehtabletten abgebildet hätte.«

Die Jungs im Nachbarauto tobten vor Vergnügen.

»Zu den harmlosesten und gleichzeitig dekorativsten Spezies im Reptilienreich zählen Luftschlangen, die sich durch Haltbarkeit und Genügsamkeit auszeichnen. Man trifft sie weniger in freier Natur an, sondern eher in geschlossenen Räumen wie Partykellern, Kinderhorten, Bankentürmen und Chefetagen, wo exorbitante Boni und verbotene Kartellabsprachen bei Schampus und Kaviarschnittchen bejubelt werden. Geballt tauchen Luftschlangen auch bei Geburtstagen in Altersheimen, bei Silvesterfeiern, Einweihungen von Möbelzentren und Preisverleihungen an TV-Serienstars auf, die kein Schwein kennt.

Vorsicht ist bei Kontakt mit Autoschlangen geboten, eine extrem aggressionsgeladene und weit verbreitete Art. Sie lauert dem mobilen Menschen hauptsächlich zu Ferienanfang und am Ende der Urlaubssaison auf – in Baustellen, auf viel befahrenen Fernverbindungen und hauptsächlich an blutverschmierten Unfallstellen, wo minderbemittelte katastrophengeile Knipser mit Schrumpfgehirnen ihre Handys zwecks Postings in sozialen Netzwerken aus dem Fenster halten.

Sehr gefährlich ist auch die Warteschlange, die den explosionsartigen Ausstoß von Adrenalin, Depressionen, Aggressionen bis hin zu suizidalen Spontanaktionen auslösen kann. Ursprüngliche Heimat der Regen und Nebel liebenden Warteschlange ist das urbane Großbritannien. Kürzlich tauchte mitten in London ein geradezu monströses Exemplar auf. Auf dem Piccadilly Circus in London blieb ein Mann mit Hut und Regenschirm unvermittelt stehen, weil ihm einfiel, dass er seiner Frau noch einen Hüfthalter kaufen wollte. Innerhalb von Minuten bildete sich hinter ihm eine Warteschlange, die in den folgenden Tagen auf eine Länge von 6,37 km anschwoll und den innerstädtischen Verkehr fast zum Erliegen brachte.

Notärzte und Krankenschwestern wurden aufgeboten, um chronisch kranke Wartende mit Medikamenten zu versorgen. Priester, Imame, Rabbiner, Schamanen und buddhistische Lamas spendeten Trost und feuchte Umschläge, während Psychologen den Warteschlänglern mit Brettspielen, Gute-Nacht-Geschichten und Krisentherapien den Leidensdruck zu mildern versuchten.«

Von Neuem lautes Gewieher aus dem Nachbarauto. Der Fahrer prügelte wie wild geworden auf das Lenkrad ein. Selbst Zoffinger verzog das Gesicht und musste eingestehen, dass Riedles Report diesmal ein gewisser Unterhaltungswert nicht abzusprechen war. Den Rest der Sendung bekam er nicht mehr mit, weil in Staad die Anlegestelle erreicht war und die Mitarbeiter die Fahrzeuge von der Fähre winkten.

2
DINNER BIZARR

Niemand hatte Bescheid gesagt. Aus heiterem Himmel fielen am Vormittag zwei albanische Maler mit Pinsel und Dispersionsfarbe über Zoffingers Büro her. Einzige Alternative: Flucht. Kaum hatten die beiden Pinselexperten ihren Job angefangen, kippte einem von ihnen ein offener Farbeimer von der Leiter. Dickflüssiges Grönlandweiß verwandelte den Boden im Nu flächendeckend in eine arktische Landschaft. Allein das Saubermachen dauerte geschlagene zwei Stunden, weil der mit zwei linken Händen ausgestattete Schuldige zur Beruhigung seiner Nerven erst einmal zwei Bierchen und einen Kräuterschnaps zwitschern musste.

Typisch öffentlicher Dienst. Wenn irgendwo im Gebäude eine elektrische Birne ausgewechselt werden musste, kam der Hausmeister immer in Begleitung. Einer kletterte auf die Leiter, der andere sicherte ab. Wem oder was die Maßnahme diente, war unklar.

Der Kommissar fand temporär im Büro eines frisch verheirateten Kollegen Zuflucht. Alle halbe Stunde musste der entflammte Neuvermählte mit seiner Eroberung telefonieren. Dass er sich dabei in der Disziplin Süßholzraspeln offenbar um einen Spitzenplatz in der Rangliste menschlicher Höchstleistungen und Extremwerte bemühte, ging

Zoffinger unsäglich auf den Zeiger. Ziemlich angesäuert machte er sich nach Dienstschluss auf den Nachhauseweg und träumte schon unterwegs von einer Solo-Happy-Hour auf Balkonien, von einer innigen Umarmung sämtlicher Trägheitsgesetze, um Laune und Nervenkostüm wieder in den Normalzustand zu versetzen. Dass daraus nichts werden würde, konnte er jedoch nicht ahnen.

Seine Wohnung lag am Rand einer Siedlung. Vom Balkon hatte er theoretisch ein Stückchen See im Blick, was seine Vermieterin dazu veranlasste, die Drei-Zimmer-Wohnung als ›Wohnung mit Seeblick‹ zu einem etwas erhöhten Mietzins zur Verfügung zu stellen. Dass er das Gewässer nur sehen konnte, wenn er sich am äußersten Rand des Balkons auf einen Stuhl stellte und sich in semisuizidaler Absicht über das Balkongeländer beugte, spielte keine Rolle. Jeder Mieter und Vermieter am Bodensee wusste: Das Prädikat ›Mit Seeblick‹ war ein geografischer Ritterschlag und ein umschwärmter Schlüssel zur Gewinnmaximierung.

Besser als auf den Bodensee konnte der Kommissar auf eine ehemalige Pferdekoppel sehen, die seit dem Abzug der Huftiere schon vor mehreren Jahren von jungen Kerlen gelegentlich als Bolzplatz benutzt wurde. An diesem Abend, als sich der vom Tagesgeschehen lädierte Zoffinger gerade mit einem gut gekühlten Getränk aus vergorenem Apfelsaft genüsslich auf seinem Liegestuhl ausgestreckt hatte, entschlossen sich zwei pubertierende Nachbarn zu einem Rennen auf der ehemaligen Koppel mit ratternden Rasenmähern. Bis dem Kommissar der Krach nicht nur die Ruhe, sondern auch den letzten Nerv raubte. Zwischen Balkon und Pferdekoppel flogen mehr oder weniger sinnreiche Argumente hin und her, bis sich einer der beiden Rennfahrer einsichtig zeigte und seinem Mäher den Saft abdrehte.

Zoffinger hatte schon mit ihm zu tun gehabt, weil der Nerd in einem Plausch über die Grundstückshecke hinweg angeboten hatte, auf dem Smartphone des Kommissars einen coolen Klingelton zu installieren. Als das Gerät nach der Aufrüstung zum ersten Mal ein eingehendes Telefonat meldete, hörte sich das an, als sei jemand versehentlich mit dem ganzen Körpergewicht einer Katze auf den Schwanz getreten. Der brutale Schrei hätte auch von einem Hobbykoch stammen können, der sich unvorsichtigerweise einen heißen Schokoladenpudding in die Hose gegossen hatte. Zoffinger knöpfte sich seinen Technikberater vor und verlangte einen neuen Klingelton, den er im Austausch gegen einen Zehn-Euro-Schein auch bekam. Der Hirni hatte diesmal keinen markerschütternden Schrei, sondern das gurgelnde Geräusch einer Klospülung aufgeladen.

Während der Nerd seinen Rasenmäher trotzig nach Hause chauffierte, drehte sein Freund stur unter dem lautstarken Hinweis ›Wir leben ja schließlich in einem freien Land‹ weitere Runden, bis ihm das Solorennen keinen Spaß mehr machte. Zoffinger hatte längst eine zünftige Vergeltung im Kopf. In der folgenden Nacht schlich er zu später Stunde in die Nachbarschaft, schraubte am Rasenmäher der halbstarken Nervensäge den Tankdeckel auf und kippte eine ordentliche Portion Zucker hinein. Dass die Aktion ihre Wirkung nicht verfehlte, war sowohl akustisch wie optisch nachverfolgbar, als der Ruhestörer in den folgenden Tagen sein Mähgerät laut fluchend in sämtliche Einzelteile zerlegen musste.

Als Zoffinger mit seinem Freund Florian telefonierte und von seinem Rachefeldzug erzählte, staunte der nicht schlecht.

»Mutet geradezu alttestamentarisch an!«, kommentierte Florian das Geständnis.

»Man muss sich schließlich nicht alles gefallen lassen. Schon gar nicht von so einem antiautoritär, also gar nicht erzogenen Jungspund«, verteidigte Zoffinger seine pädagogische Lektion. »Vielleicht habe ich dem Rasenmäherpiloten mit dem aufgezwungenen Boxenstopp auch einen Gefallen getan.«

»Der da wäre?«

»Ihm Gelegenheit gegeben, im Duden nachzuschlagen, wie man Rücksichtnahme schreibt und was darunter zu verstehen ist.«

»Glaubst du, dass der Kerl überhaupt auf die Idee gekommen ist, dass sein Rennbolide sabotiert wurde?«

»Keine Sabotage, sondern ziviler Ungehorsam. Da lege ich äußersten Wert drauf. Ich hätte ihm ja schlecht die Fresse polieren können. Schließlich bin ich ein friedliebender Mensch, der gerne gutnachbarschaftliche Beziehungen pflegt.«

»Mag sein«, gab Florian zu bedenken. »Aber wenn dein Zuckerkomplott rauskommt, hat der Herr Kommissar ein kleines, vielleicht auch mittleres Problem.«

Zoffinger winkte ab.

»Was hätte ich denn deiner Meinung tun sollen? Einen Bettelbrief schreiben? Den Stadtpfarrer um Intervention bitten?«

Florian verstummte eine Weile. Dann kam sein Vorschlag.

»Nicht ein, sondern zwei Tütchen Zucker in den Tank!«

Gegen später gurgelte die telefonische Klospülung. Zoffinger dachte einen Augenblick daran, das Smartphone in den Garten zu werfen. Pflichtbewusst nahm er den Anruf entgegen. Ein Kollege war dran.

»Du warst doch im Reptilienzoo in Unteruhldingen, richtig?«

»Stimmt!«

»Erinnerst du dich, um welche Zeit du mit der Fähre von Meersburg zurückgefahren bist?«

Zoffinger dachte nach.

»Muss so gegen halb vier gewesen sein. Aber: Was soll die Frage? Habe ich meinen Fahrschein versehentlich neben den Papierkorb geworfen?«

Der Kollege räusperte sich.

»Auf deiner Fähre ist gestern ein Fahrgast spurlos verschwunden. Darauf ist die Crew erst aufmerksam geworden, als sein Kleintransporter nach der Ankunft in Staad nicht weggefahren wurde. Es gab ein ziemliches Durcheinander, weil die Karre abgeschleppt werden musste. Vom Fahrer fehlt bislang jede Spur.«

Zoffinger machte sich mit den Einzelheiten des Vermisstenfalls vertraut. Die Mitarbeiter der Stadtwerke hatten die betreffende Fähre bereits bis auf den letzten Winkel umgekrempelt, ohne auch nur den geringsten Hinweis auf den wie vom Erdboden verschluckten Fahrer zu entdecken. Die Spurensicherung nahm sich den Kleinlaster vor, weil von Fahrzeug und Ladung am ehesten Indizien zu erwarten waren. Auf der Ladefläche befanden sich eine Badewanne auf Löwenpfoten, eine Duschkabine und insgesamt fünf Aquarien, drei ziemlich große und zwei kleine. In den großen Behältern paddelten bunte Exemplare, von denen die meisten ca. 30 cm lang waren. In den kleinen Behältern wimmelte es von winzigen Zierfischen, die sich an Farben und Formen gegenseitig übertrafen.

Einer der Spurensicherer erkannte auf den ersten Blick, dass die drei großen Aquarien eine ganz besondere Fracht enthielten: Kois. Ein zurate gezogener Tierarzt bestätigte, dass es sich um noch junge Exemplare der Varianten Kohaku und Asagi handelte, die für Aquariumhaltung ungeeignet waren. Der Lieferschein im Handschuhfach des Transporters war auf eine Adresse nicht weit entfernt von der Anlegestelle der Fähre ausgestellt. Zoffinger kannte den Namen bereits. Die als „alte Kuh" bezeichnete Nachbarin hatte den Empfänger wegen exotischer Tierhaltung angezeigt. Sogar sein Name war beim Kommissar hängen geblieben: Roman Weidner alias Rembrandt.

Als ihn der Kommissar kontaktierte, schwor er Stein und Bein, dass er zwar die Badezimmerausstattung bestellt, von einer Aquariumlieferung aber keine Ahnung hatte. Es dauerte einen halben Tag, bis für die Buntbarsche ein ›Exil‹ in einem artgerechten Gartenteich gefunden war, wo die Edelpaddler mit Futter, Sonnenlicht und ausreichend Sauerstoff versorgt wurden.

Für Zoffinger waren die Kois Nebensache. Er musste sich um das mysteriöse Verschwinden des Fahrers kümmern. Über das Kennzeichen des Kleinlasters war der Eigentümer, eine Münchner Sanitärspedition, herausgefunden worden. Zoffinger telefonierte mit dem Chef.

»Ihr Fahrer hat sich in Luft aufgelöst. Das Fahrzeug haben wir sichergestellt. Könnten Sie mit ein paar Infos zur Aufklärung beitragen?«

Der Spediteur schnaubte hörbar durch die Nase.

»Der Fahrer heißt Tobias Wegner. Er fährt seit vier Jahren für unsere Firma. Während der ganzen Zeit keine Probleme. Er hat sich noch nie etwas zuschulden kommen lassen. Ein absolut verlässlicher Mitarbeiter. Für den lege ich jederzeit die Hand ins Feuer. Wenn Sie wollen, auch alle beide.«

Der Kommissar bohrte weiter.

»Gibt es vielleicht einen triftigen Grund, warum er seinen Transporter auf der Fähre stehen ließ?«

«Nie und nimmer. Wie ich schon sagte: ein absolut verlässlicher Mitarbeiter.«

»Hatte er in letzter Zeit irgendwelche Probleme? Zweifelhafte Besuche in der Firma? Wissen Sie etwas über finanzielle Schwierigkeiten?«

Außer Lobeshymnen fiel dem Speditionschef nicht viel zu seinem Angestellten ein. Als Zoffinger die Kois in den Aquarien erwähnte, schnappte der Chef am anderen Ende der Telefonleitung nach Luft.

»Hallo? Sind Sie noch dran?«, hakte der Kommissar nach.

»Sie haben auf der Ladefläche waaaas gefunden? Kois? Das sind doch diese sündhaft teuren Fische aus Japan.«

»Genau! Können Sie sich einen Reim darauf machen, wie die auf Ihren Transporter gekommen sind?«

Besonders erfolgversprechend verlief das Telefonat nicht. Oberflächlich betrachtet handelte es sich bei diesem Wegner um einen tadellosen Mitarbeiter. Keine Macken, keine Pflichtverletzungen, kein wunder Punkt. Aber so richtig glauben wollte der misstrauische Zoffinger die Beinahe-Heiligsprechung nicht. Schließlich hatte kein Scotty vom Raumschiff Enterprise die Aquarien auf seinen Laster gebeamt. Er ließ Münchner Kollegen die Familie des Fahrers durchleuchten – auch nichts Auffälliges. Wegner war den Aussagen zufolge umgänglich und aufgeschlossen, ein freundlicher, höflicher Typ, der noch nie mit schrägen Geschäften zu tun gehabt hatte. Aber Zoffinger war Profiskeptiker. Er glaubte weder an den Osterhasen noch an die unbefleckte Empfängnis durch Pollenflug.

Die Auswertung des Fahrtenschreibers von Wegners Fahrzeug ließ eine Rekonstruktion seiner Fahrtstrecke inklusive Abfahrts- und Ankunftszeit auf der Fähre zu. Dabei stellte sich heraus, dass er laut Strecken- und Zeitberechnung in der Gegend um Meersburg eine zweieinhalbstündige Pause eingelegt haben musste, für die auch der Chef der Münchner Spedition keine Erklärung hatte. Aber die Vermutung drängte sich auf, dass er in dieser Zeit die Fische an Bord genommen hatte. War das für den Saubermann-Fahrer etwa ein lohnendes Extrageschäft? Hatte der Aquariumtransport irgendetwas mit seinem Verschwinden zu tun?

An den Anlegestellen in Staad und Meersburg gab es Webcams, auf die Fährpassagiere zugreifen konnten, um das Verkehrsaufkommen zu checken. Im Innenraum der Fähre waren zwar Videokameras installiert, allerdings dienten sie nur der Crew zur Überwachung ein- und ausfahrender Autos. Zoffingers Kollegen kontrollierten diese Aufzeichnungen, ohne jedoch fündig zu werden.

Der Fall des nicht auffindbaren Fahrers war auch im ›Seekurier‹ und anderen Medien breitgetreten worden. Dann meldete sich ein Passagier, der an besagtem Tag von Meersburg nach Konstanz übergesetzt hatte. Auf dem Autodeck waren ihm zwei Männer aufgefallen, die zunächst in eine angeregte Diskussion verstrickt waren, die dann aber fast zu einer handgreiflichen Auseinandersetzung ausgeufert wäre. Mehr wusste der Zeuge nicht. Er konnte sich nicht einmal mehr daran erinnern, wie die beiden ausgesehen hatten – außer dass einer auf dem linken Unterarm ein auffälliges Tattoo trug: eine Schildkröte, die mit ihrem gepunkteten Panzer fast wie ein übergroßer Marienkäfer aussah.

Nachdem der Kleinlaster sichergestellt worden war, hatte die Spurensicherung die Aquarien nur oberflächlich in Augenschein genommen, weil sie so schnell wie möglich für eine artgerechte Unterbringung der Fische sorgen wollten. Später fiel einem Beamten auf, dass der ziemlich dicke

Boden der drei großen Aquarien schwitzte, obwohl sie leer gepumpt worden waren. Dass es sich bei der transpirierenden Basis um einen doppelten, aufklappbaren Boden handelte, verblüffte die Leute von der kriminaltechnischen Front. Was sie aber richtig sprachlos machte, war der Inhalt des mit Trockeneis gekühlten und isolierten Verstecks: in Plastik eingeschweißtes dunkles, fast schwarzes Fleisch und gekrümmte, zum Teil fast runde Stücke mit nahezu schwarzer Haut um ein helleres Inneres, auf das sich niemand einen Reim machen konnte. Die Analyse ließ nicht lange auf sich warten. Teilweise handelte es sich um Frischfleisch des als bedroht eingestuften Gemeinen Delfins. Der Rest bestand ebenfalls aus einem Delfinprodukt – Delfinspeck mit schwarzer Haut, der durch Trocknung haltbar gemacht wurde und sich dabei sonderbar krümmte.

Als Zoffinger von der raffiniert versteckten Ware erfuhr, wusste er, was zu tun war. Er rief Karin Maiwald in der Tierklinik an und bat um ihre Expertise.

»Könntest du zur Abwechslung mal mit einem Problem ankommen, mit dem ich mich wirklich auskenne? Fische gehören genauso wenig wie Reptilien zu meinem Spezialgebiet. Aber ich kann mich informieren und habe auch einen Kollegen, der sich im Reich der Flossenträger bestens auskennt. Wie wäre es mit einem Treffen? Wir haben uns ohnehin seit einiger Zeit nicht mehr gesehen. Ich bringe Florian mit.«

Fisch stand am Abend im Biergarten kulinarisch aus gutem Grund nicht auf der Agenda. Was Karin an Informationen über Delfinfleisch mitbrachte, ließ Zoffinger gezielt nach unverfänglicheren Angeboten auf der Speisekarte suchen.

»Lässt sich eigentlich feststellen, wo die Ware herstammt?«, wollte Florian wissen.

»Durch akribische chemische Analysen vermutlich schon«, antwortete Karin. »Das Fleisch könnte beispielsweise aus der Gegend um den japanischen Küstenort Taiji stammen. Jahr für Jahr werden dort Hunderte Delfine sinnlos abgeschlachtet, um ihr Fleisch in den Handel zu bringen. In Europa sind Fang und Verkauf von Delfinfleisch seit der Verabschiedung der sogenannten Bonner Konvention untersagt. Aber nicht nur aus Gründen des Tierschutzes.«

»Mach es nicht so spannend. Was für einen anderen Grund gibt es noch?«, hakte Zoffinger nach.

»Man hat herausgefunden, dass das Fleisch extrem hoch mit Quecksilber und anderen Schwermetallen belastet ist und der Verzehr gesundheitliche Risiken birgt. Trotzdem meinen manche Konsumenten immer noch, es handele sich um einen Leckerbissen. Recherchen ergaben, dass die verbotene Ware auf süditalienischen Großmärkten zu Preisen von bis zu 1000 Euro pro Kilo an begüterte und ganz offensichtlich bescheuerte Kunden verhökert wird. Wegen des kürzeren Transportwegs würde ich darauf tippen, dass euer beschlagnahmtes Fleisch aus dem Mittelmeer stammt.«

»Trotz aller Verbote?«

Karin nickte.

»Die Weltmeere werden seit Jahren rücksichtslos leer gefischt. Fangflotten sind mit Echolot oder Radar auf der Hightechsuche nach Fischschwärmen. Es gibt hochseetüchtige Fischfabriken und Kutter, die auf einer einzigen Fahrt mit riesigen Schleppnetzen Tausende Tonnen Fisch ernten. Da Roter Thunfisch, Dorade & Co. immer stärker dezimiert werden, ersetzt man diese Arten häufig durch Delfine, die früher eigentlich nur störender Beifang waren.«

»Wenn da so viel Kohle im Spiel ist, wie du erwähnt hast, kann ich mir vorstellen, dass ein profitabler Schwarzmarkt existiert. Trotz aller Verbote«, vermutete Florian. »Wie viel Fleisch habt ihr in den Aquariumböden eigentlich gefunden?«

»Insgesamt fast 50 kg«, antwortete Zoffinger. »Nach Adam Riese handelt es sich also um eine Warenlieferung im Gesamtwert von zirka 50 000 Euro.«

»Und der in den Lieferpapieren genannte Empfänger will von den Aquarien nichts gewusst haben?« Karin verzog das Gesicht zu einer Grimasse.

»Ich gehe auch davon aus, dass dieser Rembrandt gelogen hat. Mir wäre der ganze Delfinzauber ziemlich wurscht, bliebe nicht der Verdacht, dass dieser Kerl auch mit dem Verschwinden des Fahrers etwas zu tun hat. Also werde ich ihm morgen mal auf den Zahn fühlen«, kündigte Zoffinger an.

»Das würde mir gut passen!«, platzte es aus Florian heraus. »Ich könnte mal wieder Doktor Watson spielen.«

Zoffinger schaute ihn mit gespielter Verblüffung an.

»Schreibst du nicht gerade an einem Bestseller und müsstest eigentlich den heimischen Schreibtisch hüten?«

»Kreativität braucht Pausen!«

»Und Disziplin!«, fügte Karin hinzu und schlug ihrem Freund auf die Schulter.

Sherlock Holmes und Dr. Watson machten sich am nächsten Morgen auf den Weg nach Staad. Ziel: der ominöse Rembrandt, der eigentlich Roman Weidner hieß und in der Hoheneggstraße nicht weit vom Fährhafen wohnte. Zoffinger hatte recherchiert und wusste, dass der jetzige Besitzer das Gelände von seiner schon vor Jahren verstorbenen Mutter geerbt hatte. Sie hatte es mit Workshops und Seminaren ihrer Unternehmensberatung zu einem beträchtlichen Vermögen gebracht. Auch ein unbebautes Ufergrundstück an der Hoheneggstraße, das sich hinter einer mannshohen Thujahecke versteckte, gehörte ihr. Einziger Zugang war ein massives Eisentor mit aufgeschweißter Metalltafel, die in seltsam eckigen Buchstaben einen Schriftzug trug: ›Provinz Constantia‹. Über das Tor hinweg war eine Flagge mit schwarz-weiß-roten Querstreifen und einem stilisierten Adler in der Mitte erkennbar, die an einem hohen Mast flatterte.

»Sagt dir die Flagge etwas?«, fragte der Kommissar seinen Begleiter.«

Florian schüttelte den Kopf, hatte aber einen guten Tipp parat.

»Mach ein Foto und schicke es ans Kommissariat. Die sollen Bescheid geben.«

Zehn Minuten später meldete sich Zoffingers Smartphone.

»Das ist die leicht abgewandelte Fahne der Reichswehr, gültig von 1933 bis 1935«, teilte er Florian mit. »Kommt mir vor, als seien wir einem meschuggenen Reichsbürger auf der Spur.«

»Wieso leicht abgewandelt?«

»Weil die richtige Reichswehrflagge von keinem Adler, sondern von einem Schwarzen Kreuz geschmückt wird. Behaupten die Strategen im Kommissariat.«

»Wie kommen wir in die Festung überhaupt hinein?« Florian tigerte an dem Portal entlang, konnte aber nirgends eine Klingel entdecken. »Sollen wir brüllen?«

»Nicht nötig!«

Zoffinger nahm ein Stahlseil in die Hand, das vom rechten Torpfosten hing und zerrte ein paar Mal daran. Entfernt war das Gebimmel einer Glocke zu hören. Der Kommissar erinnerte sich. Auf diese Weise hatte er sich vor vielen Jahren Zutritt zu einem griechischen Kloster verschafft.

Es dauerte und dauerte. Dann waren knirschende Schritte auf einem Kiesweg zu hören.

»Wer da?«

»Wir sind von der Polizei. Wir müssen mit Roman Weidner reden.«

»Hier gibt es keinen Roman Weidner!«

»Gut. Dann eben Rembrandt.«

Drinnen machte sich jemand am Tor zu schaffen. Quietschend ging ein Flügel auf.

»Ich hätte ein paar Tropfen Öl mitbringen sollen«, kommentierte Zoffinger das nervige Geräusch.

Ein fast unmerkliches Sekundengrinsen huschte über das Gesicht Rembrandts. War damit vielleicht das Eis gebrochen?

»Nur der Ordnung halber: Kann ich mal Ihren Personalausweis sehen? Damit ich definitiv weiß, mit wem ich es eigentlich zu tun habe?«, fragte Zoffinger.

»Erst zeigst du mir deinen Ausweis, damit ich definitiv weiß, mit wem ich es eigentlich zu tun habe. Das hier ist mein Herrschaftsgebiet. Hier sage ich, wo's lang geht.«

Breitbeinig stellte sich Rembrandt auf den schmalen Weg.

Zoffinger stutzte einen Moment, langte dann in die Tasche und hielt seinem Gegenüber den Dienstausweis unter die Nase. Aufmüpfige, Widerständler, Rebellen, Freigeister und Spinner zählten schon lange zu seiner Kundschaft. Er hatte die Erfahrung gemacht, dass es sinnlos war, solchen Leuten fordernd oder sogar aggressiv entgegenzutreten. Besser man vermied, einen Konflikt hochzuschaukeln.

Rembrandt trat näher, beugte sich mit in die Hüften gestemmten Armen nach vorne und stierte auf das Dokument. Sein von Wind und Wetter gegerbtes, von Falten zerfurchtes und von einem wilden, grauen Bart umwuchertes Gesicht erinnerte den Kommissar an Wasserspeierfratzen an gotischen Kathedralen. Seine offenbar unkontrollierbaren buschigen Augenbrauen hätten als Ersatz für sein ausgedünntes Haupthaar herhalten können. Aber darüber war sich Zoffinger nicht sicher, weil der Herrscher über die ›Provinz Constantia‹ eine karierte Schiebermütze trug. Er roch, als sei er eben erst einem Knoblauchvollbad entstiegen, was seine Ursache nicht unbedingt in einer erst kürzlichen Mahlzeit haben musste, sondern vielleicht auch auf seine verlotterten, alten Klamotten zurückzuführen war. Als er den Mund öffnete, kam ein graubrauner dentaler Steinbruch zum Vorschein.

»Also, Paul Zoffinger, was hast du zusammen mit deinem Kollegen hier zu suchen?«

»Ich habe dir meinen Ausweis gezeigt. Jetzt will ich deinen sehen!«, insistierte der Kommissar, legte seiner Aufforderung aber einen leutseligen Ton zugrunde. »Wie du mir, so ich dir! Das kennst du doch!«

Rembrandt ließ ein paar Atemzüge verstreichen, die er anscheinend brauchte, um sich für eine Reaktion zu entscheiden. Erst drehte er sich weg, langte dann widerwillig in die Brusttasche seines Holzfällerhemds und zog eine Ausweiskarte heraus. Florian linste seinem Freund über die Schulter.

»Kein Personalausweis?«

»Personalausweis! Ich glaub, ich spinne! Ich bin freier Bürger der Provinz Constantia und kein Domestike. Vielleicht gehört ihr beiden ja zum Dienstpersonal der BRD GmbH. Ich jedenfalls nicht! Ich bin keinem Dienstherrn verpflichtet und muss vor niemandem kuschen!«

Zoffinger studierte den blassblauen Fantasie-Ausweis.

Links ein Foto von Rembrandt mit Sonnenbrille, im größeren Feld rechts daneben unter der fetten Überschrift Personalausweis sein Name Rembrandt von Constantia und einige Lebensdaten. Als Ausstellungsort war ›Provinz Constantia‹ angeben. In der äußersten oberen Ecke war dieselbe Fahne abgebildet, wie sie hoch über dem Grundstück am Fahnenmast flatterte.

»Provinz Constantia?« Zoffinger zog eine Schnute. »Um was handelt es sich dabei eigentlich? Wie muss ich mir die Provinz vorstellen?«

»Meine Provinz ist ein basisdemokratisch organisierter souveräner Staat, nichts und niemandem unterworfen. Mein Ziel: Autonomie und Autarkie. Von deiner sogenannten Bundesrepublik will ich nichts, aber ich schulde ihr auch nichts.«

Das eiserne Tor war mittlerweile so weit aufgegangen, dass der Blick auf das Grundstück frei wurde. Ein schmaler Kiesweg mäanderte über eine eher naturbelassene Grünfläche. Links und rechts des Wegs standen mehrere lebensgroße weibliche Gipsskulpturen Spalier, die nicht nackt waren, sondern Klamotten trugen wie Vintage-Models.

»Hoppla!«, rutschte es Florian heraus. »Sind Sie Märchenfan?«

»Blödsinn!«, entgegnete Rembrandt. »Ich und Märchenfan! Schon mal was von Fida Pfister gehört, der Herbergsmutter, bei der Jan Hus während des Konstanzer Konzils Unterschlupf fand? Oder Barbara von Cilli, die damals König Sigismund begleitete? Wahrscheinlich hast du im Geschichtsunterricht wochenlang gefehlt, junger Mann, und auch nichts von den Kurtisanen mitbekommen, die sich während des vierjährigen Events in der Stadt aufhielten. Das dort drüben sind meine plastischen Erinnerungen an die Vergangenheit, keine Märchenfiguren. In der Stadt sollen sich während des Konzils Hunderte Damen des horizontalen Gewerbes aufgehalten haben. Am Rand des offiziellen Programms tobte das pralle Leben, sexuelle Dienstleistungen boomten. Schon damals wusste sich die Geistlichkeit Abwechslung zu verschaffen. Andere natürlich auch.«

Er schüttelte sich vor Lachen, tat so, als trainiere er Ehestandsbewegungen und stimmte mit sonorer Stimme ein Lied an.

Willst du im Leid erheitert sein
Und ungenetzt beschoren fein
Dann zieh nach Konstanz an den Rhein
Wenn sich die Reise füge.
Darinnen wohnen Fräulein zart
Die grasen einem um den Bart ...

»Bist du unter die Liedermacher gegangen?«, beendete Zoffinger die Vorstellung.

»Stammt nicht von mir«, räumte Rembrandt ein. »Oswald von Wolkenstein, seines Zeichens Minnesänger und spätmittelalterlicher Ritter, hat die Zeilen gedichtet, nachzulesen in seinem ›Konstanzer Lied‹.«

Halb im Wasser, halb auf Grund lag am Ufer des Bodensees ein Schiff, das mit seinen Aufbauten aussah wie ein ausgemustertes Einsatzfahrzeug der Wasserschutzpolizei. Das Heck war baulich so verändert worden, dass es wie eine Terrasse die Verbindung vom Garten in das Schiffsinnere herstellte. Links daneben befand sich eine Garage Marke Eigenbau, in der ein Fahrzeug zu sehen war. Daneben stand ein Wassereimer, über dessen Rand ein Putzlappen hing.

»Das glaube ich ja nicht!«, brach es plötzlich aus Zoffinger heraus, als er die Ausweiskarte zurückgab und den Blick auf das Wohnboot richtete. »Eine alte V20, von einer österreichischen Werft gebaut und 1976 für die Seepolizei Hardt in Dienst gestellt, angetrieben von zwei Volvo-Penta-6-Zylinder-Turbodieselmotoren mit jeweils 420 PS.«

Florian blieb die Spucke weg, weil er seinen Freund als einen Menschen kannte, der sich zwar über die Segnungen moderner Technik freuen konnte, aber alles andere als ein Freak war. Bei ihm reichte es gerade noch, eine vordere von einer hinteren Autostoßstange zu unterscheiden. Und jetzt präsentierte er sich als Kenner von Polizeibooten.

Noch perplexer war Rembrandt, der offenbar mit allem, aber garantiert nicht mit Zoffingers Know-how gerechnet hatte.

»Du kennst dich aus mit Polizeibooten?«, wollte der Bärtige wissen.

»Vor ein paar Jahren habe ich in Dornbirn auf einem Trödelmarkt einen Modellbausatz für eine V20 erstanden. Leider bin ich damit nie ganz fertig geworden. Aber ich weiß, dass das richtige Schiff vor geraumer Zeit bei einer Auktion versteigert wurde.«

Spätestens zu diesem Zeitpunkt ging Florian ein Kronleuchter auf. Zoffinger flunkerte, dass sich die Balken bogen. Er hatte sich vermutlich vorab über Rembrandts Wohnsituation informiert, aber keinen Mucks darüber verlauten lassen. Und die Behauptung, er habe an einem Modellbausatz des Schiffs gebastelt, war an Abwegigkeit nicht zu überbieten. Jeder, der den Kommissar kannte, wusste, dass er mit zwei linken Händen ausgestattet war, die bereits vom Mülleimerleeren überfordert waren. Bastelarbeit hasste er abgrundtief, seit er in früher Jugend von seinen Eltern angehalten worden war, mit der Laubsäge Krippenfiguren auszuschneiden. Vermutlich versuchte er mit seinem anbiedernden Getue nur, Rembrandts Vertrauen zu gewinnen. Zoffinger fachsimpelte noch eine Weile mit seinem Gesprächspartner, kam dann aber auf den Grund seines Besuchs zu sprechen.

»Wir hatten ja schon telefoniert. Der Fahrer des Kleinlasters, der dir eine Badezimmerausstattung liefern sollte, ist spurlos von der Fähre verschwunden. Hast du mittlerweile von ihm gehört?«

Rembrandt schüttelte den Kopf.

»Keinen Pieps! Auf meine Möbel warte ich immer noch. Bekomme ich die in absehbarer Zeit?«

»Dauert vielleicht noch einen Tag oder zwei. Hast du eine Ahnung, für wen die Aquarien und die Kois bestimmt waren, die sich auf der Ladefläche befanden?«

»Weiß ich nicht, interessiert mich auch nicht. Bin doch kein Spediteur.«

Die drei Männer standen immer noch im Tor zu Rembrandts Grundstück, der keine Anstalten machte, die ungebetenen Gäste hereinzubitten. Florian trat so zur Seite, dass er die Garage besser im Blick hatte.

»Sie scheinen ein echter Liebhaber von Oldtimern zu sein. Ein schönes altes Polizeischiff und dann auch noch einen rollenden Oldie. Sieht aus wie ein gepflegter Land Rover. Der dürfte auch schon mehrere Jahrzehnte auf dem Buckel haben. Respekt!«

»Ein Defender 90 2.5 D Stationwagon, Baujahr 1984, wenn du es genau wissen willst. Hat zwar nur mickrige 68 PS, hat mich aber bislang überall hingebracht, wo ich hinwollte. Aber vielleicht lasst ihr beide jetzt endlich mal die Katze aus dem Sack. Was wollt ihr eigentlich von mir?«

»Ganz einfach«, antwortete Zoffinger. »Wir versuchen herauszufinden, wo dein Möbellieferant abgeblieben ist, für wen die Aquarien bestimmt waren, wo sie herstammen und in welchem Zusammenhang alles steht. Nicht mehr und nicht weniger.«

»Keine Ahnung! Da kann ich nicht helfen. Ich habe jetzt auch keine Zeit mehr, weil ich heute Abend zu einem Freundschaftstreffen auf die Reichenau muss. Schönen Tag noch, auch ans übrige Personal!«

Er drehte sich um und zog den quietschenden Torflügel ins Schloss. Kurz darauf war nochmals seine Stimme zu hören.

»Herzlichen Dank übrigens noch. Ihr habt mich mit eurer Koi-Geschichte auf eine gute Idee gebracht. Ich werde einen Fischteich anlegen lassen und die Viecher züchten. Also: Besten Dank nochmals!«

Zoffinger schüttelte den Kopf.

»Der Kerl scheint tatsächlich in seiner eigenen Welt zu leben. Rembrandt von Constantia! Fehlt nur noch, dass er sich einen Adelstitel zugelegt hätte. Ob er tatsächlich ein Reichsbürger ist, die Bundesrepublik für eine GmbH und uns für deren Angestellte hält, weiß ich nicht. Für einen militanten Reichsbürger halte ich ihn jedenfalls nicht. Vielleicht ist er nur ein verschrobener Einzelgänger. Ich wollte ihn jetzt nicht in die Ecke treiben. Vielleicht brauche ich ihn noch bei der Aufklärung meines Falles. Übrigens: Ist dir in der Garage an dem Oldtimer etwas aufgefallen?«

Florian dachte nach.

»Na ja, schönes Modell fürs Grobe. Machte aus der Entfernung einen tadellosen Eindruck.«

»Und sonst?«

»Sonst nichts. Jedenfalls nichts Besonderes.«

»Das Kennzeichen war falsch herum angeschraubt.«

»Kann ja schon mal vorkommen, wenn man nicht aufpasst.«

»Irrtum!«, korrigierte ihn Zoffinger. »Falsch aufgeschraubte Nummernschilder sind Erkennungsmerkmale von Reichsbürgern. Solche Spinner basteln sich die Kennzeichen zum Teil sogar selbst. Dass Rembrandt das Schild verkehrt herum montiert hat, spricht dafür, dass er mit seiner Karre häufig unterwegs ist. Mit einem Fake-Kennzeichen hätten ihn die Kollegen schon längst aus dem Verkehr gezogen.«

»Oder er ist gar kein Reichsbürger. Auch wenn ich zugeben muss, dass er mir recht sonderbar vorkommt. Und dann noch dieser dämliche Ausweis der Provinz Constantia!«

Auf der Rückfahrt in die Stadt hielt Zoffinger an einer Bushaltestelle plötzlich an.

»Erinnerst du dich, was der Kerl über heute Abend erzählt hat?«

Florian nickte.

»Ich glaube, er wollte zu einem Termin auf die Insel Reichenau.«

»Richtig! Also eine Bombengelegenheit, seinem Heim einen Besuch abzustatten.«

Bei Florian dauerte es ein paar Wimpernschläge lang, bis er begriff, was der Kommissar vorhatte.

»Du willst bei ihm einbrechen? Bist du noch ganz dicht? Das kann dich den Job kosten.«

»Einen Durchsuchungsbeschluss für sein Grundstück stellt mir ohne belastbare Indizien oder Beweise kein Staatsanwalt der Welt aus. Ich spüre aber im Urin, dass dieser Rembrandt Dreck am Stecken hat. Finden wir Beweise, sind die zwar nicht verwertbar, weil illegal beschafft, könnten mir bei weiteren Ermittlungen aber wichtige Fingerzeige geben. Bist du mit von der Partie? Deal?«

Er hielt seinem Freund die offene Handfläche zum Abklatschen entgegen, musste den Arm aber schnell fallen lassen, weil hinter ihm ein Stadtbus mit wildem Gehupe die Parkbucht beanspruchte. Zoffinger drehte um und fuhr zurück nach Staad. In Sichtweite von Rembrandts Grundstück stellte er seinen Wagen zwischen zwei geparkten Autos ab. Ohnehin war es schon früher Abend, und allzu lange würde es nicht dauern, bis sich der seltsame Vogel auf den Weg zu seinem Freundschaftstreffen machen würde.

Es dämmerte, als sich das heisere Eisentor öffnete und Rembrandt in seinem Land Rover Richtung Reichenau tuckerte. Die Hoheneggstraße war ausgestorben wie nach einer Evakuierung.

»Typische Abendessenszeit«, raunte Zoffinger seinem Freund zu. »Entweder die Leute sind dabei, ihren Wurstsalat oder ihre Brägele mit Bibeliskäs zu verputzen, oder sie hocken schon mit Schüsseln voller Chips vor irgendeinem TV-Flop auf dem Sofa.«

»Du hast sicher einen genialen Toröffner dabei?«, witzelte Florian.

»Stimmt! Du stehst ja neben mir. Mach mir die Räuberleiter. Auf geht's!«

»Was suchen wir eigentlich?«, flüsterte Doktor Watson.

»Was wohl? Beweise, dass der Kerl mit seinem Aquariumlieferanten mehr zu tun hat, als er zugibt.«

»Ich nehme an, du weißt genau, wo du suchen musst«, tuschelte Florian. »Heute Nachmittag hatte ich jedenfalls den Eindruck, dass du auf so einem Polizeiboot zur Welt gekommen bist. Deine Sachkenntnis über Rembrandts schwimmendes Heim hat mich fast umgehauen.«

Zoffinger kicherte vor sich hin.

»Wissen ist Macht! Davon war schon der Philosoph Francis Bacon überzeugt.

Auf dem Deck von Rembrandts Wohnboot erinnerte eine elektrische Krananlage, mit der ein Beiboot zu Wasser gelassen werden konnte, an die ehemalige Funktion des Schiffes. Im Innern herrschte eher Wohnwagenambiente mit zwei Schlafplätzen in der Bugkabine, einer Pantry mit Drei-Flammen-Gaskochfeld und einem gasbetriebenen Kühlschrank. Florian stöberte im Badezimmer herum. Ein pinkfarbener Lippenstift mit Glitzerdekor? Als er ihn öffnete, staunte er nicht schlecht. In Wahrheit handelte es sich um einen Elektroschocker im Miniformat. Von größerem Interesse war für den Kommissar eine Ecke, die mit Schreibtisch, Tischlampe, Laptop, Klebestreifenabroller, Schreibzeug in einem Gurkenglas und einem Regal für mehrere Stehordner wie ein kleines Büro ausgebaut war. Zwischen all dem Plunder lag ein Jux-Führerschein, der auf Homer Simpson ausgestellt war, mit Foto und Unterschrift des Comic-Helden aus der Zeichentrick-Fernsehserie. An der Wand hinter dem Schreibtisch klebten gelbe und rosa Merkzettel mit Telefonnummern, Einkaufslisten und kryptischen Notizen, darunter auch eine längere Namensliste, die Zoffinger Rätsel aufgab. Er war eben dabei, sie mit dem Smartphone abzufotografieren, als sich Florian meldete.

»Schau dir mal diese Bauanleitung an. Kabel, elektrische Leitungen, Krokodilklemmen, Metallstreifen … Hatte der Irre vor, einen Sprengsatz zu bauen?«

Zoffinger grabschte das mehrere Seiten starke Dokument, das sein Freund aus einer Schublade gezogen hatte.

»Keine Ahnung, was das sein soll. Ich schicke ein paar Fotos an die KTU. Die sollen mir gleich Bescheid geben.«

»Wenn der Typ tatsächlich eine Bombe bauen will, was machst du dann? Du kannst schlecht eine Razzia anleiern, wenn du die Bauanleitung bei einem Einbruch geklaut hast«, argumentierte Florian.

»Warten wir erst einmal ab, was die KTU sagt. Vielleicht geht es ja auch um etwas völlig Harmloses.«

Zoffinger traf damit den Nagel auf den Kopf. Rembrandt plante offenbar, eine auf Säure basierende Batterie zu bauen. Der Kommissar erinnerte sich, dass der Kerl am Nachmittag von Autarkie gesprochen hatte. Vielleicht hatte er vor, sich vom Stromnetz zu trennen. Oder man stellte ihm den Saft wegen nicht bezahlter Rechnungen ab.

Florian war gerade auf dem Weg in die Garage, als er draußen auf der Straße Motorgeräusche hörte. Ein kurzer Sprint brachte ihn zu Zoffinger, der in der Kombüse herumwerkelte.

»Verdammt! Ich glaube, Rembrandt kommt zurück!«

Quietschend öffnete sich ein Flügel des Eisentors.

»Über das Gelände können wir nicht abhauen«, fauchte Zoffinger. »Jetzt wird es feucht!«

Während Rembrandt seinen Land Rover auf das Gelände chauffierte und ausstieg, um hinter sich das Tor zu schließen, hetzten die beiden ungebetenen Besucher in den Bug des Wohnbootes.

»Nimm dein Smartphone zwischen die Zähne«, befahl Zoffinger. »Vielleicht retten wir auf diese Weise die Geräte, falls das Wasser nicht zu tief ist.«

Sie kletterten über die Reling und sprangen in den See. Das Wasser reichte ihnen glücklicherweise nur bis über den Bauch.

»Langsam!« Zoffinger hielt seinen Freund am Ärmel fest. »Wir warten, bis der Kerl seine Karre wieder startet und in die Garage fährt. Dann hauen wir ab, ohne gesehen zu werden.«

Daraus wurde nichts. Augenblicke später waren auf dem Boot Schritte zu hören. Rembrandt summte eine Fantasiemelodie vor sich hin, trampelte mal hier, mal dort hin, bis sich die Schritte näherten. Die beiden unfreiwilligen Badegäste drückten sich so eng wie möglich an den Bug des Schiffes, weil Rembrandt offenbar direkt über ihnen am Bug seines Schiffes stand. Plötzlich plätscherte es zwei Handbreit neben Zoffingers Kopf. Der drückte verdattert die Augen zu. Dann hörte das Plätschern auf, um einen Moment später wieder loszulegen.

»Stotterblase!«, war das Einzige, was ihm einfiel.

Florian glotzte ungläubig und schlug sich, von stummem Lachen geschüttelt, die Hände vors Gesicht. Wieder Schritte auf dem Schiffsdeck, die sich entfernten. Rembrandt hatte seine Pinkelpause beendet. Dann wurde der Motor des Land Rovers gestartet.

»Los jetzt. Es wird Zeit, zu verduften«, raunte der Kommissar seinem Freund zu, der immer noch mit seinem Lachkrampf kämpfte.

Halb gehend, halb schwimmend bewegten sie sich Richtung Anlegestelle der Fähren.

»Hat dich der Saukerl mit seinem Pissstrahl getroffen?«, erkundigte sich Florian. »Soll gut für den Haarwuchs sein«.

»Ich glaube, das hast du mit Brennnesselsud verwechselt«, gab Zoffinger patzig zurück und ruderte mit den Armen, weil die durchweichten Klamotten an ihm zerrten. »Die Pinkelattacke scheint heute nicht mein einziges Malheur zu sein. Erst letzte Woche habe ich mir neue Schuhe gekauft. Die sind jetzt garantiert im Eimer.«

»Dass ich es nicht vergesse«, meinte Florian schnaufend vor Anstrengung. »Ich habe auf dem Schiffsdeck Wasseranschlüsse gesehen, die meiner Meinung nach für den Anschluss von Aquarien bestimmt sind. Ich wollte dich noch darauf aufmerksam machen. Aber dann kam der blöde Rembrandt zurück.«

Neben dem Parkplatz der Autofähren arbeitete sich das triefende Duo durch ein Gebüsch. Noch außer Sicht rissen sich die beiden erst einmal die Kleider vom Leib, um sie auszuwringen.

»Verdammte Scheiße! Warum ist dieser Idiot so schnell von seinem Abendausflug zurückgekommen?«, fluchte Zoffinger und kippte einen halben Liter Wasser aus seinen neuen Schuhen. »War der Wein beim Freundschaftstreffen sauer oder hat ein Wirt die hirnrissige Bande aus seinem Lokal geschmissen?«

Bis in die Hoheneggstraße, wo Zoffinger seinen Wagen geparkt hatte, war es nur ein Katzensprung. Dort angekommen, öffnete der Kommissar die Heckklappe und brachte eine Decke zum Vorschein, um die Sitze vor ihren feuchten Klamotten zu schützen. Die Rückfahrt in die Stadt wurde zu einer ziemlich schweigsamen Angelegenheit.

Am nächsten Tag hörte Zoffinger auf der Fahrt ins Kommissariat im Verkehrsfunk, dass es am Abend zuvor auf dem Damm zur Insel Reichenau zu einem schweren Unfall gekommen war und die Straße mehrere Stunden lang komplett gesperrt werden musste. Das war also die Erklärung, warum Rembrandt verfrüht zurückgekommen war.

Im Amt gab es an diesem Tag aber noch anderen Gesprächsstoff. Ein Mitarbeiter vom Sittendezernat hatte abends die Webcam am Fährhafen in Staad gecheckt, weil er wissen wollte, ob es auf dem Weg nach Meersburg lange Wartezeiten gab. Was die Webcam dokumentierte, machte wie ein Lauffeuer die Runde durch die Büros. Zu sehen waren zwei Personen, die neben den Parkspuren vor der Fähre aus einem Gebüsch krochen, sich bis auf die Unterhosen auszogen und ihre klatschnassen Klamotten auszuwringen begannen. Einen der beiden erkannte der Sittenwächter sofort.

Als Zoffinger in seiner Dienststelle erschien, hatten ihm besorgte Kollegen neben seinem Schreibtisch einen Wäscheständer aufgebaut.

Der Kommissar kannte seine Pappenheimer, faltete das Trockengerät zusammen und stellte es hinter die Tür. Er zog die Speicherkarte aus seinem Smartphone, kopierte die Daten auf seinen Rechner und checkte die Fotos, die er auf Rembrandts Wohnschiff geschossen hatte. Interessant, wenn auch rätselhaft war vor allem die Liste mit Wörtern, Namen oder Bezeichnungen: Block 16, Umami, Sono, Fugu, Pomona, Kaputt und andere. Dahinter standen in Klammern Kürzel wie BW, V, F und CH. Sollten sich die Schlauköpfe von der Kriminaltechnik Gedanken darüber machen. Er selbst war zum Rateonkel nicht geboren.

Es dauerte, aber am Ende waren sich die Kollegen sicher, die Lösung gefunden zu haben.

»Wir haben uns zunächst auf die Klammern hinter den Schlüsselwörtern konzentriert und glauben, dass es sich dabei um die Kürzel für Baden-Württemberg, Vorarlberg, Frankreich und die Schweiz handelt. Bei den Wörtern könnte es sich um Restaurantnamen in den jeweiligen Gebieten handeln. Jedenfalls haben wir in der Nähe von Olten ein Lokal mit dem Namen Pomona gefunden und ein anderes in Bludenz, das Umami heißt. Hier in Konstanz wurden wir übrigens auch fündig. Der Laden heißt Fugu. Könnte ein Underground-Restaurant sein, das nur Eingeweihten bekannt ist.«

Zoffingers Kombinationsgabe war gefragt. Warum hatte dieser zwielichtige Rembrandt eine internationale Liste mit Restaurantnamen in seinem Wohnkahn hängen? So wie der Kommissar ihn einschätzte, hatte er mit Gourmetküche nichts am Hut. Kernfrage war, ob der selbst ernannte Gouverneur mit dem Verschwinden des Speditionsfahrers und mit den Aquarien, die niemandem zu gehören schienen, etwas zu tun hatte. Gab es vielleicht eine Verbindung zwischen den Delfinfleischfunden und den Restaurants auf Rembrandts Zettel?

Zoffinger hätte sich nicht dagegen gewehrt, wenn er von Dogmatikern der lokalen Foodie-Szene als Banause bezeichnet worden wäre. Hippe Gourmettrends und aufgeblasene Lifestyle-Lokale waren nicht sein Ding. Aber er hatte in seinem Dunstkreis einen verlässlichen Informanten, der ihn hin und wieder mit Neuigkeiten aus dem Schattenreich des lokalen Milieus versorgte. Zoffinger beschloss, die Quelle anzuzapfen, um vielleicht Aufschlussreiches darüber zu erfahren, was schwarze Schafe in Restaurantküchen so trieben, wenn ihnen kein Lebensmittelkontrolleur auf die Finger schaute. In erster Linie erhoffte er sich Hinweise auf das Restaurant Fugu. Offensichtlich kam die Gaststätte im Stadtteil Paradies ohne Werbung und ohne Internetpräsenz aus, tauchte in keinem einschlägigen Gastronomieverzeichnis auf und rekrutierte ihre Gäste ausschließlich über Mundpropaganda. Was Zoffinger hellhörig machte, berichtete der Informant in einem Nebensatz. Eingeweihte Gäste konnten beim Servicepersonal mit einem bestimmten Schlüsselwort eine Speisekarte ordern, auf der Tabugerichte der etwas anderen Art gelistet waren.

Was der Kommissar aus seinem Gewährsmann herauskitzelte, bestärkte ihn, dem Fugu-Restaurant auf die Pelle zu rücken, wo exaltierten Sonderlingen durchgeknallte Gerichte zu horrenden Preisen angeboten wurden. Ein Tipp von Florian kam in dieser Situation gerade recht. Er kannte einen Green-Peace-Aktivisten, der über Rote Listen verbotener Tiere bestens Bescheid wusste. Zoffinger ging bei Markus einen Abend lang in die Lehre.

»Ich kann nicht zu sehr in die Details gehen, weil sie Teil einer Ermittlung sind«, begann der Kommissar das Gespräch. »Aber ich müsste mehr über den illegalen Handel mit Fischen wissen, die bei uns auf dem Index stehen. Ich habe recherchiert, dass etwa Kugelfisch zum Verzehr nicht importiert werden darf, weil dessen Darm, Rogen, Leber und Haut durch das enthaltene Tetrodotoxin extrem giftig sind.«

Markus wackelte mit dem Kopf.

»Perverser geht es eigentlich nicht. Fugu heißt der Kugelfisch in Japan, wo man sein ungiftiges Muskelfleisch verzehrt. Das darf nur von lizenzsierten Köchen zubereitet werden, die genau wissen, wo beim Tranchieren das Messer anzusetzen ist. Machen sie Fehler, landen die Gäste nicht selten im Leichenschauhaus. Der prickelnde Reiz der Gefahr. Aber muss ein solcher kulinarischer Kick sein?«

»Sicher nicht, solange es noch Schweinebraten, Fleischküchle und vegetarische Schmankerl gibt«, pflichtete Zoffinger seinem Gesprächspartner bei. »Dabei ist der Kugelfisch vermutlich nur ein extremes Beispiel. Es geht ja offenbar auch noch um viele Arten, die vielleicht nicht gerade giftig sind, aber gar nicht mehr oder nur eingeschränkt gefangen werden dürfen.«

»Eine Tragödie, die sich direkt vor unseren Augen abspielt«, jammerte Markus. »Ich will Ihnen das am Beispiel des südlichen Blauflossen-Thunfischs schildern. Die Art wurde schon vor Jahren als vom Aussterben bedroht eingestuft. Trotzdem wird sie nach wie vor gefangen und zu Rekordpreisen verhökert.«

»Bei uns auch?«

»Nein, hauptsächlich in Japan. Bei einer 2010 abgehaltenen Artenschutzkonferenz warf sich das Land mit aller Macht in die Bresche, um internationale Handelsbeschränkungen für diese Fischart zu verhindern. Mit Erfolg. Und warum? Auf japanischen Auktionen wurden für 200 kg schwere Blauflossen-Thunfische angeblich schon Wahnsinnspreise von bis zu 560 000 Euro bezahlt. Man vermutet sogar, dass diese Fische in Kühlhallen gehortet werden, um eine Wertsteigerung in Zeiten abzuwarten, wenn es immer weniger von ihnen gibt bzw. die totale Ausrottung droht.«

»Was für eine perfide Geldmacherei!«, war das Einzige, was Zoffinger dazu einfiel.

»Ein Riesenproblem ist der Fang mit Schleppnetzen. Schon mal etwas von Beifang gehört?«

Offenbar erwartete Markus keine Antwort auf seine Frage.

»Wenn zum Beispiel Thunfisch gefangen werden soll, verfängt sich in den Schleppnetzen natürlich auch anderes: Delfine, Wale, Rochen, Schildkröten und vieles mehr, was sich bei dieser Fangtechnik gar nicht vermeiden lässt und in Kauf genommen wird. Da diese Tiere nicht in die gewünschte Produktpalette passen, werden sie häufig einfach als Abfall zurück ins Meer gekippt. Ein Raubbau, der sprachlos macht. Und wütend!«

Zoffinger war gespannt, was auf ihn zukommen würde. Der Fund von verbotenen Fischprodukten in den herrenlosen Aquarien hatte ihn neugierig gemacht. Wenn mit Delfinfleisch eine solche Geheimnistuerei betrieben wurde, musste das handfeste Gründe haben. Als allererster Grund fiel dem Kommissar ein Motiv ein, das die Welt seit eh und je bewegt: Profit. Ob das zutraf, wusste er nicht – noch nicht. Aber er nahm sich vor, alle Hebel in Bewegung zu setzen, um herauszubekommen, ob sich der Handel mit unzulässigen Spezialitäten aus dem Meer überhaupt lohnte. Es hätte ja auch sein können, dass unter der Ladentheke gehandelte Tabuleckerbissen in erster Linie dazu dienten, außergewöhnliche, vielleicht auch perverse kulinarische Gelüste von Möchtegerngourmets zu befriedigen. Weil man sich an heimischer Küche schon tausendmal satt gegessen hatte und auf der Suche nach noch nie dagewesenen Geschmackserlebnissen war, mussten Gerichte aus der Steinzeit, gegrillte Meerschweinchen, thailändisches Jungle Food oder in Goldfolie gehüllte Donuts herhalten. Willkommen in römischer Dekadenz!

Zoffinger merkte, dass er in seinen Gedanken abgedriftet war. Jedenfalls war nicht auszuschließen, dass das Verschwinden des Speditionsfahrers mit der mysteriösen Lieferung von doppelbödigen Aquarien und darin verstecktem Delfinfleisch zu tun hatte.

Im Stadtteil Paradies kurvte er eine Weile herum, bis er einen geeigneten Parkplatz fand, und machte sich dann auf die Suche nach dem mysteriösen Fugu-Lokal. Er brauchte eine Weile, bis er in der Dunkelheit die schmale, mit Schwachsinnsgraffiti übersäte Passage gefunden hatte, die in einen unbeleuchteten Innenhof führte. Er zog den Zettel aus der Tasche, auf den ihm sein Informant die Lageskizze des Restaurants gekritzelt hatte. Keine Adresse, keine Hausnummer, aber er war sich sicher, den Häuserblock gefunden zu haben. Aus Fenstern der umliegenden Häuser fiel schwacher Lichtschein in den Hof. Ein Baby brüllte. Eine ärgerliche Frauenstimme versuchte, auf das Kindergeschrei besänftigend einzuwirken.

»Nimm genügend Bargeld mit«, hatte ihm der Informant geraten. »Das wird garantiert kein billiges Vergnügen. Ob die Typen Kreditkarten nehmen, weiß ich nicht.

Mit Cash bist du bei deinem Gourmetabenteuer aber schätzungsweise auf der sicheren Seite.«

In einer Ecke miefte eine Batterie Mülltonnen vor sich hin. In einem Fahrradständer hing ein Gewirr aus mehreren Drahteseln, was zur typisch chaotischen Hinterhofatmosphäre passte. Auf der linken Seite hatte eine ungelenke Hand in Großbuchstaben das Wort FUGU über eine klapprige Tür gesprüht. Zoffinger drückte den Eingang auf und stand in einem Gang, in dem es nach feuchtem Staub und vielen Fragezeichen roch. Nach ein paar Metern führte eine schmale Wendeltreppe ins Untergeschoss bis vor eine Metalltür.

Einem am rechten Türrahmen angebrachten Klingelknopf entlockte er ein Bimbam. Keine Reaktion. Er versuchte es noch einmal. Ein asiatischer Koch in einem weißen, kurzärmligen Hemd mit unverkennbaren Soßenspuren und einem roten Pottwal auf der Brust öffnete. Ein, zwei Augenblicke lang musterte er den unerwarteten Gast, trat dann zur Seite und wies mit einer Armbewegung den Weg. Zoffinger zögerte, weil er keinen Küchenausgang erwartet hatte, war sich in Anbetracht der Reaktion des Kochs aber auch sicher, dass er nicht der Erste war, der das Lokal durch diese Tür betrat. Er stiefelte los. Links und rechts hüllten sich Herde und Anrichten, an denen schemenhaft erkennbare Köche arbeiteten, in Dampfschwaden. Ein rezenter Aromasmog nach Ingwer und Duftreis waberte durch das Reich der Töpfe und Pfannen.

Zoffinger nickte dem Kellner zu, der auf ihn zukam.

»Bin zum ersten Mal hier. Guten Abend.«

»Hab ich mir schon gedacht«, antwortete der Ober und musterte seinen Gast. »Sonst hätten Sie sicher wie andere Gäste den Haupteingang auf der anderen Seite des Gebäudes genommen.«

»Tut mir leid«, entschuldigte sich der Kommissar. »Aber so richtig leicht zu finden ist das Lokal ja ohnehin nicht.«

Hatte Zoffinger im heruntergekommenen Hinterhof und dem wenig einladenden Treppenhaus noch mit dem Schlimmsten gerechnet, so musste er seine Meinung jetzt korrigieren. Keine Spur von verratztem Underground-Lokal. Mehrere Gäste saßen an adrett gedeckten Tischen. Dass es sich um ein Kellerrestaurant handelte, war an fensterlosen Wänden, der von Säulen gestützten Kuppeldecke und an den Nischen ringsum zu erkennen. Glücklicherweise konnte er niemanden ausmachen, den er kannte, weil sonst sein ›Geheimbesuch‹ eventuell aufgeflogen wäre. Als ihm der Kellner die Speisekarte reichte, klappte er sie auf und warf einen kurzen Blick hinein.

»Ihre Ozeano-Karte ist das nicht!«

»Wie bitte?«

»Ozeano! Ich sagte Ozeano! Badisches Schäufele mit Kartoffelsalat, saure Leber und Flädlesuppe bekomme ich überall. Ich habe von Ihrer Ozeano-Karte gehört.«

Einen Wimpernschlag lang zweifelte Zoffinger, ob ihm sein Informant das richtige Codewort gegeben hatte, um an die inoffizielle Speisekarte für Kenner und Eingeweihte heranzukommen.

»Ozeano!«

Der Kellner verschwand und kam mit einer Karte zurück, die äußerlich genauso aussah wie die erste. Doch als Zoffinger sie aufschlug, erkannte er auf den ersten Blick, dass der Code ›Ozeano‹ das richtige Schlüsselwort gewesen war. Jedes aufgelistete Gericht machte deutlich, dass die Geheimtuerei aus gutem Grund betrieben wurde. Manche Speisen lasen sich, als seien sie von der Roten Liste gefährdeter, verschollener und fast ausgestorbener Fischarten abgeschrieben worden. Um sich auf seinen abendlichen Restaurantbesuch vorzubereiten, hatte Zoffinger sich im Internet informiert. Er wusste zumindest von einigen Arten, die aus unterschiedlichen Gründen als Speisefische tabu waren. Auf der Ozeano-Karte wurde Delfin in unterschiedlichen Zubereitungsarten angeboten. ›Pfannengebratenes Steak vom Delfin mit Gewürzrisotto‹ für stolze 162 €. Oder ›Weißer Seebarsch aus dem Golf von Kalifornien mit Kapern-Brösel-Kruste‹ für 183 €. Zoffinger rief sich seine Recherchen in Erinnerung, dass es sich dabei in Wahrheit um den Totoaba-Fisch handelte, der in seiner Heimat als quasi ausgerottet galt, vor allem aber an der mexikanischen Westküste trotz Fangverbots wegen seiner Schwimmblase zu exorbitanten Preisen gehandelt wurde. Manche sagten diesem Körperteil heilende Wirkung nach, so wie in manchen Teilen Asiens Nashornpulver oder Tigerzahn als Aphrodisiakum galt. Er versuchte sich nichts anmerken zu lassen, weder seinen Unmut über die anstößig-illegalen ›Delikatessen‹ noch über die abstrusen Preise. Schließlich hatte er einen Mord aufzuklären und kam um Recherchen im Unterwasserdschungel nicht herum.

»Falls ich Ihnen bei der Auswahl helfen könnte«, flötete der Kellner, der sich angesichts seines ganz offensichtlich zahlungskräftigen Gastes plötzlich sehr bemüht zeigte. »Unsere Spezialitäten unterscheiden sich geschmacklich häufig sehr stark voneinander. Ich könnte Ihnen unser exquisites Probiermenü empfehlen, das wir aus unterschiedlichen Gourmetvarianten zusammenstellen.«

Zoffinger war einverstanden. Was er für sein Geld serviert bekam, war der Hammer und stürzte ihn in tiefe Zweifel um seine Gesundheit: Steak vom verbotenen Blauflossen-Thunfisch, Delfinfilet, fast ausgerotteter Atlantischer Sägebauch gegrillt ... Einem kleinen Schüsselchen mit gummiartigen, weißgrauen Würfelchen näherte sich

Zoffinger in Anbetracht des beißenden Geruchs mit gebührender Vorsicht und traute sich nur an ein winziges Stückchen. Als der Kellner zum Abräumen kam, sprach Zoffinger ihn auf das eigentlich unverdächtig aussehende Schälchen an.

»Mir hat davon ein winziges Stückchen gereicht«, kommentierte er, »wahrlich kein Geschmackserlebnis der alltäglichen Art.«

Er hätte auch sagen können, dass ihn der Bissen an einen tausendjährigen Münsterkäse aus dem Elsass erinnerte, der in der Ablaufrinne eines Schweinestalls liegen geblieben war. Aber als höflicher Mensch hielt er sich mit seinem Kommentar zurück.

»Tut mir leid«, säuselte der Kellner. »Ich hätte Sie vorwarnen sollen. Fermentierter Grönlandhai ist wirklich nicht jedermanns Geschmack. Die isländische Spezialität heißt Hákarl.«

»Grönlandhaie sind doch Arktisbewohner, die bis 400 Jahre alt werden.«

»Richtig. Der Eis- oder Grönlandhai ist der Methusalem der nördlichen Atlantikregionen.«

»Mich hat vor allem der geradezu widerliche Geruch gestört. Ist da in Ihrer Küche etwas danebengegangen?«

»Mitnichten!«, protestierte der Ober. »Die Isländer verbuddeln das Fleisch mehrere Wochen lang in Kisten, damit sich das enthaltene Trimethylaminoxid abbauen kann.«

»Das heißt, die Haie sind eigentlich schwimmende Apotheken.«

»Keine Ahnung, ob man das so sagen kann!«, gestand der Kellner. »Ich weiß nur, dass es sich dabei um eine Art Frostschutzmittel handelt. Wenn das Fleisch auf die traditionelle Art eingelagert wird, setzt der Prozess Ammoniak frei, was notwendig ist, um das extrem giftige Fleisch überhaupt genießbar zu machen. Damit sich Ammoniak verflüchtigen kann, wird der Fisch hinterher zum Trocknen und Ausdünsten längere Zeit aufgehängt. Aber ich gebe zu: Hákarl ist ein Fall ausschließlich für kulinarische Abenteurer. Nicht umsonst läuft der Gaumenschmaus in Island auch unter dem Namen Gammelhai. Das hat mir ein Bekannter erzählt, der von der Insel stammt. Sorry! Ich habe Sie falsch eingeschätzt! Darf ich Ihnen als Geste der Entschuldigung einen Schnaps bringen? Passenderweise einen isländischen Brennivín – auf Kosten des Hauses natürlich?«

Dass der Hochprozentige auf Deutsch ›Schwarzer Tod‹ hieß, verschwieg der Kellner.

Der Schnaps brannte Zoffinger noch auf der Zunge, als er seinem kulinarischen Abenteuertrip mit der haarsträubenden Rechnung in Höhe von 233 Euro ein Ende setzte. Er nahm den Hauptausgang, um sich den Weg nicht nochmals durch die Küche bahnen zu müssen.

Die Nacht hatte den Stadtteil Paradies mit feinem Nieselregen wie aus dem Zerstäuber eingeweicht. Klitschnasse Wolken hingen zum Greifen nah über der Schweizer Grenze. Um zu seinem Wagen zu kommen, musste Zoffinger um den Häuserblock herumgehen. An einer Ecke rissen zwei Sanitäter an einem Ambulanzwagen eben die hinteren Türen auf. Ob der Notfalleinsatz einem tollkühnen Gast im Restaurant Fugu galt, war unklar. Kategorisch auszuschließen war das jedoch nicht.

Als er auf seinen fahrbaren Untersatz zu ging, fiel ihm auf, dass das Vehikel im Regen noch gewöhnungsbedürftiger aussah als sonst. Vor Jahren hatte er die Fahrerseite versehentlich mit einem Essigreiniger sauber gemacht, was dem Lack eine Patina verpasste, als sei er mit Joghurt behandelt worden. Trotzdem hielt er der Kiste – mit tatkräftiger Unterstützung eines windigen TÜV-Mitarbeiters – die Treue, ignorierte das Baujahr, pfiff auf den Kilometerstand und strafte die optische Performance mit Verachtung. Einen in die Jahre gekommenen Hund hätte er auch nicht einfach entsorgt.

3
RISKANTE LANDUNG

Noch Tage später hatte Zoffinger den ekelhaften Geruch und den infernalischen Geschmack von isländischem Hákarl in Nase und Mund. Von Gammelfischattacken gepeinigt, hatte er zu Hause mit Zitronenwasser gegurgelt, danach panisch eine Dose Tomatenfisch verputzt und mit vier großen Gläsern Apfelmost nachgespült. Im Büro entschloss er sich am nächsten Tag, mit einer Schachtel Pfefferminzblättchen gegen den immer noch aasigen Nachgeschmack vorzugehen, wobei er nicht sicher war, ob sich die Hákarl-Attacke nicht etwa nur im Gedächtnisspeicher seines Gehirns eingenistet hatte. Um 10 Uhr jedenfalls wickelte er sein mit fingerdicker Bauernleberwurst belegtes Dinkelbrot zwecks ultimativer Geschmacksumkehr aus, zog sich sein Standardfrühstück genüsslich unter der Nase vorbei, bevor er hoffnungsfroh und beherzt hineinbiss.

Der Besuch im Restaurant Fugu sorgte nicht nur tagelang für widerliche Folgen an Geruchs- und Geschmackssinn. Zoffinger hatte einen Beweis dafür, dass der Handel mit illegalem Fleisch offensichtlich ein profitables Geschäft war. Die Bestätigung heftete er im Büro in Gestalt der Restaurantrechnung an sein Pin-Brett. Würde er herausfinden, wo der Speditionsfahrer das Delfinfleisch in der Gegend um Meersburg zugeladen hatte, wäre vermutlich der erste Schritt zur Aufklärung seines Verschwindens getan. Im Grunde genommen hätte er seine Kollegen vom Polizeipräsidium Ravensburg in Kenntnis setzen müssen, weil er für das nördliche Bodenseeufer nicht mehr zuständig war. Da sein Fall aber bis in diese Region hineinreichte, nahm er sich die Freiheit, seine eigenen Ermittlungen zu führen.

In Meersburg gab es zwei Fischgeschäfte und zwei Supermärkte, die als Verkaufsstellen ausgeschlossen werden konnten. Und im ländlichen Hinterland ging es auf Bauernhöfen und in Hofläden in erster Linie um frisches Obst und knackiges Gemüse. Auf einer Tour durch das Hinterland kam er auf einem Obsthof mit dem Besitzer Harald Kerner über alte Apfelsorten ins Gespräch.

Als ihn Zoffinger auf die Sorte Cox Orange ansprach, grinste der Bauer.

»Saftig, feinsäuerlich, kleine bis mittelgroße Früchte mit marmorierter Schale! Da habe ich es wohl mit einem Eingeweihten zu tun. Cox Orange war früher eine beliebte Sorte. Mittlerweile macht aber unser Bodenseeklima nicht mehr richtig mit. Und außerdem besitzt die Sorte eine geringe Widerstandsfähigkeit gegen Krankheiten und Schädlinge. Ich habe mir aber ein paar Bäume behalten. Kommen Sie mit. Ich zeige Ihnen die neue Ernte.«

Sie gingen auf eine große Halle zu. Zoffinger musste ein paar Augenblicke warten, bis sich seine Augen an das Dämmerlicht gewöhnt hatten. Apfelkisten stapelten sich bis unter die Decke und verströmten einen unnachahmlichen Geruch. Der Bauer fischte einen Plastikbeutel aus einem offenen Regal, tat ein paar Äpfel hinein und drückte sie dem Kommissar in die Hand.

»Cox Orange! Vor drei Tagen frisch vom Baum geerntet. Guten Appetit!«

Auf dem Weg nach draußen kamen sie an einem Nebenraum vorbei, zu dem eine Tür offenstand. Im kalten Licht einer Neonröhre stapelten sich auf einer Seite mehrere Aquarien. In zweien paddelten Kois.

»Ach, schau mal her«, spielte Zoffinger den Überraschten. »Sie sind ein Aquarienfreund. Toll! Ich habe auch schon überlegt, einen Koi-Teich anzulegen.«

»Ich bin und bleibe Apfelbauer«, konstatierte Kerner. »Aber die Geschäfte laufen nicht mehr so grandios, als dass man auf einen kleinen Nebenerwerb verzichten könnte.«

»Ich dachte immer, die Fische brauchen Sonnenlicht«, fachsimpelte der Kommissar.

Der Bauer gab ihm recht.

»Natürlich. Die neueste Lieferung habe ich erst kürzlich bekommen. Die wird heute noch umgesiedelt.«

Zoffinger trat näher und glotzte einen der Kois an. Dabei ging es ihm weniger um den Fisch, als um das Aquarium, das genauso aussah wie die Exemplare, die auf dem verlassenen Speditionsfahrzeug auf der Fähre beschlagnahmt worden waren. Als er sich umdrehte, fielen ihm mehrere große Kühlboxen auf, die in Blau den Schriftzug ›Dry Ice‹ und darunter den Firmennamen trugen. Was macht ein Apfelbauer mit großen Behältern voller Trockeneis? Er hätte nachhaken können. Bis zu diesem Zeitpunkt hatte er sich jedoch nicht als Kriminalkommissar zu erkennen gegeben. Was hätte er bei einem Alleingang auch ermitteln können? Wahrscheinlich besaß der Bauer irgendwo ein Lager für verbotenen Speisefisch. Was Zoffinger aber noch mehr interessierte: Was wusste dieser Obstbauer über den verschwundenen Speditionsfahrer, mit dem er vermutlich eine Geschäftsbeziehung unterhielt?

Schon nach wenigen Tagen hatten die Kollegen von der Spurensicherung für Aufklärung gesorgt. Der nach außen hin unverdächtige Obsthof Kerner vertrieb nicht nur Braeburn, Golden Delicious, Elstar und Jonagold, sondern war auch Umschlagplatz für zum Teil exotische und verbotene Fische, die der Bauer aus Südfrankreich bezog und über Zwischenhändler weiter verteilte. Die ersten Lieferungen in den Böden der Aquarien waren nur als Probelauf gedacht, weil das Handelsnetz über die Nicht-EU-Grenze in die Schweiz ausgedehnt werden sollte. Der Schweizer Zoll war für seine strengen Kontrollen bei artengeschützten Tieren und Pflanzen bekannt. Aus gutem Grund hatten findige Geister die raffinierten Verstecke in den Aquarien ausgetüftelt, mittels derer zweifach abkassiert werden konnte: Erstens mit Kois und Zierfischen, zweitens mit illegalen Fischlieferungen.

Interessant waren die neuesten Ermittlungen von Zoffingers selbst ernannter Soko ›Flosse‹ auf dem Obsthof Kerner aber noch aus einem anderen Grund. Der Apfelbauer sagte aus, dass der Münchner Speditionsfahrer bei seiner letzten Abholung nicht alleine gewesen wäre, sondern dass ihn ein bärbeißiger Unbekannter im eigenen Pkw begleitet habe.

»Hat er sich bei Ihnen namentlich vorgestellt?«

Kerner schüttelte den Kopf.

»Haben Sie sich vielleicht sein Autokennzeichen gemerkt?«

Wieder Kopfschütteln.

»Ich erinnere mich nur, dass er einen schwarzen Dreier-BMW fuhr und nicht viel von Höflichkeit hielt.«

»Wie kommen Sie darauf?«

»In meinem Büro schien er sich für meine Geschäftsordner in den Regalen zu interessieren. So verhält man sich als Fremder doch nicht. Er nahm sogar ein Bild meiner Familie vom Schreibtisch und glotzte es eine Weile an.«

Zoffinger ging ein Kronleuchter auf. Bei der Kriminaltechnik erkundigte er sich, ob sie auch das Familienfoto des Bauern auf Spuren untersucht hatten.

»Nö«, antwortete der Beamte. »Soviel ich weiß nicht.«

»Das müsst ihr unbedingt nachholen. Da könnte es sich um wichtige Fingerabdrücke handeln. Was ihr findet, muss durch die Datenbank. Vielleicht gibt es Treffer.«

Zoffinger hatte wieder einmal den richtigen Riecher bewiesen. Neben den Fingerabdrücken von Bauer Kerner trug das Familienfoto andere Spuren, die das automatisierte Fingerabdruck-Identifizierungs-System des Erkennungsdienstes einem alten Bekannten zuordnen konnte – dem litauischen Staatsbürger Darius Rimkus. Dieser Rimkus war kein unbeschriebenes Blatt. In den letzten Jahren hatten ihn Polizei und Staatsanwaltschaft mehrfach am Wickel, unter anderem wegen mehrerer Rauschgiftdelikte, Betrug, Brandstiftung und Schmuggel. Warum der Kerl nicht im Knast gesiebte Luft atmete, wusste niemand. Aber mittlerweile musste man sich daran gewöhnen, dass polizeibekannte Straftäter ungestört ihre Freiheit genossen. Ein Detail fesselte die Aufmerksamkeit des Kommissars. Unter der Rubrik ›Besondere Erkennungszeichen‹ war ein Tattoo an seinem linken Unterarm erwähnt: eine Schildkröte mit einem Panzer im Marienkäfer-Look.

Zoffinger dachte eine Weile nach, bis ihm einfiel, wo er von der Tätowierung schon einmal gehört hatte. Auf der Fähre nach Konstanz hatte ein Passagier zwei in Streit geratene Fahrgäste beobachtet, von denen einer das ungewöhnliche Tattoo trug. Nach Adam Riese musste es sich um Darius Rimkus gehandelt haben.

Die Dringlichkeit, mehr Licht ins Leben dieses Halunken zu bringen, wurde umso größer, als ein Fischer im Überlinger See wenige Tage später einen grausigen Fund machte. Als er morgens sein Netz einholte, wunderte er sich über das außergewöhnliche Gewicht. Aber statt eines kapitalen Welses hatte sich in seinem Fanggerät eine männliche Leiche verfangen. Da er sich nicht traute, den Leichnam in sein Boot zu hieven, schleppte er das Netz samt Inhalt in den Konstanzer Hafen, wo die per Smartphone alarmierte Polizei bereits wartete.

Der Tote wurde sofort in die Gerichtsmedizin gebracht, wo das unübersehbare Schildkröten-Tattoo die Identifizierung leicht machte. An seinem Hinterkopf wurde eine schwere Verletzung festgestellt. Auf die Schnelle wollte sich der Gerichtsmediziner nicht festlegen. Aber die tödliche Wunde rührte seiner Meinung nach nicht von einem Sturz her, sondern vermutlich von einem Schlag mit einem massiven Metallgegenstand.

Einer der beiden Streithähne auf der Fähre war also nachweislich Darius Rimkus gewesen. Vieles sprach dafür, dass er sich mit dem Speditionsfahrer Tobias Wegner gefetzt hatte. Zählte Zoffinger zwei und zwei zusammen, kam eigentlich nur ein mögliches Ergebnis heraus. Dieser Wegner hatte Rimkus nach einer handgreiflichen Auseinandersetzung in den See geworfen, seinen eigenen Kleinlaster stehengelassen und war in Staad in Rimkus' Dreier-BMW von Bord gefahren. Der Kommissar musste sich selbst eingestehen: ein zwar mögliches, aber ziemlich verwegenes Szenario. Vielleicht dachte Wegner, es sei ein kluger Schachzug, den Tatort mit dem fremden Wagen zu verlassen, um vorzutäuschen, dass er selbst von der Fähre verschwunden sei.

Da der Speditionsfahrer momentan nicht auffindbar war, konzentrierte sich Zoffinger zunächst auf das, was er sicher hatte: den toten Darius Rimkus. Dessen Vorstrafenregister las sich wie ein Auszug aus dem Strafrecht und fesselte die Aufmerksamkeit des Kommissars vor allem in einem Punkt. Nach dem Litauer hatte vor Jahren das Bundeskriminalamt gefahndet, weil Indizien darauf hinwiesen, dass er beim Schmuggel von Plutonium aus den Altbeständen der UdSSR die Hände im Spiel hatte. Die Sache war am Ende erfolglos ausgegangen, d.h. definitive Beweise fehlten, Rimkus kam ungeschoren davon. Aber Zoffinger wusste aus Erfahrung: Fehlende Beweise bedeuteten nicht notwendigerweise keine Verstrickung in einen Fall.

Gemeldet war Rimkus in Singen, wo er auf einem ehemaligen Industriegelände ein ebenerdiges Gebäude bewohnte, in dem sich früher ein metallverarbeitender Betrieb befunden hatte. Die Spurensicherung durchsuchte die Wohnung, während Zoffinger quasi als Beobachter mit von der Partie war. Er staunte nicht schlecht. Wohnzimmer, Schlafzimmer und Küche waren in Eiche rustikal so spießbürgerlich eingerichtet, als habe eine hinterwäldlerische Hundertjährige ihren Einrichtungstraum ausgelebt. Ganz anders sah es in einer angebauten Garage aus, deren hinterer Teil allem Anschein nach als Waffenkammer diente. Zum Arsenal gehörten neben mehreren Jagd- und Sportmessern eine Makarow 9 mm, eine Walther PPK, eine Maschinenpistole Skorpion aus tschechoslowakischer Herstellung, zwei Panzerfäuste RPG 7, eine Holzkiste mit 16 sowjetischen Handgranaten RGD5 und ca. 400 Schuss unterschiedliche Munition.

»Da lässt doch garantiert die NVA grüßen!«, entfuhr es einem der Spurensicherer.

»Die Nationale Volksarmee der DDR?«, wunderte sich Zoffinger.

»Genau die! Als die NVA im Oktober 1990 aufgelöst wurde, leerten sich in den folgenden Jahren auch ihre Waffenarsenale. Immerhin zählte die Volksarmee zu den bestbewaffneten Armeen des Warschauer Paktes. Der ganze Plunder wurde an Kunden in über 70 Ländern verramscht, von der Leuchtpistole bis zum Panzer und von der meteorologischen Funkmessstation bis zum Raketenwerfer. Schmuggel inklusive. Sich in diesen Zeiten mit Waffen zu versorgen, war ein Klacks. Wenn du einen Beweis dafür brauchst, hier hast du ihn.«

Damit zeigte der Kollege auf den Wandschrank, in dem die tödlichen Ramschartikel verstaut waren. Von größerem Interesse für Zoffinger war, was er in der Küche fand, in der vermutlich außer der Kaffeemaschine noch kein einziges Gerät jemals in Betrieb gewesen war. Auf dem Resopaltisch lagen neben einem Laptop mehrere Landkarten und Papierkram. Um Zugang zum tragbaren Rechner zu finden, brauchte einer der Spusi-Helfer gerade einmal eine Minute, weil der talentfreie und sorglose Rimkus als Passwort sinnigerweise seinen Vornamen Darius verwendet hatte.

E-Mails, Briefe und Datensätze brachten interessante Erkenntnisse. Es fing damit an, dass Rimkus der Schwager des Speditionsfahrers Tobias Wegner war. Am Tag vor seiner Lieferfahrt an den Bodensee hatte er von Rimkus eine ziemlich unflätige E-Mail bekommen. Der Absender forderte einen ausstehenden Betrag von 16 000 Euro für frühere Geschäfte ein. Außerdem tauchte im Laptop dieselbe Namensliste auf, die Zoffinger bei seiner illegalen Durchsuchungsaktion auf Rembrandts Hausboot gefunden hatte. Damit lag auf der Hand, dass Wegner, Rimkus und Rembrandt geschäftlich miteinander zu tun hatten.

Dass sich diese Verbindung nicht nur auf den Handel mit verbotenem Fisch beschränkte, ahnte Zoffinger längst. In einem Laptop-Ordner befanden sich mehrere Schriftwechsel, die auf Geschäftsbeziehungen zwischen zwei Onlinefirmen in Konstanz und Prag hinwiesen. Aufschluss darüber, um was es zwischen diesen Unternehmen eigentlich ging, verschaffte das Internetportal der Konstanzer Firma Agilosan. Als die Homepage auf Zoffingers Monitor aufging, stutzte er, weil ihm der Anblick bekannt vorkam. Erst nach einer Weile fiel ihm auf, dass das Design einer großen, überregionalen Tageszeitung ähnelte. »Power vom Bodensee« versprach das Portal großspurig in geschwungenen Lettern. Darunter ein erster Hinweis auf die Angebote: Nahrungsergänzungsmittel, Diät- und Potenzpillen. Auf Vorher-Nachher-Fotos waren Promis zu sehen, die es mit den Wundermitteln von Agilosan offenbar zu Modelmaßen, beeindruckenden Six Packs und ungeahnten Höhenflügen beim Matratzensport gebracht hatten. Werbewirksam herausgestellt wurde, dass die Pillen und Elixiere schon in populären TV-Magazinen und internationalen Investorenshows präsentiert worden waren.

Zoffinger hakte bei den Spezialisten anderer Dezernate nach.

»Mit solchen dubiosen Präparaten werden in der so genannten Underground Economy Millionen- oder sogar Milliardenbeträge umgesetzt«, erklärte ein Kollege. »Die Betrüger versuchen dabei, von der Popularität von TV-Sendungen bzw. vom guten Ruf bestimmter Marken, auf die man sich bezieht, zu profitieren. Alles Schwindel! Auch die Promis, die als Werbe-Ikonen herhalten, wissen nichts von ihrem ›Glück‹.«

»Und die Wundermittel selbst?«

»Häufig Schrott reinsten Wassers! Genauso gut kann jemand, um sich zu stylen, fit bzw. potent zu machen, ein Büschel Gras zerkauen oder einen Schluck Wasser zu sich nehmen.«

»Solche Firmen kann man nicht vor den Kadi zerren?«

Der Kollege schüttelte seine angegraute Mähne.

»Ich nehme an, dass Agilosan Produkte vertreibt, die von ausländischen Firmen hergestellt werden«, meinte der Kollege. »Bei solchen Präparaten aus dem Ausland ist die Behörde des Staates zuständig, in dessen Zuständigkeitsbereich der Hersteller seinen Sitz hat. Abmahnung? Die sind in der Regel extrem problematisch bzw. fast unmöglich. Länderübergreifende Ermittlungen sind für die Behörden viel zu aufwendig.«

Der Kollege nahm einen tiefen Schluck aus seiner Kaffeetasse. Der Kommissar sah ihm an, dass ihm angesichts des schwierigen Themas ein etwas stärkeres Elixier lieber gewesen wäre.

»Rechercheure sind in letzter Zeit auf über 100 Web-Portale und mehrere Social-Media-Plattformen mit ganz besonders delikaten Angeboten gestoßen: Produkten auch von geschützten bzw. vom Aussterben bedrohten Tierarten, darunter Löwen, Jaguare, Tiger, Leoparden, Elfenbeinprodukte, lebende Landschildkröten, Riesenschlangen und exotische Papageien. Kein Wunder, dass angesichts der hohen Profite viel kriminelle Energie hinter diesen Geschäften steckt – Washingtoner Artenschutzübereinkommen hin oder her! In diesem Geschäft gibt es offenbar nichts, was es nicht gibt. Kürzlich wurde in Indien ein neuer Trend bekannt: der Handel mit Waran-Penissen, denen okkulte Vermarkter wundersame Heilkräfte andichten.«

Zoffingers Miene hatte sich eingetrübt.

»Vor Kurzem hat mich die Mitarbeiterin eines Reptilienzoos in Unteruhldingen darüber aufgeklärt, was der Flughafenzoll das Jahr über alles beschlagnahmt. Aber einen lebenden Leoparden bringt ja schließlich kein Tourist im Koffer mit.«

»Braucht er auch nicht. Nicht überall wird so konsequent kontrolliert wie bei uns. Außerdem öffnet ein Bündel Euro- oder Dollarscheine manches Tor. Gewilderte Tiere werden von Zuchtfarmen häufig als legale Nachzucht ausgeben, und Geschäfte mit in Gefangenschaft gezüchteten Tieren sind nun mal zulässig.«

Der Kommissar versuchte das Gespräch in eine Richtung zu lenken, die seinen Ermittlungen eher hilfreich war. Auch in puncto Handelssysteme war der Experte ein wandelndes Lexikon.

»Onlinekäufer müssen sich nicht einmal in das verschlüsselte Darknet bemühen, um an illegale Waren heranzukommen. Kriminelle scheuen sich mittlerweile nicht mehr, in Internetforen Drogen, Falschgeld, Waffen, gefälschte Ausweise und gestohlene Kreditkartendaten anzubieten. Natürlich auch Medikamente und Potenzmittel. Das sind zwar illegale Marktplätze, sie sind aber über gängige Suchmaschinen ohne besonderen Aufwand zu finden. Heroin, Kokain, Crystal Meth, Speed oder falsche Führerscheine, Fünfzig-Euro-Blüten – kein Problem!«

Zoffinger wollte speziell in seinem Fall noch Genaueres wissen. Bei der Internetsuche wunderte er sich nicht, dass die Webseite von Agilosan anonym gehostet war und der oder die Urheber nicht ausfindig zu machen waren. Ein Abstecher ins dunkle, aber nicht illegale Darknet ließ ihn beim Blick auf eine Reihe von Offerten regelrecht zusammenzucken. Schlankheitsmittel, Abführmittel, Appetitzügler, Kapseln, Pastillen, Tabletten und Pülverchen hatte er erwartet. Was die Angebotspalette aber auf perverse Weise bereicherte, ließ ihn trocken schlucken. Da wurde etwa ein Kilo Tigerknochen für 1700 Euro angeboten, in gemahlenem Zustand für 1900 Euro, Tigerzähne und -klauen je nach Größe ab 280 Euro, ein unbeschädigtes Tigerfell für 19 000 Euro. Angeekelt verzog er das Gesicht.

Tigerwein aus in Wodka oder in Whisky eingelegten Tigerknochen stand als ganz besonders wirksames Potenzmittel offenbar hoch im Kurs.

In einem Artikel war zu lesen, dass manche Bereiche der traditionellen asiatischen Heilkunst die Existenz zahlreicher Tiere stärker bedrohe als die Zerstörung ihrer Lebensräume. Tigerhoden wird eine Wunderwirkung gegen Lymphknoten-Tuberkulose angedichtet, Tigermagen soll malträtierte Menschenmägen beruhigen, selbst der Kot der Raubkatze gilt als Heilmittel, weil er angeblich Verbrennungen linderte und gegen Alkoholsucht hilft. Tigerknochen gelten in Asien als ›warme‹ Arznei und werden gegen ›kalte‹ Krankheiten wie Rheuma eingesetzt. Eine Kalkulation entsetzte Zoffinger ganz besonders. Nimmt jemand regelmäßig die vorgeschriebene Tagesdosis von drei Gramm Tigerknochenmehl ein, hat er in rund acht Jahren ein komplettes Tigerskelett konsumiert.

Dass gerade Produkte der gestreiften Jäger trotz aller Verbote in Asien zu horrenden Preisen als Potenz- und Heilmittel gehandelt wurden, war kein Geheimnis. Zoffinger wollte erst gar nicht glauben, wie verbreitet auch in Deutschland hohlköpfige Leistungsapostel waren, die sich von Raubkatzenkörperteilen etwa Sexualhilfe versprachen. Im Internet stieß er auf erhellendes Material in Hülle und Fülle. Dabei tauchte als Herkunftsland einschlägiger Präparate hauptsächlich Tschechien auf. Mehrfach war die Polizei dort auf dubiose Zooparks bzw. Bioparks gestoßen, wo bei Razzien neben lebend dahinvegetierenden auch getötete und zwecks Weiterverwertung abgeschlachtete Großkatzen gefunden wurden.

Alles, was Zoffinger las bzw. von einem Experten über den Handel mit illegalen Tierprodukten erfahren hatte, bestärkte ihn im Verdacht, dass Tobias Wegner und Darius

Rimkus in diesem nicht unbedeutenden Kuddelmuddel eine Rolle spielten. Ob bzw. wie der schräge Rembrandt ebenfalls dazugehörte, war im Augenblick unklar.

Montagmorgen. Vom Hausmeister bis zum Chef steckte den meisten im Polizeipräsidium noch das entspannte Wochenende in den Knochen. Dann brach schlagartig Hektik aus. Nur wenige Minuten nach dem Start auf dem Konstanzer Flugplatz verschwand eine Cessna urplötzlich vom Radar. Weil zur selben Zeit das Wetter umschlug und Windböen den See aufwühlten, konnte die Suche nach dem Kleinflugzeug erst einen Tag später in Angriff genommen werden. Mehrere Augenzeugen hatten den Unfall gesehen bzw. mit ihren Smartphones sogar gefilmt, sodass die Hilfskräfte die Absturzstelle auf dem See ziemlich genau ausmachen konnten.

Die zweimotorige Cessna war zwei Tage zuvor aus Riga in Lettland kommend mit Zwischenstopp in Prag in Konstanz gelandet und sollte ihre Reise nach Mailand fortsetzen. An Bord waren der Pilot, ein lettischer Geschäftsmann, ein erst in Konstanz zugestiegener Deutscher, eine Tschechin aus dem Rotlichtgewerbe und ein Bichon-Frisé-Hündchen. Erste Vermutung: Absturz aus technischen Gründen oder nach Pilotenfehler. War der Höhenmesser der Maschine nicht auf den korrekten Luftdruck justiert? Ausgefallene Navigationsinstrumente? Erste Erkenntnisse brachte ein Tauchroboter. Die Maschine lag von einigen äußerlichen Schäden im Heckbereich abgesehen relativ unversehrt auf dem Seegrund. Der Pilot hatte den Absturz nicht überlebt. Der Lette, der deutsche Passagier und die Tschechin fehlten. Der Hund ebenfalls.

Kaum machten die ersten Nachrichten über den Absturz die Runde, schossen auch schon wilde Gerüchte ins

Kraut. Das Kleinflugzeug habe 70 kg Plutonium an Bord gehabt, hieß es, nachdem bekannt geworden war, dass der aus Lettland stammende Geschäftsmann in Schmugglerkreisen und im internationalen Waffenhandel zur Elite gehörte. Daher ließ sich Zoffinger von einem Experten ins Bild setzen.

»Mit dem Zerfall der Sowjetunion war Nuklearmaterial aller Art so leicht zu bekommen wie Nasenspray in der Apotheke«, ließ der Kollege wissen. »Was früher unter staatlichem Verschluss stand, wird heute auf dem Flohmarkt versilbert. Dass 70 kg hochradioaktives Material an Bord gewesen sein sollen, ist allerdings Blödsinn. Zur Abschirmung hätte man die Strahlenquelle mit einem vier Tonnen schweren Bleimantel umgeben müssen. Folge: Die Cessna wäre wie eine überfressene Hummel auf der Startbahn liegen geblieben.«

War Europas größter Trinkwasserspeicher in Gefahr? Experten zogen Wasserproben, konnten aber keine Anzeichen von radioaktiver Verseuchung feststellen. Trotzdem herrschte in den Konstanzer Supermärkten schon zwei Tage nach dem Unfall Ebbe in Sachen Mineralwasser. Spezialtaucher untersuchten das Wrack auf dem Seegrund genauestens, konnten aber keine Plutoniumspuren feststellen. Zwei Gaffer wollten kurz vor dem Aufschlag auf der Wasseroberfläche eine Explosion gesehen haben. Ein Angler schwor Stein und Bein, dass ein seltsames, sich unglaublich schnell und ruckartig bewegendes Flugobjekt die Cessna schon kurz nach dem Start verfolgt habe. Der alte Hase Zoffinger wusste aus Erfahrung, was von solchen Beobachtungen zu halten war. Die selektive Wahrnehmung von Zeugen hatte ihn schon mehr als einmal am gesunden Menschenverstand zweifeln lassen.

Obwohl bis zu diesem Zeitpunkt keine gesicherten Erkenntnisse vorlagen, hinderte die magere Nachrichtenlage Katastrophenreporter Rolf Riedle von Radio Grenzland nicht daran, tatkräftig in der Gerüchteküche zu rühren und eine haarsträubende Story zu stricken. Der Aufhänger für seine Geschichte: das unbekannte Flugobjekt, das der Angler beobachtet haben wollte. Riedles Interpretation: Vielleicht hätten Aliens versucht, das Flugzeug zu entführen, seien mit ihrem Plan aber gescheitert und hätten die Cessna aus Frust zu einer Notwasserung gezwungen.

Während Riedles neuester Reportage-Gag im Himmel über Konstanz verhallte, holten die Rettungstrupps das Wrack mit einem Forschungs-U-Boot aus nur 17 m Tiefe an die Oberfläche. Auf einer schnell anberaumten Pressekonferenz bekamen die aus dem In- und Ausland angereisten Medienvertreter Erstaunliches zu hören.

»Das Cessna-Wrack kommt mir vor wie eine Wundertüte«, kommentierte einer der Experten die erste Untersuchungsrunde. »Die Landeklappen des Flugzeugs wurden wie bei einer regulären Landung vollständig ausgefahren, gerade so, als habe der Pilot eine Wasserung beabsichtigt. Noch mysteriöser: Die Kabinentür der Maschine war nach der Notlandung nachweislich von innen geöffnet worden.«

Im Presseraum herrschte einen Augenblick lang atemlose Stille, bis die ersten Medienvertreter die Tragweite der Expertenmeinung begriffen.

»Soll das heißen, dass der Pilot die Maschine absichtlich auf dem Bodensee gelandet hat?«, wollte ein TV-Journalist wissen.

Der Experte fühlte sich sichtlich unwohl in seiner Rolle.

»Muss ein Pilot aus dem einen oder anderen Grund auf dem Wasser aufsetzen, fährt er die Landeklappen vollständig aus, um auf diese Weise so langsam wie möglich fliegen zu können. Kurz vor dem Touchdown nimmt er die Nase der Maschine zwecks positivem Nickwinkel hoch und versucht zum Schutz der Passagierzelle mit dem Heck aufzusetzen. Offensichtlich wurde das in diesem Fall so praktiziert.«

Aus der Pressemeute kam eine Frage.

»Falls es sich um eine vorsätzliche Wasserlandung handelte: Was könnte der Grund für ein so höllisches Manöver gewesen sein? Versicherungsbetrug? Ein Drogendelikt? Eine Wahnsinnstat?«

»Wir wissen noch zu wenig«, versuchte der Fachmann Spekulationen zu beenden. »Die nächsten Tage werden Aufschluss über die Ursache des Absturzes bringen.«

»Was ist eigentlich mit der von innen geöffneten Kabinentür?«, insistierte einer. »Das hieße ja, dass jemand die Maschine lebend verlassen hat.«

Der gelöcherte Experte wusste auch auf diese Frage keine befriedigende Antwort. Sie trat aber eine Lawine von Vermutungen und Verschwörungstheorien über das Schicksal der verschollenen drei Passagiere los. Zoffinger bewegte sich lieber auf dem tragfähigen Boden von Tatsachen. Elektrisiert war er durch die Beobachtung der Crew einer Privatjacht. Die Segler hatten zwar den Cessna-Absturz nicht mitbekommen, aber gesehen, dass sich um die fragliche Zeit ein von einem einzelnen Mann gesteuertes motorisiertes Schlauchboot im fraglichen Seeabschnitt bewegte. Kurze Zeit später sei das Boot mit weiteren Personen an Bord mit hoher Geschwindigkeit auf das Schweizer Ufer zugefahren. Wo die zusätzlichen Passagiere plötzlich hergekommen waren, konnten die Segler nicht erklären.

Aufgrund von Daten sowohl der lettischen Flugsicherung als auch von Interpol konnte der an Bord befindliche Geschäftsmann als ein gewisser Andris Balodis identifiziert werden, der wegen Waffenschmuggels, Baubetrug und Steuerdelikten schon mehrfach ins Fadenkreuz der Polizei geraten war. Wer der Deutsche war, stand in den Sternen. Als Einziger war bei der Havarie der Pilot ums Leben gekommen. So jedenfalls lautete die offizielle Sprachregelung.

Aus ermittlungstaktischen Gründen wollte Zoffinger zu diesem Zeitpunkt nicht enthüllen, was wirklich mit dem Flugzeugführer passiert war. Nachdem die Rechtsmediziner die Leiche untersucht hatten, schlug das Ergebnis ein wie eine Bombe und machte den ganzen Fall noch rätselhafter. Der Flugzeugführer war nicht durch die Einwirkungen der Wasserlandung umgekommen. Er war von hinten erdrosselt worden. Die Strangulierungsmale am Hals ließen keinen anderen Schluss zu.

Zoffinger ließ in seinem Büro alles stehen und liegen. Ein Pilot riskiert mit einer geradezu selbstmörderischen Landung Kopf und Kragen, verliert dabei zwar seine Maschine, rettet mit einem fliegerischen Bravourstück das Leben von drei Passagieren und wird als Lohn dafür erdrosselt? Schräger ging es nicht.

»Das gibt es doch gar nicht!«, polterte der Kommissar, noch ehe er dem Rechtsmediziner die Hand schüttelte. »Sind Sie sich da auch ganz sicher?«

Der spröde Dr. Herrlinger war an Ehrenkäsigkeit kaum zu überbieten. Seine übliche Selbstbeweihräucherung konnte man geradezu riechen. Er rückte seine dicke Hornbrille vom Nasenrücken auf die Nasenspitze und zielte mit einem hochtoxischen Blick auf seinen Besucher.

»Natürlich bin ich mir meiner Expertise sicher! Sonst hätte ich Sie nicht angerufen und die Sache so dringend gemacht. Wenn Sie sich selbst ein Bild machen wollen.«

Dr. Herrlingers einladende Handbewegung sah fast so aus, als wolle er Zoffinger zum Tanz auffordern. Aber so richtig witzig fand der Kommissar die Situation dann doch nicht, als er den bleichen Piloten unter einem mintgrünen Tuch auf dem Seziertisch liegen sah. Um seinen Hals zog sich ein blauroter Strangulationsstriemen, der von einem Ohr zum anderen reichte.

»Darf ich den Herrn Kollegen noch auf eine Besonderheit hinweisen?«, flötete Dr. Herrlinger. »Hier!«

Sein dünner Zeigefinger in der Gummihandschuhhülle deutete auf die beiden kantigen Flecken auf der Strangulationsmarke links und rechts des Kehlkopfs hin.

»Ich will Ihren Ermittlungen nicht vorgreifen. Aber meiner Meinung nach lassen die Verdickungen auf ein recht unübliches Tatwerkzeug schließen: zwei lange, miteinander verknüpfte Kabelbinder. Darauf deuten die verdickten Strangulationspunkte hin. Meiner Meinung nach stammen sie von den beiden Rasten der Plastikteile, die bei den Kabelbindern normalerweise als Schließen dienen.«

Auf dem Weg zurück ins Büro rief Zoffinger die Spurensicherer an.

»Seid ihr eigentlich mit dem Cessna-Wrack schon fertig?«

»Noch nicht ganz. Du bist der Erste, der erfährt, wenn es so weit ist.«

»Habt ihr Kabelbinder in der Maschine gefunden?«

»Korrekt! Melde gehorsam: Drei lange Kabelbinder aus stabilem Nylon gefunden. Die Plastikteile werden bereits auf Spuren untersucht.«

»Prima. Wahrscheinlich handelt es sich um das Tatwerkzeug, mit dem der Pilot ins Jenseits befördert wurde. Gebt mir Bescheid, sobald ihr Spuren auf dem Plastik gefunden habt.«

Der Befund ließ nicht lange auf sich warten. Einige Hinweise wie Teilfingerabdrücke und DNA waren eindeutig. Sie stammten nicht nur vom Piloten selbst, sondern von einem Verdächtigen, der sich bislang ziemlich rar gemacht hatte: Tobias Wegner. Vergleichsmaterial, für das die Polizei in der Münchner Wohnung des Speditionsfahrers gesorgt hatte, ließ keine Zweifel zu. Dass es sich bei der Strangulation um keine spontane, sondern eine geplante Tat gehandelt hatte, lag auf der Hand. Blieb nur die Frage nach dem Motiv. Eifersucht, Hass, Habgier und, und, … Am plausibelsten war etwas anderes. Eventuell sollte ein Mitwisser zum Schweigen gebracht werden. Dieser Verdacht bestätigte sich, als sich Zoffingers Kollegen mit der Vita des Piloten beschäftigten und herausfanden, dass er mitnichten ein unbeschriebenes Blatt war. Er war mehrfach wegen kleinerer Betrügereien aufgefallen und hatte anscheinend dubiose Geschäftskontakte ins Baltikum.

Eine Nachricht aus der Schweiz brachte Bewegung in den Fall. Im Tierschutzverein von St. Gallen wurde nachts klammheimlich ein Behelfskäfig mit einem kleinen Hund vor die Tür gestellt. Da der niedliche Bichon Frisé ziemlich ramponiert aussah, päppelten ihn die Mitarbeiter zunächst einmal auf, um sich dann um seine Identität zu kümmern. An der linken Nackenseite des Tieres war standardmäßig ein reiskorngroßer Mikrochip implantiert. Über die gespeicherte 15-stellige Identifikationsnummer war die Halterin von Bijou, so der Name des Hundes, schnell ermittelt: Kristyna Černá in Konstanz. Da der Cessna-Absturz im Bodensee auch auf der Schweizer Seite Furore gemacht hatte, wussten die Mitarbeiter der Tierklinik über den weißen Vierbeiner Bescheid und reichten die Adresse der Halterin an die Konstanzer Polizei weiter.

Zoffinger wurde sofort aktiv. Zwar rechnete er nicht damit, Kristyna Černá in ihrer Wohnung anzutreffen, hoffte aber auf die Hilfe ihrer Nachbarschaft. Zu Recht. Auf demselben Flur wohnte eine von Schlaflosigkeit geplagte und mit unstillbarer Wissbegier gesegnete Rentnerin. Von ihrer Küche aus vertrieb sie sich die monotonen Nachtstunden mit nachbarschaftlicher Observation. Zum Glück für Zoffinger. In ihrem peinlich genau geführten Überwachungskalender hatte sie in der Nacht zuvor vier Vorkommnisse notiert:

21.35 Uhr: Der Kahlkopf aus dem dritten Stock in Nr. 31 bringt seinen Müll in die Tonne, geräuschvoll wie immer, weil der Depp am Tag offenbar keine Zeit hat.

21.56 Uhr: Aus dem Haus Nr. 33 rennt eine Frau Richtung Bushaltestelle. Da sie einen Schirm trägt, kann ich nicht erkennen, um wen es sich handelt. Sie hätte sich besser wetterfestes Schuhwerk angezogen.

22.45: Die Schlampe auf meiner Etage kommt in Begleitung eines Mannes nach Hause. Den Kerl habe ich zuvor noch nie gesehen. Naja. Neue Besen kehren gut.

0.22 Uhr: Zwei angesoffene Rabauken pinkeln vor dem Haus Nr. 31 in die Rosenstöcke. Wenn ich könnte, würde ich sie in ihren Pisslachen einweichen.

Der Kommissar konnte seinen Lachanfall nicht unterdrücken.

»Frage zum Vorkommnis um 22.45 Uhr. Waren die beiden Heimkehrer zu Fuß unterwegs?«,

»Natürlich nicht«, antwortete die Frau. »Es regnete den ganzen Abend. Ihr Auto parkte dort drüben direkt unter der Straßenlampe.«

»Was war das für ein Auto?«

»Keine Ahnung! Aber vielleicht hilft Ihnen das Kennzeichen weiter.«

Kaum hatte Zoffinger die Wohnungstür der Rentnerin hinter sich zugezogen, machte er eine Halterabfrage. Vor dem Wohnblock stieg er gerade in seinen Wagen, als sich der Kollege meldete. Das Kennzeichen war identifiziert. Es handelte sich um den Dreier-BMW von Darius Rimkus. Da der Autobesitzer um diese Zeit aber bereits in einem Kühlfach in der Gerichtsmedizin logierte, konnte es sich beim Fahrer und Begleiter von Kristyna Černá nur um Tobias Wegner handeln.

Der Kommissar setzte seine Hilfstruppen auf die Wohnung von Kristyna Černá an. Die Mieterin hatte sich augenscheinlich gut darauf vorbereitet, die Fliege zu machen. Jedenfalls sah es in ihrer Wohnung öd und leer aus wie in einer Squashhalle, von Privatleben keine Spur. In einer hohlen metallenen Gardinenstange fanden die Schnüffler einen geheimen Datenstick, der eigentlich mehr Rätsel aufgab, als er Antworten präsentierte. Alles deutete daraufhin, dass der Datenträger Tobias Wegner gehörte und von Kristyna Černá an einem sicheren Ort versteckt werden sollte. Die gespeicherten Dateien waren zum Teil eine Offenbarung, weil sie nachwiesen, dass Wegner bei der Onlinefirma Agilosan schon seit geraumer Zeit die Finger im Spiel hatte und laut einiger Kontoauszüge nicht schlecht davon profitierte. Andererseits waren die Daten so verklausuliert, dass Zeit und Geduld investiert werden mussten, um den Tatsachen auf den Grund zu gehen.

Lange ließen die Erfolge nicht auf sich warten. Fahndungen über soziale Netzwerke waren mittlerweile gängige Polizeiarbeit und erwiesen sich wieder einmal als zielführend. Nachdem ein Fahndungsaufruf online veröffentlicht worden war, meldete sich ein Bahnbeamter. Er hatte Kristyna Černá erkannt, die im Konstanzer Bahnhof ein Ticket nach Luzern gekauft hatte. Zwei Beamte griffen sie auf dem Bahnsteig auf und brachten sie ins Kriminalkommissariat.

»Die gute Nachricht!«, jubelte Zoffinger, als ihm die

Frau gegenübersaß. »Bijou geht es prächtig. Offensichtlich ist er bei den St. Galler Tierschützern in guten Händen. Sollten wir beide handelseinig werden, kann ich dafür sorgen, dass sie ihren vierbeinigen Freund schnell zurückbekommen.«

Dass sich Bijous ›Ziehmutter‹ absetzen wollte, spielte für den Kommissar keine große Rolle. Viel interessanter war, was mit dem fingierten Flugzeugabsturz bezweckt werden sollte und wo sich die noch flüchtigen Passagiere befanden. Dass Kristyna im Vorfeld von der geplanten Notwasserung nichts wusste, nahm Zoffinger ihr sogar ab. Zitternd und käsebleich hockte sie vor ihm und erzählte, wie der Pilot die Cessna immer weiter in Richtung Seeoberfläche drückte und das wie wild bockende Kleinflugzeug schließlich auf dem Wasser aufsetzte.

»Ich habe mir in der letzten Sekunde fast in die Hose gemacht«, stöhnte sie. »Der Pilot brüllte nur noch ›Festhalten‹. Durch den Aufprall wurde ich mit so brutaler Gewalt in meinen Hosenträgergurt gepresst, dass ich dachte, mein Brustkorb wird zerquetscht.«

Mit einer Hand langte sie in ihr Dekolleté und zerrte den Stoff zur Seite. Vom Halsansatz zog sich eine blutunterlaufene Riesenschramme über ihr rechtes Schlüsselbein nach unten und bildete den Haltegurt ab, als sei er auf ihren Körper tätowiert worden. Von tiefen Seufzern unterbrochen schilderte sie, wie das Flugzeug eine Weile auf der Wasseroberfläche schaukelte, der lettische Geschäftsmann die Kabinentür aufriss und zusammen mit Tobias Wegner und ihr ins kalte Wasser sprang. Wie lange sie im See herumpaddelten, entzog sich ihrer Erinnerung. Jedenfalls dauerte es nicht lange, bis ein Mann ein motorisiertes Schlauchboot neben die havarierte Maschine manövrierte und den drei Passagieren samt Hund ins Boot half. Bei einem letzten Blick auf die Cessna habe sie gesehen, dass das Wasser schon knietief im Innern der Maschine stand. Mit dem Boot fuhren sie ans Schweizer Ufer, wo ein schwarzer Pkw parkte. Dort hätten sie ihre nassen Klamotten gegen Kleidungsstücke getauscht, die im Kofferraum verstaut waren. Am Bahnhof in St. Gallen stieg der Lette Andris Balodis aus. Tobias Wegner wollte Bijou auf einem Parkplatz aussetzen. Da Kristyna sich standhaft weigerte, hätten sie den Vierbeiner schließlich in einer Kiste aus dem Müll eines Supermarktes vor das örtliche Tierheim gestellt. In Frauenfeld fand die Odyssee zu später Stunde in einem Hotel ihr Ende. Am folgenden Tag seien sie nach Konstanz zurückgefahren. Wegner habe sie gegen Abend vier lange Stunden in einem Café in Kreuzlingen sitzen lassen, weil er geschäftlich zu tun hatte.

»Wissen Sie, mit wem er sich getroffen hat?«

Kristyna schüttelte so heftig den Kopf, das Zoffinger fürchtete, der Dutt würde aus ihrem Kopfschmuck geschleudert.

»Keine Ahnung. Er hat nicht viel von seinen Plänen erzählt. Außerdem hatten wir Krach.«

»Krach? Um was ging es dabei?«

»Ich hätte ihn umbringen können wegen dieser halsbrecherischen Bruchlandung im See. Wir hätten alle dabei draufgehen können. Ich bin immer noch stinksauer.«

»Wo sich Tobias Wegner jetzt befindet, wissen Sie wohl nicht?«, versuchte Zoffinger eine Brücke zu bauen.

»Will ich auch gar nicht wissen. Ich hab ihm meine Wohnungsschlüssel abgenommen und ihn zum Teufel gejagt. Der Mensch ist ja lebensgefährlich! Wenn er sich selbst umbringen will, ist das sein Privatvergnügen. Aber ohne mich!«

»Und ihr spezieller Freund Andris Balodis? Erinnern Sie

sich vielleicht, wohin er von St. Gallen aus gefahren ist? Hat er sein Reiseziel erwähnt?«

Kristyna setzte eine Ekelmiene auf.

»Hören Sie mir bloß auf mit diesem Schmierlappen. Der Kerl tickt nicht richtig. Ab und zu habe ich das eine oder andere bei Telefonaten mitbekommen. Auch Tobias meinte, den Typen könne man nur mit der Brikettzange anfassen. Keine Ahnung, wohin sich dieser Fiesling abgesetzt hat. Ich vermisse ihn jedenfalls nicht.«

»Warum sind Sie eigentlich so sauer auf ihn? Hat er ihnen etwas angetan?«

»Mir nicht. Aber meiner besten Freundin. Der dreckige Menschenhändler hat sie in Prag entführt und einem arabischen Geschäftspartner zum Geschenk gemacht. Reicht das?«

Kristynas Abscheu Andris Balodis gegenüber war für Zoffinger nachvollziehbar. Er nahm ihr auch ab, dass sie über seinen Verbleib nichts wusste. Zu den vom versteckten USB-Datenstick gewonnenen Erkenntnissen zählte, dass der Kerl zusammen mit Rembrandt an einem undurchsichtigen Plan arbeitete, der mit dem Bodensee zu tun hatte, genauer mit dessen ökologischem Zustand. In einer E-Mail regte sich Rembrandt fürchterlich darüber auf, dass er bei einem Wochenendausflug auf einer illegalen Müllkippe am Seeufer zwei kaputte Kühlschränke, ein paar Autoreifen und Berge von Plastik gefunden hatte. Man dürfe auch vor drastischen Maßnahmen nicht zurückschrecken, sowohl die Öffentlichkeit als auch die Verwaltungen von Stadt und Land auf ihre Verantwortung in Sachen Umweltschutz hinzuweisen. Rembrandt – ein Vorkämpfer an der Ökofront? Drastische Maßnahmen? In Zoffingers Ohren klang das bedrohlich.

Ein anderes Thema, aufgrund dessen Rembrandt in

mehreren Mails an Tobias Wegner fast ausflippte, war ein Pilotprojekt des Fraunhofer Instituts. Um einen neuartigen Zwischenspeicher für überschüssigen Windstrom aus Offshore-Windparks zu testen, versenkten die Forscher 200 m vom steil abfallenden Bodenseeufer bei Überlingen entfernt eine hohle Betonkugel mit 3 m Durchmesser auf dem Seeboden. Für Verschwörungstheoretiker Rembrandt war die Sache klar. Bei diesem Projekt hatten kriminelle Elemente die Hand im Spiel, die nichts anderes beabsichtigten, als mit der Drohung einer Kontaminierung des Trinkwasserspeichers Bodensee ganz Süddeutschland zu erpressen. Er behauptete, jemanden zu kennen, der während der Arbeiten beobachtet habe, wie aus einem in der Nähe stehenden Kleintransporter in einer Nacht-und-Nebel-Aktion ein Dutzend verdächtige Plastikkanister ausgeladen wurden.

Der Kommissar klatschte sich mit der flachen Hand auf die Stirn, als er die Zeilen überflog. Irrwitzige Vermutungen wie diese hatte es schon immer gegeben. Elvis Presley starb 1977 nicht, sondern lebt irgendwo in den Rocky Mountains als Kuhhirte. Die Mondlandungen zwischen 1969 und 1972 waren gefakt und in geheimen Studios gefilmt worden. Lady Di kam bei keinem Autounfall, sondern bei einem Anschlag des britischen Geheimdienstes ums Leben ... Menschen nahmen schon immer die Chance wahr, Informationen umzudeuten oder mit List und Tücke in ihr Weltbild einzusortieren.

Rembrandts Verschwörungstheorie war Hauptthema bei einem Treffen, zu dem Vera Hanning den Freundeskreis um Zoffinger zusammengetrommelt hatte. An der Konstanzer Uni hangelte sich die quirlige Studentin von Semester zu Semester. Sie hatte die Runde um den Kommissar vor einigen Jahren beim Konstanzer Seenachtsfest kennengelernt und gehörte seitdem zum harten Kern. Es sei wieder einmal Zeit für ein Update in Sachen Freundschaftspflege, postete sie in einer E-Mail an den Kommissar, Florian und dessen Freundin Karin. Auf Veras Wunsch traf man sich in der ›Sealounge‹, wo man sich direkt am Seeufer im Schein von Fackeln in bequeme Korbstühle flegeln konnte. Abgesagt hatte Hypochonder Rolf Riedle, der zu Hause mit kalten Umschlägen zu depressiven Klängen von Leonard Cohen auf dem Sofa dahinvegetierte und wegen eines eingewachsenen Zehennagels stündlich um sein Leben fürchtete. Er hatte es sich aber nicht nehmen lassen, Vera ein Entschuldigungsschreiben zu schicken, das sie am Abend vortrug.

Liebe Freunde!
Es tut mir in der Seele weh, dass ich an eurem Meeting abwesenheitsbedingt nicht teilnehmen kann. Und zwar aus gravierenden Gründen. Erstens hat mich eine infernalisch schmerzhafte Entzündung niedergeworfen, die jede Ebola-Erkrankung wie einen Zahnputzunfall aussehen lässt. Der Schulmediziner meines Vertrauens teilte mir während eines sicherheitshalber anberaumten Trauergottesdienstes mit, dass mein Fall nicht unmittelbar lebensbedrohend ist. Vor lauter Freude nahm ich keine verfrühten Beileidsbekundungen mehr an, sondern feierte meinen Sprung von der Todesschippe mit ein paar Flaschen Bier und einer delikaten Auswahl von Hochprozentigem. Zweitens habe ich unter den unabänderlichen Folgen meiner privaten Überlebensfeier leidend vergessen, meine einzig tragbare Unterhose nach dem Waschen zum Trocknen aufzuhängen. Drittens leide ich neben meinen körperlichen Unzulänglichkeiten im Augenblick unter chronisch-temporären Erschöpfungszuständen, bipolaren Störungen, Arachnophobie, Bulimie, extremen Motivationsproblemen

und Sommersprossen. Viertens träumte ich vergangene Nacht vom Champions-League-Finale SC Konstanz-Wollmatingen gegen Real Madrid. Das Match ging dreimal in die Verlängerung mit anschließendem zweiwöchigen Elfmeterschießen. Das hat meine Nachtruhe unbeabsichtigt verlängert, sodass ich heute erst am späteren Nachmittag das Licht der Welt erblickte.
Winkewinke vom Katafalk
Euer Rolf

»Er kann es einfach nicht lassen«, wieherte Florian. »Wäre gespannt auf seine Reaktion, wenn er tatsächlich eine schwere Krankheit hätte. Kaum vorstellbar, dass sein Leidensdruck noch steigerungsfähig wäre.«

Der Abend endete trotz üblicher Frotzeleien versöhnlich – wie immer. Obwohl am Ende auch Florian noch sein Fett abbekam, weil er mit seinem geplanten Roman immer noch nicht wirklich vorangekommen war.

»Eigentlich könntest du ja aus dem vollen Leben schöpfen«, dachte seine Freundin Karin laut nach. »Wenn ich mich recht erinnere, hast du vor geraumer Zeit auf der Insel Reichenau einen nächtlichen Striptease hingelegt, nur damit Zoffinger einen Kriminellen festnehmen konnte. Und außerdem bist du vor Kurzem verbotenerweise in das Hausboot dieses verrückten Reichsbürgers eingebrochen … Herz, was willst du mehr? An gedanklichen Anstößen fehlt es wohl nicht!«

In den folgenden Tagen häuften sich auf der Dienststelle plötzlich Anrufe von Leuten, die sich über Graffitischmierereien auf Hauswänden und Haustüren, Garagentoren und selbst auf Schaufenstern von Geschäften beschwerten. Ähnliche Klagen hatte es schon häufig gegeben. In den meisten Fällen handelte es sich um keine Kunst aus der

Spraydose, sondern um hirnloses Gekrakel von talentfreien, unterbelichteten Ignoranten, die sich wichtig machen wollten oder sich einen Kick durch sinnlose Sachbeschädigung erhofften.

Dieses Mal schien es um etwas anderes zu gehen. An mehreren Bushaltestellen waren Hakenkreuze auf den Boden gepinselt worden, allerdings falsch gezeichnet. Auf Stromkästen und Ortsschildern prangten rätselhafte Symbole und runenartige Zeichen, die einen politisch rechten Bezug vermuten ließen. Oder handelte es sich um geheime Botschaften? Sogar auf Radwegen und Randsteinen rund um die Stadt tauchten immer mehr seltsame knappe Sprüche und Zitate auf, die offenbar mit vorgefertigten Schablonen kreiert worden waren.

Nicht einmal vor Streifenwagen schreckten die Schmierer zurück. Zwei Polizisten wurden zu einem Einsatz gerufen, um einen häuslichen Streit zu schlichten. Als sie zu ihrem Fahrzeug zurückkamen, hatten Unbekannte die Buchstaben ›ACAB‹ auf die Kühlerhaube gesprüht. Das englische Kürzel stand für ›All Cops Are Bastards‹, sinngemäß für ›Alle Bullen sind Schweine‹. Im Kommissariat wusste jeder, dass die Parole in den 1970er-Jahren unter englischen Fußballfans die Runde gemacht hatte und später von Skinheads, Punks, Autonomen und schließlich auch von Reichsbürgern übernommen wurde. Im Stadtbild tauchte häufig auch der Zahlencode 1312 auf, was dasselbe bedeutete wie ACAB, aber nach der Buchstabenfolge im Alphabet. Unbekannte stellten an einem Wochenende im Konstanzer Stadtgarten ein 2x2 m großes Plakat auf. Der Spruch darauf: ›Künstliche Intelligenz – Rettung für die Polizei‹.

Mehrere Schilder mit Tempolimit waren von 30 oder 50 auf 28 und 54,5 geändert worden.

Mit purem Vandalismus oder Schmierereien verwirrter Geister hatte der Graffititerror nach Zoffingers Meinung nichts zu tun. Für ihn deuteten alle Anzeichen darauf hin, dass man es mit gezielten Aktionen der örtlichen und regionalen Reichsbürgerszene zu tun hatte.

Dass ihm konfuse Spinner mit ähnlichen Gaga-Aktionen persönlich auf die Pelle rücken würden, hätte Zoffinger nie vermutet. Bis er eines Abends zu vorgerückter Stunde in sein Viertel einbog. Akkurat aufgestellte Straßenlampen warfen ihr mattes Licht auf den Asphalt, der im zuvor niedergegangenen Regen glitzerte wie eine vom Lkw gerutschte Ladung Weihnachtsschmuck. Schon aus der Entfernung glaubte Zoffinger seinen Augen nicht zu trauen, als er auf seinen Hauseingang blickte.

Direkt vor der Eingangstür war ein Berg aus ca. 20 oder 30 rechteckigen Strohballen aufgeschichtet worden, der bis unter die Dachtraufe reichte. Fassungslos stand er vor dem merkwürdigen Haufen. Zuerst dachte er an einen Streich und hatte im ersten Augenblick den deaktivierten Rasenmäherrennfahrer aus der Nachbarschaft in Verdacht, der ihm vielleicht wegen des Zuckeranschlags auf seinen Boliden auf die Schliche gekommen war. Vorsichtig ging er um die Strohbarriere herum. Unwahrscheinlich, dass sich jemand aus Jux und Tollerei so viel Mühe machte. Immerhin mussten die Strohballen irgendwo auf ein geeignetes Fahrzeug aufgeladen und nach Konstanz gefahren worden sein.

Zoffinger zerbrach sich noch den Kopf über mögliche Täter und Hintergründe, als er eine Plastiktüte entdeckte, die mit einem Stück Draht in Kopfhöhe an einem der gepressten Ballen befestigt war. Im Innern befand sich ein Lappen und ein Einwegfeuerzeug. Als er den Beutel öffnete, schlug ihm der unangenehm stechende Geruch von Benzin entgegen, mit dem der Lumpen offensichtlich getränkt worden war. Kein Bekennerschreiben, keine Notiz, kein Hinweis auf den Absender. Aber die Kampfansage, sein Wohnhaus abzufackeln, war deutlich.

Drohbriefe, wütende Anrufe, anonyme Zettel unter dem Schreibenwischer – Zoffinger hatte in seiner beruflichen Laufbahn schon manches wegstecken müssen. Eine Warnung wie diese hatte er allerdings noch nie bekommen. Aber wer konnte hinter dieser massiven Drohung mit einem Brandanschlag auf seine Wohnung stecken? Trotzig stopfte er die Hände in die Manteltaschen und schritt seine Straße ab, linste in jedes geparkte Auto und in jeden Vorgarten. Nichts. Fuchsteufelswild hängte er vor seinem Zuhause seinen Mantel an einen Gartenpfosten, krempelte die Hemdsärmel hoch, schleppte die vom Regen durchweichten Strohballen vom Eingang weg und stapelte sie in der Mitte seines Gartens in sicherer Entfernung vom Haus.

Am nächsten Tag war Klingelputzen in der Nachbarschaft angesagt. Es kam, wie es kommen musste. Niemand hatte mitbekommen, wie der Strohhaufen abgeladen worden war. Zoffinger wunderte das nicht, seit er gelesen hatte, dass Diebesbanden schon tonnenschwere Bagger, riesige Laderaupen und monströse Baustellenkipper geklaut hatten, ohne dass der Beutezug aufgefallen war. Blieb die Frage: Wer steckte hinter der Strohattacke? Versuchte jemand, ihn von seinen Ermittlungen abzubringen?

Die Vermutung rang ihm nur ein müdes Lächeln ab.

4
EIN COLD CASE NAMENS MARIE

Gut gelitten war der Chaot Rembrandt bei seinen Nachbarn in Staad nicht. Er passte in die biedere Gegend wie eine Seeschnecke auf ein Erdbeertörtchen. Seiner Meinung nach verschanzten sich in diesem Wohnviertel fleckenlose Seeanrainer in exquisiten Top-Immobilien hinter gutbürgerlichen Fassaden. Bei der Stadtverwaltung waren schon mehrfach Anwohner vorstellig geworden, die sich über Rembrandts Grundstück aufregten und Maßnahmen gegen den Besitzer des verwahrlosten Schandflecks forderten. Dann meldete sich Lukas Herbstlich, ein junger Start-up-Gründer aus Staad. Er hatte mit mehreren Aufklärungsflügen einer Videodrohne über seinem eigenen Grundstück interessante Entdeckungen in der angrenzenden Nachbarschaft gemacht.

Der Drohnenpilot erschien mit einem Metallköfferchen bei der Kriminalpolizei und brachte damit einen Stein ins Rollen. Er sei im Besitz von aufschlussreichen Infos über einen Reichsbürger und würde sein Wissen gerne mit einem Beamten teilen, der mit der Causa Rembrandt befasst sei, von der er im ›Seekurier‹ gelesen habe. Am Ende wurde er zu Zoffinger geschickt, der sein tägliches Leberwurstbrotritual um 10.15 Uhr gerade abgeschlossen hatte.

»Lukas Herbstlich!«, tönte der Besucher und schüttelte

dem Kommissar die Hand. »Verdammt warm hier drin. Darf ich?«

Auf eine Antwort wartete er erst gar nicht, sondern riss sich seinen Parka vom Leib und warf ihn aus zwei Metern Entfernung über den Garderobenständer hinter der Tür, wo immer noch der von den Kollegen gesponserte Wäscheständer auf seinen ersten Einsatz wartete.

»Eindeutige Überfunktion der Schilddrüse!«, diagnostizierte Zoffinger insgeheim seinem zappligen Gast, der wie ein aufgedrehter Derwisch im Büro herumsprang, bis er einen Stuhl entdeckte und sich darauf fallen ließ.

»Hören Sie! Ich bin Videofilmer und kein Denunziant«, versicherte Herbstlich. »Aber alles, was nach rechtsradikal riecht, kann ich auf den Tod nicht ausstehen.«

Er langte unter seinen Stuhl und warf mit Schwung seinen Koffer auf Zoffingers Schreibtisch.

»In den vergangenen Jahren haben immer mehr Regisseure den Bodensee für TV-Produktionen, Werbevideos und Ähnliches entdeckt. Traditionelle Luftaufnahmen aus Hubschraubern sind nach wie vor teuer und wegen vieler behördlicher Hindernisse nicht einfach zu bekommen. In diesem Feld sehe ich Chancen für den Einsatz von Drohnen.«

Zoffinger war bisher noch nicht zu Wort gekommen und hatte Zeit, den langsam verschwindenden Geschmack von Leberwurst auszukosten.

Herbstlich klappte seinen Koffer auf und brachte ein spinnenförmiges technisches Gerät zum Vorschein, mit dem er in der Luft herumwedelte.

»Ich wohne in Staad in der Nachbarschaft dieses ominösen Reichsbürgers. Bei Testflügen meiner Drohne über meinem Grundstück ist auch die Umgebung ins Bild geraten. Mir ist etwas Verstörendes aufgefallen. Auf seinem

Garagendach hat der schräge Nachbar eine sonderbare Installation aufgebaut, die vor zwei Wochen noch nicht da war. Will der Irre unser Viertel elektronisch auskundschaften, oder was hat er vor?«

Herbstlich zupfte die Speicherkarte aus seiner Fotodrohne und schubste sie über den Schreibtisch.

»Schauen Sie sich die Aufnahmen an. Irgendetwas stimmt da nicht!«

Was Zoffinger auf den Aufzeichnungen sah, war tatsächlich befremdlich. Die Installation auf dem Garagendach, die aussah wie eine kleine Kanone, war neu. Jedenfalls konnte er sich nicht erinnern, sie vor einigen Tagen bei seiner illegalen ›Hausbegehung‹ zusammen mit Florian gesehen zu haben. Aber Zeit, um sich damals auf dem ganzen Grundstück umzusehen, war ohnehin nicht gewesen. Zwar handelte es sich bei der Dachinstallation um ein Problem, das eher in die Zuständigkeit der Baubehörde zu fallen schien, aber jeder Vorwand war ihm recht, sich auf Rembrandts Grundstück nach hilfreichen Hinweisen umzusehen. Also machte er sich auf den Weg nach Staad. Er hämmerte gegen das Metalltor, um auf sich aufmerksam zu machen.

»Hier spricht Paul Zoffinger von der Kriminalpolizei. Ich muss mit dir reden!«

»Ich aber nicht mir dir«, schallte es von drinnen. »Hab jetzt keine Zeit, weil ich auf eine Geschäftsreise muss. Was liegt eigentlich an?«

»Eine Geschäftsreise? Wo soll es denn hingehen?«

»Geht dich einen Dreck an. War's das?«

»Noch nicht ganz«, bremste ihn Zoffinger. »Uns ist zu Ohren gekommen, dass du auf deinem Garagendach eine technische Apparatur installiert hast, die eventuell genehmigt werden muss.«

Mit gewohntem Quietschen ging das Tor auf.

»Hat mich mal wieder irgendein verdammter Spießer angezeigt?«, fluchte Rembrandt. Er drehte sich um und zeigte auf seine Garage hinüber. »Das ist ein Infrarotlaser, den du in jedem besseren Elektronikladen kaufen kannst.«

»Was machst du mit dem Ding? Flugzeuge vom Himmel holen?«

Rembrandt winkte ab.

»Unsere Welt ist dermaßen aus den Fugen geraten, dass wir auf intelligente Impulse für unser weiteres Zusammenleben angewiesen sind. Dass solche Denkanstöße aus unseren irdischen Gesellschaften kommen, glaube ich nicht. Aber es wird ja schon lange darüber nachgedacht, mit Aliens in anderen Sonnensystemen in Kontakt zu treten. Vielleicht käme von dort die eine oder andere gute Idee, wie die Menschheit ihr Überleben sichern kann.«

»Das willst du mit deiner merkwürdigen Laserinstallation bewerkstelligen?«

»Logo. Eine ferne Zivilisation mit einem künstlichen Leuchtsignal auf uns aufmerksam zu machen, ist doch keine schlechte Idee. Die Technik könnten wir zur Kommunikation nutzen, um uns per Laser ein paar brauchbare Überlebenstipps zu besorgen.«

»Manche Wissenschaftler empfehlen, uns besser vor Außerirdischen zu verbergen, weil sie vielleicht nichts Gutes im Schild führen. Das stand jedenfalls vor Kurzem in der Zeitung«, gab Zoffinger zu bedenken.

»Quatsch! Mieser als jetzt kann es auf unserem Planeten doch kaum laufen. Kriege an allen Ecken und Enden, Terrorismus, Klimawandel, Hungersnöte, Flüchtlingsströme, Börsencrashs, Seuchen. So richtig erfolgreich finde ich unsere Erde nicht gemanagt.«

Was mit einem Laser alles angestellt werden konnte, wusste Zoffinger nicht. Aber er ahnte, wo er sich eine Expertenmeinung einholen konnte. Er rief einen Bekannten bei der Airbus Defence and Space GmbH in Immenstaad an und schilderte kurz sein Problem. Die Antwort fiel eindeutig aus.

»Der Kerl hat nicht alle Latten am Zaun. Hätte er einen zwei Megawatt starken Infrarotlaser auf seinem Garagendach, der durch ein 30 Meter großes Teleskop scharf gebündelt ins All leuchtete, würde sich der Strahl deutlich von der Sonne abheben. Das Signal wäre sogar noch in bis zu 20 000 Lichtjahren Entfernung nachzuweisen, also rund 80 Prozent der Strecke bis zum Zentrum der Milchstraße. Hat dein Alienflüsterer einen solchen Oschi an Laser und Teleskop gebaut? Ich glaube kaum.«

Zoffinger war schneller auf Rembrandts Grundstück zurück, als er gedacht hatte. Grund waren keine Kontaktversuche mit neongrünen Außerirdischen, sondern ein Problem der irdischen Art. Der Hausherr hatte sich bereits auf seine Geschäftsreise verabschiedet, aber einem Gartenbaubetrieb den Auftrag erteilt, während seiner Abwesenheit ein Erdloch für einen geplanten Koi-Teich auszuheben.

Bereits am ersten Tag der Buddelei kamen die Erdarbeiten zum Stillstand, als der Baggerfahrer in der Grube auf seltsame Knochen stieß. Die alarmierte Polizei rückte mit Rechtsmedizinern an, die den Fund an Ort und Stelle als menschliche Überreste identifizierten. Weiterführende Untersuchungen gestalteten sich schwierig, weil weder Gewebeteile noch Kleidungsstücke vorhanden waren.

»Und? Schon irgendwelche Ergebnisse?«, wollte Zoffinger im Reich von Dr. Herringer wissen.

Dem Chef des Instituts war anzusehen, dass er den

Kommissar für einen forensisch unbedarften Spürhund hielt.

»Bevor wir Ergebnisse präsentieren, machen wir unsere Arbeit. Akkurat und akribisch. Ohne spekulativ zu werden. Sie haben es hier mit professionellem Vorgehen zu tun, Herr Kommissar.«

Zoffinger machte sich manchmal einen Spaß daraus, seinen humorresistenten Kollegen zu hänseln, weil er ihn für einen Pedanten und Erbsenzähler hielt.

»Können Sie schon sagen, ob es sich um ein weibliches oder männliches Skelett handelt?«

»Das Geschlecht zeichnet sich erst im Erwachsenenalter ab, etwa an der Becken- und Schädelform. Hier haben wir es offensichtlich mit einem jungen Menschen zu tun, dessen Körpergröße sich anhand von Langknochen aus dem Ober- und Unterschenkel nur grob abschätzen lässt. Aber ich gehe davon aus, dass es sich um einen ungefähr 13- bis 15-jährigen Menschen handelt. Eine sichere Identifizierung bringt nur ein DNA-Analyse. Und darauf müssen Sie noch ein paar Tage warten.«

»Warum dauert das eigentlich so lange?«

Zoffinger wusste: Noch zwei, drei so unverblümte Fragen und bei Dr. Herrlinger würde die Schnappatmung einsetzen.

»Wir müssen Teile der Knochen im Labor vorsichtig bei nicht zu großer Hitze trocknen und danach zermahlen. Erst dann können wir daraus die DNA separieren.«

»Können Sie anhand des Skeletts auf die Todesursache schließen?«

»Grobe Verletzungen wie eingeschlagene Schädelknochen sind nicht vorhanden. Spuren etwa von Messerstichen oder Ähnlichem konnten wir nicht finden. Ohne Weichgewebe: Keine Chance!«

Als die DNA nach einigen Tagen isoliert war, ließ Zoffinger sämtliche Altfälle prüfen, bei denen Spuren gesichert worden waren. Unter den sogenannten Cold Cases befand sich einer, der sich geradezu anbot. Der DNA-Abgleich mit dem Skelettfund auf Rembrandts Grundstück schlug im Kommissariat ein wie ein Meteorit. Bei der verscharrten Leiche handelte es sich um Marie Kessler aus Konstanz-Allmannsdorf, die 1993 unter mysteriösen Umständen von der Bildfläche verschwunden war.

Die 15-Jährige war zum letzten Mal auf ihrem Weg zwischen einer Bushaltestelle in Staad und ihrem Zuhause gesehen worden. Im Vorfeld hatte es zwar typische Teenie-Probleme zwischen ihr und ihren Eltern gegeben, aber dass das Mädchen sich aus eigenen Stücken auf und davon gemacht hatte, konnte sich niemand vorstellen, weder die Eltern noch die Geschwister. Die Polizei auch nicht. Schon bald hatte sich bei Zoffingers Vorgänger die Gewissheit durchgesetzt, dass Marie einem Gewaltverbrechen zum Opfer gefallen war.

Die Polizei ging damals über 200 Hinweisen aus der Bevölkerung nach. In mehreren Stadtteilen wurden alte Fabrikanlagen, Lagerräume, Keller und Dachböden durchsucht – ohne Erfolg. Selbst Suchhunde kamen zum Einsatz. Zeugen meldeten sich, die das Mädchen in Begleitung eines großen, kräftigen Mannes mit buschigem Bart beim Eiscreme-Essen vor einem Kiosk am Fährhafen gesehen haben wollten. Ein wegen Kindesmissbrauchs vorbestrafter Sexualstraftäter geriet ins Visier der Fahnder, doch führte die Spur am Ende ins Leere.

Bewegung kam in den Fall, als ein anonymer Anrufer Maries Eltern gegenüber behauptete, er wisse über das Verschwinden des Mädchens Bescheid. Er bestellte den Vater zum Kaiserbrunnen auf der Marktstätte, tauchte zur vereinbarten Zeit aber nicht auf. Der Grund dafür hätte sein können, dass ein Streifenwagen wegen eines Ladendiebstahls einen Einsatz in der Nachbarschaft hatte und sich der Anrufer dadurch vielleicht abschrecken ließ. Er meldete sich auch später nie wieder.

Ein zweiter anonymer Anrufer meldete sich über den Notruf bei der Polizei. Er machte über die Leiche von Marie Kessler schlüssige Angaben, so dass auf dem Bodanrück ein großes Waldstück mit Leichenspürhunden einen ganzen Tag lang durchsucht wurde. Vergeblich. Die Polizei veröffentlichte zwei Mitschnitte des anonymen Anrufers. Auch das blieb ohne Erfolg.

Zoffinger spazierte an einem sonnigen Nachmittag mit Florian über die Alte Rheinbrücke und erzählte von seiner Arbeit, vom Skelettfund auf Rembrandts Grundstück und vom Frust eines Ermittlers, dem es nicht gelingen wollte, einem Mörder das Handwerk zu legen.

»Hast du eigentlich schon früher einmal mit einem Cold Case zu tun gehabt?«, wollte Florian wissen.

»Zweimal sogar. Wir beide kannten uns damals noch gar nicht. In beiden Fällen waren die Spuren eiskalt, weil die Verbrechen vor vielen Jahren verübt worden waren. Eigenartig, dass du mich gerade hier danach fragst.«

Er nahm Florian am Arm und zog ihn ein paar Schritte weiter bis zu einer Stelle, an der ein kleines Metalltäfelchen am Brückengeländer befestigt war. Mit dem Jackenärmel rubbelte er darüber, bis die Inschrift, vom Straßenstaub befreit, sichtbar wurde.

»Menschlichkeit ist ohne Achtung und Respekt nicht vorstellbar«, stand darauf.

»Mein letzter Cold Case hatte exakt mit dieser Stelle zu tun«, erklärte Zoffinger.

Florian blieb nicht verborgen, wie der Fall seinen Begleiter immer noch umtrieb. Zoffinger stand mit hängenden Armen da wie vor dem Grab eines schmerzlich vermissten Menschen.

»Genau hier ist ein Rettungssanitäter zu Tode gekommen. Spät in der Nacht war er auf dem Nachhauseweg von einer Geburtstagsfeier. An dieser Stelle geriet er in Streit mit pöbelnden Passanten. Folge: eine Rauferei. Am Ende lag der Sanitäter tot unter der Brücke. Niemand hatte etwas gesehen. Verwertbare Spuren gab es auch nicht. Aber durch die Entdeckung der DNA-Analyse konnten wir 17 Jahre später den Täter ausfindig machen. Der unschuldige Mann hatte einen der rabiaten Angreifer in die Hand gebissen. Das war der einzige Grund, weshalb er über das Brückengeländer geworfen worden war.«

Zoffinger nickte ein paarmal, wie um sich selbst rechtzugeben.

»Jetzt hoffe ich inständig, dass mir auch die Aufklärung des Todes von Marie Kessler gelingt. Solche Kapitalverbrechen nagen an Ermittlern. Es ist, als würde man als Verantwortlicher ständig einen auf die Seele drückenden Ballast mit sich herumschleppen. Manchen Zeugen geht es offenbar ähnlich. Das ist eine unserer Chancen, wenn etwa ein Mitwisser nach Jahren die seelische Belastung nicht mehr ertragen kann und auspackt.«

Dass man auf Maries Leiche gestoßen war, ließ die Hoffnung wachsen, in diesem Cold Case voranzukommen. Der Knochenfund bot Zoffinger noch eine andere Chance. Das Mädchenskelett war quasi ein Türöffner, um Rembrandts zwielichtige Provinz Constantia offiziell nach allen Regeln der Kunst umzukrempeln und nach Beweisen zu suchen.

Genau zu dem Zeitpunkt, als Zoffinger mit dem rechtsmedizinischen Gutachten bewaffnet auf dem Seegrundstück auftauchte, kam der selbst ernannte Provinzgouverneur mit seinem Land Rover von seiner Geschäftsreise zurück. Rembrandt war außer sich, tobte wie ein Berserker, brüllte sich die Seele aus dem Leib und stürzte sich auf den Vorarbeiter der Teichbauer.

»Zu blöd, um einen Plan zu lesen!«, randalierte er. »Da weiß man ja sofort, was man von euch Pfeifen zu halten hat. Stümper! Idioten! Nichtskönner! Dort drüben sollte das Erdloch hin. Genau auf der anderen Seite des Grundstücks. So ist es auf dem Plan eingezeichnet.«

Er wurstelte einen zerknüllten Zettel aus der Jackentasche, glättete ihn und hielt ihn dem Arbeiter unter die Nase.

»Und? Fällt dir dabei etwas auf?«

Der Gartenbauer warf einen giftigen Blick auf das Papier und zog seine eigene Kopie aus der Brusttasche seines Overalls.

»Natürlich fällt mir etwas auf. Hättest du auf dem Plan die Himmelsrichtungen eingezeichnet, wäre die Verwechslung ausgeschlossen gewesen. Siehst du auf dem Plan einen Nordpfeil oder eine Kompassrose? Ich nicht! Also selber Stümper und Vollidiot!«

Sekunden bevor es zu Handgreiflichkeiten kam, schritt der Kommissar ein.

»Rembrandt! Ein Erdloch auf der falschen Seite deines Grundstücks ist dein geringstes Problem. Bei den Aushubarbeiten wurde ein menschliches Skelett gefunden. Unsere Rechtsmediziner sagen, dass es sich um die sterblichen Überreste eines 1993 verschwundenen Mädchens handelt. Ich hätte diesbezüglich ein paar Fragen.«

Rembrandt stutzte, kniff seine Pelzaugenbrauen über den Haifischaugen zusammen und glotzte Zoffinger bitterböse an.

»Waaas habt ihr gefunden? Eine Mädchenleiche? Du

hast wohl nicht alle Tassen im Schrank. Wie soll denn eine Mädchenleiche auf mein Grundstück kommen?! Fehlt bloß noch, dass ich irgendetwas damit zu tun haben soll.«

Er machte ein paar Schritte weg von Zoffinger, wandte ihm den Rücken zu und schüttelte seine verfilzte Mähne.

»Davon abgesehen: Mit welchem Recht überfällst du mit deinen Hilfstruppen eigentlich meinen privaten Grund und Boden? Schon mal was von der Unverletzlichkeit von Wohnung und privatem Grundstück gehört?«

Er zeigte mit der ausgestreckten Hand auf die Teichbaustelle, um die herum Spurensicherer in weißen Ganzkörperanzügen wuselten.

Zoffinger sah sein Gegenüber intensiv an.

»Es gibt dringenden Gesprächsbedarf. Ich will wissen, warum sich die Knochen auf deinem Grundstück befinden. Je eher du in dieser Sache kooperierst, desto schneller bist du vom Haken, sofern du nichts mit dem toten Mädchen zu tun hast. Verstanden?«

»Mit Verdächtigungen und Beschuldigungen gegenüber unbescholtenen Bürgern seid ihr Staatslakaien schnell bei der Hand«, muckte Rembrandt auf.

Zoffinger stoppte ihn. Längst hatte er sich über Rembrandt schlau gemacht.

»Hör mal genau zu, du unbescholtener Bürger. Mit elf Jahren bist du erstmals straffällig geworden, hast dir fremde Fahrräder und Mopeds unter den Nagel gerissen und mit dem Auto deiner Mutter Spritztouren unternommen. Zweimal mit beträchtlichem Blechschaden.«

Er schnaufte tief durch, weil ihm Rembrandts Getue gegen den Strich ging.

»Zwei Jahre später hat man dich nach weiteren Delikten auf die Baleareninsel Ibiza geschickt – als erlebnispädagogische Maßnahme. Dort hast du das Auto einer Betreuerin geklaut und geschrottet. Erlebnispädagogische Maßnahme! So ein Schwachsinn! Stattdessen hätte man dir von vorneherein zeigen sollen, wo der Hammer hängt. Das hätte dir garantiert besser getan als ein Inselurlaub auf Steuerzahlerkosten.«

Zoffinger war dabei, sich in Rage zu reden.

»Jugendsünden, alles Jugendsünden«, unterbrach ihn Rembrandt. »Oder hast du schon als 13-Jähriger einen blank polierten Heiligenschein getragen?«

Die Kollegen sackten den widerspenstigen Kerl ein und brachten ihn zur Vernehmung auf die Dienststelle. Der Kommissar ahnte, dass er sich an diesem Fall nach all den Jahren ohne weitere Beweise die Zähne ausbeißen würde. Genau danach sah es zunächst aus. Die Mädchenleiche war völlig nackt verbuddelt worden. Weder ein Kleidungsstück noch ein sonstiger Gegenstand war bei dem Skelett gefunden worden, woran fremde DNA-Spuren hätten festgestellt werden können. Auch der Einsatz eines speziell ausgebildeten Suchhundes auf dem Grundstück blieb erfolglos: keine weiteren menschlichen Knochen, keine Kleidungsstücke des Mädchens, kein Garnichts.

Rembrandts Mutter hatte das Seegrundstück in den frühen 1980er-Jahren gekauft, sich aber nie um das Areal gekümmert. Ältere Anwohner der Hoheneggstraße gaben zu Protokoll, dass das Terrain über die Jahre völlig verwilderte, was vor allem den um gärtnerischen Schliff bemühten direkten Nachbarn ein Dorn im Auge war. Rembrandt, der damals in seinem Elternhaus wohnte und das Grundstück nach dem Tod seiner Mutter Anfang der 1990er Jahre erbte, ließ es zunächst links liegen und erst 1993 mit einer Thujahecke einzäunen bzw. einem eisernen Tor wie Fort Knox abschließen.

»Gab es einen speziellen Grund, warum du gerade 1993

die Hecke gepflanzt und das Areal mit dem Eisentor abgesperrt hast?«

Zoffinger rechnete nicht damit, dass Rembrandt ihm Anhaltspunkte liefern würde, um eine zeitliche Verbindung zwischen der Einzäunung des Grundstücks und dem Verschwinden des Mädchens herzustellen. Aber er wollte nichts unversucht lassen.

Rembrandt spielte das Unschuldslamm.

»Vorausschauende Planung!«, behauptete er. »Die Riesenhütte meiner Mutter war mir zu groß, zu linientreu, mit zu vielen beschissenen Erinnerungen behaftet. Zu scheißbürgerlich war sie mir schon, als ich noch angebrannten Griesbrei fressen musste. Verkaufen oder vermieten – das waren meine Optionen. Am Ende entschied ich mich, auf dem Seegrundstück meine eigene Bleibe zu bauen – als Konsequenz des mentalen und leibhaftigen Ausstiegs aus der Welt der Spießbürger, Paragrafenreiter und Staatsmarionetten. Ein alter Traum. Zuerst war die Garage dran, weil ich mir damals den ersten Oldtimer kaufte. Später die Idee mit dem ausgemusterten Polizeiboot. Der Kahn wurde genau zur richtigen Zeit versteigert.«

Rembrandt zu löchern, wo er zum Zeitpunkt des Verschwindens von Marie Kessler gewesen war, wäre reinste Zeitverschwendung gewesen. Wer konnte sich daran erinnern, wo er vor über einem Vierteljahrhundert zu einem bestimmten Zeitpunkt gewesen war? Ohne handfeste Beweise war dem Kerl nicht am Zeug zu flicken. Ihn als dringend tatverdächtig in Untersuchungshaft zu nehmen, war ein Kraftakt gewesen. Aber ein Haftrichter hatte sich dazu bereit erklärt, nachdem ihm Zoffinger lang und breit erklärt hatte, dass Verdunklungsgefahr bestehe und verhindert werden müsste, dass der Häftling eventuell Beweismittel vernichte oder Zeugen beeinflusste.

Zwei Tage lang filzte die Kriminaltechnik Rembrandts Hausboot, stöberte in allen Ecken, ließ keinen Schrank und keine Truhe ungeöffnet und drehte im Garten jeden Stein um. Nichts, was den Fall Marie Kessler vorangebracht hätte. Aber völlig erfolglos war die polizeiliche Schnüffelorgie dennoch nicht. Zoffinger hatte zwei Kollegen mit einem Spezialauftrag ausgestattet. Sie sollten neben Beweismitteln in Sachen Mädchenmord die Augen auch bezüglich geschäftlicher Aktivitäten Rembrandts offenhalten, die eventuell Verbindungen zu Tobias Wegner und Darius Rimkus herstellen konnten.

Als Zoffinger zusammen mit Florian Rembrandts Polizeiboot unerlaubt durchsucht hatte, war nicht genügend Zeit geblieben, um sich einer Batterie von Geschäftsordnern in Rembrandts Pseudobüro zu widmen. Die Spezialisten von der Spurensicherung konnten die Papiere in aller Ruhe durchforsten. Aufschlussreich waren Rembrandts Kontoauszüge, die zweierlei bewiesen: Erstens hatte der Kerl von seiner Mutter ein voluminöses Barvermögen im hohen sechsstelligen Bereich und ein sattes Aktiendepot geerbt. Sein dreigeschossiges Elternhaus, zwei Steinwürfe vom Seeufer entfernt, brachte eine monatliche Miete von über 4000 Euro ein. Zweitens machten weitere Zahlungseingänge deutlich, dass er seit zwei Jahren regelmäßig jeden Monat zwischen 1300 und 2000 Euro aus dem Ausland überwiesen bekam. Woher das Geld kam, war unklar. Auf die Zahlungen aus dem Ausland angesprochen, lief ein breites Grinsen über Rembrandts runzlige Visage.

»Zugegeben – wie ein ausgesprochener Womanizer sehe ich nicht aus«, stapelte er tief und kraulte genüsslich den Wildwuchs um sein Kinn. »Aber es gibt ja Frauen, die eher auf innere Werte stehen. In Frankreich und der Schweiz sitzen drei sehr vermögende Damen. Auf ihren Hitlisten rangiere ich auf den vorderen Plätzen. Sie vermuten, dass ich am unteren Ende der Nahrungskette vor mich hinvegetiere. Deshalb verhelfen sie mir zu einem Platz auf der Butterseite des Lebens. Nett von ihnen!«

Entschuldigend hob er die Schultern, zeigte seine offenen Handflächen und feixte.

»Soll ich mich gegen diese Art von Zuwendung wehren?«

Hinter Rembrandts Garage befand sich ein von Büschen überwucherter Anbau, der vom vorderen Teil des Grundstücks aus nicht zu sehen war. Zoffingers Spürnasen entdeckten im Inneren betonierte Sockel mit speziellen Vorrichtungen, die den Kommissar elektrisierten.

»Für den Wasseraustausch in Aquarien wie gemacht«, urteilte einer. »Passend dazu das große Dachfenster mit Rollo, um die Helligkeit im Innern zu regulieren. Ein piekfeines Aquarienheim.«

Letzte Zweifel bereinigten zwei große Behälter mit Koi-Pellets. Der Kommissar ließ die noch verschweißten Deckel aufhebeln. Bis zum Rand waren die Bottiche mit einem Mix aus bunten Kügelchen gefüllt. Mehr Beweise, um Rembrandt eine Verstrickung in den Aquarienhandel nachzuweisen, bedurfte es nicht. Mit den Funden konfrontiert, knickte der Ertappte ein. Erst behauptete er, für einen Bekannten sowohl Aquarien als auch Futter gehortet zu haben. Als diese Verteidigungslinie nicht mehr zu halten war, schwenkte er um und räumte ein, sich im Zuge seiner Entscheidung zum Bau eines eigenen Koi-Teiches auch für eine Aquariumhaltung entschieden zu haben. Für die Spurensicherer war es ein Leichtes nachzuweisen, dass die Wasserinstallationen schon mindestens ein oder zwei Jahre alt waren, Rembrandt also faustdicke Lügen auftischte.

»Aus dieser Nummer kommst du nicht mehr heraus!«, prophezeite ihm Zoffinger. »Zusammen mit dem untergetauchten Tobias Wegner und dem mittlerweile toten Darius Rimkus hast du im Handel mit verbotenem Delfinfleisch mitgemischt. Dafür gibt es Anhaltspunkte. Ehrlich gestanden ist mir das aber ziemlich schnuppe. Darum kümmern sich die Kollegen von der Wirtschaftskriminalität. Ich will wissen, warum dieser Rimkus mit eingeschlagenem Schädel im Bodensee gelandet ist. Und ich will wissen, wer dabei die Hände im Spiel hatte. Auch werde ich nicht ruhen, ehe ich eine Antwort darauf gefunden habe, wie die Leiche von Marie Kessler auf dein Grundstück gekommen ist.«

Zoffinger war daran gewöhnt, bei seinen Ermittlungen Rückschläge hinnehmen zu müssen. Einen weiteren erlebte er morgens auf dem Parkplatz vor dem Präsidium.

»Gerade recht, dass ich Sie treffe«, rief ihm der Staatsanwalt zu, als er aus seinem Wagen stieg. »Ich hätte Sie ohnehin gleich angerufen.«

»Wo brennt es denn?«

»Na ja, ich teile Ihnen das ungern mit. Aber ich habe gestern Abend diesen Roman Weidner alias Rembrandt auf freien Fuß gesetzt – setzen müssen. Tut mir leid. Aber die Indizien reichten einfach nicht aus, um ihm ein Verschulden am Tod von Marie Kessler nachzuweisen. Tut mir echt leid.«

Zoffinger wich einem Wagen aus, der mit Karacho aus einer Parklücke schoss.

»Braucht Ihnen nicht leid zu tun. Wir sehen uns wieder! Nächstes Mal sind meine Beweise wasserdicht. Der Kerl hat genug Dreck am Stecken für mehrere Jahre im Kittchen.«

Der Kommissar hatte Erfahrung mit solchen Fällen.

Erstens ermutigte eine Entlassung aus der Untersuchungshaft manche zwielichtigen Figuren, sich in Sicherheit zu wiegen und unvorsichtig zu werden. Zweitens gehörte zur Ermittlungsstrategie, den Druck auf Verdächtige zu erhöhen, um sie zu Fehlern zu zwingen. Als erste Maßnahme ließ er jeden Tag mehrmals einen Streifenwagen demonstrativ vor Rembrandts Grundstück parken. Zusätzlich nahm er sich vor, selbst unter fadenscheinigen Gründen bei dem Sonderling aufzutauchen, um Präsenz zu zeigen und ihm das Gefühl zu vermitteln, dass er noch lange nicht von der Angel war.

»Reden wir noch einmal über Marie Kessler«, schlug Zoffinger beim nächsten Treffen mit Rembrandt vor.

Der Angesprochene ließ einen hölzernen Zahnstocher vom einen in den anderen Mundwinkel wandern und spielte den Genervten. Wahrscheinlich war er es auch. Er zog seine Schiebermütze von Kopf und schlug sich damit wutschnaubend auf den Oberschenkel, dass der Staub nur so flog.

»Himmel, Arsch und Zwirn! Dein Staatsanwalt hat mich laufen lassen, weil er nicht den geringsten Beweis gegen mich hatte. Das wird sich mittlerweile auch bis zu dir herumgesprochen haben. Das heißt: Ich bin unschuldig! UNSCHULDIG!«

»Das heißt nicht, dass du unschuldig bist. Das heißt, dass dir momentan kein Verschulden nachzuweisen ist. Das sind zwei Paar Stiefel.«

Rembrandt nahm jede Gelegenheit wahr, von seinem Fall abzulenken.

»Lass bloß keine Gelegenheit aus, wildfremden Leuten ans Bein zu pinkeln. Aber das ist in unserer schönen Bodenseemetropole ja nicht erst seit gestern so. Hier ist man mit freidenkenden Menschen schon immer gnadenlos umgesprungen«, proletete er. »Beispiele gefällig? 100 Jahre vor Martin Luther wurde der Reformer Jan Hus beim Konstanzer Konzil bekanntlich ins Jenseits befördert, weil er den seiner Meinung nach betrügerischen Ablasshandel kritisierte.«

»Menschenskind, Rembrandt! Wird das jetzt ein Ausflug in die Konstanzer Religionsgeschichte?«

Rembrandt hatte einen richtigen Lauf und war von seinem Thema nicht abzubringen.

»In Konstanzer starben im 16. Jahrhundert kurz hinter einander auf mysteriöse Weise mehrere Domherren. Eine dämonische Todesserie? Davon gingen nur verbohrte Autoritätsgläubige aus. Diese Domherren waren aufgeklärte Geister, die man wegen ihrer undogmatischen Ideen in der ignoranten Stadt nicht haben wollte.«

»Willkommen an der Verschwörungsfront!«, jubelte Zoffinger. »Habe vor Kurzem gelesen, dass Europa Anfang des 19. Jahrhunderts ein dunkles Kapitel mit bitterkalten Sommermonaten, miesen Ernten und hungernden Menschen erlebte. Offizielle Lesart: Der Allmächtige bestraft Erdlinge für ihre Laster und Missetaten.«

Rembrandt wollte eben seinen Senf dazugeben. Aber Zoffinger stoppte ihn.

»Heute weiß man es besser. 1815 sorgte der indonesische Vulkan Tambora für globale Klimaveränderung und für eine riesige Schneeschmelze 1816 in den Alpen. Der hohe Pegelstand des Bodensees überschwemmte die Konstanzer Marktstätte, wodurch dort sogar ein Postschiff vor Anker gehen konnte.«

Hinterher fragte er sich, warum er sich mit Rembrandt überhaupt auf so eine Diskussion eingelassen hatte. Neue Erkenntnisse mussten her, wenn er dem Sturkopf eine Schuld am Tod des Mädchens nachweisen wollte.

Ein glücklicher Umstand sprang Zoffinger zur Seite. Die Tourismusorganisationen im Bodenseegebiet veranstalteten einen Wettbewerb, bei dem die schönsten und einfallsreichsten Gärten der Region prämiert werden sollten. Der in der Nachbarschaft vom Rembrandt wohnende Videofilmer Lukas Herbstlich machte auch mit. Nachdem er bereits die mysteriöse Laserkonstruktion auf Rembrandts Garagendach der Polizei gemeldet hatte, informierte er Zoffinger über eine neue Entdeckung in der Nachbarschaft.

Bei seinen Drohneneinsätzen hatte er die historisch kostümierten Gipsstatuen auf Rembrandts Grundstück entdeckt und dem Besitzer den Mund wässrig gemacht, an dem Gartenwettbewerb mitzumachen. Herbstlich fertigte eine Präsentation der außergewöhnlichen Damenriege an, mit der er am Ende hinter einem Schweizer Gartengestalter den zweiten Platz belegte. In den Medien fanden die Preisträger des Wettbewerbs großes Echo. Eine Reihe von Fotos der toll ausstaffierten Gipsdamen veröffentlichte der ›Seekurier‹. Eines Morgens tauchte in Zoffingers Büro eine resolute Dame auf, die ihre Erregtheit weder verbergen konnte noch wollte.

»Johanna Kessler«, stellte sie sich atemlos vor. »Ich bin die Mutter der 1993 verschwundenen Marie Kessler. Wenn ich richtig informiert bin, haben Sie die neuen Ermittlungen in diesem Fall aufgenommen – nach dem tragischen Fund. Ich rede von den sterblichen Überresten meiner Tochter.«

Was die Frau erzählte, ließ Zoffinger sogar sein Pausenbrot vergessen, das um diese Zeit auf den morgendlichen Einsatz wartete.

Auf dem Zeitungsfoto einer von Rembrandts Kurtisanen hatte Frau Kessler einen runden Anhänger mit einem in Silber gefassten türkisgrünen Stein entdeckt, den sie ein Jahr vor Maries Verschwinden ihrer Tochter zum Geburtstag geschenkt hatte.

»Modeschmuck gibt es heute in 100 000 Varianten. Sind Sie wirklich sicher, dass es sich um denselben Schmuck handelt?«, gab der Kommissar zu bedenken.

»Tausendprozentig! Das Unikat habe ich bei einem Konstanzer Juwelier anfertigen lassen. Letzte Zweifel sind bei mir durch den BH verschwunden, den eine Statue trägt. Marie nannte ihn ihren ›Itsy Bitsy Teenie Weenie‹-BH nach einem alten Schlager aus den 1960er-Jahren. Sie hatte auf das Teil eigenhändig winzige rote Herzchen genäht. Ich erinnere mich noch, wie sie über die Fummelarbeit meckerte, nachdem sie damit angefangen hatte. Sowohl der Schmuck als auch der BH gehörten meiner Tochter. Definitiv!«

Zoffinger besorgte sich vom Videofilmer Lukas Herbstlich die Originalfotos aus Rembrandts Garten und ließ Vergrößerungen sowohl von der Halskette als auch vom putzigen Herzchen-BH anfertigen. Geradezu genüsslich klemmte er die Kopien in eine Mappe und machte sich auf den Weg nach Staad.

»Hast du vor, mein restliches Grundstück auch noch umgraben zu lassen?«, meckerte Rembrandt über den Besuch und kratzte sich mit einem abgebrochenen Ast feuchte Erde von den Stiefeln.

Zoffinger schob ihn zur Seite, ging auf die Gipsstatue zu, die sowohl Marie Kesslers Schmuck als auch ihren BH trug, und klappte die Mappe mit den Fotos auf.

»Eine Zeugin hat uns bestätigt, dass der hübsche Schmuck und der BH dem getöteten Mädchen gehörten. Daran gibt es nichts zu rütteln. Kannst du mir erklären, wie du in den Besitz der Sachen gekommen bist?«

Rembrandt drehte die Fotos hin und her, zwinkerte,

hielt sich die Bilder direkt vors Gesicht und streckte dann die Hände weit von sich.

»Kann mich schwach erinnern, dass ich sie vor Urzeiten gefunden habe. Ja, ja. Ich habe sie auf meinem Grundstück gefunden. Vor Jahren.«

»Wo genau und wann?«, bohrte Zoffinger nach.

Rembrandt druckste herum.

»Mann, das ist Jahre her. Kannst du dich genau erinnern, was du vor 10 oder 20 Jahren gemacht hast?«

»Das Grundstück soll ursprünglich ziemlich verwildert gewesen sein. Was hattest du dort überhaupt zu suchen? Zum Blümchenpflücken wirst du nicht hingegangen sein.«

»Ich habe Pläne geschmiedet. Hab ich dir bereits erzählt, dass ich nach dem Tod meiner Mutter vorhatte, mir am Seeufer was Eigenes zu bauen. Nicht nur die Garage, sondern etwas Dauerhaftes zum Wohnen. Deswegen war ich öfters dort. Musste mir schließlich ansehen, was wo Platz hätte.«

»Stand die Garage schon, als du den Schmuck und den BH gefunden hast?«

Rembrandts Mimik signalisierte ›Keine Ahnung!‹.

»Wo auf dem Grundstück lagen die beiden Stücke? Im Gras, auf offener Erde? Hingen sie an einem Strauch? Waren sie irgendwo vergraben oder versteckt?«

Rembrandt tat so, als machte er sich ernsthafte Gedanken.

»Weiß ich nicht mehr. Wahrscheinlich lagen sie einfach so herum. Vom Mörder weggeworfen.«

»Wirft ein Mädchenmörder das Amulett und den BH eines umgebrachten und vermutlich vergewaltigten Mädchens einfach weg? Eher nicht, sonst hätte er die Sachen gleich samt dem Leichnam vergraben können«, argumentierte Zoffinger.

»Sorry! Aber wie soll ich wissen, wie ein Mörder tickt? Ich will es auch gar nicht wissen. Keine Ahnung, was sich ein Mensch in so einer Situation ausdenkt.«

»Hätten wir die Halskette und den BH bei dem Skelett gefunden, wäre die Identifizierung einfach gewesen. Da wir die beiden Gegenstände aber an einer deiner steinernen Kurtisanen gefunden haben, stellt sich natürlich die Frage, wie du in deren Besitz gekommen bist. Dass sie einfach so herumlagen und du sie zufällig gefunden hast, nehme ich dir nicht ab.«

»Dein Problem! Es war so, wie ich sage.«

»Meine Kollegen haben sich den BH gründlich angesehen. Sie sagen, dass das Stück vor der Behandlung mit Kunstharzlack in ordentlichem Zustand war. Wäre der Herzchen-BH schon Wochen oder sogar Monate Wind und Wetter ausgesetzt gewesen, hätten die Spurensicherer das herausgefunden. Selbst die Farben der roten Herzchen waren noch in Ordnung. Nichts war verblichen oder verschmutzt. Du ahnst vermutlich, was ich damit sagen will.«

»Ich ahne es. Aber du liegst falsch!«

»Hast du früher Drogen genommen?«

Rembrandt winkte ab. »Vielleicht kennst du den Spruch ›Ich hatte nie Probleme mit Drogen, immer nur mit der Polizei‹. Keith Richards von den Rolling Stones soll das gesagt haben. Für mich galt das nie. Bis heute nicht. Wenn schon Drogen, dann Kulturdrogen wie Bier. Oder noch besser: ein herber Riesling.«

Herber Riesling! Kein schlechtes Stichwort, dachte Zoffinger, als sich hinter ihm das Eisentor schloss. Es gab starke Indizien, dass der widerspenstige Provinzgouverneur auf die eine oder andere Weise mit dem Tod von Marie Kessler zu tun hatte. Aber schlüssige Beweise fehlten noch immer. Neue Ideen mussten her. Oder ein Wunder.

5
DIE SCHLINGE ZIEHT SICH ZU

Dass er mit dem Cold Case Marie Kessler nicht vorankam, nagte an Zoffingers Ego. Tagelang zermarterte er sich das Gehirn über die Frage, wie er die Beweislage zu seinen Gunsten ändern könnte. Dann kam ihm eine außergewöhnliche Idee.

Zuerst bat er die Mutter von Marie Kessler um Erlaubnis. Dann gab er in einer Druckerei eine Art Kartenspiel in Auftrag, das er in der Öffentlichkeit verteilen ließ. Als der Staatsanwalt von Zoffingers seltsamem Alleingang erfuhr, zitierte er den Kommissar zu sich.

»Ich frage mich, ob Sie in Ihrem oberen Stübchen noch ganz gesund sind«, eröffnete er das Gespräch. »Was haben Sie sich bei dieser Aktion eigentlich gedacht?«

»Ich dachte mir, ich beschere der Konstanzer Kriminalpolizei mit einem völlig sinnlosen Druckereiauftrag ein paar zusätzliche Kosten«, stichelte Zoffinger. »Außerdem wird es Zeit, dass sich das Dezernat mal wieder zum Affen macht.«

Er ließ sich auf einen Stuhl fallen und schenkte dem Staatsanwalt einen ironischen Blick.

»Im Ernst! Ohne hilfreiche Hinweise aus der Bevölkerung werden wir den Fall Marie Kessler nicht lösen. Wir müssen die Öffentlichkeit und die Medien auf unkonventionelle Weise mobilisieren. Sonst wird der Cold Case noch kälter.«

Kaum war die Spielkartenaktion angelaufen, stürzten sich die Medien auf die ungewöhnliche Ermittlungsmethode. Auf der ersten Karte stand unübersehbar in knalligem Rot: ›15 000 Euro Belohnung‹. Ausgesetzt hatte den Betrag die Mutter von Marie Kessler für sachdienliche Hinweise. Auf jeder weiteren Karte verteilten sich wichtige Infos – vom Foto von Marie Kessler bis zu einem Stadtteilplan von Staad mit den üblichen Wegen der Schülerin und häufig besuchten Zielen, von offenen Fragen bis zu hilfreichen Hinweisen für eventuelle Zeugen. Die ganze Bodenseeregion diskutierte über das Cold-Case-Kartenspiel. Pro und Kontra wogten hin und her. Die einen fielen mit Spott und Häme über die vermeintliche Falschspielerei her. Andere lobten die zündende Idee, weil eigentlich jedes Mittel recht sei, um einen Mädchenmörder auch nach vielen Jahren zu überführen. So oder so – Zoffinger hatte sein Maximalziel erreicht: Der alte Fall Marie Kessler war in Konstanz und Umgebung plötzlich ein Thema von brennender Aktualität.

Zunächst ging es im Kriminalkommissariat darum, die Spreu vom Weizen zu trennen. Da meldeten sich Möchtegernkriminaler mit hanebüchenen Theorien, Denunzianten, Wichtigtuer, Besserwisser, Schaumschläger und Blödmänner, die nur auf eines scharf waren – die Belohnung.

Kaum verwunderlich, dass sich auch Rolf Riedle vom ›Seekurier‹ mit dem Thema beschäftigte.

Die Kriminalpolizei hat neuerdings mit einem so genannten Cold Case zu tun, also einem Fall aus dem Gefrierschrank. Thema: menschliche Wahrnehmung. Unsere fünf Sinne Fühlen, Hören, Riechen, Schmecken und Sehen sorgen bei Säuge-

tieren wie Ihnen, mir und Blauwalen für die Wahrnehmung der Außenwelt. Wir spüren, wenn das vorletzte von elf Gläsern Wein schlecht war, wir hören das Gras sogar in geschlossenen Räumen wachsen, wir schmecken selbst den kleinsten Unterschied zwischen Sauerbraten und Mehlwurmfrikadellen, und wir sehen im ungünstigsten Fall die Radieschen von unten wachsen.

In den meisten Cold Cases haben sich Mörder und Mörderinnen durch Tötungsdelikte schuldig gemacht, die zum Nachteil von Opfern und Opferinnen ausgegangen sind. Das heißt, ihnen wurde die Lebensperspektive unautorisiert verkürzt. Manchen hat nicht einmal geholfen, dass sie grundsätzlich keinen Alkohol konsumierten, keine Drogen nahmen, Sex und andere bösartige Laster konsequent ablehnten und auf Frauen, egal welchen Geschlechts, absichtlich oder aus Versehen verzichteten. Wer einem erfolgreichen Mörder in die Hände fällt, hat es in der Regel mit einem völlig unauffälligen Zeitgenossen zu tun. Jüngst äußerte sich ein Gewalttäter über seinen persönlichen Hintergrund. Am liebsten halte er sich in Barockkirchen, Düngemittelhandlungen oder im Bällebad auf, beschäftige sich rund um die Uhr und sogar abends hauptsächlich mit städtischen Abwasserproblemen, sei leidenschaftlicher Sammler von Kompressions- und Stützstrümpfen und arbeite in seiner knappen Freizeit an der Maximierung seiner Kernkompetenzen. Also ein Mensch wie Sie und ich. Nach seinem Alibi befragt, behauptete er, seine linke Schulter sei zur Tatzeit einer komplizierten Knieoperation unterzogen worden. Der behandelnde Chirurg konnte sich an den Patienten nicht erinnern, bestätigte aber, dass er am fraglichen Tag irgendeinen menschlichen Eingriff vorgenommen hatte.

Unter den Leuten, die sich auf Zoffingers exzentrische Kartenspielaktion meldeten, war ein vielversprechender

Zeuge. Er behauptete, schlüssige Hinweise auf den Mörder liefern zu können. Zunächst wolle er aber abklären, ob die Belohnung auch tatsächlich ausgezahlt würde.

»Mann o Mann!« dachte Zoffinger. »Wieder einmal einer, der mit Vermutungen oder Halbwissen Kasse machen will.«

Er lud den Mann ins Dezernat ein, musste aber schon nach dem ersten Gespräch seine Meinung über den Hinweisgeber revidieren.

»Es geht mir in erster Linie nicht um die Belohnung, obwohl ich die gut gebrauchen kann. Mein Vermieter hat mir wegen Eigenbedarf meine preisgünstige Wohnung gekündigt. Wenn ich in den nächsten drei Monaten keine neue Bleibe finde, sitze ich auf der Straße. Der Zaster wäre mir also höchst willkommen.«

Er räusperte sich.

»Aber noch etwas anderes hat mich bewogen, mich zu melden. Ich war früher kein Kind von Traurigkeit und habe mir einiges zuschulden kommen lassen. Dann hatte ich ein einschneidendes Erlebnis. Vor ein paar Jahren haben mich zwei Männer halb erfroren und dreiviertel tot aus einem zugefrorenen Weiher gezogen. Einer davon ist bei der Rettungsaktion fast selbst draufgegangen. Es mag sich großspurig anhören, aber seit damals habe ich meine Welt neu geordnet. Ich sehe heute vieles anders.«

Auf dem Stuhl vor Zoffingers Schreibtisch hatte schon mancher Märchenonkel gesessen. Manche Zeugen logen, dass sich die Balken bogen. Aber der grauhaarige Rentner vor ihm machte einen anderen Eindruck und gab Informationen preis, die dem Fall Marie Kessler eine Wendung gaben. Nach dem aufschlussreichen Gespräch stieg der Kommissar mit Rembrandt zu einer hoffentlich finalen Runde in den Ring. Wie nicht anders zu erwarten, präsentierte sich der verfilzte Reichsbürger so hochnäsig und verstockt, wie ihn Zoffinger kennengelernt hatte.

»Vor Kurzem hat mich der Staatsanwalt aus den Fängen der Polizei befreit, weil mir nicht am Zeug zu flicken war«, polterte Rembrandt und stierte den Kommissar gehässig an. »Dass ich jetzt schon wieder beschuldigt werde, ist pure Schikane. Der nächste Schritt wäre Polizeibrutalität. Noch einmal: Ich bin mir keiner Schuld bewusst und habe nichts zu gestehen. Selbst wenn du glühende Eisen auspackst.«

»Glühende Eisen und mittelalterliche Verhörmethoden gibt es bei mir nicht«, konterte Zoffinger ruhig. «Eine neue Sachlage schon. Nach all den Jahren haben wir endlich einen wichtigen Zeugen in der Causa Marie Kessler gefunden.«

»Redest du von deinen Spielkartentricks?«, blödelte Rembrandt. »Ich habe davon im ›Seekurier‹ gelesen. Wenn das ominöse Kartenspiel bei deinen Ermittlungen tatsächlich geholfen hat – Gratulation. Aber um mir deinen Jagderfolg mitzuteilen, hättest du mich nicht einbestellen müssen. Ein Anruf hätte genügt. Kann ich jetzt gehen?«

»Nein, noch nicht. Ich will zuvor ein paar Infos überprüfen. Ich gehe dazu ein paar Jährchen in die Vergangenheit zurück. 1993 warst du meinen Unterlagen zufolge auf Jobsuche.«

Zoffinger tat so, als würde er sich vorsichtig durch unbekanntes Terrain bewegen.

»Mag sein«, meinte Rembrandt lapidar. »Das ist lange her. Meinen Terminkalender von damals hat meine Sekretärin in den Müll geworfen. Hahaha!«

»Ich kann dir auf die Sprünge helfen. Du hast dich als Hausmeister beworben. Obwohl du schon damals von deinem Erbe in Saus und Braus leben konntest. Wechselst du gerne kaputte Glühlampen aus?«

»Als Hausmeister musst du mehr draufhaben als Glühlampen auszuwechseln. Aber warum erzähle ich das einem beamteten Sklaven wie dir! Kleine Reparaturen, Winterdienst, Treppenreinigung, für regelmäßige Müllabfuhr sorgen – Hausmeisterdienst ist eine ehrbare Tätigkeit. Oder steht der Job mittlerweile auf dem Index?«

»Keine Frage. Ich hab nichts gegen Hausmeister. Nur hat mich in deinem Fall stutzig gemacht, wo du dich beworben hast. An der Droste-Hülshoff-Schule.«

»Stimmt!«, erinnerte sich Rembrandt. »Ich war es damals leid, die Hände in den Schoß zu legen, wollte was Vernünftiges tun und Verantwortung übernehmen.«

»Warum gerade die Droste-Hülshoff-Schule? Wir haben uns die alten Schulunterlagen besorgt, dein Bewerbungsschreiben inklusive.«

»Weil die Verwaltung damals dringend einen Hausmeister suchte. Außerdem war die Schule nicht weit vom Haus meiner Mutter entfernt, in dem ich damals wohnte. Hat alles gepasst.«

»Dein Fleiß in Ehren. Aber warum hast du den Job noch in der Probezeit hingeschmissen?«

»War doch nicht das Richtige. Dieses dauernde Remmidemmi mit respektlosen, missratenen Kids, die offensichtlich mit dem Kampfjet durch die Kinderstube geflogen sind. Permanenter Ärger mit einer verblödeten Schulleitung, die einem in alles hineinredete. Ein eingebildetes Lehrerkollegium aus Schnöseln und Angebern. Es hat eine Weile gedauert, aber dann ist der Groschen bei mir gefallen, dass ich als Pennälerdompteur und Direktionsknecht doch nicht geeignet bin.«

Rembrandt schüttelte sich angewidert. Zoffinger legte nach.

»Jahrelang ist die Polizei davon ausgegangen, dass sich

im Mordfall Marie Kessler Täter und Opfer nicht kannten und dass sie sich zufällig über den Weg liefen. Nach verlässlichen Zeugenaussagen wissen wir es besser. Du hast dich um den Hausmeisterjob weder aus Langeweile noch aus Pflichtgefühl beworben. Du hattest einen ganz persönlichen Beweggrund.«

Kunstpause, um den Reichsbürger in Unsicherheit zu wiegen.

»Du warst schon lange auf Marie Kessler fixiert und hast herausbekommen, dass sie auf die Droste-Hülshoff-Schule ging. Den Hausmeisterjob hast du nur angenommen, um ihr so nahe wie möglich zu sein. Wir haben einige ihrer damaligen Mitschülerinnen und Mitschüler ausfindig gemacht und befragt. Alle bestätigten, dass deine Schwäche für das Mädchen unübersehbar war. Der Hausmeisterjob war ein geradezu perfektes Mittel zum Zweck. Während der Pausenaufsicht ist sogar manchen Lehrern aufgefallen, dass du keine Gelegenheit ausgelassen hast, mit Marie auf die eine oder andere Art Kontakt aufzunehmen. Darüber gibt es sogar einen schriftlichen Vermerk in den Unterlagen, die ich von der Schule bekommen habe.«

Rembrandts Gesicht war während des Statements von Zoffinger eine deutliche Spur fahler geworden. Seine Augenpartie und seine Mundwinkel hatten ihren höhnisch-arroganten Zug verloren und einem nervösen Zucken Platz gemacht. Der Kommissar war erfahren genug, um die Veränderung wahrzunehmen und zu deuten. Er beeilte sich, weiter Druck aufzubauen und dem ersten Schlag einen zweiten folgen zu lassen.

»Wie schon gesagt: Seltsam ist auch, dass du deinen Schuljob noch in der Probezeit gekündigt hast. Und zwar nicht irgendwann, sondern exakt am Tag, nachdem Marie

Kessler von der Bildfläche verschwand. Für mein Gefühl ein auffallender zeitlicher Zusammenhang.«

Rembrandt war auf seinem Stuhl immer kleiner geworden, weil ihm nicht verborgen blieb, dass die Einschläge um ihn herum näherrückten.

»Zeitlicher Zusammenhang! Was heißt das schon. Das Leben ist voller Zufälle.«

»Natürlich gibt es Zufälle. Keine Frage. Aber als intelligenter Mensch wirst du mir doch zugestehen, dass mich diese zeitliche Koinzidenz von Mord und Jobkündigung verblüfft. Würdest du an meiner Stelle hier sitzen, wäre dir das auch den einen oder anderen Gedanken wert.«

Zoffinger wusste, dass man bei Vernehmungen Brücken bauen musste. Einem Beschuldigten nur Indizien und Beweise um die Ohren zu schlagen, brachte nichts, sondern war eventuell sogar kontraproduktiv. Zuhören war angesagt – ohne sich als Moralapostel aufzuspielen. Mörder litten nicht selten unter ihren Taten, hatten Albträume und kämpften damit, die grausamen Erinnerungen in ihren Köpfen zu verdrängen. Das kostete Kraft. Brachte man einen Täter an den Punkt, an dem er sich in seinem Innersten vorstellten konnte, das auf seiner Brust lastende Gewicht endlich abzuwerfen, war ein Geständnis nicht mehr weit entfernt. Aber Rembrandt war ein harter Brocken, der um Ausflüchte nicht verlegen war.

Einen Tag später saßen sie sich zu einer weiteren Vernehmung gegenüber. Vielleicht hätte der Kommissar noch am Vortag den Sack zumachen können. Aber er setzte auf Zeit als einen wichtigen Verbündeten. Druck und Stress waren im Fall Rembrandt nicht zielführend. Das spürte er instinktiv. Er studierte seine Fingernägel, blätterte bedächtig in seinen Unterlagen und glotzte unbeteiligt zum Fenster hinaus, bis sein Gegenüber anfing, unruhig auf seinem Stuhl hin- und herzurutschen.

Dann kam Zoffinger auf den Punkt.

»Aufgrund meiner Kartenspielaktion hat sich ein wichtiger Zeuge mit einer Aussage bei uns gemeldet.«

»Könnte ja sein, dass es sich bei deinem Zeugen selbst um den Mörder des Mädchens handelt. Von der Tat ablenken, andere beschuldigen. Miese Denunzianten gibt es wie Sand am Meer. Sie laufen da draußen massenhaft herum.«

»Um den Mörder handelt es sich bei unserem Informanten definitiv nicht«, konterte Zoffinger. »Wir haben ihn und seine Aussage natürlich überprüft.«

»Und? Was ist dabei herausgekommen?«

»Marie Kessler ist bekanntlich im Jahr 1993 verschwunden. Du erinnerst dich wahrscheinlich, dass damals die Hoheneggstraße auf der Höhe deines Grundstücks für neue Kanalisationsrohre aufgerissen wurde. Zum Bautrupp gehörte ein kleiner Bagger, der einen Graben für die neue Leitung ausheben musste.«

»Hochinteressant!«, höhnte Rembrandt und schlug sich auf die Oberschenkel. »Du wirst mir vermutlich gleich erzählen, wie viele PS der Bagger hatte und wie tief der Graben war.«

»Ich erzähle dir etwas anderes«, entgegnete Zoffinger. »Unser Zeuge ist der damalige Baggerfahrer. Du hast ihm zwei 100-Mark-Scheine für eine kurze Gefälligkeit angeboten: eine kleine, aber tiefe Kuhle auf deinem Grundstück auszuheben. Kein schlechtes Zubrot für einen fünfminütigen Minijob. Dem Arbeiter ist der Tag deshalb in guter Erinnerung geblieben.«

»Das ist lange her. Ich kann mich jedenfalls nicht dran erinnern. Warum hätte ich mir ein tiefes Loch baggern lassen sollen?«

»Das kann ich dir beantworten«, tönte Zoffinger. »Der Baggerfahrer hat dich damals nach dem Grund für das Loch gefragt. Deine Antwort: Dein Hund sei gestorben und du wolltest ein anständiges Grab für deinen 80 kg schweren Neufundländer. Der Bauarbeiter kann sich daran erinnern, weil er selbst einen solchen Vierbeiner hatte. An besagter Stelle auf deinem Grundstück haben wir aber kein Hundegerippe, sondern das Skelett von Marie Kessler gefunden.«

»Hundegerippe! Mädchenleiche! Was eigentlich sonst noch?«

»Wir haben uns bei deinen Nachbarn erkundigt, zumindest bei denen, die schon lange an der Hoheneggstraße wohnen. Niemand hat dich jemals mit einem Hund gesehen, schon gar nicht mit einem nicht zu übersehenden Neufundländer. Ein solcher Prachtbrocken wäre jedem aufgefallen. Also hat der Baggerfahrer kein Hundegrab ausgeschachtet, sondern ein Erdloch für dein unschuldiges Opfer.«

Der Indiziendschungel war am Ende zu dicht. Rembrandts Selbstsicherheit und Arroganz waren dahin. Er saß bewegungslos da. Am Ende gab er zu, Maria schon Wochen vor seiner Attacke ins Fadenkreuz genommen, am betreffenden Tag mit Chloroform betäubt und in den Kofferraum seines Wagens geschleift zu haben, um sie auf seinem Grundstück zu missbrauchen.

Drei Berufsrichter und zwei Schöffen schlossen sich dem Gutachten des psychiatrischen Sachverständigen an. Sie bescheinigten Rembrandt ein dissoziales, stark auf sich fixiertes Wesen mit hedonistischen Neigungen. Seine Empathielosigkeit belegte er im Strafverfahren geradezu exemplarisch. An einer Beamtin sollte er vorführen, wie er Marie betäubte und ihr im Kofferraum Hände und Füße fesselte.

Bei der Demonstration schritt er so hoch motiviert zur Tat, dass zwei Polizeibeamte einschreiten mussten.

Bevor der Herrscher über die Provinz Constantia aus dem Gerichtssal geführt wurde, riss er sich mit vor Hass verzerrtem Gesicht sein Hemd vom Körper. Darunter kam ein schwarzes T-Shirt zum Vorschein. Auf die Brustseite waren in Weiß die Umrisse Deutschlands aufgedruckt. Darüber ein rotes Fadenkreuz.

Mord, Körperverletzung, Vergewaltigung – Zoffinger war sich sicher, dass Rembrandt für seine Verbrechen eine gerechte Strafe bekommen würde. Aber das war nicht mehr seine Sache. Er war der Jäger. Das Bestrafen überließ er anderen.

6

POTENZPILLEN UND TIGERKNOCHEN

Abends stand Zoffinger auf seinem Balkon. Unten im Garten wartete der mysteriöse Berg aus Strohballen immer noch darauf, abgeholt zu werden. Das Telefon klingelte. Karin war dran.

»Nein, es ist nichts passiert. Ich wollte nur mal fragen, wie es dir geht.«

»Mittelprächtig bis hervorragend«, beteuerte Zoffinger. »Viel zu tun, wenig Erfolg.«

»Gibt es in deinem Anaconda-Fall eigentlich etwas Neues?«

»Na ja, ich habe mich in letzter Zeit nicht mehr um den Schlangenmord gekümmert. Ich bin dafür nicht mehr zuständig. Aber ich habe so nebenbei mitbekommen, dass die Zwillingsschwester der getöteten Frau von der Reichenau, die das Reptil abgeschlachtet hat, vor den Kadi gezerrt wurde. Mehr weiß ich nicht. Wie geht es dir? Auch Florian scheint auf Tauchstation gegangen zu sein.«

»Der kämpft nicht nur mit seinem Romanprojekt, sondern seit ein paar Tagen auch mit einer üblen Erkältung. Er ist in der Stadt unterwegs, um sich in einer Apotheke ein paar Pillen zu holen. Er war schon drauf und dran, sie im Internet zu bestellen, wovon ich ihm aber abgeraten habe. Wenn man so liest, was online an Medikamentenschrott angeboten wird, kann einem ganz übel werden – ohne dass man das gepanschte Zeug überhaupt eingenommen hat.«

»Muss ich dir recht geben.«

»Das Geschäft mit gestreckten oder gefälschten Medikamenten nimmt Jahr für Jahr erschreckendere Formen an. Die Anbieter sind Aasgeier und gehen über Leichen. Wir haben erst vor ein paar Tagen in der Klinik darüber geredet.«

Karin geriet derart in Rage, dass sie nach Luft schnappte.

»Ein Kollege hat erzählt, dass Fälschungen eines Herzmittels entdeckt wurden. Die Pillen bestanden aus Ziegelstaub, wurden mit gelber Straßenmarkierungsfarbe bemalt und mit einem Überzug aus Möbelpolitur aufgehübscht.«

Zoffinger wusste, worüber Karin sprach. Bei der Durchsuchung der Wohnung des toten Darius Rimkus in Singen hatte die Spurensicherung nicht nur ein beeindruckendes Waffenarsenal aus ehemaligen DDR-Beständen gefunden. Interessant waren für Zoffinger auch Dokumente gewesen, die mit der dubiosen Firma Agilosan zu tun hatten. Allen Anzeichen nach betrieb dieser Laden einen Onlinehandel mit Appetitzüglern, Potenzpillen, gemahlenen Tigerknochen und Nashornpülverchen. Neben Rimkus mischten in diesem Geschäft vermutlich auch der immer noch flüchtige Tobias Wegner und der des Mordes überführte Reichsbürger Rembrandt mit.

Im ›Seekurier‹ stand ein Artikel über eine nicht alltägliche Begebenheit. In der Hof-Apotheke in der Bodanstraße war vor einigen Tagen ein Mann mit einer Schachtel Potenzmittel der Marke Tsunami Power aufgetaucht und hatte behauptet, mit dem Präparat stimme etwas nicht. Er verschwand wieder so schnell, wie er gekommen war, ohne weitere Angaben über den Kauf der Mittel oder sich selbst zu machen. Der Apotheker schickte die Reklamation an die Herstellerfirma und bekam schon wenig später Bescheid. Es handelte sich tatsächlich um eine Fälschung.

Zoffinger wurde hellhörig, als er den Bericht las, und witterte einen Ansatzpunkt für seine Ermittlungen. Er stattete der Hof-Apotheke einen Besuch ab, um Näheres über den seltsamen Kunden zu erfahren. Was der Apotheker erzählte, war mehr als dürftig. Trotzdem wurde er ins Kommissariat bestellt, um von dem mysteriösen Kunden ein Phantombild anfertigen zu lassen.

»Der Handel mit Fake-Pillen ist kein Nebenschauplatz der Onlinekriminalität, wie viele glauben«, jammerte er. »Man sollte eher von einem hochprofitablen Geschäft gewissenloser Schwerverbrecher reden. Nach Untersuchungen der Weltgesundheitsorganisation WHO sind rund 50 Prozent aller online verkauften Medikamente Fälschungen. Der weltweite Umsatz soll sich Jahr für Jahr auf bis zu 430 Milliarden Dollar belaufen. Das muss man sich mal vorstellen. Die Hits unter gefälschten Präparaten sind Potenzpillen mit Bezeichnungen wie Real Triathlon, Highspeed Dreams und Oriental Nights. Bis zu 100 000 Euro pro Kilo werden für die auf dem Schwarzmarkt gehandelten Präparate bezahlt, die schlaffe Besitzer aufmöbeln sollen.«

Er ließ den Kopf hängen.

»Wenn man weiß, was für katastrophale Folgen etwa der Verkauf von wirkungslosen Krebsmitteln für Schwerkranke hat, kann einem schlecht werden.«

Mit seinem Protest war er aber noch nicht am Ende.

»Was uns Apotheken wehtut, ist einerseits natürlich das schwindende Vertrauen unserer Kunden. Anderseits die wirtschaftliche Konkurrenz des illegalen Onlinehandels. Was uns darüber hinaus aber geradezu entsetzt, ist der Umstand, dass sich Politiker und Behörden vor dem Problem einfach wegducken. Im Grunde genommen fühlt sich niemand wirklich zuständig. Und wo es sie gibt, sind Kontrolleure rettungslos überfordert.«

Während der Apotheker zusammen mit einem Beamten am Computer ein Phantombild bastelte, fand Zoffinger bei seinen Verkehrskollegen heraus, dass gegenüber der Hof-Apotheke an einer unfallträchtigen Kreuzung eine Webcam installiert worden war. Er checkte die archivierten Aufnahmen vom betreffenden Tag und wurde tatsächlich fündig. Der mysteriöse Kunde hatte sein Auto nur wenige Meter neben der Apotheke geparkt. Über das Kennzeichen des Fahrzeugs war der Halter schnell ermittelt.

Zoffinger machte sich auf den Weg nach Dettingen, um mit dem Mann zu reden. Er wohnte in einer Reihenhaussiedlung und machte sich gerade an seiner Fassade zu schaffen.

»Herr Prill? Simon Prill?«

Der Mann auf der Leiter hängte einen Fensterladen in die Angeln und drehte sich um, so gut es in luftiger Höhe ging.

»Was liegt an? Sind Sie vom Bauamt oder von einem spirituellen Erweckungsverein?«

Zoffinger lachte.

»Weder … noch! Kein Bauamt! Kein Erweckungsverein! Ich bin Paul Zoffinger von der Konstanzer Kriminalpolizei.«

Ohne großen Smalltalk kam er auf sein Anliegen zu sprechen, merkte allerdings schnell, dass Simon Prill alles andere als auskunftsfreudig war. Wo er die gefälschten Pillen her hatte, wollte er vergessen haben. Aus dem Internet eben.

»Wie sind Sie überhaupt auf die Idee gekommen, dass es sich um unechte Pillen handeln könnte? Der Apotheker hat mir erzählt, dass die zurückgegebene Packung ungeöffnet war.«

Prill stutzte und kletterte ein paar Leitersprossen tiefer. Zoffinger hatte den Eindruck, dass er sich erst eine Erklärung einfallen lassen musste.

»Ich hatte schon früher eine Packung von dem untauglichen Zeug gekauft. Außerdem hat mich der Name Tsunami Power skeptisch werden lassen. Tsunami Power! Hätte mir eigentlich schon bei der Bestellung auffallen sollen. Alles nur Augenwischerei.«

»Die gefälschte Pillenpackung gaben Sie in der Hof-Apotheke ohne großen Kommentar ab. Warum haben Sie die Schachtel nicht einfach weggeworfen? Auf eine Erstattung des Kaufpreises konnten Sie ohnehin nicht hoffen, weil Sie die Fake-Pillen gar nicht in der Hof-Apotheke gekauft haben. Ich schätze mal, dass sich die meisten betrogenen Kunden nicht die Mühe gemacht hätten, eine x-beliebige Apotheke zu informieren.«

»Vielleicht erinnern Sie sich an den Fall in Bottrop, wo ein skrupelloser Apotheker aus Habgier massenhaft gepanschte Krebsmedikamente an ahnungslose Kunden verkaufte. Wie tief muss ein Mensch sinken, um so etwas zu machen. Ich selbst habe zwei Krebsfälle in der Familie. Auch meine Frau ist vor einem halben Jahr schwer krank geworden. Früher war Pillenschwindel für mich kein Thema. Mittlerweile habe ich begriffen, was für zerstörerische Auswirkungen gefälschte Pharmaka nicht nur für Kranke, sondern für ihre ganze Umgebung haben können.«

Zoffinger beschloss, den Fensterladenmaler nicht länger bei seiner Arbeit zu stören. Er hatte sein Auto schräg gegenüber geparkt, wo ein Nachbar mit einem ratternden Elektrowerkzeug beim Heckenschneiden war. Als er seinen fahrbaren Untersatz aufschloss, sprach ihn der Hobbygärtner an, nachdem er sein Gerät abgestellt hatte.

»Da haben Sie aber Glück gehabt, dass Sie den Simon Prill angetroffen haben. Normalerweise kommt er mittwochs erst am späteren Abend nach Hause.«

»Wahrscheinlich muss er sich nicht nur um die Fensterläden an seinem Haus kümmern. Auch mit seiner Familie wird er genug zu tun haben«, erwiderte der Kommissar.

»Familie? Der Simon hat keine Familie. Er lebt alleine. Schon seit Jahren.«

»Hat er nicht eine krebskranke Frau, die er versorgen muss?«

»Das wüsste ich. Er hat keine Familie und auch keine krebskranke Frau. Da haben Sie bestimmt etwas verwechselt.«

»Wissen Sie vielleicht, wo er arbeitet?«

Der Nachbar stellte die elektrische Heckenschere auf den Boden.

»Kann ich Ihnen nicht sagen. Wir sind zwar seit Jahren Nachbarn. Aber so richtig warmgeworden sind wir mit ihm nicht. Er pflegt einen anderen Umgang ...«

»Was ist an seinem Umgang denn so anders?«

Der Nachbar verzog das Gesicht, als quälte ihn ein Hexenschuss. Eine Weile starrte er auf seine Hecke, ehe er sich zu einer Antwort durchringen konnte.

»Eigentlich geht mich das nichts an. Aber ab und zu gehen bei ihm sonderbare Leute ein und aus. Wie gesagt: Das geht mich wirklich nichts an. Er macht sein Ding, wir machen unseres.«

»Sonderbare Leute? Können Sie ein bisschen konkreter werden?«

Der Nachbar wurde nicht konkreter. Zumindest nicht sofort. Bis er erfuhr, warum sich sein Gesprächspartner so brennend für Simon Prill interessierte. Zoffinger flunkerte, er sei von einer Versicherungsgesellschaft und bearbeite einen wichtigen Erbschaftsfall.

»Bei diesem Prill tauchen in letzter Zeit schräge Leute auf, die man in unserem Viertel nicht erwarten würde. Die passen überhaupt nicht hierher. Das sieht man auf den ersten Blick.«

Zoffinger kannte Typen wie den Heckenstutzer, stockkonservative Biedermänner, die sich noch etwas darauf einbildeten, in ›besseren‹ Vierteln zu wohnen, wo die Spießigkeit von den Dachtraufen tropfte und sich das alltägliche Leben auf Schonbezügen abspielte. Aber vielleicht konnte der unsympathische Kerl doch noch etwas Erhellendes zu den Ermittlungen beitragen.

»An was erkennt man, dass solche Leute nicht ins Viertel passen?«

»Mir ist schon häufiger ein ziemlich ungepflegter Kerl mit Rauschebart und Klamotten aus der Altkleidersammlung aufgefallen. Hin und wieder zeigte er sich mit Begleitern, denen man kein Auto aus zweiter Hand abkaufen würde.«

»Fährt der Rauschebart einen Oldtimer?«

»Weiß nicht, ob es sich um einen richtigen Oldtimer handelt. Um eine alte, grüne Klapperkiste auf jeden Fall.«

Zoffinger ahnte, dass von Rembrandt die Rede war. Dass Kerle wie der Reichsbürger in kleinkarierten Nachbarschaften voller unbescholtener Krämerseelen auffielen wie bunte Hunde, war klar. Aber was hatte der Chaot mit einem zumindest nach außen hin unauffälligen Zeitgenossen wie Simon Prill zu tun, der sich seine Freizeit damit vertrieb, Fensterläden zu streichen? Und warum log dieser Simon Prill dem Kommissar grundlos ins Gesicht und erzählte von einer kranken Ehefrau, die er gar nicht hatte?

Zoffingers Bauchgefühl sagte ihm, dass mit diesem Fensterladenmaler etwas nicht stimmte. Er würde ihm auf den Zahn fühlen. Die Kollegen fanden heraus, dass er unverheiratet war, aber in Radolfzell einen vor zwei Jahren an Krebs gestorbenen Halbbruder gehabt hatte. Damals ging durch die Medien, dass der Tod des Mannes hätte vermieden, zumindest hinausgeschoben werden können, wenn er statt wirkungsloser Fake-Infusionen eine Therapie mit anerkannten Antikrebsmitteln bekommen hätte. War das der Grund, warum Prill den Konstanzer Apotheker auf das Fake-Medikament aufmerksam gemacht hatte? Oder steckte etwas anderes dahinter?

Der Kommissar schickte eine Zivilstreife nach Dettingen, um Simon Prills Anwesen zu observieren. Am Nachmittag werkelte der Hausbesitzer wieder an seinen Fensterläden, räumte gegen 18 Uhr seine Arbeitsgeräte weg und blieb die ganze Nacht im Haus. Morgens kurz nach 8 Uhr lederte er die nach einem nächtlichen Regenschauer nasse Frontscheibe seines Wagens ab und fuhr weg. Die Streife folgte ihm unauffällig. Über Hegne ging es auf die Bundesstraße 33 vorbei am Wolmatinger Ried bis ins Industrieviertel am Seerhein. Eine staubige Schotterpiste bog auf ein versteckt liegendes Gelände ab, das aussah wie ein ehemaliges Kieswerk. Unkraut wucherte durch Haufen von Bauschutt und ausrangierte Maschinenteile. Ein von Wind und Wetter abgeschrubbter Bauwagen stand auf Holzklötzen aufgebockt in der Landschaft und ließ keinen Zweifel daran, dass der letzte Arbeiter sein Werkzeug schon vor langer Zeit aus der Hand gelegt hatte. Den verlassenen Eindruck unterstrich eine gewaltige rostige Wellblechhalle, der man einen ungefähr drei Stockwerke hohen rechteckigen Aufbau ohne ein einziges Fenster aufs Dach gesetzt hatte.

Prill hielt neben dem blechernen Ungetüm und verschwand in einer Tür unter einem kleinen Vordach. Die Verfolger parkten ihr Fahrzeug in gebührendem Abstand und schlichen auf einem Trampelpfad durch Buschwerk auf das Wellblechmonster zu. Vom Vordach baumelte an einem Draht ein Schild, das Auskunft über den seltsamen Bau gab: »Kiesverladung – Anmeldung im Büro«. Kies wurde in diesem heruntergekommenen Betrieb definitiv nicht mehr verladen.

Einer der Polizisten spähte durch einen Feldstecher und suchte die Umgebung ab. In einiger Entfernung war durch Baumkronen ein zweigeschossiges Gebäude mit Ziegeldach zu erkennen. Auf der mausgrauen Fassade stand in großen Lettern »Wirtshaus am Seerhein«. Vor dem Eingang war ein runder Campingtisch mit drei Gartenstühlen aufgebaut.

»Hast du gewusst, dass es hier eine Kneipe gibt?«

»So wie der Bau aussieht, war das mal eine Kneipe«, tuschelte sein Kollege. »Das muss aber offensichtlich schon eine Weile her sein. Riskieren wir mal einen näheren Blick.«

Sie waren noch einen Steinwurf vom Gebäude entfernt, als die Tür aufflog und zwei Frauen herauskamen. Sie stellten einen offenen Korb auf den Campingtisch, setzten sich und begannen ihr zweites Frühstück auszupacken.

»Entweder wir verstecken uns hier jetzt eine Weile oder wir gehen in die Offensive. Was meinst du?«

»Offensive!«, beschloss der Kollege.

Die beiden Frauen ließen für einen Augenblick ihr Frühstück Frühstück sein, als sich die beiden Zivilbeamten näherten.

»Guten Appetit, die Damen. Schmeckt es auch?«

Eine der beiden Frauen stand auf und ging auf die beiden Besucher zu.

»Das hier ist Privatgelände. Sie haben hier absolut nichts verloren. Sehen Sie das Schild nicht?«

Neben der Tür des alten Gasthauses hing ein gelbes Schild mit einem Schäferhund drauf: »Privatgelände! Hier passe ich auf!« Zu sehen war von dem vierbeinigen Wächter nichts.

»Wir sind von der Polizei«, erklärte der Beamte mit dem Feldstecher und entschied sich zu einer Notlüge. »Man hat uns einen Einbruch gemeldet. Haben Sie etwas davon mitbekommen?«

Die Frau schüttelte energisch den Kopf.

»Bei uns wurde nicht eingebrochen. Ihr seid hier am Arsch der Welt gelandet. Hier passiert überhaupt nichts. Es gibt ja auch nichts, was passieren könnte.«

»Die alte Kiesverladung hat offensichtlich ausgedient, existiert aber immer noch. Genauso wie das Gasthaus. Sieht eher aus, als sei der Betrieb schon längst geschlossen. Was machen Sie hier eigentlich? Wohnen Sie hier?«

»Wir wohnen hier und arbeiten hier.«

»Darf ich fragen, was Sie arbeiten?«

Im selben Augenblick bog ein Kleinlaster auf das Gelände ein und legte vor dem Wellblechgebäude, in dem Simon Prill verschwunden war, in einer Staubwolke eine Vollbremsung hin.

»Wir sind eine Verpackungsfirma. Dort drüben, wo jetzt der Transporter parkt, befindet sich unser Lager. Hier ...«

Die Frau zeigte mit dem Daumen über ihre Schulter auf das alte Wirtshaus.

» ... hier wird verpackt.«

»Und was wird verpackt?«

»Dies und das«, maulte die Frau.

»So genau wollte ich es dann auch nicht wissen«, frotzelte der Beamte.

»Wir verpacken alles, was verpackt werden muss.«

»»Danke für die Auskunft. Das hätte ich mir fast denken können«, setzte der mittlerweile leicht angesäuerte Polizist noch einen drauf.

Die kratzbürstige Frau hockte sich hin, klappte eine blaue Plastikdose auf und stocherte bockig mit einer Gabel in ihrem Nudelsalat herum. Für die beiden Schnüffler ein unübersehbares Zeichen, dass die Unterhaltung zu Ende war. Vor der Wellblechhalle wuchtete der Fahrer des Transporters mit einem Hubwagen Paletten voller Kartonagen aus seinem Fahrzeug. Von Simon Prill war nichts zu sehen.

Hellauf begeistert war Zoffinger nicht von dem, was seine beiden Kollegen nach ihrem Einsatz berichteten. Zu gerne hätte er gewusst, was es mit dieser ominösen Verpackungsfirma auf sich hatte und welche Rolle Simon Prill dort spielte. Er würde sich persönlich um die Angelegenheit kümmern müssen.

Nach Dienstschluss wollte Zoffinger noch zum Einkaufen und lief dabei in der Hussenstraße Karin und Florian über den Weg.

»Mein Kater Bobby braucht mal wieder eine Vitamintherapie«, verkündete Karin. »Florian begleitet mich. Und du? Auch vitaminsüchtig?«

»Eher nicht. Ich wollte mich nach einem Selbstkasteiungsgerät umsehen.«

»Willst du dich für deine Sünden geißeln?«, forschte Florian nach.

»Mit der letzten Wäsche sind alle meine Hemden eingelaufen. Es könnte auch sein, dass wieder einmal Heinzelmännchen die Klamotten klammheimlich enger genäht haben. Spaß beiseite. Ich will mir eine Personenwaage kaufen, um Schlimmeres zu verhindern.«

Nachdem sich das Gekicher gelegt hatte, schlug Karin

eine Kaffeestunde vor. Zoffinger erzählte, dass er mit Simon Prill eventuell einen Kandidaten an der Angel hatte, der ihm Gelegenheit bot, in seinen Ermittlungen voranzukommen. Vorsorglich hatte er der Konstanzer DHL-Zustellbasis einen Besuch abgestattet und Interessantes herausgefunden. Die Firma Agilosan zählte zu den DHL-Geschäftskunden. Tag für Tag wurden Pakete auf das Gelände des ehemaligen Kieswerks im Industrieviertel geliefert und dort auch wieder abgeholt – und zwar säcke- und palettenweise.

»Und? Hast du deine Nase schon mal in dieses Kieswerk gesteckt?«, fragte Florian.

»Ich nicht, aber zwei meiner Kollegen waren dort. Ein riesige Wellblechhalle scheint als Materiallager zu dienen. In einem ehemaligen Gasthaus ganz in der Nähe werden Waren umliegender Betriebe verpackt. So ganz koscher scheint die ganze Sache nicht zu sein. Ich werde so bald wie möglich ein Auge auf das dubiose Geschehen werfen.«

»Warum nicht gleich, also heute Abend?«, platzte es aus Florian heraus. »Ich hätte Zeit – und Bock darauf auch.«

»Wird das eigentlich zur Marotte, dass ihr euch unerlaubt auf privatem Gelände herumtreibt?«, erkundigte sich Karin. »Schon bei eurer illegalen Durchsuchung bei diesem Reichsbürger seid ihr ja nur um Haaresbreite unentdeckt davongekommen. Hast du dir eigentlich schon einmal überlegt, was ein gesetzwidriger Einsatz für deine berufliche Laufbahn bedeuten würde?«

Karins Frage ging zwar an Zoffinger, aber Florian antwortete.

»No risk, no fun!«

Er boxte seinem Freund kumpelhaft in die Rippen. Zoffinger ließ sich zu einem breiten Grinsen hinreißen.

»Gut! Dann komme ich auch mit!«, entschied Karin.

Zoffinger zeigte Karin den Vogel.

»Das kannst du getrost vergessen. Das ist Teil einer Ermittlung und kein Kindergartenausflug. Oder sollen wir sonst noch ein paar Leute einladen und einen Laternenumzug ins Kieswerk veranstalten?«

Zoffinger versuchte so überzeugend wie möglich zu wirken. Auch Florian, der dazu neigte, Sachverhalte zu dramatisieren und dadurch appetitlicher zu machen, schlug in die gleiche Kerbe.

»Du hast offensichtlich einen Dachschaden! Wir haben keine Ahnung, was uns im Industriegebiet erwartet. Lass uns das Ding lieber alleine drehen.«

»Wie bitte? Das Ding lieber alleine drehen! Das hört sich an, als wolltet ihr einen Geldautomaten sprengen oder eine Tankstelle überfallen«, entsetzte sich Karin. »Ich bleibe dabei – ich bin mit von der Partie! Sozusagen als Korrektiv, um das Schlimmste zu verhindern.«

Die Diskussion wogte noch eine Weile hin und her, bis Karin ihren Sturschädel durchsetzte.

Mittlerweile war die Dunkelheit hereingebrochen, was der Operation Kieswerk zugutekam. Der Kommissar parkte neben der Schotterstraße, noch bevor die riesige Wellblechhalle in Sicht kam. Alle Türen waren verschlossen. Fenster gab es keine. In einiger Entfernung war im Erdgeschoss des alten Gasthauses Licht zu sehen.

»Mein Wunsch wäre eine Gelegenheit, ohne Durchsuchungsbeschluss und großes Tamtam in die ehemalige Kneipe zu kommen«, meinte Zoffinger.

Florian hatte einen kreativen Vorschlag.

»Hätten wir K.-o.-Tropfen dabei, könnten wir dir eine kleine Dosis verabreichen, anschließend so tun, als bräuchtest du Hilfe und dich ins Haus schleppen. Dann wären wir zumindest mal drin.«

Karin schenkte ihm einen vernichtenden Blick.

»Vielleicht sollten wir dir mit einem Stein die Rübe eindellen und dich in das Gebäude schleppen«, empfahl sie und hob demonstrativ einen groben Felsbrocken auf.

»Man wird ja wohl noch einen Scherz machen dürfen«, giftete Florian seine Freundin an. »Hast du vielleicht eine bessere Idee?«

»Wir stolpern einfach rein und tun so, als wüssten wir nicht, dass es gar keine Wirtschaft mehr ist. Wir könnten uns auch als Fernsehmacher auf der Drehortsuche für eine neue TV-Serie ausgeben.«

Florian kicherte höhnisch.

»Dass ich nicht lache! Drei Location Scouts stolpern im Dunkeln in einem ehemaligen Kieswerk herum. Dann könnten wir genauso gut behaupten, wir seien auf Spendensammlung für die Heilsarmee.«

Zoffinger entschied anders.

»Lassen wir es einfach darauf ankommen. Wir versuchen erst einmal, einen Blick durch die Fenster zu werfen. Alles Weitere wird sich ergeben.«

In einem großen Bogen schlich das Trio auf das alte Gasthaus zu. Florian fluchte halblaut vor sich hin, weil ihm ein dorniger Busch an der Hose zerrte. Irgendwo jaulte ein Martinshorn. Zoffinger hoffte inständig, dass das Schild mit der Hundewarnung, von dem die Kollegen erzählt hatten, nur ein bedeutungsloses Warnschild war. Er dirigierte seine Truppe auf die fensterlose Seite des Gebäudes, in die nachträglich ein Rolltor eingepasst worden war.

»Bleibt hier!«, flüsterte er. »Ich gehe um die Ecke und versuche, einen Blick durch eines der Fenster zu werfen. Bin gleich wieder da.«

Kaum war er um die Hausecke gebogen, schaltete mit einem kurzen Knacken ein Bewegungsmelder ein Hoflicht an. Sekunden später flog die Eingangstür des Gasthauses auf, und ein hünenhafter Kerl stürzte heraus.

»Nimm die Hände hoch! Sofort! Sonst knallt es. Deine Hände will ich sehen!«

Zoffinger konnte den Mann im Gegenlicht nur unscharf erkennen. Aber er begriff, dass der Kerl ihm mit ausgestrecktem Arm etwas entgegenstreckte, was Löcher und Schmerzen verursachen konnte.

»Langsam! Immer langsam!«, versuchte er zu beschwichtigen und hob die Arme. »Ich bin Kommissar Paul Zoffinger von der Konstanzer Kriminalpolizei.«

»Und ich bin Bud Spencer, wiederauferstanden von den Toten«, verkündete der Riese und trat näher.

Einen Augenblick später ging Zoffinger das Licht aus. Den Schlag gegen die linke Schläfe hatte er nur kurz gespürt. Dann lag er schon auf den Knien vor den klotzigen Arbeitsschuhen seines Angreifers. Zwei Sekunden später kam er wieder zu sich und spürte, wie ein stechender Schmerz quer durch seinen Schädel zuckte und ihn die Augen zusammenkneifen ließ. Als er sie wieder öffnete, lag der Hüne stöhnend auf dem Boden. Florian stand über ihm und schwang ein Kantholz in den Händen, mit dem er den Kerl niedergeschlagen hatte.

»Hier, du Pennbruder!«, keuchte der Kommissar und hielt dem Schläger seinen Dienstausweis vors Gesicht. »Du hast eben einen Polizisten tätlich angegriffen. Dafür wirst du dich verantworten müssen.«

»Zwei gegen einen. Ihr seid feige Schweine«, jammerte der Kerl und versuchte aufzustehen.

»Drei gegen einen!«, stellte Karin richtig. »Wie wäre es, wenn wir dieses Schmierentheater beenden und uns wie zivilisierte Menschen benehmen?«

Florian sammelte die Pistole ein, die der niedergeschlagene Wachmann bei seinem Sturz verloren hatte. Stöhnend rappelte sich der Kerl auf und hielt sich an der Hauswand fest. Zoffinger befand sich auch schon wieder in der Vertikalen und drückte ein Taschentuch an seine blutende Schläfe.

»Gehen wir rein«, schlug Karin im Befehlston vor. »Ich glaube, wir müssen mal ein paar grundsätzliche Dinge regeln.«

Hinter der Eingangstür öffnete sich ein langer Flur. Auf einem niedrigen Schränkchen saß eine grau gestreifte Katze und putzte sich. Als Florian mit dem Holzprügel in der Hand näherkam, hüpfte der Pelztiger von seinem Platz und verschwand. Vom Flur zweigten mehrere Zimmer ab. Zuerst der ehemalige Gastraum, in dem Berge von großen und kleinen Kartons lagerten. Weiter hinten befand sich auf der rechten Seite eine geräumige Küche, die offenbar immer noch als solche diente. Gegenüber waren in einem Saal drei Frauen und zwei Männer an langen Tischen damit beschäftigt, Stapel von Broschüren, Werbematerial, technische Kleingeräte und andere Gegenstände in Kartons zu packen und zuzukleben.

»Kriminalpolizei Konstanz!«, rief Zoffinger in den Saal und zog seinen Dienstausweis aus der Tasche. Augenblicklich stoppten die Arbeiten. Alle glotzten auf die drei Personen, die den schmerzgebeugten Aufpasser umringten.

»Entschuldigen Sie bitte unser Eindringen. Leider ist es draußen zu Unstimmigkeiten mit Ihrem Wachmann gekommen. Gibt es vielleicht einen Verbandskasten?«

Eine der Arbeiterinnen winkte Zoffinger heran, der sich immer noch ein Taschentuch an die blutende Kopfwunde hielt. Sie dirigierte ihn in eine Ecke des Saales, wo ein Schrank neben einem Laserdrucker stand. Während die Frau auf der Suche nach der richtigen Kompresse war, sah sich Zoffinger um und entdeckte auf dem Tisch neben dem Drucker zufällig einen Stapel und einen offenen Karton voller vorgefertigter Etiketten. Der oberste Schriftzug auf einem der handflächengroßen Aufkleber elektrisierte ihn: Firma Agilosan.

Eigentlich bekam er gar nicht richtig mit, wie ihn die Frau verpflasterte, weil ihm das Agilosan-Etikett durch den Kopf ging. War also die Spur, auf die ihn Simon Prill gesetzt hatte, doch richtig. Irgendetwas hatte der Laden mit Agilosan zu tun, wenngleich es an den Verpackungstischen im alten Gasthaus nicht um Medikamentenpackungen zu gehen schien.

»Arbeiten Sie für die Firma Agilosan?«, fragte er die Frau, die ihm mit einem Streifen Rollenpflaster eine dicke Kompresse an seiner Schläfe befestigte.

»Agilosan? Nein«, antwortete sie. »Wir drucken nur die Etiketten, die hin und wieder abgeholt werden. Wir sind ein Kleinbetrieb, sorgen nur für Verpackungen – manuell. Maschinell läuft bei uns gar nichts, vom Etikettendrucker abgesehen.«

»Was verpacken Sie denn?«

»Unsere Kunden stammen aus Konstanz und Umgebung: Firmen, die Druckereierzeugnisse und Arbeitskleidung herstellen. Manche fertigen kleine Elektrogeräte, nautischen Bedarf, Sportartikel und Ähnliches. Alles in eher kleinen Serien. Für Massenproduktionen sind wir nicht ausgestattet.«

Sie klappte ihren Verbandskasten zu.

»Was macht Ihr Dachschaden? Noch Kopfschmerzen? Wollen Sie eine Tablette?«

Zoffinger winkte ab.

»Vielen Dank für Ihre Hilfe. Geht schon wieder.«

»Nehmen Sie dem Grobian die Blessur nicht übel«,

raunte sie ihm zu. »In letzter Zeit sind hier nachts nicht ganz astreine Figuren aufgetaucht. Deshalb hat man den Wachmann engagiert.«

»Kein Problem«, antwortete Zoffinger. »Der hat sein Fett schon von meinem Kollegen mit dem Kantholz abgekriegt. Es steht jetzt 1:1.«

»Sind Sie eigentlich wegen unserer ungebetenen Besucher hier?«, hakte die Frau nach.

Zoffinger war froh, dass sie ihm ein Stichwort gab. Sonst hätte er sich als Grund seines Auftritts noch etwas einfallen lassen müssen.

»Es hat Anzeigen von mehreren Betrieben im Industrieviertel gegeben. Diebstahl, aufgebrochene Türen und Fenster, Materialklau, durchwühlte Büros, alles, was man tagtäglich in der Zeitung liest. Bei Ihnen hier scheint ja noch nichts weggekommen zu sein. Oder täusche ich mich?«

»Alles im Lot«, bestätigte die Amateurpflegerin. »Bislang sind wir verschont geblieben. Vielleicht dank ihm.«

Sie warf dem Wachmann einen Blick zu, der nach vorne gebeugt auf einem Stuhl hockte und einen ziemlich unlustigen Eindruck machte. Zoffinger sammelte seine Truppe ein und rückte ab.

»Wo warst du eigentlich die ganze Zeit?«, erkundigte er sich bei Karin. »Ich habe dich drinnen überhaupt nicht gesehen.«

»Ich bin der Katze gefolgt. Das Haus hat einen Hinterausgang mit Katzenklappe. Der kleine Tiger ist eine Rampe ins Kellergeschoss hinuntergelaufen und durch ein Mauerloch im Innern verschwunden. Drinnen waren Stimmen zu hören. Um was es ging, konnte ich nicht verstehen. Um ein ungenutztes Kellergeschoss handelt es sich definitiv nicht.«

Zoffinger erinnerte sich, was ihm die DHL-Zusteller und -Abholer über ihr Zustellgeschäft mit der Firma Agilosan erzählt hatten. Vielleicht war das Kellergeschoss doch eine versteckte Produktionsstätte. Eine andere Möglichkeit gab es auf dem Gelände nicht – außer der Wellblechhalle, die in diesem Augenblick in Sichtweite kam, als er mit seinen Begleitern auf dem Rückweg zum Auto war. Das Observationsteam hatte vermutet, dass der Blechkasten als Materiallager genutzt wurde. Er hätte aber auch etwas anderes sein können.

»Wenn wir schon mal da sind, würde ich ganz gerne einen Blick in dieses schrottreife Blechungetüm werfen.«

Karin schaute Zoffinger überrascht an und muckte auf.

»Schon wieder ein Einbruch?«

Zoffinger zauberte ein kleines Sesam-öffne-dich-Ledertäschchen aus der Jackentasche. Keine Minute später hatte er das primitive Schloss geknackt. Der Lichtkegel seiner Taschenlampe huschte in der Dunkelheit über meterhohe Stapel von kleinen und großen Bündeln Faltkartons. Es roch nach Staub und Lösungsmittel, als hätte jemand eine Wand neu gestrichen. Auf der Gegenseite stapelten sich Europaletten sowie Kisten mit Stretchfolie und Füllmaterial. In zwei Metallgestellen hingen unterschiedlich breite Rollen Luftpolsterfolien. Die hinterste Ecke der Wellblechhalle war wie ein behelfsmäßiges Büro abgeteilt. Sämtliche Wände hingen voller Beipackzettel, auf denen mit dicken Filzstiften in unterschiedlichen Farben Wörter, Sätze und ganze Abschnitte markiert waren.

»Was in aller Welt soll das denn?«, nuschelte Florian. »Ist da einer unter die Beipackzettelsammler gegangen?«

»Wenn wir hier schon einbrechen, wollen wir es doch genau wissen«, verkündete Karin und schaltete den PC ein, der unter dem Schreibtisch stand. Der Rechner war nicht einmal passwortgeschützt. Eine Minute später ging der Desktop auf. Der Cursor zappelte über den Bildschirm und blieb schließlich im Ordner Beipackzettel hängen.

»Mich laust der Affe!«, schnaubte Zoffinger. »Da entwirft doch tatsächlich jemand neue Gebrauchsinformationen für Arzneimittel, druckt sie aus und legt sie den gefälschten Medikamenten bei.«

Er trommelte mit den Fingern auf einen mit Mickey-Maus-Bildchen beklebten Drucker, der neben dem Schreibtisch stand. Karin starrte auf den Monitor und klickte durch ein stattliches Angebot an Druckvorlagen mit unterschiedlichen Dateinamen wie Schmerzmittel, Potenzmittel, Blutdrucksenker, Antibiotika und Magen-Darm-Präparate.

»Das ist der Hammer!«, keuchte sie. »Die vertreiben nicht nur gefälschte oder nachgemachte Medikamente, sondern manipulieren auch noch die Beipackzettel, um ihren Schrott leichter und profitabler unter die Leute bringen zu können. Das sind keine Schwindler und Beutelschneider, sondern Schwerkriminelle, die mit der Gesundheit von Patienten spielen.«

Ein zweiter Ordner offerierte ein Sortiment unterschiedlich großer Etiketten. Zoffinger fielen fast die Augen aus dem Kopf. Alle waren mit ein und demselben Firmennamen beschriftet: Agilosan.

»Liebe Arzneimittelbetrüger!«, japste er freudestrahlend. »Jetzt geht es euch an den Kragen!«

Florian stöberte in einem Wandschrank und mehreren Regalen, bis er in einer Schreibtischschublade fündig wurde und seinen Freunden einen Memorystick unter die Nase hielt.

»Wie wäre es mit ein paar aufschlussreichen Kopien? Solche Minidatenträger vermisst niemand. Von meinem Schreibtisch verschwinden sie ständig. Sobald man sie braucht, sind sie weg.«

Nach allem, was sie bislang gefunden hatten, war sich Zoffinger sicher, dass er mit Simon Prill einen kleinen Fisch an der Angel hatte, der als Beipackzetteldichter tätig war, aber mit der Herstellung von Pharmamüll nichts zu tun hatte. Die Frage blieb, warum der Kerl als Mitarbeiter einer illegalen Clique von Medikamentenfälschern einen Apotheker auf gepanschte Potenzpillen aufmerksam gemacht hatte. Eigentlich kam dafür nur eine Erklärung infrage, die Prill schon selbst angedeutet hatte. Nach dem Therapie-Desaster mit seinem Halbbruder hatte er sich vermutlich entschlossen, seinen Job nicht sofort hinzuschmeißen, den Pillenbetrug aber auf Dauer nicht mehr mitzumachen. Hatte sich der Aussteiger deswegen den Reichsbürgern angeschlossen? Das hätte Sinn gemacht, falls dieser verblendete Haufen – warum auch immer – einen Kreuzzug gegen die illegale Pharmabranche plante.

»Gegen wie viele Gesetze haben wir in den vergangenen zwei Stunden eigentlich verstoßen?«, wollte Karin auf der Fahrt zurück in die Stadt wissen. »Bekämen wir noch Bewährungsstrafen oder müssten wir in den Knast?«

»Die Wahrheit kommt manchmal nicht ohne Nachhilfe aus«, philosophierte Zoffinger. »Manche sagen auch, der Zweck heiligt die Mittel.«

Florian war sich seiner Sache sicher.

»Ethisch und moralisch ist uns nichts vorzuwerfen. Trägt unser Spähtrupp dazu bei, einem miesen Medikamentenbetrug auf die Schliche zu kommen, dann diente unsere nächtliche Aktion einem ehrenhaften Ziel. Hoffe ich.«

»Hört sich an wie eine selbst erteilte Absolution!«, befand Karin. »Darf ich euch Rechtsbrecher trotz vorgerückter Stunde noch zu einem Umtrunk einladen? Meine Nerven hätten nach der aufregenden Abendgestaltung ein beruhigendes Tonikum bitter nötig.«

Der Vorschlag traf auf allgemeine Zustimmung.

Zoffinger war unter Kollegen als Ermittler bekannt, der Nägel mit Köpfen machte. Auf puren Verdacht hin wollte er seine Kavallerie nicht in das Kellergeschoss der ehemaligen Wirtschaft auf dem Kieswerkgelände schicken. Er fuhr in die Konstanzer DHL-Zentrale, um sich die Zustell- und Abholadresse für Päckchen und Pakete bestätigen zu lassen und nachzuforschen, woher die fast täglichen Sendungen kamen und wohin sie gingen. Eigentlich hatte er bei den ankommenden Sendungen mysteriöse Absender in Indien oder Osteuropa erwartet. Aber Irrtum. Sämtliche Päckchen waren in Radolfzell aufgegeben worden. Zoffinger stutzte. Warum ersparten sich die Absender diesen Postweg nicht und transportierten die Waren selbst über die 25-Kilometer-Distanz nach Konstanz?

Der vom Staatsanwalt abgesegnete Zugriff auf das verdächtige Gasthaus auf dem Kieswerkgelände erfolgte am frühen Abend. Das SEK umstellte das Gebäude, um auszuschließen, dass jemand flüchten konnte. Vier Beamte mit Schusswesten und Masken tasteten sich auf der Rückseite des ehemaligen Gasthauses die Kellertreppe hinunter. Ein fünfter trug einen Rammbock, um sich notfalls Zugang verschaffen zu können. Die Tür war jedoch nicht verschlossen.

Mit »Hände hoch«-Gebrüll stürmten die Beamten in einen großen Raum, in dem sich kleine und große Pakete an Wänden und auf Tischen stapelten. Überrumpelt rissen einige der Arbeiterinnen und Arbeiter die Arme hoch. Zwei, drei andere versuchten, sich vor den Beamten in ihren schwarzen Uniformen zu verdrücken, und begriffen ihre Lage erst, als sie mit den Gesichtern nach unten auf dem Kellerboden lagen.

Der Arbeitsraum sah ähnlich aus wie der Verpackungssaal im Erdgeschoss darüber, von unverputzten Wänden, Spinnweben in den Ecken und Leuchtstoffröhren abgesehen, die an offenen Kabeln von der Decke hingen. Auf den Tischen lagen Haufen von Medikamenten in den üblichen Blistern, die aus den in einem Container gesammelten Originalschachteln stammten. Plastikbeutel mit bunten Pillen reihten sich wie Bonbonangebote in Regalen aneinander. Zoffinger schlug einen Wandvorhang zurück, hinter dem sich ein primitiver Lastenaufzug versteckte. Offenbar wurde er dazu benutzt, Pakete zwischen Keller und Erdgeschoss zu bewegen, wo sie verladen werden konnten.

Er traute seinen Augen nicht, als er in einem der hinteren Räume ein improvisiertes Apothekenlabor betrat – vermutlich das Herzstück des Kellerbetriebs. Als Laie hatte er sich die Pillenherstellung immer als einen ziemlich komplizierten Vorgang vorgestellt. Als er mitbekam, mit was für amateurhaften technischen Voraussetzungen und unter welchen hygienischen Verhältnissen gearbeitet wurde, fiel er fast vom Glauben ab. Wo der Wirt früher wahrscheinlich seine Bierfässer gelagert hatte, waren mehrere Frauen in Kittelschürzen und mit Gummihandschuhen mit der Pillenherstellung beschäftigt. Zwei hatten flache Unterlagen in Holzrahmen vor sich, die Zoffinger an Nudelbretter erinnerten. Darauf rollten sie rosafarbenen und hellblauen Pillenteig zu etwa 20 cm langen, dünnen Würstchen. Auf einen geriffelten Untergrund gelegt und mit einem Portionierer vorsichtig ›überfahren‹, entstanden wie von magischer Hand aus jedem Würstchen ca. 25 oder 30 gleichmäßig runde Pillen. In Reichweite lag ein Pizzakarton, in dem nur noch letzte Krümel von einer italienischen Mahlzeit zeugten. Eine der Würstchendreherinnen hatte eine Kippe zwischen den Lippen, die sie in einen randvollen Aschenbecher stippte.

An einem anderen Tisch bastelten drei Arbeiterinnen an

Medikamentenkapseln. In einem ersten Arbeitsgang füllten sie eine Zentrifuge im Kaffeemühlenformat mit Originalpräparaten, um sie zu pulverisieren. Im zweiten Schritt wurde das Arzneimehl in einer Schüssel mit etwas anderem vermischt.

»Was mixen Sie da eigentlich?«, erkundigte sich Zoffinger.

Die Frau sah ihn nicht einmal an, als sie antwortete.

»Blau kommt zu Weiß – im Verhältnis 1:1.«

Der Kommissar glotzte die Pillenmischerin ungläubig an.

»Blau wird mit Weiß gemischt. Und das war's?«

»Wir mischen natürlich auch andere Farben miteinander. Wir folgen nur unseren Anweisungen.«

»Von wem bekommen Sie Ihre Aufträge, Ihre Anweisungen? Gibt es einen Chef oder einen Vorarbeiter?«

»Man sagt uns per Handy, was wir machen sollen.«

Zoffinger ahnte, dass er auch auf seine nächste Frage keine aufschlussreiche Antwort bekommen würde.

»Von wem kommen die Anrufe?«

»Weiß ich nicht! Ist mir auch wurscht!«

Ihre Kollegin hatte ein Art Setzkasten aus Plastik mit einem Quadrat aus 100 Löchern vor sich, in den sie die unteren Hälften von offenen Gelatinekapseln drückte. Über einen passenden Aufsatz strich sie mit einem Teigschaber das Medikamentenpulver aus der Mühle in die Kapseln und verschloss sie mittels eines weiteren Plastikaufsatzes, in dem die oberen Kapselhüllen steckten. Einfach zusammenpressen und fertig waren 100 Pillen in kaum mehr als fünf Minuten.

»Wenn das keine Medikamentenpanscherei ist, fresse ich einen Besen«, raunte ein Polizist Zoffinger zu. »Jeder Qualitätskontrolleur würde hier tot aus den Latschen kippen!«

Dass in dieser Klitsche Originalarzneien mit dubiosen Zutaten gestreckt wurden, um höheren Gewinn aus den Präparaten zu erzielen, war nicht zu übersehen. Im Internet stand, dass online verhökerte Pillen nicht selten sogar mit ›Ingredienzien‹ wie Sägemehl und Kreide ›verlängert‹ wurden und manche Kapseln außer diesen nutzlosen oder sogar schädlichen ›Beigaben‹ überhaupt keine Wirkstoffe enthielten. Zoffinger dachte an seine Privatapotheke im Badezimmerschrank. Obwohl er im Internet noch nie ein Präparat bestellt hatte, war er nicht mehr sicher, ob er gegen Kopfschmerzen oder irgendwelche Zipperlein nicht auch schon Ziegelstaub oder Backpulver eingenommen hatte.

Nach dem erfolgreichen Blitzzugriff dauerte es zwei geschlagene Tage, bis die Spurensicherung die mittlerweile geschlossene Kellerapotheke von unten nach oben gekehrt hatte. In Umzugskartons schleppten die Beamten Berge von Beweismaterial weg, Belege in Hülle und Fülle dafür, dass das Untergeschoss des alten Gasthauses als illegales Pharmalabor gedient hatte. Wichtig waren Zoffinger hauptsächlich Hinweise auf Lieferwege, Geschäftskontakte und Netzwerke, über die Medikamente bezogen und weitergeleitet worden waren. Die Arbeiterinnen und Arbeiter waren ausgebeutete, meist aus Bosnien und Serbien stammende Illegale mit gefälschten Identitätskarten, die für einen Appel und ein Ei bis zu zwölf Stunden am Tag Medikamente strecken und verfälschen mussten. Einige von Zoffingers Kollegen meinten, die seelisch und körperlich angeschlagenen Leute hätten erleichtert und sogar dankbar auf den Polizeieinsatz reagiert.

Nach und nach ergänzten sich die Puzzleteilchen immer mehr zu einem Bild. Neue Erkenntnisse brachten auch der geklaute Memorystick aus der Wellblechhalle und eine

Razzia in einer Agilosan-Lagerhalle in Radolfzell. Als Zoffinger den ersten Bericht seiner Kollegen von der Wirtschaftskriminalität und vom Zoll auf den Tisch bekam, staunte er nicht schlecht über die perfide Betrugsmasche, die sich die skrupellosen Pillendreher hatten einfallen lassen.

Die Agilosan-Strategen hatten Medikamente bei einem großen europäischen Pharmaunternehmen gekauft – zu Vorzugspreisen, weil die heuchlerischen Geschäftsleute versicherten, damit ländliche medizinische Basisstationen und unterversorgte Krankenhäuser in mehreren afrikanischen Ländern zu beliefern. Per Luftfracht wurden die Arzneien an eine dubiose Hilfsorganisation mit dem Namen Daraja nach Daressalam in Tansania geschickt. Von dort leitete man aber nur einen kleinen Teil an die vorgegebenen Ziele weiter. Der größere Rest kehrte illegal nach Europa zurück und wurde – umetikettiert – über verschlungene Pfade an gutgläubige Abnehmer im Großhandel verkauft, natürlich zu höheren Preisen. Ein erklecklicher Anteil der Sendungen landete auch in Radolfzell bzw. Konstanz, wo die Panscher im Keller des alten Gasthauses den Pillen den gewinnbringenden ›Schliff‹ verpassten, um mit dem Arzneischrott ein weiteres Mal Kasse zu machen.

Um den Betrug zu tarnen, schickten die kriminellen Pfuscher die reimportierten Medikamente nicht direkt nach Konstanz, sondern nutzten Umwege und Zwischenstationen. Wie etwa Radolfzell. Dort setzte der Zoll eine Observationseinheit auf das Lager an. Tag für Tag tauchte ein Kleinlaster auf, der sich mit Päckchen und Paketen beladen auf den Weg zur Post machte, um die Präparate nach Konstanz zu schicken – eine Verschleierungsstrategie, die offenbar schon Monate oder sogar Jahre funktionierte.

7
EINE DUBIOSE KOMMUNE

So spannend-kriminell das Geschäftsmodell von Agilosan auch zu sein schien: Zoffingers Hauptinteresse galt nicht der perfiden Betrugsmasche, sondern den Köpfen des verbrecherischen Pharmarings.

Er nahm sich Simon Prill zur Brust, der in Untersuchungshaft saß und offenbar kein bisschen traurig über die Schließung des Kellerlabors beim ehemaligen Kieswerk war. Natürlich ›beichtete‹ Zoffinger dem Beipackzetteldichter nicht, dass er bei einem Einbruch in die Wellblechhalle einen Berg aufschlussreicher Daten von dessen PC auf einen USB-Stick gezogen hatte. Aber mittlerweile hatten die Spurensicherer Prills PC amtlich ausgewertet, sodass Zoffinger seine Informationen nutzen konnte, um den Besitzer aus der Reserve zu locken.

»Ich weiß, dass Sie vor einiger Zeit Ihren krebskranken Halbbruder verloren haben. Ich weiß auch, dass Sie der behandelnden Klinik schwere Vorwürfe gemacht haben.«

Prill schlug die Hände vors Gesicht.

»Mich hat während der ganzen Behandlungszeit gewundert, dass mein Bruder, anders als andere Krebspatienten, nach der Chemo nicht unter typischen Nebenwirkungen litt. Kein Haarausfall, keine Übelkeit. Es schien ihm ziemlich gut zu gehen. Er unternahm sogar kleinere Radausflüge. Fast ein Jahr lang dauerte seine Therapie. Dann kippte sein Zustand plötzlich. Es stellte sich heraus, dass ihm gepanschte Medikamente verabreicht worden waren, die so wirksam waren wie Zuckerwasser.«

»So richtig verstehen kann ich Ihre Empörung über die nutzlose Behandlung Ihres Halbbruders nicht«, meinte Zoffinger. »Sie waren doch selbst an den Medikamentenfälschungen beteiligt und haben Patienten damit in lebensbedrohliche Situationen gebracht.«

Prill pumpte seine Lungen auf, als müsse er Anlauf zu einer Bergbesteigung nehmen.

»Sie haben ja recht. Es stimmt, was Sie sagen. Aber die Wahrheit über meinen Job bei Agilosan ist mir erst bewusst geworden, als mich der Arzneienpfusch bei meinem Halbbruder persönlich betraf. Das macht alles nicht besser, aber ich würde eine Schubkarre voller Dreck fressen, wenn ich meine Tätigkeit bei diesem Verbrecherverein rückgängig machen könnte.«

»Trotzdem sind Sie immer noch für die Firma tätig.«

»Das hat andere Gründe. Über kurz oder lang wäre ich ohnehin ausgestiegen.«

»Das lässt sich leicht behaupten. Immerhin sind Sie aufgeflogen und werden für Agilosan nicht wieder tätig werden. Was sind denn das für Gründe, die Sie eben erwähnten?«

»Ich sagte doch schon, dass ich mich schäme, an dem Medikamentenbetrug mitgewirkt zu haben. Aus heutiger Sicht war das ein unverzeihlicher Fehler. Bei dem Betrug hätte ich niemals mitmachen dürfen.«

»Nochmals meine Frage: Warum sind Sie als offenbar geläuterter Mensch nicht schon längst bei der Firma ausgestiegen? Das wäre doch nur konsequent gewesen.«

Simon Prill wand sich, klemmte die Hände zwischen die

Knie und starrte eine ganze Weile kopfschüttelnd auf die Tischplatte.

»Ich dachte, ich könnte das System von innen verändern«, presste er dann heraus.

»Von innen verändern? Hatten Sie einen Rachefeldzug geplant?«

»Mir gingen Sabotage-Ideen durch den Kopf. Aber was hätte ich schon machen können? Natürlich habe ich mir überlegt, der Polizei einen anonymen Tipp zu geben. Aber dann konnte ich mich einfach nicht dazu durchringen. Zugegeben: Feigheit vor dem Feind.«

»Wen wollten Sie mit einer Anzeige möglicherweise treffen? Wussten Sie, wer in der Firma die Strippen zog?«

»Heimlichtuerei war bei Agilosan an der Tagesordnung, geradezu ein Geschäftsprinzip. Von der oberen Ebene sollte so wenig wie möglich zur unteren durchsickern, von Arbeitsanweisungen für den tagtäglichen Betrieb einmal abgesehen. Peinlich wurde darauf geachtet, persönliche Kontakte zu vermeiden bzw. so anonym wie möglich zu bleiben. Arbeiter, Zulieferer und Transporteure kannten sich natürlich. Von der Chefetage tauchte so gut wie niemand auf. Die gesamte Kommunikation fand fast ausschließlich per Telefon statt. Das ging sogar so weit, dass mir in zwei, drei Fällen telefonische Instruktionen mit Stimmverzerrer mitgeteilt wurden. Das muss man sich mal vorstellen. Allerdings handelte es sich dabei um extrem sensible Themen. Einmal ging es um Kontakte mit unserer Hilfsorganisation in Daressalam.«

»Wer persönlich dahintersteckte wissen Sie nicht?«

»Im Prinzip schon«, räumte Prill ein. »Den Pillenpaten habe ich ein einziges Mal persönlich getroffen. Er tauchte mit einer Nobelkarrosse im Kieswerk auf, hupte draußen wie ein Blöder, bis ich in den Hof kam, und drückte mir durch das geöffnete Autofenster wortlos einen Dienstplan in die Hand. Er machte sich nicht einmal die Mühe auszusteigen.«

»Und? Haben Sie den Mann erkannt?«

»Unter den Mitarbeitern ist er nur als ›Der Lette‹ bekannt, obwohl im Grunde genommen niemand weiß, um wen es sich wirklich handelt. Angeblich stammt er aus Lettland und hat deshalb seinen Spitznamen weg.«

»Sagt Ihnen der Name Andris Balodis etwas?«

Simon Prill nickte bedächtig.

»Ja, der Name sagt mir etwas. Ich erinnere mich, dass er in Geschäftspapieren aufgetaucht ist. Allerdings hieß es vor nicht allzu langer Zeit, er sei bei einem Flugzeugabsturz ums Leben gekommen. Schade ist es um ihn nicht.«

Dass Balodis den vermutlich inszenierten Flugzeugabsturz überlebt hatte, behielt Zoffinger für sich.

Wenige Tage nach der Vernehmung bekam der Kommissar eine interessante Nachricht auf den Tisch. Der Lette war vormittags bei Bodman in eine routinemäßige Verkehrskontrolle geraten. Bei der Kontrolle seiner Papiere händigte er den Beamten einen Pass aus, der sich schnell als Fälschung herausstellte. Noch bevor der Fahrer vorläufig festgenommen werden konnte, machte er sich auf durchdrehenden Reifen aus dem Staub. Die sofort ausgelöste Fahndung blieb zunächst ohne Erfolg. Aber der in der Schweiz angemietete Leihwagen fiel noch am selben Abend einer Streife auf einem Parkplatz auf der Halbinsel Mettnau bei Radolfzell auf. Gäste eines in der Nähe liegenden Ruderclubs hatten beobachtet, dass ein Motorboot einen vornehmen Herrn in dunklem Anzug mit zwei Aktenkoffern an Bord genommen hatte. Der ›Bootsflüchtling‹ hatte es offenbar brandeilig, um zu verschwinden. Wohin, war unklar. Der Abgleich von im Wagen gesicherten Spuren mit dem automatisierten Fingerabdruck-Identifizierungs-System der Polizei war ein Volltreffer. Für Zoffinger war naheliegend, dass der Lette nach seiner Flucht Gefolgsleute angerufen und den Abholservice per Boot arrangiert hatte. Vielleicht mischte dabei wieder einmal Tobias Wegner mit, der nach wie vor von der Bildfläche verschwunden war.

Wohin sich Balodis verdrückt hatte, stand also in den Sternen. Vielleicht ins benachbarte Ausland. Nur ein Katzensprung trennte die Mettnau vom Schweizer Ufer. Aber Zoffinger vermutete, dass sich der Lette irgendwo auf der deutschen Bodenseeseite versteckt hielt. In diesem Gebiet musste seine Zentrale liegen, von der aus er sein Medikamentenimperium steuerte.

Im Handschuhfach des Wagens von Balodis fanden die Spurenschnüffler einen zusammengefalteten Karton, auf dem das Abziehbildchen einer geflügelten Giraffe mit zottigem Löwenkopf klebte. Da die Experten außer Fingerabdrücken wenig Erhellendes aufspürten, nahmen sie sich schließlich den Karton zur Brust. Handelte es sich bei der Löwengiraffe um einen Aufkleber, wie man ihn in Verpackungen von Kaugummis und Süßigkeiten findet, um ein witziges Deko-Element, oder hatte die Illustration eine Bedeutung? Auch das fast allwissende Internet kam auf keine schlüssige Idee. Als Zoffinger eines Abends mit Florian telefonierte, erwähnte er beiläufig das Bildchen mit dem surrealen Fabeltier, das bislang nicht entschlüsselt werden konnte.

»Nicht verzagen! Florian fragen!«, tönte es aus dem Handy. »Vor ein paar Wochen hat mir ein Freund Fotos von seiner Radtour auf der Halbinsel Höri geschickt. Er posierte vor so einer Giraffe mit Flügeln und Löwenkopf, wenn ich mich recht erinnere. Ich schicke dir das Bild, sobald ich es gefunden habe.«

Das Foto zeigte das Huftier zwar aus einem anderen Blickwinkel, aber der Vergleich mit dem Abziehbild war eindeutig. Zoffinger bat Florian, bei seinem Bekannten nachzuhaken, wo genau er die Giraffe aufgenommen hatte. Der konnte sich aber nur noch ungefähr daran erinnern, dass das Riesentier im Wald zwischen Weiler und Gaienhofen in der Nähe eines ehemaligen Klosters stand.

Als sich das Wochenende mit Kaiserwetter ankündigte, machte Zoffinger Florian ein überraschendes Angebot.

»Wie wäre es mit einem Ausflug auf die Höri? Vielleicht finden wir die Löwengiraffe, und vielleicht hat sie tatsächlich etwas mit dem Aufenthaltsort von diesem Balodis zu tun.«

»Rad- oder Autotour?«

»Das Wetter soll sich anständig verhalten. Wir könnten mit den Rädern fahren. Zumindest ab Radolfzell. Wir lassen dort das Auto stehen und radeln über die schöne Höri.«

»Das hört sich wie ein Familienausflug an. Wie ich dich kenne, steckt hinter der Giraffenhatz weniger ein radsportliches als vielmehr ein kriminalistisches Motiv.«

»Ertappt!«, gestand Zoffinger. »Es könnte ja sein, dass sich dieser Balodis irgendwo auf der Höri in ein Versteck zurückgezogen hat. Anders kann ich mir das Symbol auf dem Kartonaufkleber nicht erklären.«

»Soll ich ein Brecheisen einpacken?«, stichelte Florian.

Zoffinger warf seinem Freund einen giftigen Blick zu.

»Blödmann! Aus Jux und Tollerei habe ich meine Kompetenzen nie überschritten. Aber zugegeben: Mit dem Gesetzbuch unter dem Arm bin ich auch noch nie auf Verbrecherjagd gegangen.«

Zoffinger parkte am Bahnhof in Radolfzell, lud zusammen mit Florian die Fahrräder vom Träger und schwang sich in den Sattel. Sie hatten sich grundsätzlich auf eine etwa 50 km lange Tour rund um den Schiener Berg im Zentrum der Höri-Halbinsel geeinigt – falls nichts dazwischenkam. Durch das Aachried radelten sie nach Moos und über Bankholzen an der Nordflanke des Schiener Bergs nach Weiler. In der Hauptstraße stieg Zoffinger aus dem Sattel und kramte einen Zettel aus seiner Kartentasche, den er von Vera Hanning bekommen hatte. Die Geschichtsstudentin hatte aufgeschrieben, dass es südlich von Weiler bis Ende des 19. Jahrhunderts das Kloster Grünenberg gegeben hatte.

Ein paar Häuser weiter wienerte in einem offenen Hof neben der Straße ein Mann an seinem Auto herum.

»Entschuldigen Sie bitte!«, sprach Zoffinger ihn an. »Hier in der Nähe soll es das Kloster Grünenberg gegeben haben. Wissen Sie vielleicht wo?«

Der Mann ließ seinen Schwamm in einen Eimer fallen und wischte sich mit dem Unterarm den Schweiß von der Stirn.

»Kloster Grünenberg! Richtig. An der nächsten kleinen Nebenstraße rechts abbiegen. Nach 300 Meter ist der Weg nur für Anlieger frei, aber mit den Rädern kommen Sie weiter. Viel finden Sie vom Kloster nicht mehr. Nur ein steinernes Wegkreuz erinnert daran.«

»Was war das eigentlich für ein Kloster?«, wollte Florian wissen, als sie der bewaldeten Flanke des Schiener Bergs immer näherkamen.

»Laut Vera ein Schweigekloster, ein Ort der Stille und Kontemplation! Wäre also nichts für eine Quasselstrippe wie dich gewesen. Im 19. Jahrhundert läuteten den Besitzungen die Totenglocken. Zum Schluss sollen dort nur noch fünf Nonnen gelebt haben.«

Auf einer Lichtung entdeckten sie das 1895 von einem Wirt errichtete Steinkreuz, die einzige Erinnerung an die

Kartause. Keine Ruine, keine zerfallenen Mauern, nicht einmal ein Steinhaufen.

»Aller Ablass groß aus meinem Leiden floss«, las Florian die Inschrift auf dem Kreuz vor. »Hast du eine Ahnung, was das heißen soll?«

Zoffinger schüttelte den Kopf, dass ihm der Fahrradhelm verrutschte.

»Vielleicht ein Hinweis auf den perversen Ablasshandel im Mittelalter. Die Kirche gaukelte den Menschen damals vor, sie könnten sich mit Diridari von ihren Sünden und vom Gang ins Fegefeuer freikaufen. Solche betrügerischen klerikalen Versicherungspolicen wurden sogar für bereits Verstorbene angeboten. Gegen eine Handvoll Gulden natürlich. Das muss man sich mal vorstellen. Vollkasko im Jenseits. Eine lukrative Einnahmequelle für den Klerus.«

Eine Wandergruppe preschte wie ein militärischer Stoßtrupp aus dem Wald. Alle trugen blaue T-Shirts mit dem Aufdruck ›Stramme Waden e.V.‹

»Hier in der Gegend muss eine Giraffenskulptur mit Löwenkopf stehen«, stoppte Zoffinger das gestiefelte Ensemble. »Seid ihr vielleicht an einem solchen Fabelwesen vorbeigekommen?«

Ein Mitvierziger mit unverkennbarem Wanderehrgeiz im Blick schlenkerte seinen Nordic-Walking-Stock herum und zeigte den Weg zurück, den die Gruppe gerade gekommen war.

»Nach 2,3 km kommt eine Kreuzung. Haltet euch links. Dann noch ca. 500 m. Sorry, wir müssen weiter. Wir sind gerade so richtig auf Betriebstemperatur.«

Schon hetzte der Pulk weiter, als ginge es um einen Blitzkrieg gegen die Apfelblattlaus. Zoffinger und Florian folgten der vom Wanderkommandanten beschriebenen Richtung. Der Weg wurde immer holpriger und schüttelte die beiden Freizeitradler fast aus den Sätteln. Am Ende tauchte zwischen den Bäumen ein spukhaft wirkendes Anwesen auf, vor dem eine Löwengiraffe ihren langen Plastikhals über ein niedriges, aus bemoosten Latten zusammengenageltes Gartentor streckte. Eine kurze Hortensienallee führte schnurgerade auf ein Gebäudeensemble zu, das der Fantasiekulisse eines Gruselfilms ähnlicher sah als dem Unterschlupf eines Schwerkriminellen. Links und rechts flankierten zwei gespenstische Wirtschaftsgebäude das Haupthaus, dessen Giebeldach ein hübsches Türmchen zierte. Zügelloser Efeu wucherte über zerbröckelnde Fassaden und krumme Dachtraufen und verlieh der Szenerie etwas Beklemmendes. Im Garten ragten rostige Eisenskulpturen über das hüfthohe Gras hinaus. Aus einer Baumkrone baumelte ein Plastikskelett, dem sein Erschaffer rote Arbeitshandschuhe und Quadratlatschen mit Gummigamaschen angezogen hatte.

Am maroden Gartentor lehnte ein windschiefer Verschlag, der als Tickethäuschen oder Unterstand für Wachpersonal hätte dienen können. Zoffinger parkte sein Rad an einen Baum und sah sich die Löwengiraffe näher an.

»Du wirst es nicht glauben, aber im Löwenkopf bewegt sich etwas.«

Florian trat ein paar Schritte zurück, um einen günstigeren Blickwinkel zu haben.

»Tatsächlich! Sieh dir mal das linke Auge an. Wenn mich nicht alles täuscht, wurde dem Tier eine Überwachungskamera implantiert.«

Zoffinger wackelte mit dem Kopf.

»Warum muss eine Künstlerclique den Eingang zu ihrem Grundstück videoüberwachen lassen? Gibt es dafür einen schlüssigen Grund? Damit niemand den im Garten verteilten Schrott klaut?«

Im selben Augenblick flog oben am Haupthaus die Eingangstür auf, und ein Mann in grüner Latzhose, grünen Gummistiefeln und grünlichem Gesicht trat ins Freie. Wie ein Comic-Indianer schirmte er seine Augen mit der flachen Hand gegen die Helligkeit ab, die durch die Bäume blinzelte. Mit langen Schritten kam er auf seine Besucher zu.

»Und?«

»Leute im Dorf haben uns erzählt, dass es hier einen Skulpturengarten gibt. Den wollten wir uns ansehen«, sagte Zoffinger.

»Zurzeit geschlossen«, antwortete Mr. Mundfaul.

Die Brusttasche seiner Latzhose beulte garantiert keine Gartenschere aus.

»Was ist das eigentlich für ein Anwesen?«, forschte der Kommissar weiter nach.

»Heute Künstlerkommune, früher klösterliches Hofgut.«

»Sind Sie selbst auch Künstler?«, stichelte Florian.

Der Kerl nickte.

»Malerei? Bildhauerei? Klassische Musik? Design?«

Zoffinger wäre lieber gewesen, sein Begleiter hätte seine provokante Klappe gehalten.

»Alles!«

»Ahaaa! Ein Generalist!«

»Nicht unverschämt werden!«

»Generalist ist doch keine Beleidigung, mein Lieber. Generalist bedeutet so viel wie Alleskönner.«

»Ihr Lieber bin ich trotzdem nicht«, fauchte die Latzhose kurz angebunden.

Im selben Augenblick lenkte ihn eine Nachricht ab, die er über einen Ohrstecker empfing.

»Heute ist kein Besuchstag«, wimmelte er die beiden Radler ab. »Morgen auch nicht!«

Der Kerl roch wie eine Biotonne bei hochsommerlichen Temperaturen. Er schob am Gartentor einen Riegel zurück und schwenkte es auf. Oben beim Haupthaus fuhr ein schwarzes Quad mit feuerwehrroten Felgen aus dem Nebengebäude. Die bulligen Reifen wirbelten Staub auf der wassergebundenen Hortensienallee auf. Als der Fahrer das Gartentor erreichte, drosselte er für einen Augenblick das Tempo, klappte das Visier seines Helms herunter und nickte dem grünen Portier zu.

Als sich die beiden Ausflugsradler auf den Rückweg machten, hielt Zoffinger nach ein paar Metern seinen Begleiter an.

»Ist dir an der Plaudertasche etwas aufgefallen?«

»Wenn dieser Kerl Künstler ist, habe ich super Chancen bei der nächsten Papstwahl«, antwortete Florian.

»Ich meine etwas anderes. Hast du verstanden, was er dem Fahrer zugerufen hat?«

»Deutsch war das nicht«, antwortete Florian. »Es klang wie ›ladi‹, ›lani‹ oder ›labi‹ oder so ähnlich. Spielt das eine Rolle?

Zoffinger war schon dabei, einen Kugelschreiber aus seiner Kartentasche zu angeln, um die Wörter aufzuschreiben.

»Vielleicht war der Quad-Pilot Andris Balodis. Hat ihm der Kerl am Gartentor etwas Lettisches zugerufen, wäre das zumindest ein Hinweis darauf. Heute Abend werde ich das Übersetzungsprogramm von Google bemühen.«

Zurück in Weiler, gerieten sie in eine Horde von Radfahrern mit bunten Luftballons an den Lenkern. Ordentlich ›vorgeglüht‹ hatten die Freizeitsportler auch schon.

»Geburtstag, Junggesellabschied oder Abiturfeier?«, wollte Florian wissen.

»Weder noch. Wir fahren zum Büllefest«, kam die Antwort von einem der Jungs, der schon ziemlich schief auf dem Fahrradsattel hing.

»Büllefest?«

»Richtig. Das Fest zu Ehren der roten Höri-Zwiebel, die hier Bülle heißt. Seid ihr nicht von hier?«

»Nicht ganz. Aber Büllefest klingt gut. Wäre was für uns, sofern es dort etwas fürs leibliche Wohl gibt«, meinte Zoffinger und tätschelte seinen Bauch.

In den Straßen herrschte zwischen Marktständen, Zeltpavillons und improvisierten Besenwirtschaften ein Gedränge und Gewusel wie bei einer Gratislotterie. Zoffinger und Florian stürzten sich in das Getümmel, über dem der verführerische Duft von Zwiebelkuchen waberte. Unter bunten Markisen dekorierten Zwiebel- und Knoblauchzöpfe die Marktbuden. Zwiebeln schmückten Verkaufstische in Gestalt von Marienkäfern, Fliegenpilzen und Clowns. Handwerksberufe wie Korbmacher und Seiler demonstrierten ihre Kunst, während nebenan ein Drehorgelmann für musikalische Unterhaltung sorgte.

»Schlachtplatte mit Suser oder Bülledünne?«, fragte sich Zoffinger mit Blick auf eine Schiefertafel mit Angeboten.

»Würde ich mich jetzt für eine Schlachtplatte mit Suser entscheiden, müsstest du mich hinterher schnellstmöglich für eine Stunde in ein Hotel bringen«, seufzte Florian.

Er entschloss sich ebenso wie Zoffinger für eine Bülledünne, einen roten Zwiebelkuchen auf Pappdeckel. Um tausend Ellbogen aus dem Weg zu gehen, stellten sie sich in die Einmündung einer Nebenstraße. Florians Blick fiel auf drei schwarze Quads, die hintereinander am Straßenrand geparkt waren. Mit vollem Mund maunzte er nur und zeigte mit dem Kuchenende auf die Allradfahrzeuge. Der Kommissar begriff sofort. Er drückte sich das letzte Stückchen Bülledünne zwischen die Zähne, fingerte sein Smartphone aus der Tasche und machte von jedem Quad ein Foto – von jedem der Fahrzeugkennzeichen natürlich auch.

»Wir könnten uns auf die Lauer legen und warten, bis die Fahrer zurückkommen«, schlug Florian vor.

»Und dann?« Zoffinger tat die Idee mit einer Handbewegung ab. »Was sollten wir mit den Typen anfangen? Wir wissen nicht, um wen es sich handelt, und wir wissen auch nicht, ob sich tatsächlich dieser Lette unter ihnen befindet. Hätten wir sie beim Klauen erwischt, wäre das ein anderer Fall. Aber so?«

Er zog resigniert die Schultern hoch.

»Bleiben noch die Kennzeichen, über die ich die Besitzer ausfindig machen kann.«

Sie stromerten noch eine Weile über das Büllefest und kamen mit einem Jungbauern ins Gespräch, dem sie von ihrem Besuch bei der Löwengiraffe und dem alten Hofgut erzählten.

»Der verlotterte Hof gehörte früher zum Kloster Grünenberg«, erzählte er. »Die Leute meiden das alte Gemäuer, weil es auf einem Grabhügelfeld der alten Kelten stehen soll. Man behauptet, dass Waldarbeiter auf mysteriöse Weise krank geworden sind, nachdem sie dort Bäume fällten. Auch von zwei oder drei Selbstmorden in diesem Waldstück ist die Rede. Ich kenne auch Leute, die im besagten Waldstück markerschütterndes Gebrüll wie aus einem Horrorvideo gehört haben wollen. Aber die Leute reden viel, wenn der Tag lang ist.«

»Wissen Sie mehr über die Künstlerkommune, die sich dort niedergelassen hat?«, erkundigte sich Zoffinger.

Der Bauer schnitt eine Grimasse.

»Künstlerkommune! Von wegen! Mag ja sein, dass dort vor ein, zwei Jahren irgendwelche Spinner eingezogen sind, die nicht vom Bodensee stammen. Um wen es sich wirklich handelt, weiß offenbar keiner. Ich auch nicht.«

Zoffinger erstand bei dem Bauern einen Zwiebelzopf, den er mit einem Stück Bindfaden um seinen Fahrradlenker band. So richtig Lust auf einen Sattelritt um die Höri hatten beide nach der Fete nicht mehr und beschlossen, nach Radolfzell zurückzufahren.

Zu Hause hatte Zoffinger seine Radlerklamotten noch nicht vom Leib gestreift, als er bereits neugierig an seinem Laptop ein lettisch-deutsches Übersetzungsprogramm aufrief. Unter ›ladi‹ kein Eintrag. Unter ›lani‹ auch nicht. Aber unter ›labi‹ ein Treffer. Auf lettisch bedeutete das Wort ›Alles klar‹. Ob der Quad-Pilot tatsächlich Andris Balodis gewesen war, ließ sich damit natürlich nicht beweisen. Aber dass ihm der Latzhosenträger auf Lettisch geantwortet hatte, erhärtete den Verdacht. Möglich, dass sich Balodis das Versteck in dem abgelegenen Waldstück weit vom Schuss aus gutem Grund ausgesucht hatte.

Die neue Arbeitswoche begann für Zoffinger mit der üblichen Routine. Seine Kollegen waren trotz Wochenende nicht untätig geblieben. Unter den beschlagnahmten Geschäftsunterlagen von Agilosan waren sie mehrfach auf eine Dame namens Lili gestoßen. Sie war offenbar für sensible Transporte und Lieferungen rund um den Bodensee zuständig, die aus dem einen oder anderen Grund nicht für den Postweg geeignet waren. Vielleicht handelte es sich um besonders teure oder rare Produkte oder auch um Abnehmer, die auf jeden Fall im Verborgenen bleiben wollten. Ganze Ordner und PC-Dateien wurden nach der geheimnisvollen Frau durchforstet. Anhaltspunkte dafür, um wen genau es sich bei Lili handelte, gab es nicht. Sie blieb ein Phänomen.

Bis zu jenem Morgen, an dem der ›Seekurier‹ eine eigentlich nebensächliche Nachricht veröffentlichte, die Zoffingers Blutdruck innerhalb von Sekunden einen gewaltigen Satz nach oben machen ließ. Im Jachthafen von Mittelzell auf der Insel Reichenau war ein Segelboot von übermütigen Jugendlichen mit Bengalos in Brand gesetzt worden. Da das Feuer von Passanten schnell entdeckt wurde, konnte größerer Schaden verhindert werden. Was den Kommissar elektrisierte, war nicht die mutwillige Brandstiftung, sondern der Name des beschädigten Segelbootes. Es hieß ›Lili Marleen‹.

Urplötzlich kam ihm ein rettender Gedanke. Er hätte noch lange nach der mysteriösen Dame suchen können, weil es sich vermutlich um keine Frau, sondern um das angekokelte Segelboot handelte. Obwohl genau genommen der Zeitpunkt für sein unverzichtbares Vesperbrot gekommen war, stürmte er in das Büro seiner Kollegen und schlug Alarm.

»Macht euch augenblicklich auf den Weg zum Jachthafen auf der Reichenau. Vielleicht könnt ihr trotz der Brandlöschung auf der ›Lili Marleen‹ noch Spuren sichern. Nehmt die Jacht meinetwegen auseinander. Stellt fest, wo sie in den vergangenen Monaten vor Anker gegangen ist. Ich will wissen, wem sie gehört, wer sie gesteuert hat, wer schon mal bei schlechtem Wetter oder nach einer Überdosis Bier über die Reling gekotzt und wer das Boot auch nur schräg angesehen hat. Ich will alles wissen, jede noch so winzige Kleinigkeit. Ihr habt 48 Stunden Zeit.«

Die zwei Tage später angesetzte Besprechung fand im Konferenzraum des Kommissariats statt. Als Zoffinger den Saal betrat, waren die Fensterjalousien bereits heruntergelassen, und ein Overheadprojektor warf das Porträt eines Mannes auf eine ausgerollte Leinwand.

»Wer ist das?«, wollte der Kommissar wissen, noch bevor er Platz genommen hatte.

»Das ist Hans Leip!«, antwortete der Vorführer.

»Hans Leip? Müsste ich ihn kennen?«

»Er hat den Text des Soldatenliedes ›Lili Marleen‹ geschrieben. Wahrscheinlich kennst du den Song. Lale Anderson hat ihn gesungen.«

Zoffinger reagierte ungehalten.

»Prima, dass ich das in meinem hohen Alter noch erfahre. Wird das jetzt eine Vorlesung zum Thema deutsche Schlagergeschichte?«

»Immer langsam voran!«, bremste ihn der Mann am Projektor. »Du hast doch berichtet, dass du auf deiner Radtour über die Höri auf ein ominöses Anwesen gestoßen bist, das deinem Busenfreund Andris Balodis eventuell als Versteck dient. Wir haben im Zuge unserer Recherchen über die Jacht ›Lili Marleen‹ herausgefunden, dass der Songtexter Hans Leip im Jahr 1983 in Fruthwilen im schweizerischen Kanton Thurgau starb und in Horn auf der Halbinsel Höri zur letzten Ruhe gebettet wurde.«

»Was bedeutet das für unseren Fall?«

»Das mögliche Balodis-Versteck am Schiener Berg auf der Höri, die Verbindung zwischen ›Lili Marleen‹ und Hans Leip, der auf dem Friedhof der katholischen Pfarrkirche St. Johann in Horn auf der Höri begraben ist, und die häufigen Aufenthalte der Jacht ›Lili Marleen‹ im Hafen von Gaienhofen auf der Höri – nach unserem Geschmack Hinweise, die wir untersuchen sollten.«

»So richtig zwingend sieht das für mich nicht aus«, mäkelte Zoffinger. »Beantrage ich aufgrund dieser Informationslage einen Durchsuchungsbeschluss für das Höri-Hofgut, erklärt mich der Staatsanwalt mit Sicherheit für plemplem.«

»Das war noch nicht alles«, tönte einer aus der Runde. »Von zwei Mitgliedern der Pfarrei St. Johann und ein paar anderen Einwohnern von Horn haben wir einen interessanten Hinweis bekommen. Jedes Jahr am Todestag des Dichters Hans Leip taucht auf dem Friedhof ein unbekannter Mann auf, legt auf dem Grab ein Blumengebinde ab und verschwindet nach ein paar Gedenkminuten wieder. Da die Leute nun mal neugierig sind, haben sie sich die Schleife am Blumenschmuck genauer angesehen. Jedes Jahr stehen die gleichen Worte drauf: Wir haben herausgefunden, dass es ›Ruhe in Frieden‹ bedeutet. Auf Lettisch.«

Zoffinger hockte wortlos da. Bevor er etwas sagen konnte, warf der Kollege am Overheadprojektor ein Foto der Grabstätte von Hans Leip auf die Leinwand.

»Wir haben übrigens extremen Dusel. In ein paar Tagen jährt sich der Todestag von Hans Leip. Wenn wir den Friedhof in Horn observieren, erwischen wir den mysteriösen Grabbesucher vielleicht. Nicht ausgeschlossen, dass es sich um den gesuchten Andris Balodis handelt.«

»Warum in aller Welt soll sich der Lette für das Grab von Hans Leip interessieren?«, hakte Zoffinger nach. »Weil er ein Fan des Soldatenhits ›Lili Marleen‹ ist?«

»Warum nicht?«, meinte ein Kollege in der zweiten Stuhlreihe. » Ich habe herausgefunden, dass das Lied im Zweiten Weltkrieg ein musikalischer Hit war. 1941 nahmen deutsche Truppen Jugoslawien ein, rissen sich den Sender Belgrad unter den Nagel und machten daraus den Soldatensender Belgrad. Weil den Radiomachern außer serbischer Marschmusik Schellackplatten fehlten, wurde ›Lili Marleen‹ rauf- und runtergespielt und schließlich allabendlich um 21.57 Uhr zum Sendeschluss zum soldatischen Betthupferl erkoren. Radio Belgrad wurde nicht nur von deutschen Landsern gehört, sondern zwischen Norwegen und Nordafrika auf beiden Seiten der Front. Am Ende wurde das Lied in ein halbes Hundert Sprachen übersetzt und in der englischen Version 1944 erstmals von der Schauspielerin Marlene Dietrich vorgetragen. Selbst Winston Churchill soll zur Fangemeinde gehört haben.«

Das Argument zeigte Wirkung. Die Planung eines ›Sondereinsatzes‹ Höri ließ nicht lange auf sich warten. Vier Mann in Zivil sollten sich an Hans Leips Todestag auf dem Friedhof auf die Lauer legen und zuschlagen, falls sich der Unbekannte am Grab zeigte. Würde es sich tatsächlich um den Letten handeln, brächte das die Ermittlungen in Sachen Medikamentenbetrug endlich voran.

Zoffinger wollte die Versammlung schon auflösen, als sich ein Kollege zu Wort meldete.

»Du hast uns auf die Reichenau geschickt, um die beschädigte ›Lili Marleen‹ zu inspizieren. Rate mal, was wir auf dem Segelboot gefunden haben?«

Zoffinger setzte sein Ratlosgesicht auf.

»Also: Wir haben Reste von Tierkot im Bauch der Jacht gefunden. Um was für Tiere es sich handelt, wird gerade im Labor untersucht. Aber von Mäusen und Ratten stammt der Dreck definitiv nicht. Die Menge lässt auf größere Kreaturen schließen.«

»Eine Jacht als Viehtransporter? Es wird immer abstruser«, wunderte sich der Kommissar. »Sobald ihr Näheres herausgefunden habt, will ich das wissen.«

Die Neuigkeit ließ nicht lange auf sich warten und überraschte den Kommissar auf zweierlei Weise. Erstens bekam er den Bescheid nicht wie erwartet von der KTU, sondern von seiner Freundin Karin Maiwald aus der Konstanzer Tierklinik. Zweitens konnte er nicht glauben, was sie ihm am Telefon berichtete.

»Mal was anderes. Deine Kollegen waren hier und haben tierische Hinterlassenschaften abgeliefert. Ich habe die Fäkalien untersucht. Woher stammen die Proben eigentlich?«

»Von einer Segeljacht, die von ein paar gelangweilten Freaks beinahe abgefackelt worden wäre.«

»Arbeitest du jetzt schon als Brandsachverständiger für eine Versicherung?«

»Die Jacht spielt eventuell bei meinen gegenwärtigen Ermittlungen eine Rolle. Aber um was für tierische Losung handelt es sich eigentlich?«

»Kaum zu glauben, aber wahr – um Tigerkot.«

Zoffinger schluckte hörbar.

»Um Tigerscheiße? Auf einer Bodenseejacht? Irrtum ausgeschlossen?«

»Irrtum ausgeschlossen!«, bekräftigte Karin. »Allerdings frage ich mich, warum auf dem Bodensee ein Segelsportler mit einer Großkatze als Kuscheltier unterwegs sein soll.«

Der Kommissar war mit seinen Gedanken schon weiter.

»An die Haustiertheorie glaube ich nicht. Erinnerst du dich, dass wir vor geraumer Zeit im Zusammenhang mit den Arzneibetrügereien darüber gesprochen haben, dass zum Beispiel aus Tigerknochen Präparate produziert werden, von denen sich manche Wunderwirkung erhoffen und Megapreise dafür bezahlen? Stichwort Tigerwein, Nashornpulver und Bärengalle.«

»Mir wird ganz schlecht bei dem Gedanken«, hauchte Karin in ihr Handy. »Vermutest du einen solchen Zusammenhang?«

»Ich will mich nicht zu weit aus dem Fenster lehnen«, antwortete Zoffinger. »Solche sogenannten Heilmittel gehören in einigen asiatischen Ländern ähnlich wie Akupunktur und Akupressur zur traditionellen Medizin und erfreuen sich offenbar auch in westlichen Ländern immer größerer Beliebtheit. Da es sich um einen millionenschweren Markt handelt, kann ich mir durchaus vorstellen, dass solche Präparate auch in privaten Arzneischränken rund um den Bodensee vorhanden sind und sogar bei uns hergestellt werden – illegal und in aller Heimlichkeit. Mammon lässt grüßen!«

Karin schnappte nach Luft.

»Wenn das stimmt, hoffe ich, dass du die Hintermänner ausfindig machen kannst. Der Artenschutz würde es dir danken.«

Die Spuren von Tigerkot auf der ›Lili Marleen‹ ließen Zoffinger keine Ruhe. Auf der Jacht waren nachweislich eine oder mehrere Großkatzen, wahrscheinlich in betäubtem Zustand, transportiert worden. Aber wozu? Dass es sich um eine heimliche Fracht für einen Zoo oder Tierpark handelte, konnte man ausschließen. Ein anderer, widerlicher Gedanke drängte sich auf. Ging es um Tiere, deren Körperteile illegal zu Wunderdrogen verarbeitet wurden?

Zoffinger beorderte seine Schnüffeltruppe zunächst auf die Reichenau, wo die »Lili Marleen‹ immer noch im Jachthafen dümpelte. Die Kollegen von der Spurensicherung schwärmten auf der Insel aus, durchsuchten Bauernhöfe, befragten die Leute und drehten jeden Stein um, ohne auf einen grünen Zweig zu kommen. Ein Praktikant, der im Dezernat Stallwache hielt, versuchte bei den Hafenmeistereien rund um den See herauszufinden, wo die ›Lili Marleen‹ in den letzten Monaten vor Anker gelegen hatte. Von kurzen Stopps abgesehen ergab die Suche zwei nennenswerte Treffer – der BSB-Schiffshafen in Friedrichshafen, wo die Jacht im vergangenen halben Jahr viermal zu Gast war, und der Hafen in Gaienhofen auf der Höri. Dort hatte das Boot seit über zwei Jahren einen Dauerliegeplatz, der auf eine gemeinnützige Künstlerkommune mit dem Namen ›Höri-Art‹ eingetragen war. Bei Zoffinger ließ die letzte Information die Alarmglocken schrillen. Gaienhofen lag nur etwa vier Kilometer vom vermuteten Balodis-Refugium im Wald am Schiener Berg entfernt.

Schon längst hätte sich der Kommissar offiziell um die dubiose Kommune gekümmert, wäre ihm der Staatsanwalt nicht in die Parade gefahren. Seiner Meinung nach lag kein begründeter Verdacht vor, dass es sich überhaupt um das Domizil von Andris Balodis handelte.

Zoffinger ließ nicht locker. Er fand heraus, dass ›Höri-Art‹ seit geraumer Zeit mit der Finanzbehörde im Clinch lag. Das Amt warf der Kommune vor, den Status der Gemeinnützigkeit zu wirtschaftlichen Zwecken zu missbrauchen und die Allgemeinheit durch die Beschaffung öffentlicher Mittel vorsätzlich zu schädigen. Da der Künstlerkreis die jüngsten Anschuldigungen der Finanzbehörde ignoriert hatte, kam dem Fiskus der Plan der Blaulichttruppe gerade recht, eine Razzia zu unternehmen.

Mit sechs Kollegen und einem Durchsuchungsbeschluss machte sich der Kommissar auf den Weg. Vorsorglich hatte er seine Freundin Karin von der Konstanzer Tierklinik darum gebeten, das Sonderkommando zu unterstützen. Aus gutem Grund. Nach dem Fund von Tigerspuren wollte der Kommissar durch die Anwesenheit einer Veterinärin gewappnet sein.

Mit drei Fahrzeugen preschte die Truppe die Hortensienallee hoch und kam vor dem Haupthaus zum Halten. In einem Nebengebäude hockte der grüne Latzhosenträger mit einem Schraubenschlüssel in der Hand neben dem Quad mit den feuerwehrroten Felgen. Noch bevor der Kerl auch nur ein Wort sagen konnte, wedelte der Kommissar mit dem Durchsuchungsbeschluss vor seiner Nase herum.

»Heute ohne Rad und Sturzhelm?«, erkundigte sich der Kerl.

So viel Schlagfertigkeit hätte Zoffinger dem verstockten Typen gar nicht zugetraut.

»Messerscharf erkannt. Die vom zuständigen Ermittlungsrichter ausgestellte Anordnung gibt uns das Recht, das Anwesen zu durchsuchen. Sind außer Ihnen noch andere Personen anwesend?«

»Niemand.«

»Was für eine Funktion haben Sie hier eigentlich?«

»Ich bin Verwalter.«

»Letztes Mal haben Sie behauptet, sie seien Künstler.«

»Bin ich auch. Verwalter und Künstler.«

»Wer ist Ihr Chef?«

»Kein Chef. Wir sind eine freie Künstlerkommune und brauchen keinen Chef.«

»Wie viele Künstler hat die Kommune?«

»Kommt drauf an.«

»Auf was kommt das an?«

»Wer da ist. Im Augenblick bin ich der Einzige.«

»Kennen Sie Andris Balodis?«

»Kenne ich. Im Moment ist er nicht da. Er kommt allerdings nur selten.«

»Und was macht er hier?«

»Von Kontrollen und Überwachung halten wir nichts. Jeder macht, zu was er Lust und Talent hat. Sogar Meditieren ist gestattet.«

»Hat Balodis eine feste Bleibe hier?«

»Im Haupthaus quer durch die Lobby. Links hinten hat er sich sein Reich eingerichtet.«

Geplättet von dieser Auskunftsfreudigkeit starrte der Kommissar eine Weile in den Himmel.

»Sagt Ihnen der Name Agilosan etwas?«

»Nein!«

»Noch nie gehört?«

»Nein. Ist das eine Zahnpasta oder ein Haarwuchsmittel?«

Zoffinger beschloss, den Einsilbigen nicht weiter zu löchern, weil er sich ohnehin keine tauglichen Antworten erwartete.

Das Anwesen wirkte aus der Nähe noch heruntergekommener als aus der Entfernung. Umso größer war die Überraschung, als die Beamten durch den von wilden Reben umrankten Eingang das Haupthaus betraten. Mitten in der renovierten Eingangshalle thronte auf einem Sockel ein goldener Buddha mit Girlanden aus bunten Kunstblumen um den Hals und einem schwarzen Zylinder auf dem mopsigen Kahlkopf. Eine Sitzgruppe in einer Ecke war mit Tigerfell bezogen. Karin machte den Streicheltest.

»Verdammt und zugenäht! Das ist echtes Fell.«

»Langsam wird meine Vermutung zur Gewissheit. Wir haben in ein Wespennest gestochen – tigermäßig«, meinte Zoffinger und tätschelte ein als Teppich ausgelegtes Großkatzenfell. Karin schaute sich den Kopf des Raubtiers genauer an.

»Das ist wirklich der Gipfel!«, entrüstete sie sich. »Schau dir diesen Tigerschädel mal genau an. Fällt dir etwas auf?«

»Was soll daran besonders sein?«

»Ekelhaft! Einfach ekelhaft! So wie es aussieht, wurde das Tier durch das linke Auge erschossen. Ich weiß auch warum!«

Der Kommissar schaute sie fragend an.

»Um das kostbare Fell nicht zu verletzten. Ekelhaft. Einfach ekelhaft.«

Karin konnte sich gar nicht beruhigen.

Von der Lobby aus betrat Zoffinger einen großen, mit

antiken Stilmöbeln überfrachteten Raum, der in das abgewirtschaftete Gebäude passte wie eine Hebebühne in einen Konzertsaal. Offenbar hatte sich der Hausherr einen schwülstig-barocken Sonnenkönigsvirus zugezogen: üppige Ornamentmuster und Brokattapeten an den Wänden, schwere Fenstervorhänge, gepolsterte Fauteuils, an der Stuckdecke ein glamouröser Kronleuchter, überall Glitzer und Funkeln. Im Großen und Ganzen dominierten die Farben Weiß, Creme und Altrosa. Goldene Applikationen verliehen dem Ambiente einen Hauch von Feudalismus. Nicht ganz ins Bild passte ein Uralt-Laptop mit einem Monitor aus der Zeit des Dreißigjährigen Krieges, der aufgeklappt in einer Ecke auf einem putzigen Schränkchen ruhte. Um auf der sicheren Seite zu sein, klonten die Spurensicherer das Gerät, um auch später noch Zugriff auf die Daten zu haben.

Zoffinger schüttelte den Kopf.

»Ein exzentrischer, krimineller Fälscherkönig inszeniert sich selbst mit barockem Protz – in einem abbruchreifen Hofgut. Vermutlich hat er dieses Imponiergehabe wirklich nötig. Ein Kompliment muss ich ihm allerdings machen. Sich in der Provinz der Provinz in ein so versteckt liegendes Refugium zurückzuziehen, ist keine schlechte Idee, wenn man unentdeckt bleiben will.«

Zwei der hinteren Räume im Erdgeschoss waren am Einrichtungsstil gemessen so weit vom Versailles-Ambiente des großen Salons entfernt wie eine Jugendherberge von einem Fünf-Sterne-Nobelschuppen. Allen Anzeichen nach war der Hausherr im alten Hofgut nur gelegentlich zu Gast.

»Ständiger Wohnsitz von Balodis ist diese Bleibe garantiert nicht«, urteilte der Kommissar. »Der Kerl verfügt mit Agilosan und anderen Unternehmungen schätzungsweise über ein lukratives Einkommen. Dann wird er kein abbruchreifes Gemäuer als ständigen Wohnsitz ausgewählt haben.«

Im Obergeschoss des Haupthauses war nur ein Zimmer bewohnt. Schon auf den ersten Blick zeigte sich, dass in dem Verschlag der Verwalter hauste: Hinter der Tür an einem Haken hing eine Ersatzlatzhose, an den Wänden zwei Poster tropischer Strände als Projektionsflächen unerfüllter Träume, in einer Ecke eine von einer Gasflasche befeuerte Kochstelle wie beim Banausencamping, Geschirr in ziemlich bedenklichem Zustand, zwei Pizzakartons mit abgenagten Rändern, eine geflochtene Truhe mit Klamotten. Auf der restlichen oberen Etage verstaubte alles, was in Jahrzehnten oder Jahrhunderten überflüssig geworden war.

Draußen im Hof zog einer der Beamten Karin in einen hinter dem Haupthaus liegenden Gebäudetrakt. Ekliger Gestank schlug ihr entgegen. Nur durch zwei kleine vergitterte Fenster fiel Helligkeit ins Innere. Als sich ihre Augen an die Dunkelheit gewöhnt hatten, erkannte sie zwei voneinander getrennte Räume, zu denen die massiven Holztüren offenstanden. Hinter schweren Eisengittern lag im ersten Raum ein ausgewachsener Tiger auf dem Boden. Karins Anwesenheit nahm er nur mit einem kurzen, erschöpften Augenaufschlag wahr. Seine Flanken waren so stark eingefallen, dass man die Rippen zählen konnte wie die Balgfalten einer Ziehharmonika. In einem Korb gammelten abgeschlagene Hühnerköpfe vor sich hin.

»Mein Gott!«, stammelte die Tierärztin. »Wie kann man ein Tier nur so zurichten.«

Der Nebenraum entsetzte sie endgültig. Ein Schwarzbär stand mit den Vordertatzen in einem schmuddeligen Steintrog. Er hob nicht einmal den Kopf, als Karin den versifften Kerker betrat, schwankte auf wackligen Hinterbeinen nur hin und her, während seine Zunge wie ein trockener, grauer Lappen aus seinem Maul hing. Entgeistert schlug die Tierärztin die Hände vors Gesicht, als sie die beiden Schläuche entdeckte, die aus seiner Körperflanke hingen. Zoffinger war ihr gefolgt, nahm sie fürsorglich in den Arm und bugsierte sie mit sanftem Druck aus dem ekelhaft stinkenden Verlies.

»Ich muss sofort dafür sorgen, dass die Tiere in eine neue Pflegestelle kommen«, murmelte Karin. »Ihr Zustand bricht mir das Herz.«

»Das müsst ihr auch gesehen haben«, sagte der Beamte und zeigte auf ein kleines Häuschen mit Giebeldach. Im engen Flur lagen auf einer Schubkarre mehrere Säcke Milchpulver.

»Was in aller Welt fangen die Typen mit solchen Mengen Milchpulver an?«, rätselte Zoffinger. »Betreiben die heimlich einen Kinderhort oder stellen illegal Instant-Babynahrung her?«

»Wenn ich mich nicht täusche, kommt das Pulver auch bei der Herstellung von Käse und Schokolade zum Einsatz«, meinte Karin. »Möge eine höhere Instanz verhindern, dass in diesem Dreckloch auch noch irgendetwas Essbares hergestellt wird.«

Dass es sich bei dem putzigen Nebengebäude um ein Schlachthaus in Miniformat handelte, machte der Blick ins Innere sofort deutlich. In offenen Metallregalen lagen haufenweise Hirschgeweihe unterschiedlicher Größe, dazwischen Handwerkszeug wie eine Handkreissäge, ein Fuchsschwanz, mehrere Zangen und eine Axt. Der Boden war übersät von Fellresten und Knochensplittern. Hinter der Tür hatte man ein Tigerfell auf zwei Holzpaletten gespannt. Zoffinger starrte eine Weile auf das widerliche Horrorkabinett und langte nach einem Schraubglas mit Etikett: Suppenpulver aus Tigerknochen. Angeekelt stellte er das Gefäß zurück. In einer Ecke thronte ein uralter Waschtrog mit einem herausnehmbaren Kupferkessel, wie ihn Zoffinger noch von seiner Großmutter kannte. An den Rändern klebten Rückstände, als sei von einer Knochenbrühe der Schaum nicht abgeschöpft worden.

»Wahrscheinlich der Suppenkochtopf für Tigerknochen«, vermutete der Kommissar.

Karin hielt einen Plastikkanister gegen das Licht und studierte die undefinierbare Flüssigkeit mit skeptischem Blick.

»Ich kann mir vorstellen, um was es sich dabei handelt«, jammerte sie. »Du hast in dem Käfig doch den Bären mit den Schläuchen im Körper gesehen. Jede Wette, dass dem Tier permanent Bärengalle abgezapft wird.«

»Bärengalle? Was zum Henker macht man mit Bärengalle?« Zoffinger schnaufte tief durch.

»Bärengalle enthält Ursodeoxycholsäure. Mit der Substanz lösen Schulmediziner bei ihren Patienten Gallensteine auf. Allerdings mit der synthetisierten Form. Natürliche Gallensäure liefert hauptsächlich der chinesische Schwarzbär. Bei ihm kommt dieser Stoff offenbar in hoher Konzentration vor. Ich habe gelesen, dass Chinesen und Vietnamesen Kopfschmerzen mit einer bitteren Flüssigkeit kurieren, der Bärengalle beigemischt wird.«

Während Karin und Zoffinger geschockt das abscheuliche Tier-Guantanamo inspizierten, durchsuchte der Rest der Truppe die einzelnen Gebäude des Hofguts. Der Latzhosenträger wurde auf eine Holzbank verbannt, von der aus er das Gewusel der Kriminaler gelangweilt verfolgte.

In der ehemaligen Waschküche des Hofguts staunten selbst die abgebrühten Spurensicherer nicht schlecht. Sogar mit Tomaten auf den Augen hätte man erkennen können, dass der mit einem uralten steinernen Schüttstein ausgestattete Raum in ein Pfuscherlabor umfunktioniert worden war. Auf einem derben Holztisch mit rissiger Platte verteilten sich Glasballons, Flaschen und Tiegel in allen Größen. An der Wand reihten sich auf Regalbrettern obskure Essenzen und Tinkturen aneinander.

»Ein Labor für Designerdrogen ist das hier nicht«, befand Zoffinger.

»Aber eine Hexenküche für Wildtierpräparate«, antwortete Karin und schüttelte ein gläsernes Gefäß, in dem eine gelbe Schlange in einen bräunlichen Sud eingelegt war. »Die Traditionelle Chinesische Medizin sollte man nicht pauschal verdammen. Immerhin hat – um nur ein Beispiel zu nennen – die Akupunktur längst auch Einlass in die westliche Schulmedizin gefunden. Aber was Quacksalber und Kurpfuscher häufig aus bedrohten Arten zusammenmixen, ist haarsträubend und mit nichts zu rechtfertigen. Vor Kurzem habe ich einen bemerkenswerten Satz gelesen: ›Wenn du in China bedrohte Tiere sehen willst, musst du in die Apotheke gehen‹.

»Spricht ja nichts dagegen, Beschwerden oder Krankheiten mit dem zu heilen, was die Natur zur Verfügung stellt«, meinte der Kommissar. »Aber müssen da unbedingt geschützte Sumpfschildkröten, seltene Großkatzen und bedrohte Nashörner für Präparate herhalten, die keinerlei medizinische Wirkung entfalten?«

In einem zum Abtransport bereitgestellten Umzugskarton lagen mehrere Ordner und ein Stapel Papiere mit Eselsohren, darunter die Rechnung eines tschechischen Tierparks über die Lieferung von zwei Tigern und einem Braunbären an die Firma Agilosan. Eine Großkatze hatten die Schlächter offenbar bereits zu Tigerwein und Knochenpulver verarbeitet.

»In Asien soll so ein Tiger wie der da draußen in seinem

Gefängnis, in Einzelteile zerlegt und als Heilmittel verkauft, bis zu 300 000 Euro einbringen«, meinte Karin. »Dabei ist der Handel mit Tigern aus Nachzüchtungen unter Umständen noch nicht einmal illegal. Zwar gilt für die Tiere laut Artenschutzabkommen das höchste Schutzniveau, doch beschränkt sich das auf den kommerziellen Handel mit wild lebenden Tigern. Stammen sie aus registrierten und genehmigten Nachzuchten, sieht die Sache ganz anders aus.«

Zoffinger baute sich vor dem Latzhosenträger auf.

»Ich will wissen, wer in dieser Kommune für die beiden Wildtiere in ihren Käfigen zuständig ist.«

»Derjenige, der gerade Zeit hat.«

»Und weil ihr Tierliebhaber seid, lasst ihr die Viecher auf so grauenhafte Weise dahinvegetieren?«

»Stimmt nicht!«, protestierte der Verwalter. »Sie hätten die Viecher mal sehen sollen, als sie vor ein paar Wochen hier ankamen. Die waren mehr tot als lebendig. Inzwischen haben sie sich einigermaßen berappelt. Aber zugegeben: So richtig toll ist ihr Zustand immer noch nicht.«

»Der Schlauch im Bauch des Bären ist demnach nur ein therapeutisches Hilfsmittel? Oder wie darf ich mir das vorstellen?«

»Der Tierarzt sprach von einer notwendigen Infusionsleitung, um dem armen Kerl überhaupt das Leben zu retten. Ist doch so?«

Die Spurensicherer unterbrachen aufgeregt die Befragung. Unter Strohhaufen hatten sie einen in eine Plane gehüllten Pkw entdeckt, der auf Zoffingers Fahndungsliste einen prominenten Platz einnahm: ein Dreier-BMW. Die abmontierten Kennzeichen waren stümperhaft unter der Fußmatte des Beifahrersitzes versteckt. Die Halterabfrage hätte durchschlagender nicht sein können. Das Fahrzeug war auf Darius Rimkus zugelassen. Der hatte sich vor geraumer Zeit tot im Netz eines Bodenseefischers verheddert, nachdem er vermutlich von Tobias Wegner auf der Überfahrt von Meersburg nach Konstanz umgebracht und über Bord gekippt worden war. Zoffingers Hypothese: Nach dem Mord hatte Wegner seinen eigenen Kleintransporter auf der Fähre stehengelassen und war in Rimkus' BMW auf das Anwesen von Andris Balodis auf die Höri geflüchtet. Kein Wunder, dass in den letzten Wochen die Suche nach dem Wagen im Sand verlaufen war.

Dass sich Wegner und Balodis kannten, war seit ihrer spektakulären Wasserlandung auf dem Bodensee Fakt. Dass sie zusammenarbeiteten, lag auf der Hand. Den mutmaßlichen Pilotenmörder Wegner hatte Zoffinger bislang nicht in die Finger bekommen, was einen dunklen Schatten auf seine Ermittlungen warf. Mit der Razzia auf der Höri schien sich das Blatt zu wenden.

Auf der im Schlachthaus gefundenen zerfledderten Tiger- und Bärenrechnung fanden die Spurensicherer außer ein paar Kaffeeflecken die Fingerabdrücke von Tobias Wegner. Im Kofferraum des versteckten BMW lag eine Golftasche mit dem Schlägerset eines ambitionierten Fortgeschrittenen. Unter den Beamten war einer, der den Sport selbst ausübte und sich mit der Ausrüstung auskannte. Ihm fiel auf, dass unter den Schlägern ein wichtiger fehlte: der Driver. Zoffinger ging davon aus, dass Wegner auf der Fähre Darius Rimkus mit einem harten Gegenstand am Hinterkopf getroffen hatte. Dass es sich dabei um einen Golfschläger handelte, war nicht auszuschließen. Also begann in der Scheune eine wilde Sucherei, weil der Driver vielleicht irgendwo versteckt worden war. Schwitzende Beamte schoben den BMW in den Hof und trugen Berge von Stroh ins Freie, um Platz zu schaffen. Nach einer Stunde

Plackerei sahen die Kriminaler aus wie arg gebeutelte Agrar-Azubis. Vom Driver keine Spur.

Aber ein anderer Fund weckte Zoffingers Interesse. In einem halb zusammengebrochenen Schrank entdeckte sein Suchtrupp zwischen Gartengeräten eine Axt, auf deren hölzernem Stil die Herkunft eingeprägt war: Bodensee Schifffahrtsbetriebe GmbH. Wie kam eine Notfallaxt, die vermutlich von einem Bodenseeschiff oder einer Fähre stammte, in eine Scheune der Künstlerkommune Höri-Art? Der Kommissar hatte mehr als eine Ahnung. Er ließ das Werkzeug im kriminaltechnischen Labor untersuchen – mit Erfolg. Wo der stählerne Kopf in den Schaft überging, wurden eingetrocknete Blutspuren festgestellt, die trotz sorgfältiger Reinigung übrig geblieben waren. Die Analyse bestätigte den Verdacht: Nicht mit der Schneide, sondern mit der Breitseite der Axt war Darius Rimkus ins Jenseits befördert worden. Eine weiterführende DNA-Untersuchung bewies anhand von Hautpartikeln, dass Zoffingers Hauptverdächtiger Tobias Wegner das Werkzeug in der Hand gehalten hatte.

»Eines kommt zum anderen«, freute sich der Kommissar. »Wir haben nicht nur ein starkes Indiz dafür gefunden, wer Darius Rimkus ermordet hat. Wir können jetzt auch beweisen, dass Andris Balodis und Tobias Wegner die Strippenzieher hinter der Firma Agilosan sind und diese unsägliche Wildtierschlachterei betreiben. Fehlen uns nur noch die beiden grauen Eminenzen.«

8
AMOURÖSES ABENTEUER MIT FOLGEN

Zoffingers ursprünglicher Plan war, den gesamten Inhalt der Garage von Darius Rimkus in Singen ins Kommissariat nach Konstanz schaffen zu lassen. Dann entschied er sich aber dagegen. Hauptsächlich aus Platzgründen. Die Spurensicherer hatten das Garagentor versiegelt und nur das gehortete Waffenarsenal mitgenommen – aus Sicherheitsgründen. Man wusste ja nie! In einem zweiten Anlauf nahmen sich die Spürnasen nochmals die Rimkus-Wohnung vor, weil sich Zoffinger weitere aufschlussreiche Erkenntnisse erhoffte. Er selbst hatte keinen triftigen Grund für die Stippvisite in Singen, fuhr aber dennoch hin, weil er wieder einmal ein paar Stunden Abstand zu den Aktenbergen brauchte, die sich auf seinem Schreibtisch stapelten.

Zurück ins Kommissariat hätte er auf direktem Weg in einer halben Stunde fahren können. Aber in der Nähe von Bodman kannte er einen Obstbauern, bei dem er seine Apfelmostreserven aufstocken konnte. Hinterher beschloss er, auf einem zusätzlichen Umweg seinem Leib- und Magenausflug ein weiteres Ziel hinzuzufügen: seine Lieblingsmetzgerei in Meersburg. Die Spezialität des Hauses hatte er schon seit geraumer Zeit nicht mehr genossen, weil er seit der Polizeistrukturreform seltener ans nördliche Bodenseeufer kam. Sein favorisiertes Pausenvergnügen aus zwei Wecken mit Leberwurst lag schon auf der Verkaufsvitrine, als eine Kundin den Laden betrat. Während der Kommissar in seinen Taschen nach einem Geldschein suchte, ging die Frau in Anbetracht der prallen Auswahl unschlüssig vor den Vitrinen auf und ab.

Zoffinger wickelte eines seiner beiden Brötchen demonstrativ aus dem Papier.

»Entschuldigen Sie, dass ich mich einmische. Aber wenn Ihnen der Sinn nach einer deftigen Geschmacksexplosion steht, kann ich Ihnen das hier wärmstens empfehlen.«

Grinsend klappte er seinen Wecken auf. »Ohne Frage die beste Leberwurst in Mitteleuropa!«

Die Verkäuferin hinter der Theke änderte ihre Gesichtsfarbe schlagartig von gelbwurstbleich zu lammlachsrosa. Verlegen hantierte sie mit ihrem Handwerkszeug herum und konnte sich ein schüchtern-stolzes Lächeln nicht verkneifen.

»Ich bin zwar in Eile und will die Fähre nach Konstanz kriegen«, meldete sich die Dame. »Aber so viel Zeit muss sein. Machen Sie mir doch bitte auch so ein Brötchen.«

Als Zoffinger nach dem Einkauf draußen seinen Wagen aufschloss, verließ die Kundin gerade das Geschäft.

»Sind Sie zu Fuß unterwegs?«, erkundigte er sich.

Sie nickte.

»Gerne hätte ich mich mit Ihnen noch über Ihre lukullischen Vorlieben unterhalten. Tut mir leid, dass ich so unhöflich bin. Aber ich muss mich beeilen. Sonst muss ich nach Konstanz schwimmen.«

»Ich bin auch auf dem Weg zur Fähre. Wenn Sie wollen, nehme ich Sie mit.«

Sie überlegte einen Augenblick.

»Prima! Wenn Sie so freundlich wären.«

Er streckte ihr die Hand entgegen.

»Ich bin Paul Zoffinger. Freut mich, Sie kennenzulernen.«

»Ganz meinerseits. Lore Lasser. Ich habe mir heute die alte Meersburg von innen angesehen. Tolles Gemäuer. Natürlich habe ich mich zeitlich verkalkuliert.«

Zoffinger räumte einen Stapel Papiere vom Beifahrersitz, warf den Krempel auf die Rückbank und wischte Staub und Vesperkrümel mit der Hand in den Fußraum. Ein bisschen peinlich war ihm der Saustall in seinem hochbetagten Opel schon, der nach Meinung mancher Kollegen nur noch von Nostalgie zusammengehalten wurde. Zum Fährenanleger waren es nur ein paar hundert Meter. Kaum hatte die Dame neben ihm Platz genommen, vermischte sich zitroniger Parfümgeruch mit der herzhaften Ausdünstung von drei üppig belegten Leberwurstwecken.

»Waren Sie das erste Mal auf der Meersburg?«, fragte der Kommissar, um einen Smalltalk in Gang zu bringen.

»Ja, das erste Mal. Irgendwie habe ich es bisher nicht geschafft, obwohl ich schon seit längerer Zeit in Konstanz wohne. Leben Sie in Meersburg? Ich hatte den Eindruck, dass Sie sich in der Metzgerei nicht zum ersten Mal versorgt haben.«

»Frage 1: Nein, ich wohne in Konstanz. Frage 2: Stimmt! Wenn ich in Meersburg bin, lasse ich mir regelmäßig zwei Wecken belegen. In manchen Dingen bin ich ziemlich eingefahren. Zugegeben!«

»Ist ja kein Verbrechen, lieb gewonnene Angewohnheiten beizubehalten.«

Am Hafen zuckelte die wartende Autokolonne bereits auf die Fähre. Gestikulierend wie ein übermotivierter Orchesterdirigent lenkte ein Mitarbeiter die Fahrzeuge in ihre Reihen, bis sie Stoßstange an Stoßstange zum Halten kamen. Als der Kassierer auf der Fahrerseite ans Fenster kam, kramte die Beifahrerin hektisch in den Abgründen ihrer Tasche herum, bis sie schließlich ihr vergrabenes Portemonnaie gefunden hatte.

Zoffinger winkte ab.

»Fühlen Sie sich bitte als mein Gast.«

Lore Lasser ließ die Hände in den Schoß sinken.

»Aber nur, wenn ich mich mit einem Espresso im Bordbistro revanchieren darf.«

Sie stiegen über Eisentreppen auf das Oberdeck hoch. Einen Augenblick lang schoss Zoffinger durch den Kopf, dass Tobias Wegner auf genau dieser Fähre Darius Rimkus umgebracht hatte.

»Machen Sie sich eigentlich öfters auf der Leberwurstschiene an völlig fremde Damen heran?«, holte ihn seine Begleitung in die Gegenwart zurück.

Zoffinger kicherte.

»Nur wenn ich mich nach einer optischen Abwägung entscheide, dass es sich lohnt.«

»Und? Wie haben Sie sich entschieden?«

»Sie wollen es aber genau wissen«, quittierte der Kommissar die unverblümte Frage.

Die Fopperei seiner neuen Bekanntschaft amüsierte ihn. Das sprach dafür, dass sie das Herz auf dem rechten Fleck hatte und jederzeit für einen Spaß zu haben war – ein Umstand, den Zoffinger gerade bei Frauen schätzte. Als er die Espressotassen an der Bistrotheke abholte, schaute ihn die Servicefrau einen Moment lang grübelnd an.

»Na, wieder mal auf Verbrecherjagd? Sie sind doch der Kommissar, der kürzlich auf unserer Fähre nach einem vermissten Passagier suchte.«

Im ersten Augenblick hatte Zoffinger schon die Ausflucht ›Sie verwechseln mich wohl mit jemand‹ auf der Zunge. Er fühlte sich unwohl in seiner Haut, weil ihn die

Serviererin in Anwesenheit seiner Begleitung auf seinen Beruf angesprochen hatte. Nicht, dass er aus seinem Job jemals ein Geheimnis gemacht hätte. Aber in dieser Situation fand er die Anspielung auf seine Tätigkeit unangebracht. Wortlos nahm er seine Tasse und wandte sich einem Bistrotisch zu.

»Ist die gute Frau in ein Fettnäpfchen getreten?«, bohrte Lore Lasser nach und nippte an ihrem Espresso. »Oder sind Sie tatsächlich Kommissar? Entschuldigen Sie, ich will nicht aufdringlich sein.«

Zoffinger verzog das Gesicht, weil er sich die Zunge verbrannt hatte.

»Ich bin Kriminalkommissar, und es stimmt, dass ich kürzlich auf dieser Fähre ermittelt habe. Aber ich hänge meinen Job nicht gerne an die große Glocke. Ich hasse Angeberei. Ich bin kein Hansdampf mit James-Bond-Allüren. Polizeiarbeit heißt häufig verstaubte Akten wälzen. Mit filmreifen Einsätzen hat das selten zu tun.«

Lore Lasser nickte verständnisvoll.

»Tut mir leid, dass ich Sie darauf angesprochen habe. Ich glaube, ich verstehe, was Sie meinen.«

Sie machte eine kleine Pause.

»Wir müssen ja nicht unbedingt über Ihren Beruf reden. Wie wäre es mit einem unverfänglichen Thema? Dem Wetter etwa.«

Beide lachten, weil im selben Augenblick eine heftige Windbö einem Passagier auf dem Außendeck den Hut vom Kopf riss.

»Ich muss zurück ins Polizeipräsidium«, sagte Zoffinger, als sie von der Fähre rollten. »Wo wollen Sie eigentlich hin?«

»Sie können mich irgendwo im Zentrum absetzen«, meinte Lore Lasser. »Ich will mir in der Hussenstraße noch einen Friseurtermin besorgen.«

»Passt es Ihnen am Schnetztor?«, bot Zoffinger an.

»Super, falls Sie ohnehin in diese Gegend fahren.«

Am Abend rang sich der Kommissar vor seinem Haus dazu durch, die dreckigen Fußmatten seiner Messiekarre auszuschütteln. Dass seine Mitfahrerin in Meersburg in eine Müllkippe hatte einsteigen müssen, war ihm peinlich gewesen. Bei dieser Putzaktion entdeckte er unter dem Beifahrersitz einen Lippenstift, den nur Lore Lasser bei der Wühlaktion in ihrer Tasche verloren haben konnte.

Von seiner neuen Bekanntschaft war er mehr als angetan. Nachdem er vor Jahren seine Frau durch einen Unfall verloren hatte, war das Thema Partnerin für ihn in den Hintergrund gerückt. Mag sein, dass er sich unbewusst dazu entschlossen hatte, ihr auch über den Tod hinaus die Treue zu halten. Old School eben. Die Begegnung mit Lore Lasser ging ihm aber nicht aus dem Sinn. Mit dem Lippenstift in der Hand tigerte er durch seine Wohnung und zerbrach sich den Kopf darüber, ob es sich bei dem Zusammentreffen mit Lore um einen Fingerzeig des Schicksals oder nur um einen Zufall handelte. Je länger er den Schminkstift betrachtete, desto eher neigte er zu Version 1. Also würde er, um nicht allzu forsch zu wirken, in den nächsten Tagen seine Mitfahrerin anrufen und ihr von seinem Fund berichten. Eine halbe Stunde später warf er alle Bedenken über Bord, suchte im Internet ihre Telefonnummer heraus und griff zum Handy.

»Falls Sie Ihren Lippenstift vermissen: Ich bin in meinem Auto fündig geworden.«

»Ich habe das Ding noch gar nicht vermisst«, antwortete sie. »Morgen früh hätte ich mich wahrscheinlich halbtot gesucht. Aber Frauen geht es genauso wie Männern: Man kann immer auf Ersatzteile zurückgreifen.«

Zoffinger lachte.

»Prima, dass Sie das Problem so locker sehen. Soll ich Ihnen den Stift zuschicken oder wäre Ihnen eine persönliche Übergabe recht?«

Zwei Tage später trafen sie sich in einem Café in der Altstadt. Zoffinger hatte dem Lippenstift eine Mini-Zipfelmütze aufgesetzt. Sie stammte von einem kleinwüchsigen Schokoladennikolaus, den er geschenkt bekommen hatte und der seit der vorletzten Weihnachtszeit seiner unausweichlichen Versteinerung entgegensah.

»An Ihnen ist ein Schaufensterdekorateur verloren gegangen«, freute sich Lore.

»Das wird meine zweite Karriere, falls man mich wegen Stur- und Kratzbürstigkeit aus meinem jetzigen Job entfernt«, entgegnete der Kommissar.

»Die Gefahr sehe ich bei Ihnen eigentlich nicht. Sie sind doch ein umgänglicher Mensch. Und wer auf dick belegte Leberwurstbrötchen steht, kann kein sturer, kratzbürstiger Mensch sein.«

Harmonischer hätte das Wiedersehen mit Lore nicht verlaufen können. Man plauderte über Gott und die Welt, Lore erzählte, dass sie lange in Lettland gelebt und dort Russisch gelernt hatte; eine Fähigkeit, die sie jetzt als freiberufliche Übersetzerin nutzte. Zoffinger erzählte von seinem Freundeskreis und schwadronierte über ehemalige Fälle, in denen er ein glückliches Händchen bewiesen hatte.

»Und gegenwärtig? An was arbeiten Sie im Augenblick? Kaum vorstellbar, dass ein so energiegeladener Mensch wie Sie die Hände in den Schoß legt.«

»Unser Kriminalkommissariat ist zwar kein zweites FBI. Aber Sie glauben ja gar nicht, was selbst in einer mittelgroßen Stadt wie Konstanz samt ländlicher Umgebung alles passiert. Um Gefilde der Seligen handelt es sich beim Bodenseeraum schon lange nicht mehr. In meinem Dezernat sind wir alle voll ausgelastet. Langweilig wird es uns jedenfalls nicht.«

Vor dem Café schlich bereits die Abenddämmerung durch die Gassen. Drinnen waren die beiden Gäste von Latte Macchiato längst auf gut gekühlten Grauburgunder umgestiegen. Zoffinger kam sich vor, als habe er sich mit einer alten Freundin getroffen, obwohl sie sich zum ersten Rendezvous verabredet hatten. Nichts kam ihm fremd an ihr vor. Jeder Satz und jede Regung ihrerseits schien ihm seltsam vertraut. Als der Kellner die zweite Runde Grauburgunder servierte, langte sie über den Tisch und tippte mit dem Zeigefinger vorsichtig auf seinen Handrücken.

»Wie wäre es, wenn wir du sagen würden?«

»Gute Idee!«, stimmte Zoffinger zu, nahm ihre Hand und drückte sie.

»Falls du willst, können wir uns gerne mal wieder treffen«, schlug sie vor, als sie sich draußen verabschiedeten. »Ich mag unkomplizierte Menschen, und du scheinst einer zu sein.«

»Mit Vergnügen. Ruf mich an, wenn du Zeit hast. Im Kommissariat oder privat. Hier mein Kärtchen. Ich melde mich auf jeden Fall bei dir. Vielleicht unternehmen wir gelegentlich zusammen etwas.«

Weil er mehr über Lore wissen wollte, machte sich Zoffinger im Internet schlau. Es dauerte, bis er auf einer Webseite zum Thema Übersetzungen aus dem Russischen auf ihren Namen und mehrere Verlage stieß, für die sie seit einigen Jahren arbeitete. Auf einer dieser Webseiten erfuhr er in ihrer Kurzvita wenig mehr als das, was er ohnehin schon wusste. Ursprünglich stammte sie aus Trier, zog schon als Jugendliche mit ihren Eltern nach Riga in Lettland und verbrachte danach mehrere Jahre in der russischen Enklave Kaliningrad, wo ihr Vater an der Universität einen Lehrauftrag hatte. Später übersiedelte sie nach Stuttgart und zog vor drei Jahren an den Bodensee um. Zoffingers Internetrecherche hatte nichts mit Skepsis oder Misstrauen Lore gegenüber zu tun. Er wollte lediglich mehr über sie wissen, weil er ahnte, dass sich zwischenmenschlich etwas anbahnte, was ihm das Leben nach dem Tod seiner Frau vorenthalten hatte.

In den folgenden Wochen trafen sie sich regelmäßig, anfangs bei schönem Wetter in Straßencafés, später abends bei Wein und Bier oder in diversen Restaurants. Es kam, wie es kommen musste: Nach drei Wochen lud der Kommissar seine neue Partnerin erstmals zu sich nach Hause ein; eine Einladung, die am nächsten Morgen mit einem opulenten Frühstück endete. Während Zoffinger in seinen Uraltbademantel gehüllt in der Küche für eine Pfanne Rührei sorgte, zupfte Lore auf dem Balkon abgestorbene Blüten und welke Blätter von den Geranien. Entfernt hörte er sie ein Lied summen, das er kannte.

»Mir will nicht einfallen, wie das Lied heißt, das du eben geträllert hast«, fragte er, als sie in die Küche kam.

»Ich? Ein Lied?«

Ein paar Atemzüge lang dachte sie angestrengt nach.

»Ja, richtig. Da muss wohl mein Unterbewusstsein den Ton angegeben haben. Das alte Soldatenlied ›Lili Marleen‹. Ich finde die Melodie so hübsch. Übrigens: Kommen noch ein paar Frühstücksgäste?«

Verdutzt und belustigt starrte sie auf das Eiergebirge, das der Gastgeber in der Pfanne auftrug. Zoffinger war irritiert.

»Nein, wir frühstücken zu zweit. Warum fragst du?«

»Deiner Kochorgie entnehme ich, dass du den gesamten Konstanzer Polizeibetrieb eingeladen hast.«

Lore starrte konsterniert in die Pfanne und schüttelte sich dann vor Lachen.

»Hab dich offenbar falsch eingeschätzt«, stotterte der Hausherr. »Es ist eine Weile her, seit ich zum letzten Mal ein Frühstück für zwei hergerichtet habe. Aber ich bin hochgradig lernfähig. Trotz meines fortgeschrittenen Alters. Das nächste Mal gibt es Kascha und Piroggen mit Bratkartoffeln und Würstchen.«

«Hört sich an, als hättest du dich mit meinem Vorleben in Russland beschäftigt. Sogar mit russischen Frühstücksgewohnheiten«, wunderte sich Lore.

Zoffinger grinste.

»Wahrscheinlich ist mein beruflicher Spürsinn mit mir durchgegangen. Hoffentlich denkst du nicht, dass ich dich auskundschaften will. Viel gefunden habe ich im Internet über dich ohnehin nicht. Mir ist lieber, du erzählst mir persönlich mehr über dich. So richtig gut kennen wir uns ja noch nicht.«

»Das gilt auch umgekehrt«, stellte Lore fest. »Dass du Verbrecherjäger bist, weiß ich mittlerweile. Mehr aber auch nicht. Hast du es gegenwärtig eigentlich mit richtigen Schwerverbrechern zu tun?«

Der Hausherr verschwand unter dem Tisch, weil ihm ein Häuflein Rührei von der Gabel gerutscht war.

»Mörder, Betrüger, Spinner, flüchtige Verdächtige, alles, was das Herz begehrt«, bekräftigte er unter der Tischplatte. Es dauerte eine Weile, bis er mit ein paar gelben Bröseln auftauchte.

»Eventuell haben alle miteinander zu tun. Einzelheiten darf ich dir natürlich nicht sagen. Aber ich stöbere gegenwärtig in einem fast undurchdringlichen kriminellen Dschungel mit mehreren Toten, untergetauchten Tatverdächtigen, einem vermutlich absichtlich in den Bodensee gestürzten Flugzeug, einem halbirren Reichsbürger und einem Medikamentenskandal, dessen Dimension im Augenblick noch nicht zu überblicken ist. Manchmal glaube ich, eine Lösung für den Kuddelmuddel gefunden zu haben. Aber im nächsten Augenblick wird der Wirrwarr nur noch größer. In solchen Situationen muss man die Nerven behalten, sachlich bleiben, Puzzleteilchen sammeln und vorsichtig zusammensetzen.«

Lore kaute versonnen auf der Unterlippe.

»Eigentlich habe ich die Bodenseegegend immer für ein beschauliches Fleckchen Erde gehalten. Offenbar habe ich mich getäuscht.«

»Kriminalität konzentriert sich längst nicht nur in Großstädten und Ballungsräumen«, dozierte Zoffinger. »Die Mafia beispielsweise hat längst die Vorteile kleinstädtischer und ländlicher Strukturen erkannt. Davon kann ich ein Lied singen.«

»Über den Handel mit nachgemachten Arzneimitteln habe ich schon gelesen«, meinte Lore. »Scheint ja ein profitables Geschäft zu sein, wenn man sich die Millionenumsätze vor Augen hält.«

»Und ein verheerendes Geschäft mit der Gesundheit schwerkranker Menschen, die auf bestimmte Medikamente angewiesen sind«, ergänzte Zoffinger. »Stell dir nur vor, deiner hinfälligen Mutter werden statt therapeutischer Mittel völlig nutzlose Pillen verabreicht. Oder eines deiner Kinder stirbt, weil eine ärztliche Behandlung nicht mit lebenserhaltenden Präparaten, sondern mit Apothekenmüll durchgeführt wurde. Ich mag gar nicht daran denken, was skrupellose Arzneipanscher aus purer Geldgier anrichten.«

Er schüttelte sich angeekelt.

»Und? Bist du in dieser Sache schon vorangekommen?«

Zoffinger überlegte ein paar Augenblicke lang.

»Wir kommen voran und haben Fortschritte erzielt. Ich werde alles daransetzen, die Schuldigen zur Verantwortung zu ziehen.«

»Hast du bislang jeden deiner Fälle gelöst?«

»Fast jeden. Aber es gibt sogenannte Cold Cases, nicht aufgeklärte Altfälle, die aus dem einen oder anderen Grund feststecken. Wie der Mord an einer Schülerin, die vor vielen Jahren verschwunden ist und deren sterbliche Überreste wir vor Kurzem gefunden haben.«

»Hab davon in der Zeitung gelesen. Ich wusste allerdings nicht, dass du mit diesem Fall betraut bist.«

»Bei meinen gegenwärtigen Ermittlungen scheint alles mit allem zu tun zu haben, ein heikler Gordischer Knoten. Zerschlagen will ich ihn nicht. Größeren Erfolg verspreche ich mir, wenn ich ihn nach und nach entwirre, damit ich die Zusammenhänge verstehen kann.«

»Klingt kompliziert«, meinte Lore und schwenkte auf ein anderes Thema um. »Was fangen wir mit dem heutigen Tag an?«

Zoffinger war Mitte 50 und vernünftig genug, nicht von einer Romanze Marke Hollywood zu träumen. Im Prinzip hätte er nichts dagegen gehabt, Lore tagtäglich um sich zu haben. Aber er wusste aus Erfahrung, dass man eine Beziehung zu Beginn besser auf kleiner Flamme kochte. Unausgesprochen schien ihm sein neues Herzblatt dabei entgegenzukommen. Davon abgesehen hatte er alle Hände voll zu tun.

6. Juni. Todestag von Hans Leip. Schon am Tag zuvor hatte sich ein Vier-Mann-Trupp der Konstanzer Kriminalpolizei auf den Weg nach Horn auf der Höri gemacht, um dem mysteriösen Besucher am Grab des ›Lili Marleen‹-Dichters aufzulauern – in der Hoffnung, mit Andris Balodis einen Superfang zu machen. Wie es sich für einen Todestag

gebührt, weinte der Himmel dicke Tränen. Die vier Beamten hatten sich einen Schlachtplan zurechtgelegt, der sich kurz vor 9 Uhr in nichts aufzulösen schien. Die Glocken im Kirchturm von St. Johann kündigten zu diesem Zeitpunkt eine Beerdigung an. Damit hatte keiner gerechnet.

»Verdammt noch mal!«, fluchte einer der Beamten. »Den Überblick behalten, wenn ein paar Dutzend Trauergäste zwischen den Grabsteinen herumwuseln und sich unter ihren Regenschirmen verstecken? Wie sollen wir in der Menschenmenge den geheimnisvollen Unbekannten mit einem Blumengebinde erwischen?«

So unübersichtlich wie von den vier Beamten befürchtet, gestaltete sich die Situation auf dem Friedhof am Ende glücklicherweise nicht. Nach einer halben Stunde war der Sarg des Verblichenen ins Grab abgeseilt und die Trauergemeinde zerstreute sich. Das einen Steinwurf entfernte Grab von Hans Leip sah aus wie zuvor. Nichts deutete darauf hin, dass sich Andris Balodis unter die Trauergäste gemischt hatte. Einer der Beamten rief Zoffinger an.

»Wir beobachten immer noch den Friedhof. Bislang keine spontane Auferstehung und keine unerwartete Himmelfahrt. Sollen wir noch weiter observieren?«

»Haltet noch eine Weile durch«, empfahl Zoffinger. »Könnte ja sein, dass sich noch etwas tut. Es ist ja noch nicht einmal Mittagszeit.«

Es tat sich tatsächlich etwas. Zwei Stunden später schob eine ältere Frau ihren Rollator an einem der Beamten vorbei, der vor dem Hauptportal der Kirche auf einer Bank saß und gelangweilt einen Kaugummi bearbeitete. Auf der Sitzfläche ihrer Gehhilfe lag ein Blumenbukett, um das eine weiße Schleife geschlungen war. Als sie das Grab von Hans Leip erreichte, stand schon einer von Zoffingers Spähern neben ihr.

»Darf ich Ihnen mit dem Blumenschmuck helfen?«, fragte er höflich, nahm das Gesteck vom Rollator und platzierte es auf dem Grab. Als er die Schleife ausbreitete, kam der aufgedruckte Spruch zum Vorschein, den die Kollegen schon aus dem Lettischen ins Deutsche übersetzt hatten.

Die Grabbesucherin staunte nicht schlecht, als sie plötzlich von vier Beamten umringt war.

»Wer sind Sie?«

Die burschikose Dame setzte sich umständlich auf ihren Rollator und fixierte die Truppe.

»Was soll das?«, meckerte sie. »Ist das ein Überfall oder ein mieser Enkeltrick? Falls ihr glaubt, ihr könntet mich ausnehmen wie eine Weihnachtsgans, weil ich im Oberstübchen nicht mehr richtig frisch bin, täuscht ihr euch gewaltig. Eines sage ich euch gleich: An mir werdet ihr euch die Zähne ausbeißen.«

»Wir sind von der Polizei und wollen eigentlich nur wissen, warum Sie auf dem Grab den Blumenschmuck ablegen wollen.«

»Weil mir gestern Nachmittag ein freundlicher Herr ein gutes Geschäft angeboten hat«, antwortete sie. »50 Euro dafür, dass ich heute das Bukett auf das Leip-Grab lege.«

»Haben Sie den Mann gekannt?«

»Nein, noch nie gesehen. Wahrscheinlich war er gar nicht von hier.«

»Können Sie ihn beschreiben?«

»Elegant gekleidet, ungefähr so groß wie Sie.« Sie nickte dem Beamten neben sich zu. »Besser angezogen war er auf jeden Fall.«

»War er alleine oder in Begleitung?«

»Ich habe nur ihn gesehen, sonst niemanden.«

»Ist er nach dem Gespräch in ein Auto eingestiegen?«

»Weiß ich nicht. Gesehen habe ich keines. Von hier aus

hätte ich den Parkplatz dort hinten ja auch überhaupt nicht sehen können.«

»Sonst etwas Auffälliges?«

Sie spitzte den Mund und kniff die Augen zusammen.

»Er redete ein bisschen eigenartig, mit Akzent, wie ein Ausländer. Aber er war sehr höflich und spendabel. Fünfzig Euro für einen kurzen Spaziergang. Ich wohne gleich da drüben.«

»Eine ganz neue Friedhofserfahrung«, sinnierte einer der Beamten, der offenbar eine Beisetzung mit einer Hochzeit verwechselte. »Normalerweise wirft ein Angehöriger einen Kranz in die Gemeinde hinter sich, um herauszufinden, wer der oder die Nächste ist.«

Die Observationsgruppe meldete sich bei Zoffinger, der schon ganz hibbelig auf den Anruf von der Höri wartete und sich den Bericht des Kollegen bis zum Ende gespannt anhörte.

»Der Kerl hat dieser Lady bereits gestern Nachmittag fünfzig Euro für den Grabbesuch angeboten? Das bedeutet, er muss von unserer geplanten Observierung gewusst haben. Sonst hätte er die Blumen selbst abgelegt und nicht die Rollatordame beauftragt.«

Er machte eine Pause.

»Ich frage mich, wie er von unserer Aktion erfahren hat. Vor zwei, drei Tagen kam bei unserer Dezernatsversammlung der Vorschlag einer Observation des Leip-Grabes erstmals auf den Tisch. Früher war das nie ein Thema. Also muss unsere Entscheidung in den letzten Tagen durchgesickert sein. Haben wir ein Leck im Kommissariat?«

»Kann ich mir beim besten Willen nicht vorstellen«, meinte der Anrufer. »Für meine Kollegen lege ich die Hand ins Feuer.«

»Schön und gut«, befand Zoffinger. »Ich will niemanden

grundlos verdächtigen. Aber der mir unerklärlichen Angelegenheit muss ich auf den Grund gehen. Das kann doch wohl nicht wahr sein!«

Die Nachricht von der erfolglosen Observation auf der Höri machte im Kommissariat schnell die Runde. Der Verdacht einer undichten Stelle auch. Die IT-Experten im Amt überprüften die Computer aller Mitarbeiter, die mit der Planung des Höri-Einsatzes befasst gewesen waren auf Schadsoftware. Auch Zoffingers PC. Vergeblich. Die Überprüfung der Telefonverbindungen brachte ebenfalls nichts.

Ein paar Tage später zauberte ein wunderschöner Tag einen makellos blauen Himmel über die Stadt. Keine passende Szenerie für ein persönliches Desaster. Als Zoffinger aus seinem Bürofenster sah, hätte er am liebsten seine Arbeit liegen lassen. Aber als pflichtbewusster Beamter kam blaumachen für ihn nicht infrage. Plötzlich fiel ihm ein, dass er sein Auto zum TÜV bringen musste. Da er außerdem auf der Hauptpost noch ein Paket abholen wollte, machte er sich auf den Weg.

Das Parkhaus Fischmarkt in der Salmannsweilergasse lag nicht weit von der Post entfernt. Durch die Brotlaube ging er Richtung Marktstätte und warf an der Ecke einen Blick auf die Tische vor einem Eiscafé, der ihn erstarren ließ. In der ersten Sekunde glaubte er an eine Sinnestäuschung. Mit einem instinktiven Satz sprang er zurück in die Gasse, um nicht erkannt zu werden. Das Herz schlug ihm bis zum Hals. Er konnte nicht glauben, was er eben gesehen hatte. Vorsichtig tastete er sich an die Hausecke vor und warf einen zweiten, verstohlenen Blick auf die Gäste im Eiscafé. Lore saß zusammen mit einem Mann im fortgeschrittenen Alter an einem der Tischchen und unterhielt sich angeregt. War das ein harmloses Treffen mit einem alten

Schulfreund? Ein Wiedersehen mit einem Verwandten? Hatte sie nicht erzählt, am Nachmittag mit einer Freundin auf einem Shoppingausflug neue Schlafzimmervorhänge aussuchen zu wollen?

Wer war der Typ in Lores Gesellschaft? Der warme Nachmittag forderte seinen Tribut. Ihr Begleiter hatte sein Jackett ausgezogen und über die Stuhllehne gehängt. Zu seinem unifarbenen, blassblauen Hemd trug er dunkelblaue Hosenträger und eine Fliege in derselben Farbe mit weißen Punkten drauf.

»Modefatzke!«, dachte der modisch eher bodenständige Zoffinger. »Typischer Schaumschläger und Gernegroß!«

Er fingerte sein Smartphone aus der Tasche, um klammheimlich ein Foto von den beiden zu machen. Vor lauter Aufregung, vielleicht auch, weil ihm die ganze Aktion ziemlich peinlich war, rutschte ihm das Gerät beinahe aus den Händen. TV-Bilder von Papparazzi schossen ihm durch den Kopf, die über Mauern und aus Baumkronen in private Promi-Grundstücke linsten. Er hoffte nur, dass ihn niemand dabei beobachtete.

Das Treffen im Eiscafé dauerte noch eine Weile. Dann gingen die beiden quer über die Marktstätte Richtung Bahnhof, wo der Kerl sein Auto mitten im Halteverbot geparkt hatte. Zoffinger folgte ihnen in sicherem Abstand und hielt das Schweizer Nummernschild auf einem Foto fest. Die Halterabfrage, die er ans Kommissariat schickte, dauerte ein paar Minuten. Dann war die Antwort da. Es handelte sich um den Leihwagen einer Züricher Autovermietung. Der Name des Kunden erschütterte ihn von den Haarspitzen bis zu den Schuhsohlen. Es handelte sich um Andris Balodis.

Zoffinger dachte nicht mehr an das auf der Hauptpost liegende Paket. Er vergaß auch die anstehende TÜV-Inspektion. Er vergaß eigentlich alles um sich herum, als habe man ihn plötzlich in eine durchsichtige Blase gesperrt, die sogar den Verkehrslärm wegfilterte. Er wollte sich nur noch in seine eigenen vier Wänden zurückziehen, verkriechen wie ein krankes oder verletztes Tier. Konfuse Gedanken spukten durch seinen Kopf. Was hatte Lore mit diesem lettischen Schwerverbrecher zu tun? Kannten sie sich vielleicht von früher, als sie noch in Riga gelebt hatte?

Was würde er ihr beim nächsten Treffen sagen? Schatz, ich habe dich vor der Eisdiele auf der Marktstätte mit meinem Hauptverdächtigen gesehen? Klar, sie konnte treffen, wen sie wollte. Merkwürdig aber war, dass sie ein Date mit einer Freundin vorgeschoben hatte. Oder war alles ganz anders und völlig unverfänglich? Daran, dass Balodis ein Freund aus längst vergangenen Zeiten war, konnte Zoffinger nicht glauben. Hätte sie sich mit einem x-beliebigen Menschen getroffen, wäre ein Rendezvous eine harmlose Angelegenheit gewesen. Aber ein vertraulich wirkendes Tête-à-Tête mit einem gesuchten Verbrecher, dem er selbst auf der Spur war und der ihm eben erst auf dem Höri-Friedhof entwischt war?

Zoffinger war ein empathischer Mensch, aber ein auf den Kopf gefallener Naivling war er nicht. Als ihm zum ersten Mal der Verdacht durch den Kopf ging, dass Lore etwas mit den durchgesickerten Informationen zu tun haben könnte, stürzte ihn das in ein Wechselbad der Gefühle. Einerseits verleitete ihn seine Vermutung zu wilden Spekulationen über mögliche Hintergründe. Andererseits kam er sich vor wie ein Charakterlump; wie einer, der ein Liebesverhältnis durch blankes Misstrauen, aus der Luft gegriffene Unterstellungen und unbegründeten Argwohn schändlich missbrauchte.

In seiner Niedergeschlagenheit griff er zu einem Heilmittel: Apfelmost und zwei Pröbchen Obstler. Aber schon nach wenigen Schlucken wurde ihm bewusst, dass es sich dabei um eine ziemlich hilflose Therapie handelte. Mit jeder Faser seines Körpers wehrte er sich dagegen, an Lores Aufrichtigkeit und Rechtschaffenheit zu zweifeln, obwohl ihn sein gesunder Menschenverstand klipp und klar dazu zwang. Eigentlich wäre es ihm am liebsten gewesen, wenn er das Techtelmechtel auf der Marktstätte nie beobachtet hätte. Aber diese Tatsache ließ sich nicht wegdiskutieren. ›Augen zu und durch‹ war keine denkbare und keine machbare Option.

Schon gar nicht nach dem Schlag ins Wasser bei der Observation auf dem Höri-Friedhof. Schließlich konnte er sich nicht mehr des Verdachts erwehren, dass Lore den Letten über die geplante Aktion am Grab von Hans Leip informiert haben musste. Aber wie?

Um seinen Argwohn auszuschließen, ließ Zoffinger sowohl seinen privaten Laptop als auch sein Smartphone von den Experten seines Amtes überprüfen. Das Ergebnis knüppelte ihn ein weiteres Mal nieder. Es stellte sich heraus, dass über sein zu Hause häufig herumliegendes Gerät dreimal ein polizeiliches Informationssystem aufgerufen worden war, das allen Kräften des Polizeivollzugsdienstes Zugriff gewährt. Da alle Abfragen vom System protokolliert wurden, war es ein Leichtes, die Zugriffe exakt zu identifizieren. Er selbst konnte schlüssig belegen, dass er zu den fraglichen Zeiten das Smartphone nicht benutzt haben konnte. Die Verdachtsmomente gegen Lore erhärteten sich. In einem Fall hatte er sie gebeten, Handwerker wegen einer Reparatur am Balkongeländer in seine Wohnung zu lassen. In einem anderen Fall war sie für drei Tage zu ihm gezogen, weil direkt vor ihrer Wohnung der Gehweg mit einem Höllenlärm aufgebuddelt worden war. Sie hatte also alle Zeit gehabt, sein Smartphone auszukundschaften bzw. eine Spionagesoftware zu installieren.

Zoffinger fiel aus allen Wolken, als er das Ergebnis des Smartphone-Checks bekam. Per App war darauf tatsächlich ein Spionagedienst eingerichtet worden, der Daten über Anrufe und Fotos sammelte bzw. Auskunft darüber gab, wo sich der Nutzer gerade befand. Alle Infos ließen sich bequem abrufen.

»Nach der Installation einer Schnüffel-App kommst du an alle Daten heran – Standort eines Handys, Überprüfung sämtlicher Kommunikationskanäle wie Telefonate, SMS, WhatsApp, Facebook und andere Messengerdienste, Bilder, Videos, Musik, Dokumente usw.«, erklärte der Kollege.

Zoffinger verdrehte gequält die Augen.

»Manche App-Anbieter sprechen gezielt misstrauische Menschen an und werben für das Ausspähen untreuer Partner«, fuhr der Experte fort. »Rechtlich begibt man sich dadurch auf ziemlich dünnes Eis. Man kann eventuell wegen des Abfangens von Daten vor dem Kadi landen. Von moralischen Bedenken ganz abgesehen.«

»Verdammt!«, fluchte Zoffinger. »Wer rechnet denn mit so etwas?«

»Eigentlich hättest du selbst draufkommen können. Entweder man stolpert über das App-Icon auf dem Display oder man merkt bei der Datennutzung, dass eine App den Traffic hochtreibt. Aber o.k. Ich weiß, dein Smartphone ist nicht dein Lieblingsspielzeug.«

Dass Lore den Zugangscode zu seinem Handy kannte, war unstrittig. Schließlich hatte er das Gerät in ihrem Beisein mehr als einmal benutzt und es ihr gelegentlich ausgeliehen, wenn sie ihr eigenes nicht zur Hand hatte. Außer ihr kam niemand infrage, der eine Spy-App auf seinem

Gerät hätte installieren können. Die Verdächtigungen in Zoffingers Kopf überschlugen sich. War Lore Lasser überhaupt ihr richtiger Namen? War sie die Undercover-Agentin einer Arzneimittelmafia? Wie geschickt sie sich an der Meersburger Wursttheke an ihn herangemacht hatte, sprach für ausgekochte Professionalität.

Ob er Lore von seinen grenzwertigen Durchsuchungen im Falle des Hausbootes von Rembrandt und im stillgelegten Kieswerk im Industrieviertel erzählt hatte, wusste er nicht mehr. Hätte man seine ›kreativen‹ Ermittlungsmethoden an die große Glocke gehängt, wären ernsthafte Konsequenzen garantiert nicht ausgeblieben. Dass Lore Andris Balodis die Friedhofsaktion auf der Höri verraten hatte, war so gut wie sicher. Von wem sonst hätte der Lette den entscheidenden Tipp bekommen können?

»Wenn du absolut sicher sein willst, dass dich deine Partnerin hintergeht, würde ich ihr eine Falle stellen«, schlug ein Kollege vor.

»Einer Frau, mit der ich Tisch und Bett teile, eine Falle stellen?«, tobte der Kommissar. »Geht's eigentlich noch? Das wäre wohl der mieseste Vertrauensbruch, den man sich vorstellen kann. Stell dir mal vor, es stellt sich heraus, dass an den Verdächtigungen nichts dran ist.«

»Allen Anzeichen nach ist aber etwas dran. Sie hat offensichtlich dein Vertrauen missbraucht. Basta! Das liegt doch auf der Hand.«

Die Diskussion wogte hin und her. Am Ende knickte Zoffinger ein. Schließlich handelte es sich um keine Privatangelegenheit, sondern um einen Kriminalfall.

Eine halbe Stunde später warf er den Köder aus. Von seinem Schreibtisch aus rief er per Smartphone seine Kollegen an, die nur ein paar Schritte entfernt in ihrem Büro saßen. Zum Schein ordnete er an, die immer noch im

Jachthafen auf der Reichenau liegende, leicht beschädigte Segeljacht ›Lili Marleen‹ zwei Tage später zu beschlagnahmen und in den abgeschlossenen Zollhof nach Konstanz zu bringen. Dann meldete er sich bei Lore und lud sie zum Abendessen in seine Wohnung ein.

»Du hast ja meinen Wohnungsschlüssel. Mach es dir bequem. Kann sein, dass ich mich ein bisschen verspäte. Hier ist einiges los, weil wir auf eine neue Spur gestoßen sind.«

Sein Handy ließ er nachmittags absichtlich in seiner Wohnung liegen, was bei Lore garantiert keinen Verdacht aufkommen ließ, weil ihm das ständig passierte. Zum Abendessen verspätete er sich, um seiner Partnerin Gelegenheit zu geben herumzuspionieren. Selten hatte er auf dem Nachhauseweg ein unangenehmeres Thema mit sich selbst zu diskutieren. Als er seine Haustür aufstieß, hatte er ein flaues Gefühl im Magen wie nach zehn Runden Achterbahn, musste er doch in gespielter Eintracht einen Abend mit jemandem verbringen, der offenbar das Tischtuch durch einen kriminellen Vertrauensbruch zerschnitten hatte. Oder vielleicht doch nicht? Unwohler hatte er sich noch nie in seinem ganzen Leben in der Gegenwart eines Menschen gefühlt. Er fand die Situation zum Kotzen, musste aber gute Miene zum bösen Spiel machen, ob er wollte oder nicht. Lores Ankündigung nach dem Essen kam wie eine Erlösung.

»Leider kann ich heute Nacht nicht bleiben«, sagte sie und schob das leere Dessertschälchen von sich. »Morgen habe ich Abgabetermin für eine wichtige Übersetzung. Die muss ich noch unbedingt zu Ende bringen. Tut mir wirklich leid.«

»Schade, sehr schade«, log Zoffinger, während ihm ein Stein vom Herzen fiel. Wie hätte er eine Nacht mit einer Frau verbringen können, die vermutlich seine Ermittlungen sabotierte und ihn an einen Kriminellen verriet! »Wir holen das demnächst einfach nach.«

Dazu sollte es nicht kommen. Noch in derselben Nacht verschwand die ›Lili Marleen‹ mit unbekanntem Ziel aus dem Reichenauer Jachthafen. Wo das Boot abgeblieben war, spielte für Zoffinger in diesem Augenblick keine Rolle. Entscheidend war die Tatsache, dass der Tipp nur von Lore gekommen sein konnte, die ins Kommissariat bestellt wurde.

Zoffinger konnte die Vernehmung aufgrund seiner privaten Beziehung mit Lore nicht selbst durchführen. Aus naheliegenden Gründen hätte er ohnehin darauf verzichtet. Sie mit dem Vorwurf zu konfrontieren, ihn hintergangen zu haben, hätte ihn emotional überfordert. Also überließ er den Job seinen Kollegen.

Bleich wie ein Leintuch und zusammengesunken wie ein Häuflein Elend saß sie im Vernehmungsraum und starrte auf ihre gefalteten Hände. Zoffingers Kollege Jens Bergmann kam nach dem üblichen Prozedere schnell auf den Punkt.

»Sie haben nachweislich eine Spy-App auf dem Smartphone meines Kollegen installiert und darüber polizeiinterne Informationen abgerufen. Leugnen ist zwecklos«, sagte Bergmann. »Die Beweise sind erdrückend. Wir können Ihnen das aufgrund registrierter Kontakte haarscharf nachweisen. Wollen Sie sich dazu äußern?«

Lore fixierte immer noch ihre Hände und hatte Bergmann noch kein einziges Mal angesehen.

»Ich möchte diese Gelegenheit nutzen, mich bei Kommissar Zoffinger für den Vertrauensbruch in aller Form zu entschuldigen. Es tut mir entsetzlich leid. Ja, ich habe auf seinem Smartphone eine Spionagesoftware installiert und seine dienstlichen Gespräche ausgeforscht. Und ja, ich habe die auf diese Weise gewonnenen Informationen weitergegeben. Ich bedauere das zutiefst. Aber ich hatte keine Wahl.«

Kommissar Bergmann saß ziemlich geplättet auf seinem Stuhl. Das hatte er noch nie erlebt, das Geständnis einer Beschuldigten nach zwei Minuten.

»Sie sagten eben, Sie hatten keine Wahl. Wie darf ich das verstehen?«

»So wie ich es gesagt habe. Mir blieb nichts anderes übrig.«

»Das müssen Sie mir erklären. Hat man Sie unter Druck gesetzt? Hat man Sie erpresst?«

Je mehr Lore erzählte, desto entspannter wurde sie. Sie holte aus und plauderte von ihren Jahren in Lettland und Kaliningrad, als in ihrem Elternhaus hin und wieder seltsame Leute ein- und ausgingen. Schon früh habe sie vermutet, dass diese russischen Typen in schräge Geschäfte mit ihrem Vater verwickelt waren.

Lore nahm einen tiefen Atemzug, wie um sich für ein weiteres Geständnis zu rüsten.

»Vor ein paar Wochen bekam ich einen Anruf von einem Mann, der russisch sprach. Er schien sich mit meinem früheren Privatleben in Osteuropa ziemlich gut auszukennen. Das hat mich stutzig gemacht. Dann kam er auf den eigentlichen Punkt zu sprechen: meine Großmutter. Sie ist 92 und lebt seit sechs Jahren in einem Altenheim in Jelgava südwestlich von Riga. Es sei mir doch bestimmt eine Herzensangelegenheit, meine Oma in guten Händen zu wissen, meinte er. Er gehöre einer Organisation an, die genau das garantieren könne. Sofern ich zu einer kleinen Gegenleistung bereit sei.«

»Interessant!«, meinte Bergmann. »Erwähnte er, was er unter einer solchen Gegenleistung verstand?«

»Ich war schon drauf und dran, das Gespräch zu beenden«, setzte Lore ihre Schilderung fort. »Aber der Hinweis auf das Wohlergehen meiner Oma hörte sich an wie eine Drohung. Schnell stellte sich heraus, dass ich recht hatte. Der Kerl forderte mich ultimativ auf, mich an Kommissar Zoffinger heranzumachen und seine Kontakte und Informationen auszuforschen. Als ich empört darauf reagierte, holte dieses Schwein die große Keule heraus. Es könnte ja durchaus sein, dass meine greise Oma eines Tages ein falsches Medikament bekommt oder unter plötzlich auftretenden Schmerzen leidet.«

»Daraufhin haben Sie die Nähe von Kommissar Zoffinger gesucht, einzig mit dem Ziel, ihn auszubaldowern.«

Lore schüttelte heftig den Kopf.

»Als ich ihm in Meersburg zum ersten Mal begegnete, war das so. Aber ich habe ihn schnell als freundlichen, liebenswerten Menschen kennengelernt. Das hat mich bereits nach den ersten Treffen in tiefe Zweifel gestürzt.«

»Und trotzdem haben Sie weitergemacht.«

»Gezwungenermaßen«, räumte Lore ein. »Eines Tages fand ich in meinem Briefkasten ein Foto meiner im Bett liegenden Oma. Auf ihrer Bettkante war von hinten ein bulliger Mann mit rasiertem Schädel und einem Totenkopf-Tattoo im Nacken zu sehen. Garantiert keiner, der Pralinen gebracht hatte.«

»Sind Sie nie auf die Idee gekommen, Kommissar Zoffinger ihr Herz auszuschütten und ihn um Hilfe zu bitten?«

»Doch. Mehr als einmal. Es hat mich fast zerrissen, ihn einerseits immer besser kennenzulernen und ihn andererseits zu hintergehen. Glauben Sie bloß nicht, dass mir das leichtgefallen ist.«

»Hat es Sie eigentlich nie interessiert, zu welchem Zweck Sie Ihren Partner ausspionieren sollten?«

»Natürlich habe ich mir Gedanken darüber gemacht.

Ich habe den russischen Anrufer auch darauf angesprochen, aber keine Antwort erhalten. Erst vor ein paar Tagen habe ich mehr darüber erfahren, als eine Uraltbekanntschaft Kontakt zu mir aufnahm.«

»Der Name dieser Uraltbekanntschaft würde mich interessieren«, setzte Bergmann nach.

»Balodis, Andris Balodis. Ich habe ihn vor vielen Jahren kennengelernt, als ich noch im Osten lebte. Er gehörte zu den Männern, die Geschäfte mit meinem Vater machten und schon fast zur Familie gehörten, weil sie häufig in meinem Elternhaus zu Gast waren. Vor ein paar Tagen rief er mich an und bat mich um ein Treffen. Ich sollte niemandem davon erzählen, schärfte er mir ein. Wir trafen uns in einem Eiscafé auf der Marktstätte. Er erzählte mir von Medikamentengeschäften im großen Stil und stellte mir in Aussicht, in Zukunft finanziell davon zu profitieren. Irgendwann dämmerte mir, dass er vielleicht hinter dieser miesen Erpressung mit meiner Oma steckte. Als ich ihn darauf ansprach, lenkte er vom Thema ab und meinte nur, da seien gewalttätige Elemente der Russenmafia mit im Spiel, mit denen nicht zu spaßen sei.«

Viel wusste Lore über den Letten nicht. Sie kannte weder seinen Wohnort noch sein privates Umfeld.

Zoffinger verfolgte Lores Vernehmung in einem Nebenraum. Er hatte keine Ahnung, wie er sich ihr gegenüber in Zukunft verhalten sollte. Aber dass die Beziehung nur schwer, wenn überhaupt zu reparieren war, ahnte er. Missbrauchtes Vertrauen wog schwer. Manchmal kochte in ihm eine Stinkwut darüber hoch, dass er sich so pennälerhaft über die Löffel hatte balbieren lassen. Aber diese Anfälle richteten sich genau genommen weniger gegen Lore als gegen sich selbst und seine Naivität.

Als Betrogener sah er keinen Grund, die Initiative zu

ergreifen und auf seine Partnerin zuzugehen, um ihre Beziehung zu klären. Zwei Tage nach der Vernehmung im Kommissariat meldete sich Lore telefonisch und bat ihn um eine Aussprache. Sie trafen sich im Stadtgarten. Küsschen links, Küsschen rechts blieben aus. Selbst ein Händeschütteln erschien beiden unangebracht. Die durch die Bäume fallende Sonne warf Licht und Schatten wie im richtigen Leben.

»Ich wollte mich bei dir persönlich entschuldigen«, sagte sie kleinlaut. »Ich weiß, wie sehr ich dich verletzt habe. Das tut mir schrecklich leid. Aber du wirst von deinen Kollegen bereits erfahren habe, wie sehr man mich unter Druck setzte. Ich sage das nicht, um mich von Schuld freizusprechen. Ich hoffe nur, dass du ein kleines bisschen Verständnis für meine Situation aufbringst.«

Sie redeten noch eine Weile miteinander. Zoffinger war hin- und hergerissen zwischen der Trauer über das Beziehungsende einerseits und dem Unmut über Lores Treuebruch andererseits. Was sie erzählte, war plausibel, aber nicht dazu angetan, das zwischenmenschliche Problem zu lösen. Was er selbst von sich gab, klang in seinen eigenen Ohren banal und hohl. Beide wussten, dass es eigentlich nichts mehr zu sagen gab. Zum Schluss reichte sie ihm die Hand, ohne ihm in die Augen zu sehen.

»Ich wünsche dir alles Gute, mein Lieber. Es hat wohl nicht sollen sein.«

Zoffinger blickte ihr nach, wie sie am kleinen Bootshafen vorbei Richtung Konzil ging. Ausgelassen jubilierten in den Baumkronen die Vögel, was sich anhörte wie ätzender Spott. Am liebsten hätte er das gefiederte Publikum erschossen. Eine Zeitlang konnte er Lore noch an ihrem dunkelblauen Hosenanzug erkennen. Dann tauchte sie in der Menschenmenge unter.

9
TOD IM PARKHAUS

Die Razzia bei der windigen Künstlerkommune Höri-Art lag schon eine Weile zurück. Aber im Kommissariat sorgten die Ergebnisse der Durchsuchung immer noch für jede Menge Arbeit. Fünf Umzugskartons voller Dokumente und Geschäftsunterlagen aus dem ehemaligen klösterlichen Hofgut mussten gesichtet und ausgewertet werden – eine wahre Sisyphusarbeit, mit der sich Zoffinger bei seinen Kollegen nicht gerade beliebt machte.

»Leute!«, wandte er sich an sein Team. »Tut mir einen Gefallen. Habt ein waches Auge auf jeden auch noch so kleinen Hinweis, wohin unsere beiden Hauptverdächtigen abgehauen sein könnten. Ob sich Andris Balodis und Tobias Wegner in einem feuchten Kellerloch in der Konstanzer Altstadt versteckt haben oder sich in einem Luxusresort im Ausland am Pool rekeln: Wir müssen die Kerle kriegen. Um jeden Preis!«

Auf dem Innendeckel eines Ordners klebten zwei Zeitungsausschnitte, denen die Beamten bislang keine große Bedeutung zugemessen hatten. Bis einer eines Morgens mit dem Ordner unter dem Arm in Zoffingers Büro auftauchte.

»Vielleicht liege ich völlig daneben«, stotterte er. »Aber ich habe eine Theorie.«

Im ersten Zeitungsclip ging es darum, dass eine kriminelle Gruppe in großem Stil Medikamente aus italienischen Kliniken entwendete und über dunkle Kanäle auch an deutsche Großhändler und Apotheken weiterleitete. Eine zweite Notiz bezog sich auf ein ähnliches Thema. Aus einem Kreiskrankenhaus im rumänischen Braila waren auf mysteriöse Weise große Mengen Krebsmittel im Wert von 400 000 Euro verschwunden. Für das Krankenhaus fiel in erster Linie der materielle Schaden ins Gewicht. Zu denken gab aber auch die Vermutung, dass die Diebe die Medikamente eventuell ungekühlt lagerten und an Apotheken und Kliniken verkauften, die sie dann quasi wirkungslos kranken Patienten verabreichten.

»Und deine Theorie?«

»Ich habe recherchiert und herausgefunden, dass es sich bei diesen Diebstählen nicht um Einzelfälle handelt. Offenbar haben Mafiapaten die Hände im Spiel. Was, wenn Balodis und Wegner in diesem einträglichen Geschäft mitmischen und sich nach Italien oder Rumänien verdrückt haben?«

Das Argument war nicht von der Hand zu weisen. Zoffinger selbst hatte schon mit dem Gedanken gespielt, ob sich das Verbrecherduo ins Ausland abgesetzt haben könnte, um Gras über die jüngsten Ereignisse wachsen zu lassen. Dabei hatte er aber mehr an die Hilfsorganisation Daraja in Daressalam gedacht, über die Agilosan nachweislich für Afrika bestimmte Medikamente illegal nach Deutschland reimportiert hatte. Aber Verbindungen mit Italien und Rumänien? Auszuschließen war gar nichts.

Neben der Suche nach den beiden Oberganoven Balodis und Wegner ging es immer noch um die Frage, über welche Wege die Pfuschapotheker ihre auf der Höri hergestellten Tiger- und Bärenpräparate unter die Leute brachten.

Als hätte Zoffinger mit seinen Agilosan-Ermittlungen nicht ohnehin alle Hände voll zu tun, bekam er einen neuen obskuren Fall auf den Schreibtisch. Ein junges Pärchen fand nach einem Restaurantbesuch im Parkhaus des Lago-Shoppingzentrums in der Hafenstraße gegen Mitternacht einen auf dem Boden liegenden Mann. Von der Ambulanz ins Krankenhaus gebracht, konnte dort nur noch sein Tod festgestellt werden. Routinemäßig wurde der Verstorbene in die Rechtsmedizin überstellt, wo ihn Dr. Herrlinger und sein Assistent in ihre Fänge bekamen.

Äußerlich wies der unbekannte, etwa 30-jährige Mann nur eine kleine Schnittverletzung an der rechten Hand auf. Was seinen Tod verursacht hatte, sollte eine Obduktion klären. Die rechtsmedizinischen Ergebnisse würden auf sich warten lassen. Schneller ging es mit dem Abgleich der Fingerabdrücke in der polizeilichen Datenbank. Auf dem Seziertisch lag Ronny Kaltenbach, ein arbeitsloser Mechaniker mit Wohnsitz im Stadtteil Paradies in Konstanz. Ein Richter hatte ihm vor geraumer Zeit zwei Jahre und vier Monate mit Bewährung wegen gefährlicher Körperverletzung aufgebrummt. Deshalb sein Eintrag im automatisierten Fingerabdruck-Identifizierungs-System des BKA.

Ein zerknitterter Parkschein in der Brusttasche seines Hemdes ließ darauf schließen, dass er um 22.14 Uhr in das Parkhaus eingefahren war. Leblos aufgefunden wurde er kurz vor 1 Uhr im Treppenhaus. Auf welcher Ebene und auf welchem der insgesamt 900 Stellplätze sein Fahrzeug stand, versuchten zwei Beamte der Verkehrspolizei herauszufinden. Ihr einziger Anhaltspunkt: Ein VW-Emblem auf dem Autoschlüssel, den der Tote in der verkrampften linken Hand gehalten hatte.

Der nach langer Suche gefundene Wagen war laut Kennzeichen auf einen Mannheimer Buchhändler zugelassen, der mit seiner Frau Urlaub in Konstanz machte. Nach einem Wellnessnachmittag in der Therme Konstanz war ihm aufgefallen, dass seine Nummernschilder abmontiert worden waren. Dass er den Vorfall schon eine halbe Stunde später auf der Polizeiwache anzeigte, war leicht nachzuprüfen. Außerdem hatte er für die Todesnacht ein wasserdichtes Alibi. Dass der Tote mit geklauten Autokennzeichen unterwegs gewesen war, drängte die Vermutung auf, dass mehr hinter dem Fall steckte.

Der Verdacht erhärtete sich, als die Spurensicherer den Wagen akribisch inspizierten. Im Handschuhfach lagen ein Tütchen mit Cannabisblüten und eine Schreckschusspistole. Ergiebiger war der Kofferraum mit einem Paar Wanderstiefel, einem Lederbeutel mit mehreren Einbruchwerkzeugen und einer Pappschachtel mit durchlöchertem Deckel. Als die Beamten den Karton öffneten, staunten sie nicht schlecht. Auf einem Bett aus Heu und Blättern hockten gelbe, grüne und azurblaue Minifrösche, die jedes Terrarium zum Eyecatcher gemacht hätten. Die hüpfenden Farbtupfer wurden in die Konstanzer Tierklinik gebracht. Als Karin von den sonderbaren Neupatienten erfuhr, nahm sie sich des Falles an und meldete sich später telefonisch bei Zoffinger.

»Um die farbigen Frösche, die deine Mitarbeiter hier abgeliefert haben, kümmere ich mich. Meinen Kollegen und Kolleginnen ist mein enger Draht zur hiesigen Kriminalpolizei ja bekannt.«

Sie legte eine kleine Kunstpause ein.

»Deine Beamten können heute übrigens Geburtstag feiern. Hätten sie die Amphibien angefasst, würden sie unter Umständen jetzt schon deinem Toten aus dem Parkhaus Gesellschaft im Jenseits leisten.«

»Ich bin gespannt wie ein Hosenträger.«

»Bei den Tieren handelt es sich um Pfeilgiftfrösche, die wegen ihrer tollen Farben gerne in Terrarien gehalten werden. Manche Arten sind so giftig, dass man schon allein vom Hingucken tot umfallen kann.«

»Das soll wohl ein Witz sein«, meinte der Kommissar.

»Zugegeben, eine maßlose Übertreibung. Ich will damit nur sagen, dass der gelbe oder grüne Schreckliche Pfeilgiftfrosch zu den tödlichsten Tieren überhaupt zählt.«

»Schrecklicher Pfeilgiftfrosch! Lass mal die Kirche im Dorf.«

Karin blieb hartnäckig.

»Die Art heißt wirklich so. Indigene Regenwaldvölker im Amazonasgebiet verwenden das Gift, um Pfeile zu einer idealen Jagdwaffe zu machen. Die Tiere können durch giftige Beutetiere wie Milben, Tausendfüßer, Termiten, Ameisen und Käfer hochtoxische Stoffe aufnehmen und sie in todbringende eigene Toxine umwandeln. Wie diese Produktion genau stattfindet, ist noch nicht erforscht. Dieses Batrachotoxin sondern sie über die Haut ab. Berührt man einen solchen Giftfrosch etwa mit einer minimal verletzten Hand und dringt das Gift in den Blutkreislauf ein, treten schwere Muskel- und Atemlähmungen auf. Das führt innerhalb von Minuten zum Tod.«

»Und trotzdem werden diese Chemiewaffenproduzenten in Wohnzimmerterrarien gehalten?«

»Wenn Pfeilgiftfrösche in Gefangenschaft nicht ihre übliche Nahrung bekommen, verlieren sie nach und nach ihre Giftigkeit. Das gilt vor allem für Nachzuchten, die in der Regel überhaupt kein Hautgift mehr produzieren.«

»Also vor dem Anfassen den Frosch immer erst fragen, ob er eben erst dem Regenwald entsprungen ist oder was er in letzter Zeit an gesundheitsschädlichem Krabbelzeug zu sich genommen hat?«

Karin lachte.

»Hast du übrigens schon eine Idee, woher die Frösche überhaupt stammen?«

»Wollte ich dir eben erzählen«, erklärte der Kommissar. »In der Nacht, als der Tote im Lago-Parkhaus gefunden wurde, hat sich ein Einbrecher am Konstanzer Hafen Zugang zum SeaLife-Center verschafft, das – wie du weißt – gleich um die Ecke vom Lago-Einkaufszentrum liegt. Im Erlebnisaquarium hat er ein Terrarium aufgehebelt, sich dabei dummerweise einen tiefen Kratzer zugezogen und die Frösche geklaut. Das ist im Augenblick Stand der Dinge. Nachdem, was du mir eben erzählt hast, ist für mich nur ein Szenario wahrscheinlich. Als der Kerl die Hüpfer in einen Plastikbeutel packte oder sie im Parkhaus in eine Schachtel sperrte, muss seine Wunde mit dem Pfeilgift in Kontakt gekommen sein. Wie ich die Sache sehe, haben die Viecher dem Dieb die Entführung auf tödliche Weise heimgezahlt.«

Zoffinger wollte das Telefongespräch bereits beenden, als ihn Karin stoppte.

»Ich kann mich an deine kürzliche Radtour zusammen mit Florian auf die Höri erinnern. Ihr seid doch auf die mysteriöse Künstlerkommune durch einen Aufkleber gestoßen, auf dem eine Giraffe mit Löwenkopf abgebildet war. Das hat mir jedenfalls Florian erzählt.«

»Richtig. Aber was hat das mit dem Froschkidnapping zu tun?«

»Auf dem Boden des Kartons mit den Tieren habe ich genau einen solchen Sticker entdeckt – Giraffe mit Löwenkopf. Vielleicht hilft dir das weiter.«

Zoffinger schnappte nach Luft.

»Ob mich das interessiert? Das ist der Hammer, eventuell ein Indiz dafür, dass der Tote aus der Parkgarage im

Auftrag der verdammten Pharmamafia von Andris Balodis handelte. Das gibt den Ermittlungen eine unerwartete Wendung.«

Karin versprach, sich in der Fachliteratur eingehender über Pfeilgiftfrösche zu informieren. Offenbar brannte ihr das Thema so sehr unter den Nägeln, dass sie Zoffinger noch am Abend desselben Tages anrief und ein Treffen in einer Kneipe vorschlug.

»Wie laufen deine Ermittlungen?«, wollte sie wissen, noch bevor der Kellner am Tisch aufgetaucht war.

»Läuft alles«, fasste der Kommissar zusammen. »Ich war am Nachmittag in der Rechtsmedizin und habe Dr. Herrlinger über den Verdacht informiert, dass vermutlich ein Pfeilgiftfrosch den SeaLife-Einbrecher ins Jenseits geschickt hat. Seine Analyse werde ich morgen bekommen. Aber ich gehe davon aus, dass wir recht behalten.«

Karin nickte.

»Dieses Batrachotoxin ist tatsächlich eine mörderische Substanz. Die Giftmenge eines einzigen Frosches kann zehn erwachsene Menschen umbringen, indem sie die neuromuskulären Funktionen blockiert und Lähmungen auslöst.«

Um den Abend in kein veterinärmedizinisches Seminar ausufern zu lassen, lenkte Zoffinger die Unterhaltung in eine andere Richtung.

»Noch ist mir nicht klar, warum der Kerl die Frösche überhaupt geklaut hat und was die Künstlerkommune auf der Höri mit ihnen anfangen wollte. Einen Handel aufziehen wie mit gefährlichen Schlangen?«

»Nicht ganz von der Hand zu weisen«, überlegte Karin. »Terrariumfreaks sollen die bunten Tiere einiges wert sein. Die geschützten Arten dürfen nur unter ganz besonderen Bedingungen importiert werden. Das macht sie rar und ziemlich teuer. Die Hafenstadt Belem am Amazonas soll ein bekanntes Zentrum für Wildtiere aus den Regenwäldern sein.«

»Die Höri-Art-Kommune als Zoohandlung?« Zoffinger winkte ab. »Das glaube ich nicht. Ich vermute eher, dass die Typen mit dem Gift irgendetwas anfangen wollten. Die Bevölkerung vergiften? Negativ! Das toxische Zeug im Darknet an Selbstmörder verscherbeln? Ebenfalls negativ! Froschgift im Krieg der Geheimdienste einsetzen, um Gegner auszuschalten wie im Fall des russischen Oppositionellen Nawalny? Auch unwahrscheinlich.«

Er legte eine Pause ein.

»Gibt es eigentlich etwas, was man mit dem Froschgift sonst noch anfangen könnte?«

Karin dachte nach.

»Mir fällt ein Bericht über die Indios in Ecuador ein. Sie nutzen die betäubende Wirkung von Froschgift ebenso wie das Pflanzengift Curare seit Jahrhunderten für ihre Blasrohrpfeile. In stark abgeschwächter Dosis setzen sie die Toxine offenbar auch ein, um sich für ihre Jagdausflüge fit zu machen, weil das Gift die Sinne schärft und die Pupillen erweitert – nachts ein unschätzbarer Vorteil beim Aufspüren von Beute.«

Sie nahm einen tiefen Schluck aus ihrem Glas.

»Natürlich hat sich auch die Pharmaindustrie schon mit dem Teufelszeug beschäftigt. Ich habe gelesen, dass Speziallabors aus dem Hautsekret Schmerzmittel entwickeln, die ähnlich wie Morphin wirken, aber nicht süchtig machen. Auch wird, wenn man der Fachliteratur glaubt, daran geforscht, die Toxine möglicherweise bei der Behandlung von Alzheimer, Parkinson und Herzkrankheiten einzusetzen.«

»Froschgift als Therapeutikum? Diese Theorie gefällt

mir schon besser. Denn damit wäre eine Verbindung zu Agilosan und der Pharmamafia hergestellt. Wäre doch denkbar, dass Andris Balodis & Co. auf die eine oder andere Weise in diesem Geschäft mitmischen.«

Karin setzte noch einen drauf.

»Nachweislich wehren sich Giftfrösche mit ihrem Hautsekret nicht nur gegen Feinde. Ihre ständig feuchte Haut wäre eigentlich ein idealer Nährboden für Pilze und Bakterien. Aber zu ihrem Waffenarsenal gehören auch pilztötende Fungizide gewissermaßen als Hautschutz. Das hat Forscher auf die Idee gebracht, die Wirkstoffe auch anderweitig einzusetzen: in Salben gegen Fußpilz.«

Zoffinger schlug sich vor Vergnügen auf die Schenkel.

»Hat der Tote aus dem Parkhaus die Frösche geklaut, um seinen Fußpilz zu bekämpfen?«

»Davon würde ich nicht ausgehen«, antwortete Karin trocken. »Dass es sich bei dem Diebstahl um eine Auftragsarbeit handelte, ist wohl klar. Und dass der Kerl keine Ahnung hatte, auf was er sich mit den Amphibien einließ, ist auch naheliegend. Sonst wäre er mit den höllischen Regenwaldbewohnern nicht so ahnungslos umgesprungen, wie er es offenbar tat.«

In der Zwei-Zimmer-Wohnung von Ronny Kaltenbach in Konstanz fanden Zoffingers Hilfstruppen zwei Terrarien, die als Refugium für die Frösche aus dem SeaLife-Center hergerichtet waren. Aufschlussreich war, dass der Hausherr den Besuch eines Rockkonzerts geplant hatte. Auf dem Fensterbrett lag eine Eintrittskarte für das Open Air ›Krach am Bach‹ im Tägerwiler Schwimmbad in der Schweiz. Eigentlich kein Grund, misstrauisch zu werden, wären die Spurensicherer nicht auf einen Plan gestoßen, auf dem eine ungelenke Hand eine gestrichelte Route eingezeichnet hatte. Sie begann im Stadtteil Paradies, führte über den Tägerwiler Zoll zum Schwimmbad am Seerhein und weiter nach Gottlieben, wo am Ortsrand der Gemeinde mit Filzstift ein Kringel um eine Straßenkreuzung gezogen war. In einem leeren Schrank hing an einem Haken ein mit Luftschlitzen und wasserdichtem Innenfutter präparierter Rucksack. Als unauffälliges Transportmittel für Frösche hätte sich das Teil bestens geeignet.

Zoffinger schickte seinen Kollegen Riedlinger in Zivil über die Schweizer Grenze, um herauszufinden, was es mit der Kartenmarkierung auf sich hatte. Zurückversetzt von der Straße stand außerhalb von Gottlieben neben einem Privathaus ein zweigeschossiges Firmengebäude in Eisschollenweiß. Über den verglasten Eingang spannte sich eine Leuchtreklame in Regenbogenfarben: Büri & Sandofo. Die lichtdurchflutete Empfangshalle ähnelte der Lobby einer durchgestylten Wellnessklinik: weißer Natursteinboden, weiße Wände, weiße Decke, weiße Sitzgruppe mit weißem Tischchen und weißer Vase mit einer Rose drin – in Rot. Hinter dem Empfangstresen hingen in Rahmen die schwarz-weißen Konterfeis von streng blickenden Gründungsvätern oder Vorstandsbossen. Eine Konstanzer Hamburgerfiliale kam Riedlinger in den Sinn, in der die Mitarbeiter und Mitarbeiterinnen des Monats per Foto plakatiert waren.

»Grüezi. Wie kann ich Ihnen helfen?«, flötete die Empfangsdame.

Sich einfach zu erkundigen, um was es sich bei Büri & Sandofo eigentlich handelte, schien zu plump. Chef Zoffinger hatte seinem Mitarbeiter eingeschärft, sich auf Schweizer Gebiet möglichst unauffällig zu verhalten und sich keinesfalls als deutscher Kriminalbeamter erkennen zu geben.

»Mit einer Auskunft vielleicht«, antwortete Riedlinger in gespielter Hilflosigkeit. »Ich kenne mich hier nicht aus, brauche dringend Schweizer Fränkli. Gibt es in der Nähe einen Bankschalter?«

Lang und breit erklärt ihm die Dame den Weg. Er hörte ihr gar nicht zu, weil ihm die Frage nur als Ausrede diente. Auf der Theke lagen verschiedene Infos über die Firma.

»Darf ich so einen Flyer mitnehmen? Ein Bekannter ist in Ihrer Branche tätig.«

»Aber sicher«, bestätigte die Empfangsdame. »Bedienen Sie sich. Wenn Sie sich für weitere Details interessieren, kann ich jemanden rufen.«

Riedlinger zeigte sich wenig geneigt, auf das freundliche Angebot einzugehen, nahm sich stattdessen eine Broschüre und ging.

Im Kommissariat ließ sich Zoffinger über den Schweizausflug informieren. Beiläufig blätterte er durch die mit knackigen Texten und griffigen Headlines angereicherte Imagebroschüre. Solche Selbstdarstellungen hielt er schon immer für reine Augenwischerei. Die Seite ›Unsere Mission und unsere Werte‹ übersprang er mit angesäuertem Gesicht, weil er Gesülze und Lobhudelei hasste. Vom Grußwort las er nur die ersten Sätze:

»Die Erforschung und Entwicklung neuer Wirkstoffe hauptsächlich in den Bereichen Onkologie, Diabetes und Autoimmunerkrankungen war vor über drei Jahrzehnten Basis und Antrieb unserer Firmengründung. Wir vollziehen bei unterschiedlichen Medikamenten alle Entwicklungsschritte von der Grundlagenforschung bis hin zur klinischen Entwicklung. Im Forschungsbereich investiert unsere Firma Jahr für Jahr circa ein Viertel unserer Umsatzerlöse …«

Blabla …

Im Inhaltsverzeichnis blieb sein Blick bei der Überschrift ›Tierversuche – alternativlos oder überflüssig?‹ hängen. Auf Seite 8 fand er einen aufschlussreichen Text zu diesem Thema.

»Die Schweiz ist stolz auf eine der umfassendsten Tierschutzgesetzgebungen weltweit. Die Haltung von Versuchstieren ist ebenso streng geregelt wie die Aus- und Weiterbildung der Forschenden. Jeder beantragte Tierversuch muss von einer kantonalen Tierversuchskommission begutachtet werden. Forschungslabore müssen nachweisen, dass der Nutzen solcher Versuche für die Gesellschaft grösser ist als das Leiden der Tiere. Daher unser Leitmotiv: So wenig Versuche wie möglich, so viele wie nötig …«

»Wenn ich noch weiterhin unter Tigerschlächtern und Giftfroschmelkern ermitteln muss, bleibt mir ein veterinärmedizinisches Studium wahrscheinlich nicht erspart«, dachte Zoffinger.

Die Leiterin der Abteilung Tierversuche bei Büri & Sandofo war laut Broschüre Dr. Ruta Rochat. Zoffinger recherchierte im Internet. Die Wissenschaftlerin war im fernen Französisch-Guayana aufgewachsen. Ihr Vater stand im Verdacht, in den illegalen Goldbergbau in den riesigen Regenwaldgebieten des Landes verstrickt zu sein, überstand aber mehrere Prozesse wegen fehlender Beweise. Später hatte die Tochter in Baltimore im US-Bundesstaat Maryland ein Biologiestudium absolviert, war mit ihrem aus der französischen Schweiz stammenden Ehemann schließlich in die Alpenrepublik gekommen und hatte bei einem großen Pharmaunternehmen in Basel gearbeitet. Vor drei Jahren lockte sie Büri & Sandofo mit dem Job als Abteilungsleiterin der Tierversuche an den Bodensee.

Eine Social-Media-Seite enthüllte, dass sie vor ihrer Heirat einen lettischen Mädchennamen getragen hatte. In Zoffingers Kopf schrillten sämtliche Alarmglocken, weil ihm sekundenschnell ein anderer lettischer Name einfiel:

Andris Balodis. Kannten sich die beiden etwa? Hatten sie sogar miteinander zu tun – Dr. Rochat als Boss für Tierversuche, Andris Balodis als verbrecherischer Wildtierapotheker?

Zoffinger wusste, dass er ohne die Mithilfe seiner Schweizer Kollegen im Fall der Gottliebener Pharmafirma nicht weiterkommen würde. Also zapfte er einen alten Kontakt an, der ihm schon mehr als einmal bei grenzüberschreitenden Ermittlungen geholfen hatte. Er rief ihn an, erzählte von seinem Pfeilgifttoten und traf sich schließlich mit André Odermatt in einem Café in Kreuzlingen.

»Paul Zoffinger, der Schrecken aller bösen Buben am Bodensee«, flachste der Schweizer lachend und drückte seinem Kollegen die Hand wie ein Hufschmied.

»Freut mich, dich mal wieder aus der Nähe zu sehen«, entgegnete Zoffinger und versuchte sich aus dem Schraubstock zu befreien, in den seine rechte Hand geraten war.

Die beiden Männer kamen schnell zur Sache.

»Wir haben vor einem halben Jahr einen anonymen Hinweis bekommen. In den Laboren von Büri & Sandofo soll nicht alles mit rechten Dingen zugehen«, berichtete Odermatt. »Solche Anschuldigungen gegen Pharmafirmen sind nicht selten, weder bei uns noch bei euch, vermute ich mal. Es gibt mehr Branchenhasser, als man denkt, die solche Industrien aus dem einen oder anderen Grund verunglimpfen.«

»Und? Habt ihr auf den Hinweis reagiert?«

»Ich muss dir nicht erzählen, dass man mit anonymen Tipps vorsichtig umgehen muss. Wir sind bei der Geschäftsleitung vorstellig geworden und haben die beiden Chefs mit den Anschuldigungen konfrontiert.«

»Wie war die Reaktion?«

»Unser damaliger Eindruck: Büri & Sandofo tat wirklich alles, um die Vorwürfe zu entkräften. Am Ende blieb nicht einmal der Hauch eines Verdachts. Wir sahen keinen Grund zu weiterführenden Ermittlungen. In der Firma wird sauber gearbeitet.«

»Ich habe dir am Telefon von unserem jüngsten Toten erzählt, der nachweislich gestorben ist, weil er mit hochtoxischen Pfeilgiftfröschen hantierte. Die einzige in die Schweiz führende Spur ist dieser ominöse Plan, auf dem eine Route von Konstanz nach Gottlieben eingezeichnet ist. Wir nehmen an, dass das Giftopfer auf dieser Route als Kurier eingesetzt werden sollte. Wenn er die Frösche nicht bei Büri & Sandofo abliefern sollte, frage ich mich, wo denn sonst.«

»An einen privaten Terrariumhalter oder eine Zoohandlung als Abnehmer glaube ich auch nicht«, meinte Odermatt. »Natürlich ist nicht auszuschließen, dass irgendwo im Umkreis von Gottlieben in einer Wohnung oder einem Keller ein Underground-Labor existiert. Hinweise darauf gibt es allerdings nicht.«

Zoffinger fuhr unverrichteter Dinge nach Konstanz zurück und setzte seine Leute von der Spurensicherung nochmals in Gang, um sowohl das Auto von Ronny Kaltenbach als auch seine Wohnung ein zweites Mal gründlich umzukrempeln. Seine Weisung: Findet einen Anhaltspunkt, wohin genau die Giftfrösche geliefert werden sollten. Der Aufwand lohnte sich. In Kaltenbachs Keller stand ein E-Bike, das die Schnüffler beim ersten Besuch zwar entdeckt, aber nicht genau in Augenschein genommen hatten. Auf dem Lenker steckte ein Fahrradcomputer, in dem zurückgelegte Routen abgespeichert waren. An seinem Todestag war Kaltenbach vormittags die Strecke von seiner Wohnung bis zur Firma Büri & Sandofo in Gottlieben geradelt und hatte auf dem Rückweg einen kleinen Abstecher zum Schwimmbad Zellersguet in Tägerwilen gemacht.

Einer der Spusi-Kollegen hatte eine Idee.

»Wir haben bei der ersten Wohnungsdurchsuchung doch eine Eintrittskarte für das Open Air ›Krach am Bach‹ in Tägerwilen gefunden. So ein Event mit vielen Leuten wäre ein idealer Ort für die Übergabe der Giftfrösche. Viele Besucher, viel Tamtam, unübersichtliches Durcheinander …«

Zoffinger rieb sich mit den Zeigefingern die Schläfen, wie er es immer tat, wenn er angestrengt nachdachte. Die Idee seines Kollegen leuchtete ihm ein. Wenn das der Plan war, musste Kaltenbach seine Schweizer Kontaktperson gekannt haben. Sonst hätte eine Übergabe der Frösche nicht funktionieren können. Außer man hatte ein Erkennungszeichen vereinbart.

Als der Kommissar seinem Team die Hypothese vortrug, herrschte eine Weile lautlose Ratlosigkeit. Bis einer der Beamten aufsprang, sich auf einen der im Konferenzraum gestapelten Umzugskartons aus der Wohnung von Ronny Kaltenbach stürzte und zu wühlen begann.

»Wenn du eine frische Unterhose suchst, hätte ich einen besseren Vorschlag«, tönte einer aus der johlenden Menge.

Die Heiterkeit legte sich schlagartig, als der Kollege etwas aus dem Karton zog, sich umdrehte und ein T-Shirt mit giftgrünem Aufdruck vor den Bauch hielt: ›Rettet den Regenwald‹. Darunter war ein Frosch mit großen Glotzaugen abgebildet.

»Das ist doch ein Erkennungszeichen, wie es markanter und passender für unseren Fall gar nicht sein könnte.«

»Hammerhart, falls du recht hast!«, war das Einzige, was Zoffinger auf Anhieb einfiel. »Ist das T-Shirt tatsächlich das Erkennungszeichen für ein Treffen im Schwimmbad, lässt das nur einen Schluss zu: Ronny Kaltenbach kannte seinen Kontakt für die Froschlieferung persönlich nicht. Sonst wäre der ganze T-Shirt-Zauber überflüssig gewesen.«

»Für meinen Geschmack ziemlich viel Spekulation«, meinte einer aus der Runde. »Vielleicht hing in Kaltenbachs Schrank so ein Frosch-T-Shirt, weil es ihm gefiel. Vielleicht radelte er bei Büri & Sandofo und anschließend im Tägerwiler Schwimmbad nur vorbei, weil er sich ein Bad im Seerhein gönnen wollte. Vielleicht sind unsere Vermutungen nur ein Fantasieprodukt. Für mich ist ein Einsatz ungefähr so sinnvoll wie ein Einreiseverbot für Zugvögel.«

Die Meinungen im Team gingen weit auseinander. Am Ende machte Zoffinger den Deckel drauf.

»Wir wissen eigentlich gar nichts. Zumindest nicht viel. Treffen unsere Annahmen zu, könnten wir der Giftfroschspur in die Schweiz folgen. Also: Einer von uns zieht sich das Regenwald-T-Shirt über, klemmt einen durchlöcherten Karton unter den Arm und spielt beim Open Air in Tägerwilen den Lockvogel.«

So richtig überzeugt war das Team nicht.

»Angenommen, ein Kontaktmann taucht auf. Was fangen wir mit ihm an? Zur Erinnerung: Unsere Zuständigkeit endet an der deutsch-schweizerischen Grenze.«

«Die Kreuzlinger Kollegen um Hilfe zu bitten, kommt nicht infrage. Dafür sind unsere Hinweise viel zu dünn. Mein Vorschlag: Wir lassen es einfach darauf ankommen und entscheiden uns im Fall der Fälle spontan. Morgen stehen im Schwimmbad fünf Bands auf der Bühne. Ich brauche zwei Mann für den Einsatz. Die Musik gibt es umsonst.«

Nach dem Debakel mit Lore verspürte der immer noch angeschlagene Zoffinger ebenso viel Lust und Laune auf eine rauschende Open-Air-Veranstaltung mit Ballermann-Stimmung wie auf eine tränenreiche Trauerzeremonie in einer Einsegnungshalle. Trotzdem rang er sich zu dem Abstecher in die Schweiz durch. Dem Sondereinsatz schloss sich am nächsten Tag Florian an, der den Event ohnehin miterleben wollte und sich schon eine Eintrittskarte besorgt hatte. Auf dem Parkplatz beim Tägerwiler Schwimmbad knobelten die Männer am späteren Nachmittag mit Streichhölzern aus, wer das Frosch-T-Shirt anziehen sollte. Die Wahl traf Florian.

»Eigentlich wäre es mir lieber, einer aus dem Team würde das Hemd tragen«, überlegte Zoffinger.

»Ist doch vollkommen egal«, hielt Florian dagegen. »Da es sich ohnehin um keinen offiziellen Polizeieinsatz handelt, kann ich genauso gut wie jeder andere den Lockvogel spielen.«

Das vierköpfige Polizistenkleeblatt lief auf der von Gras bedeckten Wiese des Schwimmbads ein, als eine Gruppe von Freaks auf der Bühne mit dem Soundcheck beschäftigt war. Auf einer Runde über das Festivalgelände sollte erst einmal das Terrain sondiert werden. Die einzige Chance, mit einem Giftfroschkunden in Kontakt zu kommen, war Florians T-Shirt, das er präsentierte wie den angesagtesten Modehit des Jahres. Worauf alle hofften, blieb aus. Während Zoffingers Kollegen sich in der ›Flach am Bach‹-Bar erst einmal ein eiskaltes Appenzeller Bier genehmigten, ging Zoffingers zweibeiniger Köder auf eine zweite Platzrunde. Enttäuscht kam er zurück.

»Vielleicht ist es noch zu früh. Auf solchen Events geht erfahrungsgemäß erst gegen später der Punk ab«, tröstete er sich selbst.

Kurz nach 18 Uhr kündigte ein Marktschreier den Beginn des musikalischen Abendprogramms an. Ein Duo aus dem Kanton Uri, das aus seinen üppigen Tätowierungen kein Geheimnis machte, sorgte für den Auftakt. Farbige Lichteffekte zuckten über die Bühne. Die umfunktionierte Liegewiese füllte sich immer mehr. Zoffinger und Kollegen hatten Glück und sicherten sich eine der hölzernen Kabelrollen, die als Tische dienten. Nach Sonnenuntergang zündeten die Veranstalter mehrere Feuerfässer an, die den Festivalplatz in eine tolle Atmosphäre tauchten. Einer der Freizeitkriminalisten kam mit Schnitzelbroten und Crêpes von der Versorgungsstation im Festzelt zurück und knallte das Serviertablett auf den improvisierten Tisch.

»Ihr glaubt nicht, was ich eben gesehen habe. Hinten im Festzelt hockt ein Kerl, der das gleiche T-Shirt wie Florian trägt: ›Rettet den Regenwald‹. Darunter ein gelber Frosch.«

Ein paar Augenblicke lang verharrte Zoffingers Truppe in Schockstarre. Dann brach um den Kabelrollentisch das Gelaber los. Ein untauglicher Vorschlag hetzte den nächsten. Wie schon am Tag zuvor im Kommissariat ging es um die Frage, wie dem mutmaßlichen Hintermann des Froschhandels beizukommen war. Man war sich nur über eines einig: Der Kerl im Festzelt war der Kontaktmann. Ihn direkt ansprechen? Hätte er behauptet, von einem Giftfrosch-Deal nichts zu wissen, wäre die Angelegenheit erledigt gewesen. Lockvogel Florian mit seinem Frosch-T-Shirt ins Zelt zu schicken und darauf zu warten, dass der Kerl mit ihm Kontakt aufnahm, wurde verworfen, weil Zoffinger eine neue Idee hatte.

»Ihr beide«, wandte er sich an seine Kollegen, »ihr könnt noch bleiben oder euch verabschieden. Florian und ich halten die Stellung. Wir setzen uns ins Festzelt und behalten den Kerl im Auge, bis er geht. Dann folgen wir ihm und finden heraus, wo er wohnt und wie er heißt. Ihr könnt mein Auto nehmen.«

Zoffinger schälte sich aus seiner Jacke und reichte sie Florian.

»Zieh sie dir über. Die Idee mit dem Lockvogel-T-Shirt hat sich erledigt.«

Im Festzelt war noch Platz, weil sich die meisten Besucher im Freien in der Nähe der Bühne aufhielten. Sie setzten sich so hin, dass sie ihr Beobachtungsziel ständig im Blick hatten. Florian war so aufgeregt, dass er seine Anspannung in Appenzeller Bier zu ertränken versuchte.

»Hast du mir etwas ins Bier getan?«, nuschelte er zu fortgeschrittener Stunde.

»Wenn ich dich ausschalten wollte, hätte ich dir schon längst einen Bierkrug über den Schädel gehauen«, meinte Zoffinger. »Vielleicht hättest du nach dem Fünften oder Sechsten die Handbremse ziehen sollen.«

»Du glaubst also, ich sei besoffen!«

»Das glaube ich nicht nur. Das weiß ich sogar. Nimm dir ein Taxi nach Hause. Ich kümmere mich um den Rest.«

Zoffingers Einsatz gestaltete sich unspektakulär, nachdem Florian die Heimfahrt angetreten hatte. Die letzte Band des Abends stand schon auf der Bühne, als sich die Zielperson mit dem Regenwald-T-Shirt am Tisch hochstemmte und auf instabilen Beinen dem Ausgang zustrebte.

Der Kerl nahm den Weg, der direkt am Seerhein in das nur 500 m entfernte Gottlieben führt. Wenige Schritte außerhalb des Festgeländes verschwand er in den Büschen und tauchte nach einer Weile wild fluchend wieder auf, weil er im Kampf gegen den Hosenreißverschluss offenbar den Kürzeren gezogen hatte. Zoffinger folgte ihm in gebührendem Abstand. Sollte er sich den angeschlagenen Zustand des torkelnden Nachtwanderers zu Nutzen machen und ihn ausfragen? Schließlich entschied er sich anders und blieb dem nächtlichen Spaziergänger auf den Fersen, der schließlich auf ein stattliches Wohnhaus zusteuerte. Nach einer halben Ewigkeit schaffte er es in seinem angetütelten Zustand endlich, die Haustür aufzusperren. Zwei Minuten später ging in der Wohnung im zweiten Stock das Licht an. Zoffinger knipste ein winziges LED-Lämpchen an seinem Schlüsselbund an und richtete den Lichtstrahl auf die zum Teil überklebten Klingelschilder. Im zweiten Stock wohnte Rudi Laurin.

Zufrieden mit dem Ergebnis seiner nächtlichen Recherche bummelte er auf das Open-Air-Gelände zurück. Die Nacht war lau, und zur Soap-Opera-Stimmung fehlte nur noch ein sich im Seerhein spiegelnder Vollmond. Zoffinger dachte an Lore, als ihm ein eng umschlungenes Pärchen entgegenkam. Seit dem Lebewohl im Stadtgarten hatte er nichts mehr von ihr gehört. Manchmal, wenn er in der Stadt unterwegs war, hatte er insgeheim gehofft, ihr über den Weg zu laufen. Aber vorbei war vorbei.

Auf dem Parkplatz beim Open-Air-Gelände bestellte er sich ein Taxi, weil er müde war und keine Lust auf einen weiteren Nachtspaziergang hatte. Auf der Konstanzer Straße staute sich der Verkehr vor dem normalerweise unbesetzten Tägerwiler Zoll. Der Taxifahrer wusste Bescheid. Die Schweizer Polizei war mit den Kollegen von der Eidgenössischen Zollverwaltung auf Drogenjagd.

»Ihren Ausweis bitte!«

Der Beamte leuchtete mit einer Taschenlampe in den Fond des Wagens. Siedend heiß fiel Zoffinger in dieser Sekunde ein, dass er seine Jacke, in der sein Ausweis steckte, Florian ausgeliehen hatte.

»Dann muss ich Sie bitten, zur Personenkontrolle auszusteigen. Folgen Sie mir bitte ins Zollgebäude.«

Zoffinger hatte sich nach einer kurzen Fahrt schon im Bett gesehen. Jetzt bezahlte er das Taxi, drückte dem frustrierten Fahrer nach der Ein-Kilometer-Tour ein Trinkgeld in die Hand und folgte dem Beamten in die Zollstation. Drinnen ging es zu wie auf der Reeperbahn. Ein gutes Dutzend Nachtschwärmer stand und hockte herum und laberten lautstark über die Sinnhaftigkeit solcher Kontrollen. Dass die verbal aufgeheizte Atmosphäre mit dem stattlichen Alkoholpegel oder anderen Stimulanzien zu tun hatte, lag auf der Hand. Der Kommissar hatte keine Lust, sich an dem Gequatsche zu beteiligen und verzog sich in eine hintere Ecke. Kaum saß er dort, holte ihn ein Uniformierter in ein kleines Separée.

»Sie behaupten, Sie sind Paul Zoffinger, wohnhaft in Konstanz. Richtig?«

»Richtig!«

»Wie oft gibt es Sie eigentlich hier am Bodensee?«

Zoffinger verstand die Frage nicht.

»Seltsamerweise haben wir schon einen Paul Zoffinger hier«, meinte der Beamte und langte in eine Schublade. »Im Gegensatz zu Ihnen kann er sich sogar ausweisen. Hiermit!«

Er wedelte mit einem Ausweis vor Zoffingers Nase herum.

»Allerdings muss ich zugeben, dass das Foto eher Ihnen als Ihrer Zweitausgabe ähnelt. Ein Blick genügt: Sie beide sehen sich etwa so ähnlich wie Goofy und Biene Maja. Ich frage mich natürlich, wie der Mensch zu diesem fremden Ausweis kommt. Außerdem haben wir bei ihm einen Dienstausweis der Konstanzer Kriminalpolizei gefunden, der auf den Namen Paul Zoffinger ausgestellt ist. Grund genug für unser Misstrauen.«

Zoffinger sprang von seinem Stuhl auf und starrte durch das Fenster auf den johlenden Haufen der nächtlichen Zollgäste.

Vom Appenzeller Bier ausgeknockt, hockte dösend ein Kerl mit angezogenen Beinen auf dem Boden: Florian. Der Kommissar ordnete seine Gedanken.

»O.k.!«, beschwichtigte er den Schweizer. »Es handelt sich um ein Missverständnis. Ich kann Ihnen erklären, was vorgefallen ist.«

Wie sich herausstellte, war Florian auf der Taxifahrt nach Konstanz ebenso wie der Kommissar in die Kontrolle geraten, hatte in seinem angeschickerten Zustand in die geliehene Jacke gelangt und dem Schweizer Beamten den Ausweis des über 20 Jahre älteren Kommissars unter die Nase gehalten, was selbst einen sehuntauglichen Maulwurf in Alarmstimmung versetzt hätte.

Es dauerte fast zwei Stunden, bis die beiden Freunde alle Zweifel an ihren Identitäten klären konnten.

»Sie sind also Kommissar bei der Konstanzer Kriminalpolizei. Ahaaa! Waren Sie heute beruflich in der Schweiz?«, wollte der Beamte wissen.

Zoffinger roch den Braten und hätte einen Teufel getan, den wahren Grund für den Open-Air-Besuch zu verraten.

»Nein, natürlich nicht. Ich war auf dem Open-Air-Festival im Badi.«

»Und dazu brauchen Sie Ihren Dienstausweis?«

»Den habe ich immer dabei. Ich nehme nicht an, dass ich damit gegen Schweizer Gesetze verstoße.«

Wortlos reichte der Beamte die Dokumente zurück. Wahrscheinlich war er durch die nächtliche Kontrolle genauso genervt wie seine ›Gäste‹. Jenseits der Grenze in der Gottlieber Straße zeigte eine Uhr vor einem Geschäftshaus kurz nach 2 Uhr an, als sich Zoffinger und Florian trennten – der Kommissar nach links, der Schriftsteller-Azubi nach rechts.

»Schaffst du es alleine nach Hause?«

»Hab bereits mein körpereigenes Navi eingeschaltet«, laberte Florian. »Wenn noch irgendwo ein Laden offen hätte, würde ich dich auf einen Absacker einladen.«

»Wenn die Apotheke dort drüben an der Ecke noch offen hätte, würde ich dich auf eine Schachtel Aspirin einladen«, entgegnete Zoffinger in weiser Voraussicht. »Komm gut nach Hause. Wir telefonieren morgen.«

Er dankte dem Himmel, dass die Konstanzer Gastronomie dicht war und die Nacht schon längst die Bettdecke über der Stadt ausgebreitet hatte.

10
GIFTIGE SPUREN

Kaum war die nächtliche Kontrolle am Tägerwiler Zoll verdaut, hatte Zoffinger schon wieder mit der Schweizer Polizei zu tun. Dieses Mal ganz offiziell. Nachdem sich das Internet über Rudi Laurin ausschwieg, rief der Kommissar seinen Kollegen André Odermatt von der Kantonspolizei Thurgau an.

»Ich wäre schon wieder auf deine Hilfe angewiesen. Es geht um einen gewissen Rudi Laurin, wohnhaft in Gottlieben. Ich müsste wissen, um wen es sich bei ihm handelt, wo er arbeitet usw.«

»Darf ich fragen, in welchem Zusammenhang dich das interessiert? Geht es immer noch um Büri & Sandofo?«

»Das wissen wir noch nicht. Vielleicht kannst du uns auf die Sprünge helfen. Wir halten es für wahrscheinlich, dass dieser Laurin in unseren Giftfroschfall verwickelt ist. Vielleicht hat der Kerl mit dem Tierlabor von Büri & Sandofo in Gottlieben zu tun.«

»Meiner Meinung nach ist Büri & Sandofo sauber. Das habe ich dir schon bei unserem letzten Treffen erzählt. Aber wie heißt es so schön: Man hat schon Pferde kotzen sehen.«

»Lass mich einfach wissen, was du herausfindest. Vorab schon mal herzlichen Dank für deine Hilfe.«

Der Schweizer Kollege nahm sich Zeit, bis er Zoffinger über das Ergebnis seiner Ermittlungen informierte. Rudi Laurin war ein 32-jähriger lediger Schweizer Biologe, der seit zwei Jahren im Tierlabor von Büri & Sandofo arbeitete und eine makellose Vita aufwies. Er hatte sich auf die Forschung an biogenen Giften spezialisiert, also auf von pflanzlichen wie tierischen Organismen produzierte Toxine. Ziel seiner Tierversuche war es, der schmerzlindernden Wirkung dieser Stoffe auf die Spur zu kommen und diese auf ihre pharmakologische Nutzung zu untersuchen.

Die Informationen aus der Schweiz waren signifikant. Mit Blick auf Laurins Jobbeschreibung war nicht auszuschließen, dass er insgeheim auch gefährliche Substanzen untersuchte, ohne diese Experimente an die große Glocke zu hängen. Im Tierlabor seiner Firma hatten die Schweizer Ermittler bei früheren Recherchen zwar keine Nachweise für solche Versuche gefunden. Was jedoch nicht bedeutete, dass der Biologe im Nebenjob nicht an Wunderdrogen bastelte.

Beweise fehlten, bis ein anderer Fall die Konstanzer Polizei auf Trab brachte. Bei einer Razzia stürmte eine Spezialeinheit im Industriegebiet einen Kampfsport- und Fitnessklub, der einer gewaltbereiten Rockergruppe als Klubhaus diente. Im Studio waren die Wände mit Fotos von stämmigen, glatzköpfigen Kerlen in schwarzen Trainingsanzügen gepflastert, die alle eine blutige Faust als Emblem auf der Brust trugen. An eisernen Ketten hingen Boxsäcke aus schwarzem Kunstleder von der Decke. An einem hautfarbenen Boxdummy hatten offenbar schon Generationen von Faustkämpfern ihre Aggressionen abreagiert. In einer Ecke stapelten sich blaue Polster, die Boxern bei Trainingskämpfen als Brust- und Bauchschutz dienen. Im Keller war ein Areal als Wettkampfarena für Kampfhunde abgegrenzt. Dass es dort zur Sache ging, bewies ein von Blutflecken überzogener Teppich. Eine Holzkiste voller Pflaster, Kompressen und Notfallmedizin diente vermutlich zur Behandlung verletzter Tiere. Um das Leiden tödlich verwundeter Vierbeiner zu beenden, lag ein Bolzenschussapparat dabei.

Zoffinger selbst hielt sich aus diesem Fall heraus. Bis die Schnüffler auf ein Depot stießen, das mit muskelaufbauenden und leistungssteigernden Präparaten mit klingenden Namen wie Heaven's Dust, Full Speed Cookies und Bizepsturbo ausgestattet war wie ein Dopingkiosk. Die speziellen Leckerli stammten zum Teil aus dem Onlinehandel, zum Teil von einer Firma, die im Kommissariat nur allzu gut bekannt war: Agilosan. Die Auswertung der Telefondaten des muskelbepackten Muckibudenbetreibers ergab, dass er sowohl mit Simon Prill im ehemaligen Kieswerk in Konstanz als auch mit Schweizer Branchenkollegen in Kontakt stand. Mit einem speziellen Lieferanten auch: Rudi Laurin in Gottlieben.

André Odermatt ließ sich von den neuesten Erkenntnissen der Konstanzer Kollegen überzeugen und stattete Laurin mit einem kleinen Team einen unangemeldeten Besuch ab. Zoffinger durfte an dem Einsatz als stiller Beobachter teilnehmen, weil er die Ermittlungen maßgeblich angeschoben hatte. Der Biologe bewohnte eine Drei-Zimmer-Wohnung, in deren Küche er anstelle von Fleisch, Fisch und Gemüse mit organischen Giftstoffen werkelte, als handele es sich um Pizzabeläge und Suppeneinlagen. Utensilien wie Messbecher, Glaszylinder und Pipetten bewiesen, dass sich der Küchenchef zu Hause sein Privatlabor eingerichtet hatte. Die Beamten vom Kriminaltechnischen Dienst packten alles ein, was nicht niet- und nagelfest war.

»Ich vermute, dass wir in ein Wespennest gestochen haben«, meinte Odermatt und ließ eine milchig grünliche Flüssigkeit in einem Glaskolben zirkulieren. »Irgendwie erinnert mich das an den tödlichen Schierlingsbecher von Sokrates. Oder an Kleopatra. In ihrem Fall war es allerdings eine Giftschlange, wenn ich mich recht erinnere.«

Schon die ersten Analysen bewiesen, dass Laurin nicht an Wald- und Wiesenanabolika arbeitete, sondern sich mit ungewöhnlichen Stoffen aus der Giftküche der Natur beschäftigte. Die Schweizer Experten stießen auf Substanzen, die im Gift des tropischen Kugelfisches enthalten sind. Zoffinger erinnerte sich an seinen unvergesslichen Besuch im Konstanzer Spezialrestaurant ›Fugu‹, das die Betreiber auf den japanischen Namen des tödlichen Meeresbewohners getauft hatten. Er konnte sich nicht mehr erinnern, ob in dem Lokal diese riskante Delikatesse angeboten wurde. Bestellt hätte er sie jedenfalls nicht, nach allem, was er über den brandgefährlichen Flossenträger bereits damals wusste. Als ihm Odermatt ein langes Fax mit den neuesten Untersuchungsergebnissen schickte, suchte sich der Kommissar Rat bei seinen eigenen Leuten.

»Plante dieser windige Laurin einen heimtückischen Giftanschlag, oder zu welchem Zweck hat er mit dem Zeug experimentiert?«, wollte er wissen.

»Wissenschaftler sind schon längst auf der Suche nach Alternativen zu gängigen Opioid-Schmerzmitteln, weil sie innerhalb kürzester Zeit süchtig machen können«, antwortete einer der Fachkollegen. »Wird das Fugu-Gift so verändert, dass es die Wirkstoffe im Körper von Patienten nur langsam und in winzigen Dosen freigibt, kann dadurch die Weiterleitung von Schmerzreizen gestoppt werden. Pharmakologen suchen händeringend nach solchen Alternativen für herkömmliche Schmerzmittel.«

»So betrachtet hätten die Pfeilgiftfrösche mit ihrem höllischen Sekret dem schrägen Biologen bestens ins Konzept gepasst«, vermutete Zoffinger.

André Odermatt hatte es nicht bei der Durchsuchung der Laurin-Wohnung belassen. Er nahm auch dessen private Finanzen unter die Lupe. Naheliegend war, dass der Giftmischer seine Freizeitbeschäftigung nicht aus Jux und Tollerei betrieb. Dabei stellte sich heraus, dass er seit vier Monaten von einem lettischen Konto regelmäßige Überweisungen bekam. Zoffinger war alarmiert, als er davon erfuhr. Lettisches Konto? Überweisungen für was? Die Vermutung, dass der Lette Andris Balodis damit zu tun hatte, drängte sich auf.

In den Unterlagen Laurins hatten Odermatts Hilfstruppen eine aufschlussreiche Rechnung für ein ›Incentive‹-Event gefunden. Die Gourmetprofis einer Frauenfelder Catering-Firma hatten Schlemmerplatten mit Auberginenröllchen, Räucherlachs, Schweizer Pouletspießchen und gebratenen Feigen auf Thymianhonig in den Segelclub Ermatingen bei Gottlieben geliefert – nicht für eine große Party im Clubhaus, sondern für einen vergnüglichen Segeltörn von sechs Personen. Der Genussmensch Zoffinger zeigte sich durchaus angetan von den Leckerbissen, als er davon erfuhr. Noch interessanter war für ihn aber die Jacht, auf der die Gruppe über den Bodensee schipperte. Es handelte sich um eine alte Bekannte: ›Lili Marleen‹.

Bei den weiteren Ermittlungen stellte sich heraus, dass Laurin kein knochenharter Krimineller, sondern eher ein Verführter war, der in schlechte Gesellschaft geraten war. Die Kohle, die er von Balodis für sein Engagement bekommen hatte, schätzte er zwar. Im Vordergrund stand für den Biologen offenbar aber nicht das Geld, sondern die Erfüllung eines Traumes: die Erfindung eines Schmerzmittels ohne Nebenwirkungen. Als er sich bei dem Segeltörn auf der ›Lili Marleen‹ darüber mit Andris Balodis unterhielt und der Lette quasi in einem Nebensatz von der Wirkungsweise von Froschgift erfuhr, war ein neues Kapitel der Kooperation aufgeschlagen – Balodis würde für das Rohmaterial, also Pfeilgiftfrösche, sorgen, Laurin wollte sich um das pharmakologische Potenzial der giftigen Hüpfer kümmern. Dass sich der Froschdieb Ronny Kaltenbach bei seinem Einbruch im SeaLife-Center selbst tödlich vergiftete, machte einen dicken Strich durch diese Geschäftspläne.

Zoffinger brachte Fotos mit, die er in der Drogenküche von Rudi Laurin aufgenommen hatte. Als er sie einem Chemiker aus seinem Team zeigte, fiel dem sofort ein Poster der Comicfigur Popeye auf, das neben dem Küchenfenster an der Wand klebte.

»Kannst du dir einen Reim darauf machen, warum der Seemann mit den muskelbepackten Unterarmen in der Küche hängt?«

Zoffinger grübelte.

»Vielleicht ist Laurin ein Popeye-Fan, so wie andere auf Asterix, Spiderman oder die Peanuts stehen.«

»Glaube ich nicht«, entgegnete der Experte. »Sobald Popeye Superkräfte braucht, schüttet er sich eine Dose Spinat in den Mund. Mag ja sein, dass Kindern damit der Konsum von grünem Gemüse schmackhaft gemacht werden sollte. Aber die Sache hat einen interessanten Hintergrund. Spinatblätter enthalten den Inhaltsstoff Ecdysteron, ein pflanzliches Phytosteroid, das für einen deutlichen Zuwachs an Muskelmasse und Kraft sorgt.«

»So gesehen wäre Spinat also ein ideales Dopingmittel«, überlegte Zoffinger. »Wieviel davon müsste man pro Tag essen, um Muckis nachhaltig aufzubauen?«

»Kiloweise, jedenfalls so viel, dass dir der Appetit bald vergehen würde. Aber findige Pharmatüftler haben einen

Ausweg aus der Bredouille gefunden. Ecdysteron gibt es längst in Pillenform, was den Konsum einfach macht.«

Rudi Laurin wurde von den Schweizern ordentlich durch die Mangel gedreht. André Odermatt wusste, dass sein Konstanzer Kollege schon längere Zeit gegen illegale Pillendreher ermittelte. Deshalb lud er Zoffinger ein, an der Vernehmung Laurins teilzunehmen.

»Wie sind Sie überhaupt auf die Idee mit den Giftfröschen gekommen?«, wollte Odermatt wissen.

»Dem Sohn einer Freundin habe ich zum 14. Geburtstag einen Besuch im SeaLife-Center in Konstanz geschenkt«, erzählte Laurin. »Dabei bin ich auf das Terrarium mit den Giftfröschen aufmerksam geworden. Danach habe ich mich in der Fachliteratur mit den toxischen Sekreten südamerikanischer Frösche beschäftigt. Indigene Völker kennen das Gift schon lange. Sie nutzen es nicht nur bei der Jagd mit vergiften Pfeilen.«

Laurin beugte sich über den Tisch.

»Der Clou ist etwas anderes. Die Indianer setzen es auch zur persönlichen Leistungssteigerung ein – um Wachheit und Aufmerksamkeit zu schärfen und die Konzentration zu potenzieren.«

»Das hat Sie auf die Idee gebracht, eine aufpeitschende Underground-Droge für Bodybuilder herzustellen?«

»Nicht nur das«, gestand Laurin freimütig. »Ich habe Berge von Veröffentlichungen gewälzt. In einer Zeitung bin ich auf einen Artikel über Pferderennen in den USA gestoßen. Mehrere Trainer sollen ihre Tiere mit Froschgift gedopt haben.«

»Dann sind Sie auf eine glorreiche Idee gekommen. Was einem Pferd Beine macht, kann auch einem Menschen auf die Sprünge helfen. Richtig?«

»So ähnlich«, gab Laurin zu. »Leistungssteigerung ist in

modernen Gesellschaften ein allgegenwärtiges Phänomen. Nicht nur im Sport. Auch im Beruf werden Top-Leistungen gefordert. Hirndoping und Stressabbau mit Drogen ist an der Tagesordnung. Unter Managern ist der abendliche Rotwein beim Geschäftsessen und der Absacker an der Hotelbar nach wie vor ein probates Mittel zum Druckausgleich. Aber statt Alkohol darf es immer öfter auch eine Pille oder eine Kokain-Line sein.«

Laurin gönnte sich eine Atempause.

»Ein neuer Trend beim Drogenkonsum nennt sich Microdosing. Psychedelika werden in so geringen Portionen verabreicht, dass spürbarer Rausch verhindert und nur die anregende Wirkung einer Droge genutzt wird. Also keine Zuckungen, keine Muskelkrämpfe, keine Unruhe, weder Verfolgungswahn noch Koordinationsstörungen. Stattdessen Bewusstseinserweiterung und Abbau von Depressionen und Angstzuständen.«

»Und schon bin ich in meinem Job kreativer, mein Ideenfluss steigert sich zu einem mächtigen Strom und mein Gefühlszentrum schlägt Purzelbäume?«, bohrte Zoffinger nach.

»Kommt drauf an«, meinte Laurin. »Das hängt von den Substanzen, der Dosierung, der persönlichen Verfassung und anderen Faktoren ab. Längst gelten Präparate, zu deren Inhaltsstoffen auch Amphibiengift gehört, als Powerdroge. An sportlichen Wettbewerben beteiligen sich nachweislich immer mehr Freizeitsportler, die ihre Fitness mit pharmakologischer Unterstützung steigern wollen. In esoterischen und naturheilkundlichen Zirkeln schätzen Schamanen und ihre Neohippie- und Yoga-Freak-Kundschaft die neuen Wundermedizinen als Biowaffe zur Reinigung der Psyche und zur Bekämpfung schwerer Krankheiten.«

»Wo sind wir hingekommen?«, klagte Zoffinger. »Wenn

ich mir vorstelle, dass beim Konstanzer Altstadtlauf auf dem Stephansplatz eventuell Horden von Amateuren an den Start gehen, die sich eine gute Platzierung durch den Griff in den Apothekenschrank sichern, wird mir ganz zweierlei.«

Als Zoffinger wieder im Kommissariat am Schreibtisch saß, ging ihm zwar die Vernehmung von Rudi Laurin noch einmal durch den Kopf, aber so richtig konzentrieren auf den Fall konnte er sich nicht, weil ihn ständig das Fiasko mit Lore beschäftigte. Er war ein umgänglicher, kontaktfreudiger Typ, kein Partylöwe, aber ein Mensch, der die Gesellschaft anderer schätzte. Nach der erlittenen Beziehungskatastrophe hatte er sich jedoch rar gemacht, sich eingeigelt. Treffen mit seinem Freundeskreis wurden seltener. Selbst Florian bekam ihn kaum mehr zu sehen. Stattdessen zog Zoffinger in schlaflosen Nächten durch die Straßen oder drückte sich in Kneipen herum, in denen ihn niemand kannte und sich keiner um ihn kümmerte. Wunden lecken war angesagt.

Abends saß er wieder einmal in einer schmuddeligen Kaschemme. Der Tresen hatte schon so lange keinen Wischlappen mehr erlebt, dass die Bierdeckel festklebten wie angeleimt. Zoffinger war das egal. Er hatte mit sich selbst und seinem Schmerz zu tun. Trübsal blasen kam bei ihm höchst selten vor. Aber er erinnerte sich daran, dass er vor Jahren nach dem Unfalltod seiner Frau auch in ein abgrundtiefes Loch gefallen war. Ähnlich wie jetzt, da er die gescheiterte Beziehung mit Lore verarbeiten musste. Tagsüber bereitete ihm das weniger Probleme, weil er in seinen diversen Fällen Ablenkung fand. Quälend wurde es jedoch an den langen, zähen Abenden, wenn ihn die Erinnerungen an die gemeinsamen Stunden mit Lore einholten.

Hinten in der Kneipe lieferten sich ein paar Altrocker

um einen Billardtisch schwere Gefechte. Die Musikbox blökte einen Ohrwurm nach dem anderen in den Bierdunst – von Helene Fischers ›Atemlos‹ bis Roger Whittakers ›Abschied ist ein scharfes Schwert‹. Am anderen Ende des Tresens hockte ein bulliger Kerl in Tarnklamotten vor einer Schnapsbatterie. Irgendwann stieg der Einzelkämpfer unbeholfen von seinem Hocker, stakte breitbeinig wie ein Krabbenfischer an die Musikbox und pulte einige Münzen aus den Tiefen seiner Hosentasche. Ein paar Augenblicke später füllten ein paar Trompetenstöße den Raum. Dann setzte die Stimme von Lale Andersen ein: »Vor der Kaserne vor dem großen Tor, stand eine Laterne und steht sie noch davor ...«

Der Song traf Zoffinger ins Mark. Plötzlich war wieder alles da. Er erinnerte sich, wie Lore einmal seine Balkongeranien gepflegt hatte und dabei das alte Soldatenlied summte, aber gar nicht recht wusste, woher sie die eingängige Melodie kannte. Dann kam ihm das letzte deprimierende Treffen mit ihr in den Sinn. Er sah sie beim Abschied im Konstanzer Stadtgarten vor sich, wie sie mit hängenden Schultern wegging und in der wuselnden Menge der Spaziergänger verschwand. Hätte er ihr verzeihen können oder sollen? Wäre ihr Verhältnis nach dem Vertrauensbruch überhaupt zu kitten gewesen?

›Du musst dich damit abfinden‹, hämmerte es in seinem Schädel.

›Akzeptiere, was du nicht ändern kannst.‹

Der Kerl hinter dem Tresen schob ihm ein neues Glas hin. Zoffinger hätte ihm für seinen mitleidigen Blick eine reinhauen können. Hastig stürzte er das Bier hinunter, ließ einen Schein auf dem pappigen Tresen liegen und trat in die Nacht hinaus, die sich zwischen spätem Abend und frühem Morgen noch nicht so recht entscheiden konnte.

Seinen engsten Freunden war natürlich nicht verborgen geblieben, wie sehr er unter dem Beziehungsaus litt. Florian hatte ihn mehr als einmal zu einer Kneipenrunde eingeladen – erfolglos. Karin und Vera spielten mit dem Gedanken, ihm quasi als Partnerersatz einen Hund zu schenken, verwarfen die Idee dann aber aus praktischen Gründen. Sogar Rolf Riedle warf sich in die Bresche, um seinen Freund aufzuheitern. Er steckte ihm einen Wisch mit Kalenderweisheiten in den Briefkasten:

»Das Leben ist zu kurz, um traurig zu sein. Falls dir das Wasser bis zum Hals steht, lass besser den Kopf nicht hängen. Gurgelgurgel!«

Da Zoffinger Riedle schon seit Langem nicht mehr gesprochen hatte, rief er ihn an, um sich für die aufmunternden Worte zu bedanken. Nach dem vierten oder fünften Versuch gab er auf. Der Kerl war einfach nicht zu erreichen, auch in der Redaktion von Radio Grenzland nicht. Seine Kollegen wussten, dass er sich ein paar Tage Urlaub für einen medizinisch-psychologischen Selbstversuch genommen hatte. Zoffinger war mit den hirnrissigen Aktionen seines Freundes bestens vertraut und befürchtete das Schlimmste. Wo er Versuchskaninchen spielte, war nicht bekannt.

Abends klingelte es an Zoffingers Wohnungstür. Draußen stand Rolf Riedle in seinem abgewetzten Parka, als sei er äußerst knapp einer modischen Umerziehungskampagne entkommen.

»Ich brauche dringend einen Krug Most. Es dürften unter Umständen auch zwei sein«, röchelte er und ließ sich im Wohnzimmer auf das Sofa fallen.

»Was ist denn los? Du siehst ja außerirdisch aus«, meinte Zoffinger.

»Außerirdisch! Genau das richtige Wort. Ich war drei

Tage auf einem fremden Planeten. An meiner galaktischen Entdeckungsreise bist du übrigens nicht ganz unschuldig.«

In epischer Breite erzählte er, wie er von Zoffingers Giftfroschfall erfahren hatte. Am Thema interessiert, war er beim Stöbern im Internet auf einen Schamanenzirkel gestoßen und hatte in einem abgelegenen Waldstück auf dem Bodanrück an einem Workshop teilgenommen.

»Das war der Hammer«, erzählte er. »Wir waren eine Gruppe von sieben Leuten. Einen ganzen Tag lang hat uns ein glatzköpfiger Guru darüber aufgeklärt, welche Krankheiten eine Behandlung mit winzigen Froschgiftmengen ausmerzen kann – von Alzheimer über Diabetes und Darmkrebs bis Nagelpilz war so ziemlich alles dabei, was an deinem Korpus nagt. Auch Depressionen könnten damit behandelt werden, hieß es. Für mich kam eigentlich nur die Entwöhnung von Glimmstängel und blauem Dunst infrage. Meine Qualmerei geht mir schon lange auf den Wecker.«

»Und? Hat es geklappt?«

Zoffinger erntete einen verächtlichen Blick.

»Genauso gut hätte ich bei Vollmond Wadenwickel mit Erdbeermarmelade machen können.«

»Wie hat man dir das Froschgift verabreicht? Als Tropfen oder per Spritze?«

»Wenn ich gewusst hätte, was auf mich zukommt, hätte ich die Finger davon gelassen. Aber die Infos im Internet waren ziemlich kümmerlich.«

Er krempelte einen Hemdärmel hoch und präsentierte seinen Unterarm mit einem halben Dutzend kleiner, roter Stellen wie entzündete Mückenstiche.

»Auf dem Rücken und an den Waden habe ich auch noch welche. Mit einem glühenden Holzstäbchen hat mir der selbst ernannte Urwalddoktor diese Löcher ins Fell gebrannt, bis sich kleine Bläschen bildeten. Dann hat er die frischen Wunden aufgekratzt und das Froschsekret einfach hineingerieben.«

»Hast du eine Ahnung, woher er das Gift hatte?«

»Unfreiwilliger Spender war ein lebender gelbgrüner Frosch, wie ein Gekreuzigter an vier Stiften auf einem Holzbrett befestigt. Mit einem Stöckchen brachte ihn der Zeremonienmeister auf Touren, um die Produktion von giftigem Sekret zu stimulieren. Dann tupfte er das Toxin ab und rieb es in meine Miniwunden.«

»Hast du etwas gespürt?«

Rolf Riedle verzog das Gesicht zu einer Ekelmiene.

»Ich? Gespürt? Dem nur temporär gekreuzigten Frosch ging es nach der Prozedur garantiert besser als mir. Ihm passierte gar nichts. Mir ist das Scheißzeug innerhalb von Sekunden wie eine Höllendroge in die Blutbahn gefahren. Herzrasen, dass ich dachte, mir springt die Pumpe aus den Ohren. Dann ein Hitzeanfall wie nach einem Bad in einem aktiven Vulkankratersee. Schwellungen am Hals und im Gesicht, als hätte ich zu lange in einen Bienenstock geglotzt. Als krönender Abschluss eine viertelstündige Kotzorgie vom Feinsten. Ein Zeichen der inneren Reinigung, beruhigte mich der meschugge Therapeut. Zwischendurch hat es mir ein paar Mal den Boden unter den Füßen weggezogen. Als der Spaß vorbei war, fühlte ich mich, als hätte mir eine schlagfertige Motorradgang die Fresse poliert.«

»Hast du dich mittlerweile von der Prozedur erholt?«

»Na ja, so richtig zeugungsfähig komme ich mir immer noch nicht vor«, gab Riedle zu und langte nach seinem Glas. »Vielen Dank übrigens für dieses Therapeutikum! Eigentlich wollte ich mich erkundigen, wie es dir nach dem K.o. mit Lore geht.«

»Macht mir immer noch Probleme«, gab Zoffinger zu. »Irgendwie hatte ich von Anfang an das Gefühl, dass wir Seelenverwandte waren, uns blind verstanden. Bis zu dem Vertrauensbruch, der mich traf wie ein brutaler Tritt in die Familienzentrale. Aber damit muss ich jetzt alleine zurechtkommen. Wie heißt es so schön? Die Zeit heilt alle Wunden. Kommt nur drauf an, ob ich Wochen, Monate oder Jahre investieren muss.«

Zoffinger nahm einen tiefen Schluck.

»Lass uns lieber über etwas anderes reden.«

»Wäre mein Vorschlag auch, bevor uns das Heulsusensyndrom ereilt«, meinte Riedle. »Wie läuft es eigentlich mit deinen diversen Fällen? Alles roger?«

»Die Pharmaverbrecher, die ich auf dem Schirm habe, scheinen nervös zu werden. Vor zwei Wochen bekam ich einen wattierten Umschlag zugeschickt. Sah zunächst aus wie eine Warenprobe. Tatsächlich handelte es sich um eine Medikamentenschachtel mit von Hand aufgemaltem Totenkopf. Der Beipackzettel ließ keinen Zweifel: ›Wer sich in Gefahr begibt ...‹ Das war eine ähnliche Botschaft wie damals, als meine Haustür mit Strohballen verrammelt und mir durch die Blume gedroht wurde, mein Wohnhaus abzufackeln.«

»Einen Verdacht, wer dir diesen Liebesbrief geschickt hat?«

»Da muss ich nicht lange nachdenken. Eigentlich hätten die Absender auch unterschreiben können. Dass der kriminelle Pharmaring um Andris Balodis und Tobias Wegner dahintersteckt, ist sonnenklar. Man will mich einschüchtern, weil ich den beiden Typen immer näherkomme. Aber die haben eines nicht auf ihrer Rechnung ...«

Riedle riss die Arme hoch. »Die legendäre Verbissenheit und Sturheit von Paul Zoffinger.«

Der Kommissar stand auf und verneigte sich theatralisch vor seinem Gegenüber. Rolf Riedle kicherte immer noch, als er den Hausherrn, einen leeren Krug Most und zwei benutzte Gläser zurückließ, um sich auf den Heimweg zu machen.

Was Riedle über seine Gifttherapie erzählt hatte, passte haarscharf in Zoffingers Ermittlungsszenario. Der gewissenlosen Pharmabande um Balodis und Wegner ging es nicht mehr nur um betrügerische Geschäfte mit herkömmlichen Fake-Medikamenten, sondern um den Einstieg in den explodierenden lukrativen Markt mit Dopingpräparaten. Was der Spitzensport hinsichtlich Leistungswahn vormachte, hatte längst auch öffentliche Sportplätze, Fitnessstudios, Bankentürme und Büroetagen erobert – der Sixpack und die zugedröhnte Birne als Statussymbol für fit, cool und erfolgreich.

Ein paar Tage nach dem abendlichen Besuch wollte Zoffinger bei dem Schamanenzirkel auf dem Bodanrück nachhaken, um herauszufinden, woher der Gifttherapeut den Toxifrosch überhaupt bezogen hatte. Eine Telefonnummer oder eine Adresse konnte er nur von Riedle selbst erfahren, weil die betreffende Seite im Internet nicht mehr existierte. Aber weder per Telefon noch in seiner Wohnung und auch nicht bei seinem Sender war Riedle zu erreichen. Er sei für zehn Tage in die USA geflogen, sagte man ihm.

Erst zwei Wochen später ließ der Kultmoderator von Radio Grenzland wieder von sich hören – dieses Mal per Telefon vom Frankfurter Flughafen aus.

»Paul! Du musst mich raushauen. Ich komme eben aus Amerika zurück. Die Typen vom Zoll haben mich hochgenommen. Kannst du dich vielleicht für mich in die Bresche werfen?«

»Wie viel Hasch haben sie in deinem Koffer gefunden?

Nur ein Pröbchen für den Privatgebrauch oder ein paar Kilo?«

»Von wegen Hasch! In meinem Gepäck haben sie außer dreckigen Klamotten und einer nagelneuen Jeans gar nichts gefunden. Aber ich hatte eine Halskette mit Krokodilzähnen umhängen. Ein toller und nicht gerade billiger Schmuck. Jetzt zicken die Zöllner blöd rum und haben sie mich wegen eines Verstoßes gegen den Artenschutz am Arsch.«

»Ich verstehe nicht ganz, was ich in dieser Sache für dich tun kann?«, meinte Zoffinger. »Soll ich dir die Rote Liste bedrohter Tierarten faxen?«

Rolf Riedle druckste herum.

»Na ja, Zoll und Polizei – da wäscht doch eine Hand die andere. Schließlich habe ich niemanden umgebracht, sondern mir nur die Beißerchen eines Krokodils umgehängt. Von den Viechern wuseln in den Everglades in Florida Millionen herum. Wenn also einem dann ein paar Zähne fehlen – was soll's! Mir sind auch schon zwei gezogen worden.«

»Prima Idee! Das würde ich den Zöllnern erzählen. Ruf deinen Zahnarzt an und lass dir deinen aktuellen Zahnstatus mailen. Vielleicht machst du damit bei den Beamten ein paar Punkte gut.«

»Wer den Schaden hat, braucht für den Spott nicht zu sorgen«, giftete Riedle. »Ich dachte eigentlich, dass du mir aus dieser Bredouille heraushelfen kannst.«

Zoffinger ging Riedles Geschwätz langsam, aber sicher auf den Wecker.

»Wie dir bekannt ist, bin ich Kommissar der Konstanzer Kriminalpolizei. Mit dem Zoll habe ich so viel zu tun wie mit dem Buggyverleih am Frankfurter Flughafen. Dir wird nichts anderes übrig bleiben, als die Halskette abzuschreiben und die fällige Strafe zu bezahlen.«

Nach Riedles Anruf hörte Zoffinger erst wieder von seinem Freund, als der zurück am Bodensee war – um ein paar Euro ärmer und um eine Erfahrung reicher. Und außerdem voller Tatendrang und neuer Ideen. Nach einer kleinen Rundreise an der Ostküste hatte Riedle in New York vier Tage lang sämtliche Sehenswürdigkeiten abgegrast. Gleich am ersten Tag war er spätnachmittags in einer Kneipe hängengeblieben, in der während der Happy Hour eine schwungvolle After-Work-Party über die Bühne ging. Das Tresenabenteuer hatte ihn so nachhaltig beeindruckt, dass er sich entschloss, das Happy-Hour-Konzept in abgeänderter Form in Konstanz unter die Leute zu bringen.

An einem Sonntagvormittag verteilte er vor dem Münster an herausgeputzte Kirchgänger Handzettel, mit denen er auf eine für den folgenden Tag geplante Radiosendung aufmerksam machte. Der Pfarrer zeigte sich wenig erbaut von der Aktion, konnte aber nichts gegen den Werbefeldzug unternehmen, weil Riedle seine potenziellen Zuhörer nicht direkt am Münstereingang, sondern in akzeptabler Distanz abpasste.

In seiner Rundfunksendung rührte der Radiomann die Werbetrommel für eine außergewöhnliche Happy Hour, die jeweils in der Nacht von Samstag auf Sonntag gelten sollte – im Zeitraum zwischen 2 und 5 Uhr in der Frühe. Für diese drei Stunden schlug der Moderator eine Reihe von Maßnahmen vor, die Bürgerinnen und Bürgern mehr persönlichen Freiraum einräumen und ein soziales Miteinander unterstützen sollten. Der Katalog umfasste folgende Vorschläge: beraterunterstützter Möbel- und Immobilienverkauf an Tankstellen und in Dönerimbissen, Raser-Flat für SUVs im gesamten Stadtgebiet, Aussetzung des Grußzwangs bei der Begegnung mit religiösen Würdenträgern und Beschäftigten des Finanzamtes, Erlaubnis für 24-stündige Laubbläsernutzung und Bankautomaten nicht mehr nur für Bargeld, sondern auch für Blumenzwiebeln, Schneeketten und Kondome.

Wie immer fanden Riedles Ideen ein geteiltes Echo bei den Hörern von Radio Grenzland. Die einen bejubelten den Juxkatalog, andere drohten, ihre Rundfunkgeräte aus dem Fenster zu werfen. Eine kleine Gruppe von militanten Riedle-Gegnern kündigte im Internet an, im Konstanzer Stadtgarten einen Wettbewerb für Radioweitwurf zu veranstalten. Eine Pro-Riedle-Fraktion hielt dagegen und plädierte dafür, den Moderator bei der kommenden Oberbürgermeisterwahl auf die Kandidatenliste zu setzen.

Von Vordenker Riedle selbst perlten sowohl die positiven wie die negativen Reaktionen auf seine Happy-Hour-Vorschläge ab wie Regenwasser von einem Ostfriesennerz. Er zog sich mit einem Kasten Bier und fünf Tüten Erdnussflips in seine Freak-Kommune zurück, um einen Erfahrungsbericht über seinen Selbstversuch mit Froschgift zu verfassen. Arbeitstitel: »In 80 Stunden auf einen fremden Stern und zurück.«

11
RÄTSELHAFTER
SCHWELIN-KASSIBER

Rolf Riedles Froschgiftexperiment hatte Zoffinger Kopfzerbrechen bereitet. Nicht in erster Linie, weil er sich Sorgen um den bekanntermaßen angegriffenen mentalen Zustand seines Freundes machte. Eher fragte er sich, wie der Schamane überhaupt an das Amphibiengift gekommen war. Eine schlüssige Antwort hätte bei der Lösung seiner diversen Fälle eine nicht unerhebliche Rolle spielen können. Natürlich war ihm klar, dass der Diebstahl der Pfeilgiftfrösche aus dem SeaLife-Center ein Sonderfall war und es andere Quellen für das toxische Sekret der Urwaldhüpfer geben musste. Abends setzte er sich zu Hause an seinen Rechner, um ungestört vom häufig hektischen Tagesbetrieb im Kommissariat in der ihm fremden Welt von Wunderheilern und Urwalddoktoren zu recherchieren.

Seriöse Wissenschaftler ließen sich ebenso wie dubiose Medizinmänner auf Tausenden von Internetseiten über das Froschgift sowie Anwendungsmöglichkeiten und Therapien für unterschiedliche Krankheiten aus, was zwar Zoffingers Wissenslücken füllte, für seine Ermittlungen im Großen und Ganzen aber belanglos war. Hellhörig wurde er allerdings, als er auf die Behauptung mancher Experten stieß, die toxische Wirkung des Froschsekrets habe unter Umständen lebensverlängernde Wirkung. Da war von der

Suche nach dem ewigen Leben die Rede, die die Menschheit seit Urzeiten beschäftigt, vom Traum von der ewigen Jugend, den sich manche mithilfe der grünen und gelben Regenwaldbewohner zu erfüllen hofften.

Der Internetausflug in die fremde Welt der Amphibien wäre für den Kommissar eine interessante und amüsante Lektüre geblieben, hätte er nicht von seinen Kollegen aus dem Betrugsdezernat einen bemerkenswerten Tipp bekommen. Bei ihnen hatte sich ein Imker von der Insel Reichenau gemeldet. Im Darknet war der Mann auf einen Wunderheiler aufmerksam geworden, der mit blumigen Worten und knackigen Slogans behauptete, mit aus Froschgift gewonnenen Substanzen quasi den Code des Lebens geknackt und den menschlichen Alterungsprozess umkehrbar gemacht zu haben.

Unter normalen Umständen hätte der bodenständige Kommissar das vollmundige Versprechen als Bockmist abgetan. Aber der Honighändler von der Reichenau hatte beiläufig erwähnt, dass der Wunderheiler in einer Künstlerkolonie auf der Halbinsel Höri lebe. Angezeigt hatte der Imker den spleenigen Kurpfuscher, weil der ihm offenbar völlig wirkungslose Präparate zu einem höllischen Preis angedreht hatte. Zoffinger bestellte den Bienenflüsterer ein, weil ihn die erwähnte Künstlerkolonie alarmierte und er ahnte, dass hinter der Angelegenheit mehr steckte, als auf den ersten Blick zu vermuten war.

Als ihm der Imker am Schreibtisch gegenübersaß, erkannte Zoffinger auf den ersten Blick, dass sein Gast die Sonnenseiten des Lebens entweder gar nicht oder nur gelegentlich aus weiter Ferne gesehen hatte. Er ähnelte einem, der zu lange mit einer kokainverliebten Heavy-Metal-Band durch die Lande gezogen war. Man brauchte ihm nur in sein zerfurchtes, stoppelbärtiges Gesicht zu sehen, um zu verstehen, dass ihm an der Chance auf eine Umkehr des körperlichen Zerfalls sehr gelegen war.

»Ich bin ein richtiger Blödi«, gestand der Besucher, kaum dass er Platz genommen hatte. »Eigentlich bin ich kein leichtgläubiger Trottel. Aber körperlich geht es mir nicht sonderlich gut. Die Heilsversprechen kamen mir in meiner Situation gerade recht. Natürlich habe ich nachgedacht und hatte Zweifel an den Beteuerungen. Aber dann sagte ich mir, wenn ich durch die Präparate schon nicht jünger werde, verhelfen sie mir vielleicht zu einem besseren Allgemeinzustand. Am Ende ging ich den verlockenden Sprüchen doch auf den Leim. Dumm gelaufen!«

»Sie sind, wenn ich meine Kollegen richtig verstanden habe, im Darknet auf die verheißungsvollen Zauberpräparate gestoßen.«

»Stimmt! Ein Verwandter hat mir den Tipp gegeben. Das Schlagwort ›Forever young‹ hörte sich ungemein reizvoll an. Wer würde nicht gerne auch im Alter unverbraucht und dynamisch bleiben!«

»Haben Sie die Anti-Aging-Drogen online bestellt?«

Der Imker schüttelte den Kopf.

»Ging nicht! Die Darknetseite bot diese Möglichkeit nicht an, weil der Onlinehandel den miesen Abzockern vielleicht zu riskant war. Immerhin handelte es sich um ein offiziell nicht zugelassenes Präparat. Was ja nicht unbedingt ein Beweis dafür ist, dass das Zeug nichts taugt.«

»Wenn nicht im Onlinehandel – wie haben Sie sich die Wunderwaffe dann besorgt?«

»Auf der Höri gibt es eine Klitsche, eine sogenannte Künstlerkommune. Reine Tarnung, das weiß ich mittlerweile. Ich habe in den Dörfern mit Einheimischen gesprochen. Die Banausen der Kommune stellen Firlefanz aus Schrott her und verscherbeln die primitiven Schweißarbeiten auf Flohmärkten. Das ist reine Tarnung. In Wirklichkeit brauen die Typen nutzlose Anti-Aging-Mittel zusammen, die unter dem Ladentisch verkauft werden.«

»Reden Sie von der Künstlerkommune Höri-Art?«

»Richtig, Höri-Art. So steht es auch auf der Seite im Darknet. Dass eine Künstlerkommune mit Anti-Aging-Mitteln in Verbindung gebracht wird, hört sich ja ziemlich schräg an. Aber der Auftritt im Darknet ist professionell gemacht. Ich dachte, dass sich der Begriff ›Art‹ nicht unbedingt auf die Herstellung von Kunsthandwerk beziehen muss. Wer hilfreiche Arzneimittel herstellt, ist ja auch eine Art Künstler.«

»Seit einer Polizeirazzia wissen wir, dass in der dubiosen Kommune mit Wildtierpräparaten experimentiert wird«, bestätigte Zoffinger. »Hat man Ihnen die Verjüngungspillen direkt auf dem alten Hofgut verkauft?«

»Nein. Die Typen von Höri-Art tingeln mit ihren Schrottteilen zu den Töpfer- und Kunsthandwerkmärkten am westlichen Bodensee. Auf der Darknetseite wird jeweils gepostet, auf welchem Markt der nächste Verkaufsstand steht, also etwa in Meersburg auf dem Schlossplatz in der Oberstadt, in Bodman-Ludwigshafen an der Uferanlage rund ums Zollhaus, in Uhldingen-Mühlhofen an der Strandpromenade, in Überlingen auf der Seepromenade oder in Radolfzell auf dem Abendmarkt. Wer sich nicht für die Metallskulpturen, sondern für die Wunderpillen interessierte, musste sich auf der Darknetseite als potenzieller Käufer einen Code holen wie eine TAN bei einer Bank. Nur mit diesem Code kann man sich als Apothekenkunde ausweisen. Für mich war das praktisch, weil ich auf den jeweiligen Märkten meist ohnehin mit meinem Honig präsent bin.«

»Wie sind Sie überhaupt auf die Idee gekommen, dass es

sich um gepanschte und damit um höchstwahrscheinlich wirkungslose Präparate handelte?«

Der Imker ließ den Kopf desillusioniert nach vorne sacken. Zoffinger überlegte, ob ihn das fehlinvestierte Geld oder das nicht gehaltene Heilsversprechen mehr schmerzte.

»Einer meiner Kegelbrüder ist Chemiker. Er hat zwei Pillen für mich auf ihre Bestandteile untersucht. Ergebnis: eine grandiose Mogelpackung! Zum größten Teil bestanden die Dinger aus Milchzucker. Genauso gut hätte ich schüsselweise Babybrei fressen können. Nur wäre das erheblich billiger gewesen. Außer dem verdammten Milchzucker waren geringe Spuren von Bindemittel und Lebensmittelfarbe feststellbar. Wirksubstanzen – Fehlanzeige! Fazit: Beschiss von vorne bis hinten.«

Der Honighändler hatte sich so in Rage geredet, dass unter seiner gelblich wächsernen Gesichtshaut ein rosa Schimmer auftauchte. Er sprang auf und war schon dabei, dem Garderobenständer hinter der Bürotür einen wütenden Kick zu verpassen, als er sich darauf besann, dass er sich in einem fremden Büro befand.

»Haben Sie von den Pillen noch etwas übrig?«

»Die letzten Reste haben ich Ihren Kollegen überlassen, bei denen ich die Bauernfängerei angezeigt habe. Eigentlich hatte ich die Packung bereits in den Müll geworfen. Dann fiel mir ein, dass ich bei der Anzeige vermutlich Beweismaterial vorlegen muss.«

Zoffinger hatte vom Honigmann genug erfahren und überließ den Fall wieder dem Team vom Betrugsdezernat. Die Künstlerkommune Höri-Art war nach den neuesten Erkenntnissen tatsächlich Dreh- und Angelpunkt des Pharmaimperiums von Andris Balodis und Tobias Wegner – oder zumindest das Zentrum gewesen. Denn nach der Razzia in dem alten klösterlichen Hofgut musste der eingesperrte Tiger wegen seines desolaten Zustandes eingeschläfert werden. Den halbtoten Bären hatten die Leute vom Tierschutz auf eine Farm für Wildtiere verfrachtet. Je länger Zoffinger über den Medikamentenschwindel nachdachte, desto sicherer war er, dass das widerwärtige Schlachthaus der Kommune nicht die einzige Produktionsstätte für Fake-Medizin war. Ein Beweis dafür fehlte jedoch.

Apropos Beweise. Unter dem konfiszierten Material, das die Spurensicherer bei der Razzia gesammelt hatten, befand sich eine Ledertasche voller Schriftstücke, die sich mit der Konstanzer Lokalgeschichte beschäftigten: Kopien historischer Texte, Exzerpte aus dem Internet, Listen von Büchern hauptsächlich über das 14. und 15. Jahrhundert sowie Auszüge aus der Chronik des Zeitzeugen Ulrich von Richental über das Konzil von Konstanz. In dem Bündel ging es um die im späten Mittelalter in Europa und auch in Konstanz wütenden Pestepidemien. Die Menschen betrachteten damals die Seuche als Strafe Gottes für ihr lasterhaftes Leben während des vierjährigen Konzils, als Hunderte Prostituierte kirchlichen Würdenträgern, florentinischen Geldsäcken und Puffgängern aus aller Welt ihre Dienste anboten und die Bodenseemetropole zu einem wahren Sündenpfuhl machten. Auffällig waren in den gefundenen Dokumenten handschriftliche Vermerke und Textpassagen, in denen es darum ging, dass ab dem 13. Jahrhundert über Spanien Einflüsse der hoch entwickelten arabischen Medizin und alchimistisches Wissen nach Mittel- und Westeuropa gelangten. Damit nahm auch hierzulande die Suche nach einem Menschheitstraum ihren Lauf: nach einer lebensverlängernden Medizin. War Andris Balodis also insgeheim ein passionierter Amateurhistoriker?

Als ihm seine Kollegen vom unvermuteten Hobby des

Letten berichteten, widmete Zoffinger dem Zeitvertreib seines Hauptverdächtigen zunächst keine große Beachtung. Das änderte sich jedoch, als er die zerfledderten Blätter auf Anraten seines Teams zu seiner Abendlektüre machte. Seite um Seite dämmerte ihm, was hinter der Historienversessenheit des Letten in Wahrheit steckte. An vielen Stellen waren mit einem fetten, roten Filzstift Sätze und ganze Abschnitte markiert, die Hinweise auf eine verschollene historische Schrift mit geheimnisvollem Inhalt enthielten. Drei lange Leseabende brauchte der Kommissar, bis er herausbekam, um was es eigentlich ging – den sagenhaften Mythos vom Stein der Weisen, mit dem sich aus Blei und Kupfer angeblich Gold und Silber herstellen lässt und der seinem Besitzer Unsterblichkeit verleihen soll.

Ging es Balodis darum, seinem verbrecherischen Pharmaimperium mithilfe des sagenhaften Steins ein revolutionäres, lebensverlängerndes Präparat hinzuzufügen? Die Sorgfalt und Hingabe, mit der Zoffinger die gefundenen Dokumente durchforstete, führte zu dem Schluss, dass der Lette tatsächlich an die Existenz des Wundersteins glaubte.

Zoffinger war von seinem Ausflug in die Welt des Okkulten und Übersinnlichen so in Beschlag genommen, dass er bis lange nach Mitternacht im Internet nach dem sagenumwobenen Objekt stöberte. Rot wie Rubin sollte es sein, weich wie Käse und zerbrechlich wie Glas. An anderer Stelle wurde behauptet, dass es sich eher um zerbröseltes Gestein handele. Vom Glauben an Séancen, Geisterbeschwörungen und Schamanensitzungen so weit entfernt wie von astrologischem Firlefanz, war der Chef der Kriminalpolizei ein durch und durch geerdeter Mensch, der sich lieber mit Tatsachen als mit Spekulationen beschäftigte. Aber eines konnte er der Literatur über den Stein der Weisen nicht absprechen: Sie hatte hohen Unterhaltungswert.

An Geschichte war Zoffinger schon immer interessiert gewesen. Über Schulwissen ging sein historisches Rüstzeug jedoch kaum hinaus. Allerdings wusste er, bei wem er Nachhilfeunterricht nehmen konnte: Vera Hanning. Speziell mit der Konstanzer Vergangenheit kannte sie sich bestens aus und teilte ihre Sachkunde gelegentlich bei Stadtführungen mit neugierigen Gästen. Sie trafen sich im Innenhof des Rosgartenmuseums in einem netten Café. Zoffinger kam ohne Umschweife auf sein Anliegen zu sprechen.

»Du wirst mir vielleicht nicht glauben, aber ich bin auf der Suche nach dem Stein der Weisen, der Krankheiten heilt und unedle Metalle in Gold und Silber verwandelt.«

Vera stutzte.

»Interessant! Sind Luftnummern und Verschwörungstheorien deine neue Leidenschaft?«

»Wieso Verschwörungstheorien? Was hat der Stein der Weisen mit Verschwörungstheorien zu tun?«

»Na ja, die Geschichte ist voll von Beispielen. Du wärst nicht der Erste, der davon überzeugt ist, dass es den Stein der Weisen tatsächlich gibt. Mit Nicolas Flamel und Cagliostro würdest du dich in prominenter Gesellschaft befinden. Schon zu Beginn unserer Zeitrechnung gab es Leute, die behaupteten, dieser sogenannte Philosophenstein besitze magische Wirkung.«

»Noch nie gehört von diesen Typen, von denen du gerade gesprochen hast«, gestand Zoffinger.

»Man muss nicht wissen, dass beide mit der Herstellung von Gold experimentierten. Diese Scharlatane glaubten auch, mithilfe des Steins ihre Sterblichkeit überlisten und der Vergänglichkeit entkommen zu können.«

»Das ist genau das Thema, über das ich mit dir reden wollte«, freute sich Zoffinger. »Die neuesten Geschäftsideen meines Hauptverdächtigen scheinen Anti-Aging-Präparate zu sein, mit denen gutgläubigen Menschen Gesundheit bis ins hohe Alter und sogar ewiges Leben versprochen wird, die aber medizinisch so wirkungsvoll wie Gummibärchen oder Speckknödel sind.«

»Ahaaa«, machte Vera. »Und an diesem Punkt kommt vermutlich der Stein der Weisen ins Spiel.«

»Richtig. Wir haben schon lange einen lettischen Staatsbürger wegen Medikamentenbetrug im Fokus. Der Schrottapotheker glaubt, dass historische Aufzeichnungen über den Stein der Weisen aus der Zeit des Konstanzer Konzils existieren. Meine Frage: Gibt die lokale oder regionale Geschichte darüber irgendetwas Verwertbares her?«

Vera dachte angestrengt nach. Zoffinger spielte unterdessen mit seiner Kaffeetasse.

»Im vergangenen Jahr habe ich ein Seminar absolviert, bei dem es um Medizin im Mittelalter ging. Ich erinnere mich, dass Papst Alexander III. seinen Arzt im Jahr 1177 mit einem speziellen Auftrag nach Asien schickte. Er sollte im sagenhaften Land des Priesterkönigs Johannes eine am Fuß eines Berges entspringende Quelle finden, die Unsterblichkeit verleiht. Auf dem päpstlichen Wunschzettel stand aber noch etwas anderes: ein wundersamer Stein mit magischen Eigenschaften, mit dem jede Krankheit geheilt und ewiges Leben geschenkt werden kann.«

»Tolle Idee, die offenbar schon vor 1000 Jahren die Menschen umtrieb«, meinte Zoffinger.

Vera war ganz in ihrem Element.

»Zur Popularität solcher Unsterblichkeitsideen trug damals die Tatsache bei, dass in vielen Ländern Epidemien wüteten. Ein paar Jahre nach dem Konzil fiel in Konstanz innerhalb eines einzigen Jahres fast die Hälfte der Bevölkerung einer mysteriösen Krankheit zum Opfer, vermutlich

Ruhr oder Pest. Kein Wunder also, dass man händeringend nach Wegen suchte, dem Schwarzen Tod und anderen Gottesgeißeln zu entgehen.«

»Da kam der Stein der Weisen gerade recht.«

»Logisch! Allerdings handelte es sich um einen frommen Wunsch, ein Fantasieprodukt«, fuhr Vera fort. »In alten Dokumenten über das Konstanzer Konzil tauchen interessante Hinweise auf. So wird behauptet, dass König Sigismund, der bei dem vierjährigen Event eine wichtige Vermittlerrolle spielte, mit seinem Leibarzt im Gefolge an den Bodensee reiste. Dieser Ampionius Rating de Berka war deutscher Wissenschaftler und Mediziner und stand offenbar mit Kollegen in Verbindung, die vom Glauben an die Unsterblichkeit beseelt und von der Effektivität lebensverlängernder Mittel überzeugt waren. Könnte also durchaus sein, dass mit dem Leibarzt Theorien, wie man der Vergänglichkeit entkommen und den Tod überwinden kann, in die Konzilstadt kamen. Ich frage mich allerdings, warum sich heute die Kriminalpolizei dafür interessiert? Hast du plötzlich einen Narren an historischen Recherchen gefressen?«

»Eigentlich nicht«, gab der Kommissar zu. »Wenn es aber Leute gibt, die sich durch solche Nachforschungen zu Straftaten verleiten lassen, sieht das schon anders aus.«

»Jetzt machst du mich neugierig«, antwortete Vera. »Lass mal die Katze aus dem Sack!«

»Ich habe für unser Treffen nicht ohne Grund das Museumscafé vorgeschlagen. Vor einigen Tagen hat sich bei uns ein Mann gemeldet. Er ist als Kurator für das so genannte Haus 17 in der Altstadt zuständig, in dem das Rosgartenmuseum hauptsächlich Dokumente und Artefakte aus der Zeit des Konstanzer Konzils lagert, weil vieles aus Platzgründen im Museum selbst nicht oder nur im Rahmen von Sonderausstellungen präsentiert werden kann.«

Zoffinger nippte an seinem Kaffee.

»Der Kurator heißt Wilhelm Hamer. Er hat uns gebeichtet, dass er schon vor Wochen von unbekannten Leuten telefonisch bedrängt wurde, ein in seinem Fundus befindliches Dokument aus der damaligen Zeit über den Stein der Weisen rauszurücken. Allerdings hatte er keine blasse Ahnung, um was es sich handelte.«

Zoffinger fingerte einen Spickzettel aus der Tasche.

»Als Verfasser wird ein Assistent des Leibarztes Ampionius Rating de Berka vermutet. Die Schriftrolle mit alten Weissagungen und einem Geheimrezept zur Herstellung des Steins der Weisen soll in einem silbernen Zylinder stecken, dem sogenannten Schwelin-Kassiber. Der Clou: Damalige Zeitgenossen vermuteten, dass die Aufzeichnungen Auskunft darüber geben, wie die alchemistische Weltformel während des Konzils mehrere kirchliche Würdenträger von schweren Krankheiten heilte. Einer soll mithilfe des Steins der Weisen von der Pest genesen sein. Angeblich ist er in Florenz gestorben – im stolzen Alter von 211 Jahren.«

Vera fixierte ihren Gesprächspartner.

»An die Existenz des Steins der Weisen glaubt kein vernunftbegabtes Wesen. Aber zugegeben: Die Geschichte hört sich spannend an. Die Abenteuer von Indiana Jones fallen mir dazu ein. Bei dem Toten von Florenz handelt es sich nicht zufälligerweise um einen Mann namens Methusalem?«

»Ich weiß nicht, wie er geheißen haben soll. Ich weiß nur, dass noch nie ein Tattergreis im Alter von 211 Jahren das Zeitliche gesegnet hat. Ob Methusalem oder nicht.«

»Wir sind vom Thema abgekommen«, meinte Vera. »Was hat das alles mit Haus 17 zu tun, das du erwähnt hast?«

»Der Kurator hat uns in eine interessante Geschichte eingeweiht. Nach diversen Telefonanrufen, in denen es um den geheimnisvollen Schwelin-Kassiber ging, tauchten bei ihm zwei schräge Typen auf, die er für Mitglieder der Russenmafia hielt. Sie forderten ihn auf, den in seinem Depot vermuteten silbernen Kassiber herauszugeben. Die Kerle ließen sich von der Ahnungslosigkeit des Kurators nicht beeindrucken und stellten ihm ein Ultimatum. Als flankierende Maßnahme drohten sie, seine Ehefrau und die beiden Töchter für seine Sturheit büßen zu lassen. Der eingeschüchterte Mann versuchte Zeit zu schinden und versprach, sein Depot nach dem rätselhaften Artefakt zu durchforsten. Stattdessen tat er das einzig Richtige: Er zeigte die Nötigung bei uns an.«

»Haben sich die Mafiosi nochmals gemeldet?«

»Bislang beließen sie es bei Drohanrufen und einem ungemütlichen Besuch, den ich gerade erwähnte.«

»Vielleicht sind militante Kunstsammler die Auftraggeber. Oder was wäre so ungemein verführerisch an diesem legendären Schwelin-Kassiber, falls es ihn gäbe?«

»Ich wette meinen Kopf darauf, dass einer meiner Hauptverdächtigen hinter der Angelegenheit steckt. Dieser Andris Balodis hat sich im illegalen Medikamentenhandel zu einer prominenten Nummer aufgeschwungen. Offenbar ist er von der Existenz des Steins der Weisen wirklich überzeugt und lässt nichts unversucht, ihn zu finden.«

Zoffinger fiel aus allen Wolken, als er am Tag nach dem Treffen mit Vera den ›Seekurier‹ aufschlug. Eine fette Überschrift auf Seite 1 sprang ihm ins Auge: »Konstanz auf der Suche nach dem verschollenen Stein der Weisen.« In Radio Grenzland ebenso wie in überregionalen Zeitungen strickten Moderatoren und Redakteure abstruse Verschwörungstheorien. Dass Vera den Medien die Neuigkeit gesteckt hatte, schloss Zoffinger kategorisch aus.

Eine in der Stadt verteilte Gratiszeitung mit Werbung

für Biosocken, Hähnchenschenkel und E-Roller behauptete in ihrem Textteil, der Schwelin-Kassiber sei 1862 unter dem damals als Monument aufgestellten Hussenstein versteckt worden. Einen Tag später meldeten Spaziergänger der Polizei, unter dem 350 Zentner schweren Denkmal, das an die Verbrennung der beiden böhmischen Reformatoren Jan Hus und Hieronymus von Prag in den Jahren 1415 und 1416 erinnert, sei ein großes Loch gebuddelt worden. Der ›Seekurier‹ hängte sich noch weiter aus dem Fenster. Die Polizei selbst habe vermutlich den Schwelin-Kassiber bei Nacht und Nebel ausgegraben, um das Dokument nicht in falsche Hände geraten zu lassen. Wutentbrannt rief Zoffinger die Redaktion an.

»Ihr seid wohl alle vom Affen gebissen! Wie kann man nur so einen Schwachsinn veröffentlichen. Wisst ihr überhaupt, in welche Bredouille ihr uns mit so einer Behauptung bringt?«

»Behauptet haben wir gar nichts«, rechtfertigte sich der Chefredakteur. »Wir haben nur einen Verdacht geäußert, der an uns seitens unserer Leser herangetragen wurde.«

Zoffingers Befürchtungen bewahrheiteten sich. In den folgenden Tagen hagelte es wenig schmeichelhafte Kommentare in den sozialen Medien. Auf seinem Schreibtisch stapelten sich Päckchen, als sei Weihnachten vorverlegt worden. Jedes enthielt einen Stein der Weisen oder mehrere. In einer Schuhschachtel lag ein großer, gelblicher Brocken mit roter Schärpe und Grußkarte: »Das ist ein Gallenstein, der Jan Hus vor seiner Verbrennung entnommen wurde und der fälschlicherweise für den Stein der Weisen gehalten wird.« Eine andere Sendung in Form eines roten Ziegelsteins kam mit der Widmung daher: »Bei Bauchweh oder Monatsschmerzen den Stein der Weisen bitte mit Panzerband mindestens zwei Wochen lang auf der problembehafteten Stelle fixieren.« Ein dritter Karton war randvoll mit grobem Sand: »8,3 Milliarden Steine der Weisen – bitte pro Kopf an die Weltbevölkerung verteilen!«

Wie und durch wen die Medien von der Causa Stein der Weisen erfahren hatten, war Zoffinger schleierhaft. Für seine Kollegen, die vorsorglich zum Stillschweigen verdonnert worden waren, legte er die Hand ins Feuer.

Auf dem Weg ins Kommissariat riss ihn morgens das vertraute Gurgeln einer Klospülung aus den Tagträumen. Er fuhr rechts ran und puhlte sein Smartphone aus der Hosentasche.

»Was gibt's?«

Ein Kollege war dran.

»Wir haben einen brandneuen Fall. Uniformierte Polizisten haben einen Mann in der Altstadt überfallen und brutal zusammengeschlagen. Ein in der Nähe befindlicher Ambulanzwagen hat den Verletzten aufgegabelt, um ihn in die Klinik zu bringen. Ziemlich mysteriös die Angelegenheit. Am besten, du fährst gleich hin.«

»Kollegen in Uniform haben jemanden überfallen? Das darf doch wohl nicht wahr sein!«

»Wir haben das bereits überprüft. In der Altstadt war zum fraglichen Zeitpunkt definitiv keine Polizei im Einsatz. Nur drei Leute vom Ordnungsamt haben Knöllchen verteilt. Bei den vermeintlichen Kollegen muss es sich um uniformierte Betrüger gehandelt haben. Anders kann ich mir das nicht vorstellen.«

Im Krankenhaus überschlugen sich die Ereignisse. In der Lobby hatte sich eine Menschenmenge zusammengerottet, über der eine Wolke von Ratlosigkeit schwebte. Zoffinger hielt einer kompetent aussehenden Dame seinen Dienstausweis unter die Nase, obwohl sie sich deutlich sichtbar in einem Zustand der inneren und äußeren Auflösung befand.

»Ein Rettungswagen, der sich über Funk angekündigt hat, ist verschwunden«, jammerte sie. »Der offenbar verletzte Patient auch. Das war noch nie da. Und ich arbeite hier schon mein halbes Leben lang. Das gab es noch nie.«

»Was ist denn eigentlich los?«, erkundigte sich Zoffinger. »Man hat mich benachrichtigt, das Opfer eines Überfalls sei in die Klinik eingeliefert worden.«

»Das dachte ich auch«, jammerte die Heulsuse. »Die Rettungskräfte meldeten sich wie gewohnt und kündigten in drei Minuten ihre Ankunft an. Unser erfahrenes ›Empfangskomitee‹ steht seither bereit. Das war das Letzte, was wir vom Rettungsteam gehört haben. Jetzt ist schon eine gute Viertelstunde vergangen. Die Rettungsleitstelle hat den Kontakt zum Wagen verloren. Niemand weiß, was dem Team unterwegs passiert ist.«

In diesem Augenblick stürmten zwei Rettungssanitäter in die Empfangshalle und ließen sich nach Atem ringend auf eine Bank fallen.

»Wahnsinn, völliger Wahnsinn!«, japste einer. »Wir sind auf der Fahrt hierher von zwei Polizisten gestoppt worden. Die haben uns halsbrecherisch überholt und zum Halten gezwungen. Einer hat ins Cockpit gegriffen und den Zündschlüssel abgezogen. Dann rissen die beiden Irren den Wagen auf, zerrten den Verletzten von der Trage und schubsten ihn in ihren Pkw. Schließlich schlugen sie unseren Funk kaputt und stachen mit einem Stilett den linken Vorderreifen unseres Wagens ab. Alles in einem Affentempo. Uns blieb nichts anderes übrig, als zu Fuß hierher zu rennen.«

»War der Patient schwer verletzt? Wie ging es ihm?«, wollte ein Weißkittel mit Stethoskop um den Hals wissen.

»Im Gesicht hatte er ein paar blutende Verletzungen und Schmerzen von Schlägen in die Bauchgegend. Sein linker Arm war vermutlich ausgekugelt und der kleine Finger an der rechten Hand wahrscheinlich gebrochen. Es ging ihm den Umständen entsprechend ordentlich.«

»Wie hat sich das Ganze überhaupt abgespielt?«, hakte Zoffinger nach. »Meine Kollegen meinten, dass ihr wegen eines Notrufs vor Ort gewesen seid.«

»Richtig«, nickte der Rettungssanitäter. »Ein Fehlalarm hatte uns in die Altstadt gerufen. Schnell stellte sich heraus, dass es sich um eine Bagatelle handelte. Wir wollten gerade wegfahren, als aus einem Nachbarhaus eine kreischende Putzfrau kam. Polizisten hätten den Hausherrn übel zugerichtet, sagte sie. Uns kam die Sache ziemlich eigenartig vor. Deshalb wollten wir nachsehen. Vor dem Haus kamen uns zwei Uniformierte entgegen, die offenbar abhauten, als sie mitbekamen, dass im Hinterhof zwei Bauarbeiter ein neues Kanalisationsrohr verlegten. Wir machten uns im Haus laut bemerkbar und fanden den blutenden Verletzten im Obergeschoss, um den sich gerade die beiden Rohrverleger kümmerten. Dass die beiden Polizisten uns auf der Fahrt in die Klinik folgten, bemerkten wir erst bei ihrem bescheuerten Überholmanöver.«

In Zoffingers Hosentasche gurgelte schon wieder sein Smartphone. Es gab Neuigkeiten aus dem Kommissariat. Ein Motorradfahrer hatte die Attacke der beiden Polizisten auf den Rettungswagen beobachtet. Weil ihm der Vorfall ziemlich abgefahren vorkam, folgte er dem Pkw, in den die Polizisten den Patienten verfrachtet hatten. Ihr Ziel: eine Schrebergartenkolonie im Stadtteil Fürstenberg, wo sie den Prügelknaben in eine Gartenlaube schleppten.

»Habt ihr schon herausgefunden, um wen es sich bei dem Überfallenen handelt?«

»Natürlich. Wir sind ja nicht nur zum Spaß hier. Der Mann heißt Hamer, Wilhelm Hamer. Er ist Kurator einer Außenstelle des Rosgartenmuseum. Das Museum lagert dort alles, was aus Platzgründen nicht ausgestellt werden kann oder was nicht in aktuelle Ausstellungen passt.«

»Irgendetwas Auffälliges über diesen Kurator?«

»Nullkommanull! Der Mann ist 54 Jahre alt, verheiratet, zwei Kinder. Leberwerte, Schuhgröße und sexuelle Vorlieben bislang unbekannt.«

»Idiot!«, kommentierte der Kommissar die Blödelei. »Sonst noch was Erhellendes?«

»Kann sein, dass die Gartenlaube in Fürstenberg dem Kurator gehört. Da sind wir noch dran.«

»Finde heraus, wer die Putzfrau in Haus 17 ist. Ich will mit ihr reden. Und lass das SEK aufmarschieren. Vielleicht erwischen wir die falschen Uniformträger mit ihrem Opfer in der Gartenkolonie.«

»Ist schon passiert, Chef.«

Die Beamten des Spezialkommandos hatten ihre Fahrzeuge so unauffällig wie möglich am Rand der Gartenanlage geparkt und stiegen gerade aus, als Zoffinger eintraf. Der Motorradfahrer, der die Polizei alarmiert hatte, war auch noch da.

»Sind Sie sicher, dass sich die Kerle noch in der Laube befinden?«, wollte der Kommissar wissen.

»Hundertprozentig! Ich bin ihnen bis hierher gefolgt. Angehalten haben sie nirgends. Ich habe gesehen, wie sie den Mann aus ihrem Pkw in die Hütte schleppten. Rausgekommen ist bislang keiner. Also müssen alle noch drin sein. Alle drei.«

Während der Einsatzleiter seine Leute ins Bild setzte, lehnte Zoffinger an einem Gartentor und dachte nach. Zwei falsche Polizisten schlugen einen Museumskurator zusammen und entführten ihn in einer filmreifen Aktion. Besaß oder wusste dieser Wilhelm Hamer tatsächlich etwas, was für die Möchtegernsheriffs von Wert oder Bedeutung war? In wessen Auftrag handelten sie? Oder waren sie in eigener Sache unterwegs? Für eine persönliche Abrechnung stand der ganze Aufwand jedoch in keinem Verhältnis. Etwas anderes musste dahinterstecken.

Das Sonderkommando setzte sich gerade zur etwa 80 m entfernten Laube in Bewegung, als eine Explosion die Kolonie erzittern ließ. Über die grünen Parzellen fegte eine rabiate Druckwelle, die Büsche und Bäume schüttelte wie ein Erdbeben. Wo eben noch das Gartenhäuschen stand, schoss eine meterhohe Stichflamme in den Himmel. Fetzen von Dachpappe, Wellblech, Teile des hölzernen Dachstuhls, Regalbretter und eine Satellitenschüssel flogen durch die rauchgeschwängerte Luft. In einer benachbarten Baumkrone verfingen sich Bettlaken und Klamotten, als seien sie zum Trocknen aufgehängt worden.

»Ach, du große Scheiße!«, fluchte Zoffinger. »Haben wir es hier mit einem Terroranschlag zu tun?«

Der SEK-Häuptling schüttelte den Kopf.

»Das war keine Bombe, eher ein Druckbehälter. Ich tippe auf eine Gasflasche. Diese Dinger gibt es in jeder Laubenkolonie zuhauf.«

Obwohl die Feuerwehr schon Minuten später eintraf, blieb durch das ausgebrochene Feuer von der Laube kaum etwas übrig. Die Explosion hatte die Hütte geradezu pulverisiert. An allen Ecken und Enden brannte es. Da es sich aber um ein relativ kleines Häuschen handelte, gewann die Feuerwehr schnell die Oberhand. Die erste Sorge galt natürlich den drei Personen im Innern. Den beiden falschen Polizisten waren die Uniformen förmlich vom Leib gerissen worden. Wahrscheinlich hatten sie sich in direkter

Nähe zum Explosionsherd aufgehalten und besaßen deswegen die geringsten Chancen, das Inferno zu überleben. Der Laubenbesitzer war noch am Leben, als ihn die Feuerwehrleute unter einem Haufen Schutt und Trümmer hervorzogen. Aber noch bevor er abtransportiert werden konnte, erlag Wilhelm Hamer seinen schweren Verletzungen.

Der Wassereinsatz hatte inzwischen die letzten Brandstellen gelöscht. Nur noch Qualm waberte wie stinkender Bodennebel über der Szenerie. Angekokelte Streben und Tragebalken ragten wie schwarze Skelettteile aus dem Trümmerfeld. An einer Ecke der Hütte hatte eine Blechtonne für Regenwasser die Explosion überlebt. Obenauf schwammen zwei Sportschuhe und ein Taschenkalender. Ein Brandsachverständiger nahm noch am selben Tag die Ermittlungen zur Unglücksursache auf. Allen Anzeichen nach war eine 11-kg-Flüssiggasflasche Ursache der Katastrophe. Vermutlich hatte sich ausströmendes Gas in der Laube gesammelt und wurde durch einen Funken oder eine Zigarette schlagartig entzündet.

Die drei Toten waren auf dem Weg in die Rechtsmedizin. Die Spurensicherung arbeitete mit Hochdruck daran herauszufinden, um was für Typen es sich bei den falschen Polizisten handelte. Zoffinger blieb vor Ort nichts mehr zu tun. Er setzte sich in seinen Wagen, um der Ehefrau des Kurators die Todesnachricht zu überbringen. Er hasste diesen Part mehr als alles andere in seinem Beruf. Meist spielten sich herzzerreißende Szenen ab, die auch einem abgebrühten Kriminalisten wie ihm unter die Haut gingen. Man lernte über die Jahre zwar, damit umzugehen, gewöhnen konnte man sich an solche Situationen jedoch nie.

»Wären Sie in der Lage, mir ein paar Fragen zu beantworten?«

Frau Hamer trocknete mit einem Tüchlein ihr tränenfeuchtes Gesicht ab und nickte.

»Gab es im Vorfeld der heutigen Vorkommnisse irgendwelche Anzeichen, dass es jemand auf Ihren Mann abgesehen hatte?«

Die Frau des Kurators überlegte nicht lange. Von der Todesnachricht bis ins Mark erschüttert, stemmte sie sich mühsam aus ihrem Sessel hoch, griff beim Umdrehen wie schwindelig geworden nach der Rückenlehne des Möbels, zog an einem zwei Schritte entfernten Schränkchen eine Schublade auf und fischte einen Zettel heraus. Sie legte ihn vor Zoffinger auf den Tisch und glättete ihn mit dem Handballen.

›Im Haus 17 gibt es ein altes Dokument aus der Zeit des Konstanzer Konzils. Es steckt wahrscheinlich in einer Schatulle aus getriebenem Silber oder einem ähnlichen Behältnis. Wir holen es in den nächsten Tagen ab. Keine Polizei, wenn dir etwas an der Gesundheit deiner Familie liegt. Wir melden uns.‹

»Die Nachricht steckte eines Morgens unter dem Scheibenwischer unseres Autos. Mein Mann hat den Wisch in den Müll geworfen, ich habe ihn zurückgeholt. In zwei oder drei Anrufen zuvor ging es schon um dasselbe – dieses blöde silberne Teil.«

»Existiert so ein silberner Gegenstand überhaupt?«, bohrte Zoffinger nach, weil er sofort an den Schwelin-Kassiber dachte. »Hat Ihr Mann jemals erwähnt, dass er so einen Behälter in seinem Depot hat?«

»Wir haben häufig über die Forderung der Leute geredet, die uns unter Druck setzten. Mein Mann meinte, dass die Kerle vermutlich weniger an dem silbernen Objekt als vielmehr an seinem Inhalt interessiert seien – einem alten Schriftstück, von dem in historischen Dokumenten zwar häufig die Rede war, das aber höchst wahrscheinlich gar nicht existierte, ein Hirngespinst. Dass er das Teil in seinen Sammlungen noch nie gesehen hatte, machte er den Erpressern mehr als einmal deutlich. Geglaubt haben sie ihm offenbar nicht. Sie wurden bei ihren Telefonanrufen immer penetranter und ließen sich nicht überzeugen. Bis zu dem Überfall auf ihn.«

»Hat Ihr Mann jemals den rätselhaften Stein der Weisen erwähnt?«

»Ach, der Stein der Weisen! Mein Mann war Realist, viel zu nüchtern und sachlich für den Glauben an solchen Hokuspokus.«

Die Außentermine des Kommissars waren an diesem Tag mit dem Besuch bei der Witwe noch nicht zu Ende. Von der Dienststelle erfuhr er, dass die Putzfrau nicht nur das Haus 17 sauber hielt, sondern auch in einer Schule die Kehrmaschine bediente. Zoffinger traf sie dort, als sie gerade ihre Kittelschürze auszog, um sich auf den Heimweg zu machen.

»Wie hat sich der Überfall auf den Kurator eigentlich abgespielt?«, wollte der Kommissar wissen.

»Ich war gerade dabei, im Büro den Papierkorb zu leeren, als plötzlich die beiden Polizisten in der Tür standen.«

»Befindet sich das Büro im Erdgeschoss oder in den oberen Stockwerken?«

»Im Erdgeschoss. In der ersten und zweiten Etage lagern nur die Museumsstücke.«

»Was passierte dann?«

»Sie erkundigten sich nach Herrn Hamer. Ich habe Ihnen gesagt, dass er oben arbeitet. Dann sind die beiden die Treppe hochgestiegen.«

»Und dann?«

»Ich habe den Papiermüll rausgetragen und im Hinterhof in die große Tonne gekippt. Dann ging oben ein lautes Geschrei los.«

»Haben Sie mitbekommen, was geredet wurde?«

»Offenbar wollten die Besucher etwas abholen, was Herr Hamer aber anscheinend nicht hatte. Es wurde immer lauter, bis Herr Hamer hysterisch zu brüllen anfing. Die beiden Bauarbeiter stürmten ins Haus, ich hinterher. Wir riefen nach Herrn Hamer und wollten gerade nach oben, als uns auf der Treppe die beiden Besucher entgegenkamen und aus dem Haus stürzten. Wir fanden Herrn Hamer, wie er auf dem Boden lag und sich krümmte. Neben seinem Gesicht breitete sich eine kleine Blutlache aus. Schockiert rannte ich aus dem Haus, um Hilfe zu holen, und sah den Rettungswagen. Die beiden Sanitäter luden Herrn Hamer ein und machten sich auf den Weg in die Klinik. Das war's.«

»Können Sie die beiden Polizisten beschreiben?«

»Beide waren schätzungsweise so groß wie Sie. Der eine etwas hagerer als der andere. Der etwas Fülligere trug einen Kinnbart. Nachts in einer unbelebten Nebenstraße hätte ich ihm nicht begegnen wollen. Beide hatten kurzärmelige hellblaue Hemden mit dunkleren Stellen um Hals und Schultern an. Auf dem Rücken stand in Großbuchstaben ›POLIZEI‹.«

»Haben sie deutsch gesprochen?«

»Ich glaube schon. Sonst hätte Herr Hamer sie ja nicht verstehen können.«

Sehr ergiebig waren die Auskünfte der Putzfrau nicht. Mehr erhoffte sich der Kommissar in den folgenden Tagen von der Rechtsmedizin. Am liebsten wäre ihm eine Bestätigung dessen gewesen, was er ohnehin vermutete. Er hatte keine Zweifel, dass es sich bei den uniformierten Toten um zwei Handlanger von Andris Balodis handelte.

Zoffinger wusste, dass bei verbrannten Leichen verwertbare Spuren schwer zu finden waren. Er wusste aber auch, dass die Rechtsmediziner Tricks kannten, Todesursachen und Identitäten auf die Spur zu kommen. Besuche bei Dr. Herrlinger, dem Herrn und Gebieter über das forensische Totenreich, kamen ihm so gelegen wie Wurzelbehandlungen beim Zahnarzt, weil der hochnäsige, versnobte Chef immer so tat, als sei der Kommissar nur ein ungebildeter, kulturloser Wasserträger.

»Die Nachweise dafür, dass die drei Brandleichen durch eine Gasexplosion zu Tode kamen, sind eindeutig. Keine Inhalation von Rauchgasen. Also hat es vor der Detonation in der Laube nicht gebrannt. Auch keine Stich- oder Schussverletzungen, die selbst im Falle einer starken Verkohlung feststellbar wären. Schwerer könnte man Würgemale erkennen.«

»Ich war dabei, als die Gartenlaube in die Luft geflogen ist«, merkte Zoffinger an. »Für mich liegt die Todesursache auf der Hand.«

»Waren Sie auch schon früher vor Ort? Wissen Sie, was sich in den letzten Minuten vor der Explosion in der Laube abgespielt hat?«

Dr. Herrlinger fixierte seinen Besucher wie einen ertappten Ladendieb. Sein devoter Assistent konnte sich ein Feixen nicht verkneifen, was ihn auf der Beliebtheitsskala des Kommissars dramatisch abrutschen ließ. Zoffinger biss sich auf die Unterlippe, weil er dem aufgeblasenen Leichenschnippler leider recht geben musste. Theoretisch hätte es tatsächlich sein können, dass die beiden Hilfssheriffs bereits vor der Gasexplosion umgebracht worden waren – eine zwar wenig wahrscheinliche, aber dennoch nicht auszuschließende Hypothese. Wer hätte ihnen den Garaus machen sollen und warum? Der Überfall auf Wilhelm Hamer war geplant gewesen, seine Entführung aus dem Rettungswagen hingegen 100-prozentig eine spontane Aktion.

»Das Offensichtliche ist nicht unbedingt das Wahre«, philosophierte Dr. Herrlinger. Sein Handlanger nickte hingebungsvoll wie ein Plastikdackel auf der Hutablage.

Zoffinger konnte sich nicht bremsen.

»Goethe, Platon, Schopenhauer? Oder vielleicht doch Dieter Bohlen?«

»Weder Goethe noch Platon oder Schopenhauer. Der vierte Kandidat ist mir unbekannt. Es gibt Weisheiten, die das Leben schreibt. Falls man sich ihnen nicht verschließt.«

»Was mich in erster Linie interessiert: Haben Sie irgendetwas festgestellt, was Rückschlüsse auf die Identität der beiden Uniformierten zuließe?«

Dr. Herrlinger straffte den Rücken, machte ein paar Schritte zum Fenster und richtete den Blick in die Weite. Sein Adlatus dackelte ihm in gebührendem Abstand hinterher.

»Einer der beiden stürzte bei der Explosion so, dass er auf seiner rechten Hand zu liegen kam. Folge: Trotz starker Verbrennungen ein deutlicher Abdruck der Papillarleisten auf der Unterseite der Fingerkuppen. Das Daktylogramm habe ich ebenso wie die DNA-Ergebnisse zwecks Datenabgleich bereits Ihren Kollegen von der Kriminaltechnik übermittelt.«

Daktylogramm! Warum sprach er nicht von Fingerabdrücken! Wahrscheinlich hätte der Begriff aus dem Mund eines forensischen Überfliegers zu profan geklungen. Zoffinger atmete durch, als er die Tür zur Rechtsmedizin ins Schloss zog und unter einem strahlend blauen Himmel in sein Büro marschierte. Die Auswertung von Dr. Herrlingers Untersuchung musste er sich nicht erst von den Kollegen besorgen. Sie lag bereits auf seinem Schreibtisch.

Die beiden Ganoven in Uniform waren keine unbeschriebenen Blätter. Einer hatte mehrere Vorstrafen wegen Hehlerei, Titelmissbrauch und Urkundenfälschung. Sein Partner war durch Körperverletzung und Sachbeschädigung aufgefallen. In einer ihrer Wohnungen wunderten sich die richtigen Kollegen über Ausrüstungsgegenstände wie Schlagstöcke, Handschellen, Reizgas, Koppel, Schutzwesten und Dienstkleidung, die über den normalen Handel nicht zu erwerben waren. Eine Wand war mit Fotos bepflastert, darunter Urlaubsbilder von einem Segeltörn. Einem mit Zoffingers Fällen vertrauten Beamten fiel eine Besonderheit auf. Die Jacht trug einen bekannten Namen: Lili Marleen. Auf Deck hockten zusammen mit drei Bikini-Girls die beiden falschen Polizisten und prosteten mit Champagnerflaschen in offensichtlich angeheitertem Zustand dem Fotografen zu.

Einen besseren Beweis dafür, dass die beiden für Andris Balodis arbeiteten, hätte es nicht geben können. Im Kommissariat scannte der Polizeifotograf das Bild und fertigte zwei Vergrößerungen der Gesichter an, weil Zoffinger eine Idee hatte. Er bestellte den Imker nochmals ein und legte ihm die beiden Bildausschnitte vor. Dem Honigmann genügte ein einziger Blick.

»Der hier, der hat mir den Anti-Aging-Schrott auf dem Schlossplatz in Meersburg verkauft. An diese Hackfresse werde ich mich noch in hundert Jahren erinnern.«

Auch das Auto, mit dem die falschen Polizisten den Kurator entführt hatten, wurde gründlich unter die Lupe genommen. Auf der Beifahrerseite klemmten unter der Sonnenblende zwei Pläne: ein Konstanzer Stadtplan und ein größerer Ausschnitt, der den ganzen westlichen Bodensee umfasste. An mehreren Stellen markierten Kringel mit Zahlen Stellen, die auf der Rückseite aufgelistet waren, darunter auch Haus 17.

Die Spurensicherer konnten mit den beiden Plänen nicht viel anfangen, weil sie nicht dahinterkamen, was es mit den einzelnen Punkten auf sich hatte. Zoffinger erinnerte sich, in den Dokumenten aus der alten Ledertasche an mehreren Stellen auf die nummerierten Punkte der beiden Pläne gestoßen zu sein, was ihm seinerzeit nichts gesagt hatte. Als er jetzt das eine mit dem anderen verglich, fiel es ihm wie Schuppen von den Augen. Die Pläne waren To-do-Listen, die das falsche Polizistenduo auf der Suche nach dem Stein der Weisen abarbeiten sollte. Was ihn nicht überraschte: Haus 17 stand in den Aufgabenplänen an erster Stelle.

Der Kommissar telefonierte mit dem Rosgartenmuseum, weil er ohnehin Informationen über Wilhelm Hamer und das Haus 17 brauchte und sich gleichzeitig über den mysteriösen Schwelin-Kassiber schlaumachen wollte.

»Eigenartig, dass Sie darauf zu sprechen kommen«, antwortete sein Gesprächspartner. »In letzter Zeit sind mehrfach Anfragen nach dem Silberzylinder und seinem Inhalt an das Museum gerichtet worden.«

»Handelte es sich um Kollegen von anderen Museen?«

»Kann ich nicht genau sagen. Ich selbst hatte zwei- oder dreimal mit solchen Anfragen zu tun. Aber mit hirnrissigen Spekulationen und schwarzer Magie setzen wir uns prinzipiell nicht auseinander.«

»Der historische Kassiber existiert Ihrer Meinung nach überhaupt nicht?«

»Definitiv nicht! Pure Spinnerei! Niemand in unserem Haus hat jemals so ein Artefakt zu Gesicht bekommen. Der Mythos um den Stein der Weisen ist uns natürlich bekannt. Wir wissen, dass die Alchemie im Mittelalter die Fantasien der Menschen beflügelte. Der legendäre Stein der Weisen schien die Lösung von Menschheitsproblemen möglich zu machen. Kein Wunder, dass die Menschen bereitwillig an ihn glaubten. Und gestorben ist die Idee bis heute nicht. Nach wie vor träumen wir von unerschöpflichen Energiequellen, sauberer Luft, dem Higgs-Teilchen und dem Sieg über schlimme Krankheiten.«

Wilde Gerüchte über die Suche nach dem Stein der Weisen, abenteuerliche Spekulationen über die Existenz eines mysteriösen Schwelin-Kassibers, die filmreife Entführung eines Museumskurators, eine Gasexplosion in einer Gartenlaube mit drei entstellten Brandopfern: Angesichts dieser Nachrichtenlage geriet die Boulevardpresse in Partystimmung. Der Bodenseeraum wurde von einem Medienorkan geschüttelt, der es in sich hatte. Verschwörungstheoretiker traten gegen Faktengläubige zu einem Schlagabtausch an, der stetig an Schärfe gewann. Während die eine Seite hinter den Vorfällen dunkle, nicht näher bezeichnete Kräfte vermutete, beklagte die andere den fortschreitenden Schlendrian beim Thema öffentliche Sicherheit.

Im Auge des Orkans lief Rolf Riedle zur Hochform auf. Das war haargenau das Terrain, auf dem er sich am wohlsten fühlte. Er verpflichtete die Mitbewohner seiner Kommune zu einem nicht alltäglichen Arbeitseinsatz. Im Hinterhof bastelte die Truppe aus kopierten Schulatlasseiten regionale Schatzsucherkarten mit möglichen Fundstellen des Schwelin-Kassibers, die in der Stadt von seinem mittelalterlich kostümierten Team verteilt wurden. Um den Dokumenten den Anschein von Alter und Geschichtsträchtigkeit zu verleihen, wurden die Papierränder abgeflammt, als seien die Pläne mit knapper Not dem Scheiterhaufen entronnen.

12
VERSTECKTE ALCHEMISTENKÜCHE

Zoffinger spukten immer noch die beiden To-do-Pläne aus dem Wagen der beiden falschen Polizisten durch den Kopf. Haus 17 hatte das Schlägerduo mit der Prügelorgie und Entführung des Museumskurators bereits abgearbeitet – mit tödlichem Ausgang. Weitere Symbole standen für historische Anwesen, in denen der Strippenzieher Balodis vermutlich Hinweise auf den mysteriösen Schwelin-Kassiber erwartete. Aber weder im alten Konzilsgebäude am Hafen noch im Haus zur Katz, einem historischen Renaissancebau, waren in letzter Zeit ungewöhnliche Umtriebe oder Besucher aufgefallen, die sich seltsam verhielten. Dass Balodis mit dem Unfalltod der beiden falschen Polizisten die Handlanger ausgegangen waren, glaubte Zoffinger allerdings nicht.

Ein Zielobjekt auf einer der beiden Aktionslisten gab Rätsel auf. Alle anderen Markierungen waren kleine Kringel. Ein einziges Quadrat kennzeichnete eine Stelle in einem Waldstück zwischen Bankholzen und dem ehemaligen Standort des Klosters Grünenberg. Tagelang zerbrach sich Zoffinger den Kopf darüber, was er eventuell übersehen hatte. Bis ihn eine Meldung des Polizeireviers Radolfzell erreichte. Der Hund eines Revierförsters hatte sein Herrchen in dem unwegsamen Gelände am Schiener Berg zu einer zur Hälfte verscharrten Leiche geführt. Als der Kommissar mit seinem Team dort ankam, war der Bereich von den Radolfzeller Kollegen bereits mit rot-weißen Plastikbändern abgesperrt worden.

»Wird langsam Zeit, dass sich hier etwas tut«, maulte der Förster. »Ich sitze hier wie angewurzelt seit drei Stunden. Als hätte ich sonst nichts zu tun.«

»Tut mir leid«, entschuldigte sich Zoffinger. »Sie haben ja mitbekommen, dass die Polizei Ihnen erst eine SMS mit einem Link zur GPS-Ortung auf Ihr Smartphone schicken musste. Und von Konstanz bis hierher brauchten wir auch eine Weile.«

Die mit Jeans und Hemd bekleidete männliche Leiche steckte mit dem Kopf und einem Teil des Oberkörpers in einem Erdloch. Auf Rücken und Beinen lagen welke Blätter, die auch der Wind auf die Leiche geblasen haben konnte. Nachdem die Spurensicherer Fotos gemacht und die nähere Umgebung des Erdlochs abgesucht hatten, zogen sie den Toten aus der Grube und drehten ihn von der Bauchlage auf den Rücken. Der Mann war schätzungsweise zwischen 40 und 60 Jahren alt und lag vermutlich noch nicht sehr lange an dieser Stelle. Die Auffindesituation ließ nur einen Schluss zu: Er war umgebracht worden. Spuren deuteten darauf hin, dass Fundort und Tatort nicht identisch waren. Wo und wie er zu Tode gekommen war, musste erst noch herausgefunden werden. Dass man die Leiche nicht vergraben hatte, hätte darauf schließen lassen können, dass es sich bei dem Verbrechen um eine in Panik oder Eile begangene Tat handelte. Jedenfalls hatte der oder hatten die Täter offenbar nicht genügend Zeit gehabt, ihre Spuren zu verwischen. Oder sie rechneten damit, dass ihr Opfer durch Tierfraß und Umwelteinflüsse relativ schnell verschwinden würde. Nichts deutete darauf hin, um wen es sich bei dem Toten handeln könnte – keine Ausweispapiere und keine persönlichen Gegenstände. Mit einer Ausnahme. In seiner rechten Hosentasche steckte ein schwerer, rostiger Schlüssel, passend vielleicht für das Schloss einer alten Kellertür oder das Portal einer Ritterburg.

Da es sich allen Anzeichen nach weder um einen Waldarbeiter noch um einen Wanderer handelte, fragte sich Zoffinger, was der Mann in diesem abgelegenen Waldstück zu suchen gehabt hatte. Während das Team den Abtransport der Leiche in die Rechtsmedizin vorbereitete, nahm Zoffinger sich nochmals den Förster vor.

»Gibt es hier Dachse?«

Der stinksauere Waldhüter schüttelte den Kopf.

»Früher einmal. Heute nicht mehr.«

»Könnte das Loch ein alter Dachsbau sein?«

»Glaube ich nicht. Die Dachse sind schon lange verschwunden. Vielleicht hat jemand gegraben. Keine Ahnung. Oder ein neuer Dachs hat sich hier heimisch gemacht. Kann ich endlich gehen?«

Zoffinger überhörte die Frage.

»Haben Sie eine Idee, was der Mann in dieser Gegend gesucht haben könnte? Hier läuft kein Wanderweg entlang, und außer Bäumen, Brombeersträuchern und Dickicht gibt es nichts. Wer in diesem Waldstück am Arsch der Welt herumstromert, muss einen triftigen Grund haben.«

»Korrekt! Zu sehen gibt es hier nichts. Ein Revier für Pilzsammler ist der Flecken auch nicht. Und für die verfallenen Klostermauern interessiert sich auch niemand.«

»Verfallene Klostermauern?«

»Drüben« – der Förster zeigte mit der ausgestreckten Hand an Zoffinger vorbei – »dort drüben stand mitten im Wald eine Klosterkapelle, im 16. Jahrhundert ein populärer Wallfahrtsort. Nach einem schweren Regen im letzten oder vorletzten Jahrhundert wurde sie von einem Bergrutsch fast komplett zerstört.«

»Heute ist nichts mehr übrig?«

»Doch. Wie ich schon sagte: Mauerreste. Und ein kleiner Nebenraum, den die Erdlawine verschont hat. Könnte die Sakristei oder ein ähnlicher Anbau gewesen sein.«

Zoffinger war hellhörig geworden.

»Ist die Ruine weit von hier entfernt?«

»Nicht mehr als einen halben Kilometer. Es geht erst bergauf. Dann kommt eine winzige Lichtung. Ein Stückchen weiter stehen die Überbleibsel.«

»Gibt es keinen einfacheren Weg dorthin als querfeldein durch die Walachei?«

»Am Schiener Berg existiert ein ganzes Netz von Wanderwegen, Forstpfaden und Mountainbike-Pisten. Wenn Sie sich nicht auskennen, haben Sie gute Chancen, sich zu verlaufen. Von Bankholzen führt parallel zum Bankholzer Dorfbach die Deienmooserstraße nach Süden. Sie können ihr bis zum Ende folgen und sich dann Richtung Burgruine Schlossbühl auf den Weg machen. Irgendwann biegen Sie nach Osten ab. Wegweiser zur halbverfallenen Klosterkapelle gibt es nicht. Warum auch.«

Der Förster war schon am Gehen, als er sich umdrehte.

»Schon eigenartig, dass diese JWD-Gegend plötzlich Aufmerksamkeit erfährt. Heute die Leiche in dem Erdloch. Vor ein paar Tagen eine Horde wilder Gesellen bei Mittelalterspielen.«

»Wilde Gesellen? Was für wilde Gesellen?«, bohrte Zoffinger nach.

»Vor ein paar Tagen bin ich auf einem Kontrollgang an der erwähnten Lichtung vorbeigekommen. Freaks in seltsamen Klamotten hatten Zielscheiben aufgestellt und mit

Pfeil und Bogen und einer Armbrust darauf geschossen. Die Typen sahen aus wie Mitglieder einer Rockergang in schwarzen Nietenklamotten und Westen mit Symbolen auf dem Rücken.«

»Könnte das eine rechte Gruppe gewesen sein? Hooligans, Mitglieder der völkischen Identitären Bewegung, Reichsbürger?«

»Ich weiß nicht, wie solche Typen aussehen. Aber es könnte sich um Mitglieder einer mittelalterlichen Wehrsportgruppe gehandelt haben.«

Zoffinger fuhr mit seinem Team nach Konstanz zurück. Es galt, mehrere Fragen zu beantworten. Wer war der Tote und wie war er umgekommen? Die Situation, in der er aufgefunden wurde, sprach jedenfalls nicht für einen natürlichen Tod. Warum hätte er sich bei einem Herzinfarkt oder einem Schlaganfall in ein Erdloch verkriechen sollen? Hatten die vom Förster beobachteten Wehrsportler etwas mit dem Toten zu tun?

In der Rechtsmedizin wurde der Waldleiche ein stabiler gesundheitlicher Zustand bescheinigt, abgesehen von erhöhten Leberwerten vermutlich durch übermäßigen Alkoholkonsum.

»Im Grunde genommen hat die Leiche auf meinem Seziertisch nichts verloren«, predigte Dr. Herrlinger. »Er hätte in seinem Zustand noch Jahrzehnte leben können. Ohne seine Sauferei.«

»Was ihm ganz offensichtlich nicht vergönnt war«, versuchte Zoffinger den drohenden langatmigen Pathologenvortrag dieses Mal abzukürzen. »An was ist er denn nun gestorben?«

»An einer Überdosis Mittelalter!«

Zoffinger staunte Bauklötze.

»An Beulenpest, Syphilis, Pest oder Cholera?«

»Er ist erstickt. Eine Lähmung des Atemzentrums hat zum Erstickungstod geführt.«

»Wenn er eine Fischgräte verschluckt hat, frage ich mich, was das mit dem Mittelalter zu tun hat.«

»Er ist an einer Überdosis Laudanum gestorben, die einen ausgewachsenen Elefanten ins Jenseits befördert hätte. Laudanum ist eine Opiumtinktur und war eine vom Mittelalter bis ins 19. Jahrhundert gebräuchliche, aus einem Gemisch von Opium und Alkohol bestehende Tinktur, der häufig Nelkenpulver und Safran beigegeben wurde – zur Behandlung von Schmerzen und Schwermut. Kreative Geister nutzten diese Modedroge zur Belebung ihres künstlerischen Schaffens. Goethe, Edgar Allan Poe, Novalis, E. T. A. Hoffmann und Charles Baudelaire sollen Laudanum-Junkies gewesen sein.«

»Laudanum – noch nie davon gehört.«

»Erfinder der Tinktur war im 16. Jahrhundert Paracelsus, gewissermaßen der Urvater der Chemie. Er braute aus 90 Prozent Alkohol und 10 Prozent Laudanum Cocktails für den Adel. Damals war die Alchemie auf der Suche nach einer Substanz, mit der unedle Metalle in Gold und kranke Menschen in gesunde verwandelt werden sollten. Alchemisten sprachen vom Stein der Weisen, eine wohlklingende Metapher für ein solches Zaubermittel.«

»Wie wird dieses Zeug verabreicht? Kann man es riechen oder schmecken?«

»Im Reinzustand hat diese Opiumvariante einen eher aromatischen, etwas muffigen Geruch, der in alkoholischen Getränken aber kaum oder gar nicht auffällt. Im Mittelalter mischte man Wein mit der Tinktur. Die Menschen glaubten damals an eine lebensverlängernde Wirkung der Wunderdroge. Selbst nervösen Kindern hat man die verdünnte Brühe zwecks Ruhigstellung eingegeben.

Bei der Obduktion haben wir den Mageninhalt des Mannes untersucht und festgestellt, dass er eine stattliche Menge mit Laudanum versetztem Rotwein intus hatte. Die Monsterdosis konnte er nicht überleben.«

»Hat er das Gemisch freiwillig oder unter Zwang getrunken?«

Dr. Herrlinger hob die Arme.

»Anzeichen für eine zwangsweise Verabreichung gibt es nicht. Aber wenn Sie jemand mit einer Waffe zwingt, einen Krug mit vergiftetem Wein zu leeren, haben Sie keine große Wahl ... Ich tippe eher darauf, dass er die viel zu konzentrierte Tinktur unwissentlich zu sich genommen hat.«

»Die Todesursache scheint dann ja wohl geklärt«, fasste Zoffinger zusammen. »Sind Sie auch in Sachen Identität auf einen grünen Zweig gekommen?«

Der Chefpathologe nahm einen neuen Anlauf.

»Das Mordopfer trug eine auffällige Tätowierung auf der linken Schulter. Genau genommen hatte er sich in jüngerer Vergangenheit dazu entschlossen, das Tattoo entfernen zu lassen. Ich schätze, dass er sich bereits mindestens zehn Behandlungen unterzogen hat. Leichte Farbreste bzw. Schatten eines feuerspeienden Drachens sind aber immer noch deutlich zu erkennen.«

Mit einer schwungvollen Armbewegung schlug er das Tuch über dem Oberkörper der Leiche zurück.

»Früher wurden Tattoos abgeschliffen, eine hautschädigende Brutalmethode. Bei einer anderen Vorgehensweise wird Milchsäure unter die Haut gespritzt, um Farbpigmente abzustoßen. Das ist genauso wenig ratsam wie eine operative Entfernung. Gängige Verfahren sind heutzutage Laserbehandlungen. Zwischen den einzelnen Sitzungen muss man der Haut ausreichend Zeit geben, sich zu regenerieren. Also hopplahopp werden Sie ein ungeliebtes Tattoo nicht los.«

»Wer macht solche Behandlungen?«

»Erfahrene Hautärzte, Fachärzte für Plastische und Ästhetische Chirurgie, manchmal auch Stümper und Ignoranten in dubiosen Hinterhofklitschen. Aber in unserem Fall würde ich auf einen Facharzt tippen. Saubere, professionelle Arbeit!«

Zoffinger setzte seine Hilfstruppen in Gang. Auftrag: einschlägige Praxen und Studios abklappern, um mit einem Tattoo-Foto herauszufinden, wer der Tote war. Das Ergebnis der tagelangen Sisyphusarbeit schlug ein wie eine Bombe. Der Ermordete auf dem Seziertisch von Dr. Herrlinger war einer, der auf der Fahndungsliste des Kommissars schon lange einen Spitzenplatz einnahm – Tobias Wegner.

Bei seinem nächsten Besuch in der Rechtsmedizin ließ Zoffinger das Kühlfach öffnen, in dem sein prominentes Mordopfer lag. Dr. Herrlinger warf seinem Besucher einen skeptischen Blick zu. Aus Erfahrung wusste er, dass sich der Kriminaler in den meisten Fällen bei der Leichenschau vornehm zurückhielt und Obduktionen mied wie der Teufel das Weihwasser.

»Plagen den Herrn Kommissar irgendwelche Zweifel?«, stänkerte der Superpathologe, als sein untertäniger Helfer das Schubfach herauszog.

»Nein, keine Zweifel«, antwortete Zoffinger. »Ich war lange hinter diesem Galgenvogel her. Jetzt will ich ihm von Angesicht zu Angesicht gegenüberstehen.«

»So wie der stolze Jäger seine Beute inspiziert«, stichelte Dr. Herrlinger und wurde von seinem Gehilfen für die Bemerkung mit einem breiten Feixen belohnt.

»Mir ist egal, wie Sie das sehen. Mir ist auch schnuppe,

wie lange bei Ihrem Adjutanten noch die Grinsstarre anhält. Mir ist in diesem Fall die letzte persönliche Begegnung wichtig.«

Dr. Herrlinger bedeckte Wegners Gesicht wieder mit dem Tuch.

»Außerdem ist der Kerl gar nicht meine Beute. Ich habe ihn nicht zur Strecke gebracht. Ein anderer ist mir zuvorgekommen.«

Zoffinger war bereits am Gehen, als ihm der Rechtsmediziner hinterherrief.

»Eines sollten Sie noch wissen. An Händen und Unterarmen haben wir Schürfwunden festgestellt. Nachweislich hat er sich diese Kratzer zugezogen, als er im Wald mehrfach stürzte und sich wieder aufrappelte. An seiner rechten Hand habe ich außerdem gelbe Verfärbungen und verätzte Hautstellen festgestellt. Der definitive Befund steht noch aus. Aber ich gehe davon aus, dass es sich um Folgen von unsachgemäßem Umgang mit Salpetersäure handelt.«

»Salpetersäure? Das Zeug ist doch hochgiftig, wenn mich mein Schulwissen nicht trügt. Was kann einer wie dieser Wegner damit angefangen haben?«

»Das müssen Sie selbst herausfinden. Ich nehme nicht an, dass er Stickstoffdünger herstellen wollte. Die Säure wird in der chemischen Industrie vielfältig verwendet, auch bei der Produktion von Farb- und Sprengstoffen. Schon im 13. Jahrhundert haben Alchemisten damit Gold und Silber getrennt.«

Dr. Herrlingers letzter Satz versetzte Zoffinger ins Grübeln. Die Leiche von Tobias Wegner war nicht einmal sechs Kilometer von der Höri-Art entfernt aufgefunden worden. Naheliegend war, dass der Tote mit Andris Balodis' Suche nach dem Stein der Weisen zu tun hatte. Aber von wem und warum war er umgebracht worden? Wegner selbst hatte nachweislich den Cessna-Piloten nach der Wasserung auf dem Bodensee erdrosselt – vermutlich um einen Mitwisser auszuschalten. Waren ihm Missgunst und Rivalität jetzt selbst zum Verhängnis geworden?

Eine offene Frage war auch, was es mit der halb zerfallenen Klosterkapelle auf sich hatte. Von der Ruine war unter Umständen Aufschlussreiches zu erwarten. Auf einen Solotrip im Wald am Schiener Berg hatte Zoffinger keinen Bock. Unterstützung erhoffte er sich von seinem Freund Florian.

»Wie wäre es mit der Neuauflage des Wochenendtrips auf die Höri? Hat doch bei der kürzlichen Radtour Spaß gemacht.«

Erfahrungsgemäß war der bislang ziemlich erfolglose Krimi-Autor froh um jede Gelegenheit, die ihn vom Schreibtisch weglockte.

»Mein Vorschlag: Wir nehmen Karin, Vera und Rolf Riedle mit. Statt uns wie üblich im Kneipendunst zu treffen, könnten wir uns am Schiener Berg an den Busen der Natur schmiegen.«

Florian hängte sich ans Telefon und rief die Freunde an. Die beiden Ladys waren Feuer und Flamme. Rolf Riedle sagte ab.

»Sorry, aber am betreffenden Wochenende bin ich verplant. Ich organisiere eine Mahnwache.«

»Für den Weltfrieden oder gegen den Plastikmüll in den Ozeanen?«

»Weder noch! Es gibt ein weltweites Netzwerk von Leuten, die sich regelmäßig vor Schlachthöfen versammeln, um sich von Schlachtvieh zu verabschieden und den Tieren Trost zu spenden. Ich will die Aktion auf Obst und Gemüse ausweiten. Schließlich handelt es sich bei Äpfeln, Frühlingszwiebeln und Salatgurken auch um Lebewesen.«

»Eine Mahnwache im Obstgarten oder auf dem Krautacker? Vielleicht unter dem Motto ›Sag dem Kohlrabi leise Servus‹?«

»Nein. Am kommenden Wochenende treffen wir uns auf einem Blumenkohlacker im Tägermoos. Der Bauer will demnächst ernten.«

»Höchste Zeit, Anteilnahme zu zeigen. Vor dem letzten Gang in die Kochtöpfe ein letztes ›Good bye, my love, good bye‹.«

Rolf Riedle änderte seinen Tonfall.

»Ich glaube, du nimmst unser Anliegen nicht ganz ernst. Vielleicht fehlt dir ein Schuss Empathie.«

»Das siehst du falsch«, rechtfertigte sich Florian. »Ich habe in meiner Küche schon mehrfach bittere Tränen vergossen, wenn ein unschuldiger Rahmspinat vor sich hin köchelte.«

Der Ausflug auf die Höri stand zu Beginn unter einem ungünstigen Stern – es nieselte. Aber schon hinter Radolfzell riss die Wolkendecke auf und ließ die Sonne durch. Zoffinger fuhr, wie von Google Maps empfohlen, in die Gemeinde Bankholzen, bog dort nach Süden Richtung Burgruine Schlossbühl ab und parkte seinen Wagen am Waldrand.

»Und? Wohin jetzt?«

Karin schwang ihren Rucksack auf die Schultern. Zoffinger war noch mit seinen Wanderstiefeln beschäftigt.

»Ich schätze, dass die alte Klosterkapelle irgendwo dort drüben im Wald stehen muss. Also los! Vielleicht stoßen wir auf konkrete Hinweise.«

»Mein letztes Suchspiel hat im Kindergarten stattgefunden«, meinte Vera.

»Meines gestern im Internet, als ich mir fast den Wolf gesucht habe«, gestand Florian.

Ein Feldweg führte von der Straße durch eine frisch gemähte Wiese auf den Waldrand zu. Der Förster hatte Zoffinger gesagt, dass es keinen Wanderweg zu der Kapelle gab. Also musste nach Wegweisern erst gar nicht gesucht werden. Nach einer Viertelstunde über Stock und Stein erreichten sie die Kreuzung zweier befestigter Wege. Auf einem Stapel Baumstämme pausierte eine Gruppe von Jugendlichen bei Tütenchips und Wachhaltebrause.

»Ist das ein Probelauf für das nächste Nikolausfest?«, scherzte Vera mit Blick auf die beiden Jutesäcke, die sie dabeihatten.

»Nix Nikolaus!«, antwortete einer. »Wir machen eine Schnitzeljagd. Genau genommen eine Öko-Schnitzeljagd. Ohne Papierfetzen und stattdessen mit Sägemehl.«

»Sehr löblich!«, meinte Zoffinger anerkennend. »Seid ihr eigentlich auf eurer Tour an verfallenen Ruinen oder alten Gebäuderesten vorbeigekommen?«

Die Schnitzeljäger sahen sich an.

»Kann mich nicht erinnern«, erwiderte der Wortführer. »Aber passt mal auf! Ich kenne jemanden in der Forstverwaltung. Von dem habe ich eine detaillierte Karte bekommen mit eingezeichneten Bächen, Schluchten, Waldhütten und Hohlwegen. Vielleicht ist eure Ruine auch dabei.«

Er zog sein Smartphone aus der Tasche, tippte ein paar Befehle ein und reichte Zoffinger das Gerät.

»Drüberwischen, nach oben, unten oder seitlich. Zum Vergrößern zwei Finger spreizen.«

»Danke für den Hinweis«, antwortete Zoffinger. »Diese digitale Herausforderung packe ich gerade noch.«

»Am Schiener Berg gibt es mehr als eine Ruine«, erklärte einer. »Von den meisten ist nicht viel übrig. In der Schule haben sie uns erzählt, dass die Leute in den Dörfern die Mauersteine für den Bau ihrer eigenen Häuser verwendet haben. Deshalb ist zum Beispiel von der Schrotzburg nur ein Dreckhaufen übrig geblieben.«

So sehr Zoffinger auf dem Smartphone auch suchte – er fand nichts Aufschlussreiches. Er wollte das Gerät schon zurückgeben, als er auf der Karte nicht weit von seinem Standort entfernt ein winziges Kreuzchen entdeckte.

»Vielleicht haben wir Glück, und das Symbol steht für die Kapelle«, versuchte Zoffinger seine Mannschaft anzuspornen.

Florian fluchte, weil der Wald immer dichter und das Gelände immer unübersichtlicher wurde. Karin war von einem Brombeerzweig attackiert worden und versuchte die Dornen von ihrer Wanderhose zu lösen. Vera entdeckte als Erste die zwischen Bäumen und Büschen versteckte Ruine. Halb über, halb unter der Erde liegend ähnelte der Bau einem von niedrigem Buschwerk überwucherten Verlies. Florian stürmte auf die eiserne, von Rostflecken übersäte Tür zu. Zoffinger hielt ihn am Ärmel fest.

»Sachte, Mann, sachte! Wir müssen aufpassen. Vielleicht ist der Bau einsturzgefährdet. Einen vertrauenserweckenden Eindruck macht er jedenfalls nicht. Außerdem könnte er in Zusammenhang mit dem Mord an Tobias Wegner stehen.«

Er zog sein Smartphone aus der Tasche und machte ein paar Fotos.

»So wie die welken Blätter vor der Tür liegen, ist sie garantiert in den letzten Tagen nicht geöffnet worden.«

Mit einem Taschentuch in der Hand langte Zoffinger nach dem Türgriff und rüttelte daran.

»Mich würde verflixt interessieren, was da drin versteckt ist. Aber das können wir getrost vergessen«, jammerte Vera. »Meinen Schneidbrenner habe ich ausnahmsweise nicht dabei.«

Zoffinger lachte, zog seinen Rucksack von der Schulter und warf ihn auf den Boden.

Euch ist doch bestimmt die Volksweisheit bekannt: »Der kluge Mann baut vor!«

Er langte in eine Außentasche, zog einen eisernen Schlüssel mit rostigem Bart heraus und wedelte wie mit einem Zauberstab vor seiner Truppe herum.

»Den hatte der ermordete Wegner in der Hosentasche. Ich habe ihn vorsorglich aus der Asservatenkammer geholt.«

Der Schlüssel passte. Vorsichtig zog Zoffinger die Blechtüre auf. Die Angeln lechzten nach Öl. Ein Schwall muffiger Luft wie aus einem ungelüfteten Keller schlug ihm entgegen. Er bückte sich nach einem abgebrochenen Zweig, um eine Spinnwebe aus dem Weg zu räumen. Florian stand hinter ihm und zirkelte den Lichtstrahl seines Smartphones in das miefige Dunkel. Der Lichtkegel hüpfte über den gestampften Boden auf die Rückwand des Innenraums zu.

»Mich laust der Affe!«, entfuhr es Karin. »Was ist denn das hier?«

»Ich tippe auf die geheime Werkstatt einer Terrorzelle«, schätzte Florian, der in jeder Lebenslage zu Dramatisierungen neigte. »Ein Tempel für gottlose Rituale oder Menschenopfer, schwarze Magie und unheilige Hexerei.«

»Für mich sieht das aus wie ein mittelalterlicher Kerker, zum Arbeitsplatz für Alchemisten umfunktioniert«, meinte Karin. »Selbst wenn der Bau tatsächlich zu einem ehemaligen Kloster gehörte, wen sollten Mönche hier eingesperrt haben?«

»Klosterfrauen, genau genommen Franziskanerinnen«, korrigierte sie Vera. »Das ehemalige Kloster Grünenberg war ein Frauenkloster.«

An den Natursteinwänden waren grobe Holzplanken als

Tischersatz befestigt. Bis auf einen etwa zwei Meter breiten Arbeitsbereich stand alles voller Fläschchen mit Tinkturen, öligen Essenzen und undefinierbaren Flüssigkeiten. Messbecher, Trichter, Schüsseln und feuerfeste Tiegel komplettierten die Laborausrüstung. Rußschwarze Mauersteine in einer Ecke bewiesen, dass mit zwei Campingkochern gearbeitet worden war. Zwischen Destilliergefäßen und einem Tonkrug stand eine Lampe mit Gaskartusche, die angezündet den Raum taghell machte. Florian entdeckte in einer Holzkiste fünf Flaschen Spätburgunder vom Bodensee. In einem Trinkglas stand noch eine kleine Pfütze Rotwein, von dem in einem hohen Krug noch mindestens ein halber Liter übrig war.

»Endlich ein Gesöff unter all den Tinkturen, mit dem man etwas anfangen kann«, schätzte Florian.

Zoffinger sah das anders.

»Vermutlich handelt es sich um das Mordwerkzeug. Unser Superpathologe hat festgestellt, dass dieser Tobias Wegner mit vergiftetem Wein um die Ecke gebracht wurde. Also: Lass bloß die Finger davon und auch vom restlichen Inventar. Das Labor und der ganze Krempel muss von unseren Experten untersucht werden. Wenn ich mich nicht irre, haben wir genau das gefunden, was auf meiner Wunschliste ganz oben steht.«

Er atmete tief durch.

»Jede Wette, dass hier okkulte Alchemisten und kriminelle Geschäftemacher den Traum vom langen Leben oder sogar von der Unsterblichkeit zu verwirklichen suchten. Einer ist dabei auf der Strecke geblieben. Warum, wird sich noch herausstellen.«

»Ich komme mir vor wie im 16. Jahrhundert«, hauchte Vera. »Fehlt nur noch ein bärtiger Hexenmeister in wallendem Gewand, der in einem stechenden Schwefelnebel geheimnisvolle Sprüche murmelt und mit qualmenden Tiegeln und brodelnden Tinkturen hantiert.«

In einem Schrank stapelten sich alte Bücher, die in einem wissenschaftlichen Antiquariat oder einer Inkunabeln-Sammlung besser aufgehoben gewesen wären. Zoffinger langte mit seinem Taschentuch, das er immer noch in der Hand hielt, an die Wand, wo an einem in eine Mauerfuge getriebenen Nagel ein Schnellhefter hing. Wären die Namen und Zahlen auf den abgehefteten Blättern auf Chinesisch niedergeschrieben worden, hätte er genauso viel oder wenig davon verstanden: chemische Formeln, Kolonnen von seltsamen Symbolen und verklausulierte Begriffe wie Drachenblut, Jungfernerde, Schwarzer Drachen, philosophische Milch und Pfauenschwanz.

»Wahrscheinlich suchten die Quacksalber nach dem sagenumwobenen Stein der Weisen und hofften, mithilfe des Schwelin-Kassibers zu Potte zu kommen«, dachte Zoffinger laut nach.

»Oder ein verschrobener Scharlatan wollte einen neuen Energy Drink erfinden«, vermutete Florian.

»Dann würde ich an deiner Stelle gleich mal ein Schlückchen aus einem dieser Gefäße nehmen«, schlug Karin vor. »Das würde vielleicht deinem schriftstellerischen Arbeitseifer auf die Beine helfen.«

Während der Rest der Clique in der Kapelle wilde Theorien über das Giftmischerstübchen diskutierte, stromerte Vera draußen um die Ruine. Auf der dem Kapelleneingang gegenüberliegenden Seite fiel ihr ein kleiner, von Mauerresten bedeckter Hügel auf. Sie räumte das Material zur Seite, stocherte mit einem abgebrochenen Ast in dem Haufen herum und baggerte eine Kuhle, in der sie auf einen harten Gegenstand stieß. Erst glaubte sie an einen Stein. Dann zog sie ein zerbrochenes Gefäß aus grünlichem Glas heraus. Je größer die Kuhle wurde, desto mehr Scherben, Glaskolben, seltsam geformte Gegenstände, diverse Metallgegenstände, Holzkohle, Asche, Leder- und Stoffreste kamen zum Vorschein. Im Laufe ihres Geschichtsstudiums hatte sich mehr als einmal erwiesen, dass mittelalterliche Müllhaufen mehr über die Lebensweise früherer Menschen preisgaben als historische Wälzer und Abhandlungen. Es bestand kein Zweifel. Sie war auf die Abfallgrube einer alten Alchemistenwerkstatt gestoßen.

»Hey, Leute! Das müsst ihr euch ansehen«, jubelte sie. »Sonnenklar ein Fall für die Experten vom Landesamt für Denkmalpflege. Wir sollten alles so lassen, wie es ist. Müllhaufen sind archäologische Schatztruhen. Was hier verbuddelt ist, sieht aus wie überflüssiger oder kaputter Alchemistenkram – und zwar nicht von gestern, auch nicht von vorgestern, sondern wahrscheinlich aus früheren Jahrhunderten.«

Zoffinger zog eine Scherbe aus dem Loch und legte sie vorsichtig zur Seite.

»Noch etwas habe ich entdeckt«, fuhr Vera fort. »Drei Baumstämme hinter der Kapelle sind rot markiert. Ich kann euch die aufgesprühten Zahlen zeigen.«

Nur ein paar Meter von der Ruine entfernt standen die betreffenden Bäume.

»Solche Zeichen habe ich in Wäldern schon oft gesehen«, behauptete Florian. »Die Forstverwaltung kennzeichnet Exemplare, die gefällt werden oder zu Nutzholz verarbeitet werden müssen.«

Zoffinger schaute sich einen der Bäume genauer an.

»Der hier ist für die Motorsäge garantiert nicht vorgesehen. Die Zahl 18 ist in rechtsradikalen Kreisen ein Code und bedeutet ›Adolf Hitler‹ nach der Reihenfolge der Buchstaben ›A‹ und ›H‹ im Alphabet. Ich müsste mich gewaltig täuschen, wenn hier nicht schräge Elemente am Werk gewesen sind. Ein Förster hat mir erzählt, dass solche Typen vor einigen Tagen in der Nähe Schießübungen veranstaltet haben.«

»Könnte es sein, dass diese Kerle etwas mit dem mysteriösen Toten zu tun haben?«, fragte Karin in die Runde.

»Ich werde mich drum kümmern«, versprach der Kommissar. »Jede Spur zählt.«

Der Wandertag am Schiener Berg hatte sich gelohnt. Zoffinger war überzeugt, ein mysteriöses Alchemistenlabor gefunden zu haben. Unklar blieb, warum Tobias Wegner fast einen Kilometer von der Alchemistenküche entfernt aufgefunden wurde. Vermutlich hatte ihn der giftige Rotweincocktail so verwirrt, dass er ziellos und stolpernd durch den Wald irrte und in seinem Drogenrausch in das Erdloch kroch.

Zu Beginn der neuen Woche scheuchte der Kommissar seine Kollegen von der Spurensicherung auf und schickte den Tross in die alte Klosterkapelle. Er rief beim Landesamt für Denkmalpflege an und meldete Veras Fund, wenngleich er von dessen Signifikanz weniger überzeugt war als seine Freundin. Das behielt er jedoch für sich, um Vera nicht zu vergraulen.

In erster Linie ging es ihm darum, Licht in den Mordfall Wegner zu bringen und herauszufinden, ob bzw. was der Kerl mit dem mysteriösen Klosterlabor zu tun hatte und wie Andris Balodis in dieses Szenario passte. Es dauerte, bis seine Kollegen die ersten Spuren ausgewertet hatten.

»Alle Anzeichen sprechen dafür, dass die Betreiber des Klosterlabors die mittelalterliche Alchemie zu neuem Leben erwecken wollten«, erklärte einer. »Die Ausstattung der Chemieküche ist jüngeren Datums, nicht älter als drei oder vier Jahre. Experimentiert wurde mit bereits im Mittelalter verwendeten Substanzen wie Salpetersäure, Sulfid und Quecksilber. Nicht zu vergessen Antimon, das chemisch Arsen ähnelt und in den alchemistischen Werkstätten eine wichtige Rolle spielte. Spuren von Antimonerz und Schmelzkuchen aus Antimonsulfid haben wir ebenfalls gefunden.«

»Die Hobbyalchemisten scheinen mit richtigem Teufelszeug experimentiert zu haben«, meinte Zoffinger.

»Das kannst du laut sagen. Wir haben eine Art Rezeptbuch gefunden. Da stellen sich einem die Nackenhaare auf, wenn man liest, was die Kerle zusammengemischt haben.«

»Wie sieht es eigentlich mit Fingerabdrücken aus? Unser Pathologe hat an den Händen von Tobias Wegner Verätzungen festgestellt. Gehörte er zu den Pfuschern in der Waldapotheke?«

»Mit seinen Fingerabdrücken könntest du dein ganzes Büro tapezieren«, konstatierte der Experte. »Kein Glasballon, kein Retortenröhrchen, kein Fläschchen ohne seine Abdrücke. Wir haben auch noch andere gefunden, konnten sie jedoch noch nicht zuordnen. Einen Haupttreffer haben wir allerdings verzeichnet. Mit dem Rotwein in dem halbvollen Glas hat Tobias Wegner einen dermaßen konzentrierten Giftcocktail zu sich genommen, dass mich wundert, wie er den Kilometer bis zu seinem Auffindeort überhaupt noch geschafft hat. Er muss jenseits von Gut und Böse gewesen sein.«

Kein Tag verging ohne einen Anruf von Vera, der die Funde in der Abfallgrube unter den Nägeln brannten. Im Laufe der Zeit kristallisierte sich heraus, dass dort schon vor Jahrhunderten Pharmazeutika auf Antimon- und Quecksilberbasis hergestellt wurden. Daran ließen Ablagerungen auf Glasscherben und in Glasgefäßen keinen Zweifel. Manche Retorten enthielten Hämatit, Magnetit und Kupferoxid, vermutlich Destillationsrückstände nach der Herstellung von Schwefelsäure. Verwunderung löste der Fund von zwei Hasenpfoten aus. Ein Blick in die alchemistisch-metallurgische Literatur sorgte für die Lösung des Rätsels. Hopplerpfoten waren früher übliche Laborgeräte zum Abtragen von Amalgamschichten.

»Dass Alchemisten betrügerische Giftmischer und Spinner waren, die den Leuten das Geld aus der Tasche zogen, wurde hauptsächlich im 19. Jahrhundert behauptet«, erzählte einer der Denkmalexperten, den Zoffinger in sein Büro eingeladen hatte. »Aber um die Wende vom Mittelalter zur frühen Neuzeit hatten sie einen Ruf als hoch angesehene Pharmazeuten. In vielen Fürstenhäusern experimentierten sie mit Zinnober, Quecksilber, Schwefel- und Salpetersäure und Antimonverbindungen in der Hoffnung, den Stein der Weisen zu finden und damit zu Macht, Wohlstand und Gesundheit zu kommen.«

Zoffinger schielte auf sein bereitliegendes Leberwurstbrot, traute sich aber nicht, in Anwesenheit seines Besuchers hineinzubeißen.

»Vor ein paar Jahren haben Kollegen aus Halle bei Ausgrabungen in einem ehemaligen Kloster in Wittenberg (Sachsen-Anhalt) ein ganzes Alchemistenlabor zutage gefördert«, fuhr der Anrufer fort. »Ein Fund von Rang und Namen. Ähnlich wie eine Entdeckung 1980 im Schloss Oberstockstall in Niederösterreich. Dass es auch auf der Höri eine solche Stätte gibt, hätte ich mir nicht einmal in meinen kühnsten Träumen vorgestellt.«

»Haben Sie eine Erklärung, warum es gerade hier am Bodensee eine solche Werkstatt gab?«, wollte Zoffinger wissen.

»Eine Vermutung habe ich. Aber ich betone – es ist nur

eine vage Hypothese. Das ehemalige Kloster Grünenberg gehörte genauso wie das erwähnte Kloster in Wittenberg zum Franziskanerorden. Ob es zwischen beiden Häusern Verbindungen gab, müssen Historiker herausfinden.«

In den Räumlichkeiten der Spurensicherer hätte man meinen können, alle Mann seien in Zwangsurlaub geschickt worden. In Wahrheit hatten die Spürnasen Wanderstiefel angezogen, um das Klosterlabor im Wald am Schiener Berg zu leeren und die Beweisstücke durchs Unterholz zu ihren Transportfahrzeugen zu schleppen. Bei der Räumaktion war ihnen eine Keksdose mit persönlichen Gegenständen Wegners in die Hände gefallen: Filzstifte, selbstklebende Etiketten, Gummiringe, eine Brille, ein vor Altersschwäche grau angelaufener Müsliriegel und eine 16-Giga-Speicherkarte. Neben rätselhaften Rezepturen, Rechnungen für Laborbedarf und privaten Fotos waren Briefe an mehrere Schweizer Pharmafirmen abgespeichert, die ein Licht auf die psychische Verfassung von Wegner warfen.

»Ein einwandfreier Beweis dafür, dass der Kerl nicht ganz dicht war«, stellte Zoffinger fest, nachdem er fünf, sechs Briefe überflogen hatte. »Ein klassischer Fall von übersteigerter Geltungssucht und Selbstüberschätzung. Ich glaube, der Kerl hielt sich für ein verkanntes Genie.«

In den Schreiben stellte sich Wegner als Alchemist der alten Schule vor und behauptete, das Geheimnis des Steins der Weisen gelöst zu haben – teilweise durch Versuche im eigenen Waldlabor. Der eigentliche Schlüssel zu seinem durchschlagenden Erfolg sei jedoch die Decodierung eines in Geheimsprache verfassten Manuskripts gewesen, an dem bislang Generationen von Wissenschaftlern gescheitert waren. Verfasser des Schriftstücks war Isaac Newton, einer der bedeutendsten Wissenschaftler aller Zeiten und Vater der klassischen theoretischen Physik. Der Clou bei allen Briefen war, dass Wegner den betreffenden Unternehmen Verhandlungen darüber anbot, seine nach eigener Einschätzung bahnbrechenden Erkenntnisse mit kompetenten Partnern zu teilen – selbstverständlich gegen eine angemessene Gewinnbeteiligung.

»Aha!«, dachte Zoffinger. »Es ging dem alchemistischen Hobbykoch also darum, sein Pseudowissen in klingende Münze zu verwandeln.«

Gleichzeitig erinnerte sich der Kommissar, dass ihm bei der großen Razzia in der Künstlerkommune Höri-Art ein heftiger Streit zwischen Andris Balodis und Tobias Wegner zu Ohren gekommen war. Wer davon erzählt hatte, hatte er vergessen. Waren sich die beiden Platzhirsche an die Gurgel gegangen, weil einer der Partner ›Betriebsgeheimnisse‹ verhökern wollte? Ging es um einen Verdrängungswettbewerb auf illegalen Märkten? Nachhaken war angesagt. Schließlich ging es um das Motiv, weshalb Wegner vergiftet worden war.

Bevor Zoffinger die Speicherkarte Speicherkarte sein ließ, stöberte er in unterschiedlichen Ordnern herum und stieß auf eine Sammlung von Dokumenten, die chiffriert aussahen – eine Buchstaben- und Zahlenkolonne nach der anderen. Hatte Wegner die Verschlüsselung von Isaac Newton tatsächlich entzaubert und damit eigene Geheimdokumente angelegt? Einer seiner Kollegen von der Spurensicherung kannte sich mit Kryptologie aus, beschäftigte sich eine halbe Stunde lang mit den Texten und rief dann Zoffinger an.

»Nix Isaac Newton! Die Dokumente sind mit der sogenannten Cäsar-Verschlüsselung codiert, einem simplen Verfahren, um Klartext in Geheimtext umzuwandeln. Dabei werden die Buchstaben eines Textes um eine feste Anzahl von Buchstaben im Alphabet verschoben. Ein Beispiel. Bei einer Verschiebung um vier Buchstaben wird aus ›POLIZEI‹ das Wort ›TSPMDIM‹. Ich habe ein Programm, das solche Verschiebungen in Nullkommanix rückgängig macht, und schicke dir die decodierten Seiten rüber.«

Mit dieser Verschlüsselung versuchte Wegner offenbar, sein ›Geheimwissen‹ und die Ergebnisse seiner Experimente vor dem Zugriff Unbefugter zu schützen. Aber den Aufwand hätte er sich sparen können. Schließlich handelte es sich nur um alchemistische Hirngespinste, von denen zumindest Zoffinger so gut wie nichts verstand.

Um dem vorausgegangenen Streit zwischen Balodis und Wegner in der Künstlerkommune auf den Grund zu gehen, stattete der Kommissar der Höri-Art nochmals einen Besuch ab. Aus dem Schuppen, in dem Wegners BMW stand, kamen Arbeitsgeräusche. Zwei junge Burschen sägten aus einem Metallteil eine vorgezeichnete Platte aus. Im Hof stand ein Quad mit laufendem Motor.

»Hoppla!«, begrüßte Zoffinger den selbst ernannten Verwalter, der mit einer Tasche und einem Helm unter dem Arm aus dem Haus kam. »Heute mal in Zivil. Sind Latzhose und Gummistiefel in der Wäsche?«

»Wenn es Sie nicht stört«, kam die knappe Antwort.

»Keineswegs. Mir fällt Ihre Ausgehkleidung nur auf, weil ich Sie bisher nur in Ihrem Arbeits-Outfit angetroffen habe. Sind Sie auf dem Sprung?«

»Einkaufen.«

»Ich wollte nochmals kurz mit Ihnen reden.«

»Hört diese verdammte Schnüffelei eigentlich nie auf?«, echauffierte sich der Nicht-Latzhosenträger. »Hier finden Sie nichts.«

»Da bin ich mir nicht sicher. Auf Ihrem Gelände haben wir ja schon einiges entdeckt. Wie ist zum Beispiel der in der Scheune versteckte Dreier-BMW hierhergekommen?«, fragte Zoffinger. »Wir wissen, dass er einem gewissen Tobias Wegner gehört. Sie als Verwalter müssten ihn eigentlich kennen?«

»Wir sind eine offene Kommune. Leute kommen und gehen. Wie die beiden in der Scheune. Den Wagen hat Wegner vor geraumer Zeit hier untergestellt, weil er für ein paar Monate ins Ausland wollte.«

»War er in letzter Zeit hier?«

»Es ist schon eine Weile her, dass ich ihn das letzte Mal gesehen habe.«

»Also hat er seine Auslandsreise verschoben. War Balodis auch da?«

»Er war auch da.«

»Daran können Sie sich mit Sicherheit erinnern?«

»Die beiden haben sich wieder mal gefetzt. Um was es ging, habe ich nicht mitbekommen. Hat mich auch nicht interessiert.«

»Was verstehen Sie unter ›Sie haben sich gefetzt‹?«

»Na ja, gestritten haben sie wie die Kesselflicker. Rumgebrüllt. Türen zugeschlagen. In letzter Zeit ist das öfters vorgekommen.«

»Wie ging der Streit aus?«

»Weiß ich nicht. Ich habe ja nicht mitbekommen, um was es ging. Aber Balodis ist hinterher mit dem Quad die Einfahrt runtergeprescht. Er war ziemlich geladen und hätte vor dem Tor um ein Haar ein Reh über den Haufen gefahren.«

»Und Tobias Wegner? Was hat der gemacht?«

»Ich war in der Scheune mit meinen Skulpturen beschäftigt. Aber ich nehme an, dass er weggefahren ist. Später ist er mir jedenfalls nicht mehr begegnet. Wäre auch schlecht möglich gewesen.«

»Sie wissen also, dass Wegner nicht mehr am Leben ist?«

»Hier fällt nicht mal ein Apfel vom Baum, ohne dass darüber gesprochen wird.«

»Wer Wegner umgebracht haben könnte, wissen Sie natürlich nicht?«

Der Verwalter schüttelte den Kopf.

»Und Balodis? Eine Ahnung, wo er sich im Augenblick aufhält?«

»Der kommt und geht, wie er will.«

»Kann ich mich drinnen nochmals umsehen?«, beendete Zoffinger die unergiebige Fragestunde. »Ich bin mit meinen Ermittlungen noch nicht ganz am Ende.«

»Tun Sie, was Sie nicht lassen können. Ich kann Sie ohnehin nicht daran hindern.«

Er legte seinen Helm auf den Sitz seines Fahrzeugs und setzte sich auf die Bank vor dem Haus.

»Ist die Tür zum Haupthaus offen?«

»Na klar. Wir haben nichts zu verstecken. Zu klauen gibt es hier auch nichts.«

»Dennoch habt ihr der Giraffe am Eingang ein Überwachungssystem ins Gehirn gesetzt?«

Der Verwalter pausierte gedanklich, bis ihm eine Antwort eingefallen war.

»Das war damals ein Gag. Mittlerweile funktioniert das Ding nicht mehr.«

Zoffinger hatte sich im Haus schon bei der Razzia umgesehen. Jetzt ging es ihm um Hinweise, die Licht in die Geschäftsbeziehung zwischen Balodis und Wegner bringen konnten. Dass sich einer der beiden ein größeres Stück vom kriminellen Pharmakuchen sichern wollte und es deshalb zu Rivalitäten gekommen war, schien naheliegend. Um was genau es dabei ging, hätte Zoffinger brennend interessiert.

Weder im pompösen Salon des Haupthauses noch in der Lobby fand Zoffinger etwas. Ziemlich frustriert verließ er das Haus. Der Verwalter warf ihm einen hämischen Blick zu.

»Hab Ihnen gleich gesagt, dass es nichts zu finden gibt.«

Der Kommissar wollte sich schon auf den Heimweg machen, als ihm neben der Scheune zwei große Mülleimer auffielen. Einer gab sich schon aus der Entfernung durch seinen ekligen Mief als Biotonne zu erkennen. Der Zweite war randvoll mit Papiermüll. Unter dem Protest des Verwalters kippte Zoffinger den Inhalt auf den Boden und begann zu sortieren. Eine kleine Schachtel fiel ihm wegen eines kyrillischen Schriftzugs auf. Im Inneren befand sich eine schwarze Geschenkbox mit dem Aufdruck ›TRANSSIB‹ und ›UMNYASHOV‹. Darin ein leeres Etui, in dem der Form nach eine Armbanduhr verschickt worden war. Außerdem fand sich noch ein zur Sendung passender Zettel mit dem Foto eines hübschen Chronometers und einem kyrillischen Satz. Das weiße Ziffernblatt der Uhr zeigte in Rotbraun die Karte der ehemaligen Sowjetunion mit der Streckenführung der Transsibirischen Eisenbahn und deren Haupthaltestellen.

Zoffinger wusste nichts damit anzufangen. Dann erinnerte er sich an seinen ersten Besuch auf Höri-Art. Als der Quadfahrer damals das Gelände verließ, hatte er dem Latzhosenmann am Tor etwas in lettischer Sprache zugerufen.

»Wenn ich mich nicht täusche, sprechen Sie Lettisch. Russisch auch?«, wandte er sich an den Verwalter.

»Und? Ist das verboten?«

»Sie können mir einen Gefallen erweisen. Würden Sie bitte übersetzen, was auf dem Zettel steht?«

Der Verwalter las den russischen Satz vor.

»Das heißt ›Herzlichen Dank für die gute Zusammenarbeit‹.«

Zoffinger schwante, dass er mit der Verpackung eventuell den Grund für die aus den Fugen geratene Geschäftsbeziehung zwischen Balodis und Wegner in Händen hielt. Er nahm den Karton mit ins Kommissariat. Absender war ein russisches Unternehmen mit Namen Megafarm. Er recherchierte im Internet und fand heraus, dass es sich um eine in Kaluga südlich von Moskau ansässige Pharmafirma handelte. Vermutlich war die auf der Produktinformation abgebildete Uhr eine Anerkennung für ein Entgegenkommen oder einen erfolgreichen Geschäftsabschluss. Megafarm hatte in jüngerer Vergangenheit die Fühler Richtung Westeuropa ausgestreckt, um Kooperationen mit ausländischen Firmen einzugehen bzw. die eigene Produktpalette durch den Erwerb fremder Lizenzen zu erweitern.

Bei der großen Razzia in der Künstlerkommune hatten die Spurensicherer sämtliche Daten vom Uralt-Laptop von Balodis heruntergezogen. Zoffinger rief seine Kollegen an, ob dabei Hinweise auf Megafarm aufgetaucht waren. Das Ergebnis ließ ihn jubeln. Balodis hatte mit der Firma einen Kooperationsvertrag ausgehandelt, der sich auf die Herstellung und den Vertrieb von Anti-Aging-Präparaten bezog.

»Daher weht der Wind!«, konstatierte der Kommissar. »Balodis holt eigenmächtig die Russen ins Boot, während Wegner seine Alchemistengeheimnisse klammheimlich Schweizer Pharmaunternehmen anbietet. Offenbar versuchten sich die beiden gegenseitig auszubooten.«

Eine bessere Erklärung für geschäftliche und persönliche Rivalitäten hätte es kaum geben können. Im Mordfall Tobias Wegner lieferten die Männer von der KTU gleich noch eine heiße Fährte, die zu Andris Balodis führte. Auf dem Krug mit vergiftetem Wein und einer Flasche Laudanum in der Klosterkapelle befanden sich die Fingerabdrücke eines der beiden Lakaien des Letten, die in der Schrebergartenkolonie durch die Gasexplosion ums Leben gekommen waren.

    Zufrieden kehrte Zoffinger der Künstlerkommune den Rücken und bummelte die Hortensienallee hinunter. Bevor er draußen in seinen Wagen stieg, ging er vor der Löwenkopfgiraffe zwei-, dreimal hin und her, wobei er die unter der Mähne integrierte Kamera fixierte. Das Objektiv folgte ihm bei jedem Schritt. Mr. Latzhose hatte gelogen.

13
SCHRÄGER FREISTAAT REICHENAU

Was Zoffinger bislang über Andris Balodis in der Künstlerkommune erfahren hatte, war mehr als dünn. Entweder hielt der Verwalter mit seinem Wissen hinter dem Berg oder er kümmerte sich tatsächlich einen Dreck darum, wer dort ein und aus ging. Der Lette blieb ein unauffindbares Phänomen. In seiner Firma Agilosan im ehemaligen Konstanzer Kieswerk war er nach Angaben seiner Mitarbeiter nur selten präsent gewesen. Die Kollegen von der Kriminaltechnik hatten den in Klein-Versailles stehenden Laptop des kriminellen Pharma-Zampanos unter die Lupe genommen und in der Windows-Ereignisanzeige festgestellt, dass das Gerät tatsächlich nur sporadisch gebootet worden war.

Über eine Observation der dubiosen Höri-Art hatte der Kommissar schon mehr als einmal nachgedacht, die Idee aber jedes Mal wieder verworfen. Das mysteriöse Hofgut rund um die Uhr lückenlos zu überwachen, wäre nur mit einer halben Armee Polizisten möglich gewesen. Der zuständige Richter hätte ihm den Vorschlag vermutlich schon allein wegen der Einsatzkosten um die Ohren gehauen. Um Balodis vielleicht doch zu erwischen, behalf man sich auf der Höri mit spontanen Verkehrskontrollen und überprüfte hin und wieder die Häfen in Horn und Gaienhofen.

In eine dieser routinemäßigen Straßenkontrollen geriet

zwischen Radolfzell und Moos ein Raser. Am Steuer saß ein pausbäckiges Milchgesicht, das bei einem Wettbewerb im Sackhüpfen besser aufgehoben gewesen wäre. Außer einer fettigen Verpackung für einen Hamburger konnte der Jungspund keine Papiere vorweisen. Bock auf Auskünfte hatte er auch nicht, legte stattdessen aber mit durchdrehenden Reifen einen sauberen Kavaliersstart hin. Nur durch einen beherzten Sprung konnte sich einer der Beamten retten. Die halsbrecherische Verfolgungsjagd endete nach wenigen Kilometern mit einem brutalen Crash. Wie sich herausstellte, hatte der 12-jährige Helldriver das Auto seiner Eltern für eine nächtliche Spritztour ›ausgeliehen‹. Zwischen Gundholzen und Horn verlor er wegen überhöhter Geschwindigkeit die Kontrolle und krachte fast ungebremst in ein entgegenkommendes Fahrzeug. Dessen verletzter Lenker musste von der Feuerwehr, die in der Nähe einen Einsatz hatte, mit einem hydraulischen Spreizer befreit werden. Als sich die Polizisten um das Auto des Rasers kümmerten, staunten sie nicht schlecht: Vom minderjährigen Autodieb fehlte plötzlich jede Spur.

Das war aber nicht der einzige Paukenschlag. Eine Halterabfrage ergab, dass der Wagen des verletzten Unfallbeteiligten vier Tage zuvor von einem Parkplatz am Münchner Flughafen gestohlen worden war. Eine Überprüfung der Fingerabdrücke des mittlerweile in eine Klinik eingewiesenen Fahrers ließ keinen Zweifel, dass es sich um einen alten Bekannten Zoffingers handelte: Simon Prill.

Was hatte der ehemalige Mitarbeiter von Agilosan am Münchner Flughafen zu suchen? Die Kollegen im Kommissariat fanden heraus, dass Prill aus Moskau kommend in München gelandet und dort in eine Zollkontrolle geraten war. Beim Routinecheck fiel den Zöllnern eine nicht alltägliche Armbanduhr am linken Handgelenk des Reisenden auf. Da er dieses offensichtliche Mitbringsel nicht angemeldet hatte und der Wert mehr als 430 Euro betrug, wurde er zur Kasse gebeten. Was Zoffinger aufrüttelte, war neben der Flugreise an sich ein Detail, das es in sich hatte. Die Uhr glich wie ein Ei dem anderen jenem Chronometer, der auf dem Zettel abgebildet war, den der Kommissar im Müll der Höri-Art gefunden hatte. Zoffinger zählte eins und eins zusammen. Prill hatte vom russischen Unternehmen Megafarm die gleiche Uhr wie Andris Balodis erhalten, was dafür sprach, dass er nach wie vor für den Letten als Laufbursche arbeitete – obwohl er versucht hatte, den Anschein zu erwecken, als sei er als geleuterter Pharma-Aussteiger auf einem Rachefeldzug gegen den Agilosan-Chef.

Nichts deutete darauf hin, wo Simon Prill vor seinem Unfall gewesen war. Bis die Kriminaltechniker sein Navi überprüften und herausfanden, dass er auf der Insel Reichenau eine bestimmte Adresse aufgesucht hatte: das landwirtschaftliche Anwesen eines gewissen Fritz Klein, der zum Freundeskreis des Mädchenmörders Rembrandt zählte und sich als Herrscher über den Freistaat Reichenau aufspielte. Zoffinger erinnerte sich. Bei Simon Prill in Dettingen waren in der Vergangenheit gelegentlich seltsame Leute vom Schlage Rembrandts ein und aus gegangen; schräge Typen mit behämmerter Weltsicht und Bammel vor jedweder staatlichen Autorität. War der Agilosan-Aussteiger auf der Suche nach Verbündeten bei diesen Reichsbürgern untergekrochen? Nicht ausgeschlossen, dass die Mitglieder dieses Freundeskreises Schießübungen im Wald am Schiener Berg absolviert und auf den Bäumen bei der Klosterkapelle die symbolische Zahl 18 hinterlassen hatten.

Der Verdacht erhärtete sich wenige Tage nach dem Unfall auf der Höri – und zwar auf hollywoodreife Art und Weise. Zwei Pilzsucher stromerten nachmittags am Schiener Berg durch den Wald, als sie auf seltsame Geräusche aufmerksam wurden. Augenblicke später blitzte zwischen den Baumstämmen ein gleißender Feuerschein auf. Beim Näherkommen stellten sie fest, dass es in einem halb verfallenen Bau aus Naturstein offenbar lichterloh brannte. Glücklicherweise war das Schwammerlduo noch weit genug von der Brandstelle entfernt, als eine heftige Explosion den Waldboden erzittern ließ und das Ruinengemäuer pulverisierte. Als Feuerwehr und Polizei eintrafen, standen einige um die Ruine wachsende Sträucher und Bäume noch immer in Flammen. Ein ausufernder Waldbrand konnte durch die Einsatzkräfte jedoch verhindert werden.

Die Kriminaltechnik fand in Zusammenarbeit mit Experten vom Sprengmittelräumdienst heraus, was den Brand und die Explosion in der alten Klosterkapelle verursacht hatte – eine aus dem Zweiten Weltkrieg stammende Stabbrandbombe, wie sie schon dutzenweise im und um den Bodensee gefunden wurden. Zoffinger traf die beiden Pilzsammler auf dem Polizeirevier Radolfzell, um sich über den Vorfall aus erster Hand informieren zu lassen. Sie hatten beobachtet, wie drei Männer auf einem in der Nähe ihres Pilzreviers verlaufenden gesperrten Waldweg einen länglichen Gegenstand aus einem weißen Kleintransporter ausluden. Merkwürdig war gewesen, dass der Wagen zumindest am Heck kein gültiges Kennzeichen, sondern ein Schild mit der Aufschrift ›Elvis lebt‹ trug.

Die Männer vom Sprengmittelräumdienst waren auch nicht untätig geblieben.

»Ohne jeden Zweifel handelte es sich um eine gezielte Aktion. Den Hinweisen nach haben die Täter die Metalltür zur Klosterkapelle mit Gewalt aufgebrochen und die

Brandbombe an der Decke per Hanfseil aufgehängt. Um sich selbst aus dem Gefahrenbereich entfernen zu können, sorgten sie mit einer brennenden Kerze dafür, dass die Aufhängung durchschmorte und die nur dünn ummantelte Bombe auf dem Boden aufschlug. Die Fallhöhe reichte aus, um zuerst den Brandsatz und danach die Explosion zu initiieren.«

Zoffinger war mit seinen eigenen Fällen so ausgelastet, dass er sich ungern mit Straftaten außerhalb seines Ressorts beschäftigte.. Mit ausgelutschten Meldungen schon gar nicht. Aber er erinnerte sich, dass der Verkehrspolizei vor Wochen ein weißer Kleintransporter mit einem sonderbaren Kennzeichen ins Netz gegangen war. Handelte es sich eventuell um denselben Wagen, den die Pilzsammler gesehen hatten? Das Nummernschild der Marke Eigenproduktion war deutschen Autokennzeichen aus dem Dritten Reich nachempfunden. Besitzer des Transporters war ein gewisser Fritz Klein von der Insel Reichenau, der den Fahrzeugschein handschriftlich abgeändert hatte. Außerdem besaß das Fahrzeug wegen fehlendem Versicherungsschutz keine Zulassung mehr. Einen gültigen Ausweis konnte Fritz Klein auch nicht vorweisen. Stattdessen händigte er den Beamten als Bürger des Freistaats Reichenau eine ›Urkunde in Staatsangehörigkeitsangelegenheiten‹ aus. Man gestattete ihm, sein Fahrzeug von einem Bekannten abschleppen und auf dem eigenen Grundstück abstellen zu lassen.

Blieb die Frage nach dem Motiv für den Brandanschlag auf das Alchemistenlabor in der Klosterkapelle. Da die Polizei die Hexenküche bereits geräumt hatte, konnte es sich nur um eine symbolische Aktion gehandelt haben, mit dem die Reichsbürger ihre Entschlossenheit demonstrierten, dem Pharmakönig Balodris das Feld nicht kampflos zu überlassen und bei der Suche nach dem Schwelin-Kassiber tatkräftig mitzumischen.

Eine endgültige Antwort erhoffte sich Zoffinger, wenn er dem dubiosen Freistaat Reichenau und seinen ›Bürgern‹ auf den Zahn fühlte. Chef der Truppe war Fritz Klein, der als militanter Reichsbürger noch nie von sich reden gemacht hatte. Ein unbeschriebenes Blatt war er in Polizeikreisen dennoch nicht. Gelegentlich trat er bei Festen und öffentlichen Veranstaltungen in einem Elvis-Outfit als Luftgitarrist auf. Zu seinen schrägen harmlosen Happenings zählte auch ein ambulanter Getränkestand vor dem Roten Kreuz. Dort bot er jedem Blutspender selbst gebrannte Schnäpse ›zur Wiederherstellung der vitalen Körperfunktionen‹ an. Allerdings räumte die Polizei seine Feuerwasserbude schon nach kurzer Zeit, weil er keine Ausschankgenehmigung besaß.

Aufschlussreich war ein vom Freistaat Reichenau betriebener Youtube-Kanal, auf dem die Reichsbürger ihre Weltsicht erklärten. Erhellend war ein Video, auf dem Fritz Klein neben dem üblichen BRD-feindlichen Geschwafel auf ein Thema einging, das Zoffinger unter Strom setzte. Offenbar ging es tatsächlich darum, den Pillenpaten Balodis mit Unterstützung von Simon Prill auszubooten und den profitablen illegalen Medikamentenmarkt in die eigenen Hände zu bekommen.

Zwei aufeinander folgende Vorfälle passten zu Zoffingers Theorie. In einer Nacht brachen Unbekannte in das seit Wilhelm Hamers Tod geschlossene Haus 17 ein. Nachdem schon die Schergen von Andris Balodis dort nichts gefunden hatten, lag die Vermutung nahe, dass diesmal Reichsbürger den Fundus der Museumsfiliale durchstöbert hatten. Ein morgendlicher Zeitungsausträger war der einzige Zeuge. Er hatte drei Männer beobachtet, die das Haus verließen und in einem weißen Kleintransporter wegfuhren.

Wenige Tage später goss der ›Seekurier‹ in Sachen Schwelin-Kassiber Öl ins Feuer. Unter der Überschrift ›Lüften Leichen das Geheimnis des Steins der Weisen?‹ berichtete das Konstanzer Leib- und Magenblatt in einem reißerisch aufgemachten Artikel über ein Neubauprojekt auf dem Gelände des im 19. Jahrhundert erbauten Vincentius-Krankenhauses, wo Gräber eines über 500 Jahre alten Friedhofs entdeckt wurden. Einer der dort beschäftigten Archäologen vertrat die Meinung, dass an dieser Stelle auch verstorbene Teilnehmer des Konzils bestattet worden waren. Mit ihnen könnte eventuell auch der legendäre Schwelin-Kassiber von der Bildfläche verschwunden sein.

Bereits in der folgenden Nacht alarmierten Anwohner die Polizei, weil ihnen Leute aufgefallen waren, die sich mit Pickel und Schaufel auf der Baustelle zu schaffen machten. Die Amateurarchäologen seien in einem weißen Kleintransporter geflüchtet, hieß es. Die nächtlichen Aktivitäten wiederholten sich in den folgenden Tagen. Bis das Landesamt für Denkmalpflege dem Spuk mit geflunkerten Warnschildern ein Ende setzte: »Vorsicht! Tödliche Infektionsgefahr. Hier sind Pestopfer bestattet.«

Zwei Tage später meldeten sich zwei Männer in der Klinik, um sich auf eventuelle Infekte untersuchen zu lassen. Der Arzt wollte natürlich wissen, wo und mit was sie sich möglicherweise angesteckt hatten. Nach langem Hin und Her rückten sie mit ihrem Verdacht heraus, sich auf einer Baustelle mit Pesterregern angesteckt zu haben. Der Mediziner wusste aus der Zeitung Bescheid und meldete den Fall im Kriminalkommissariat.

»Könnte an der Ansteckungsgefahr etwas dran sein?«, wollte Zoffinger wissen.

»Pesterreger sind Bakterien und keine Viren und haben in der Umwelt nur begrenzte Überlebensfähigkeit«, erklärte der Mediziner. »Dass sich jemand bei Ausgrabungen auf einem alten Friedhof mit der Pest infiziert, ist so unwahrscheinlich, wie beim Picknick im Freien von einem Meteoriten getroffen zu werden. Pesterreger bleiben trotz gewisser Resistenz nicht über Jahre hinweg lebensfähig.«

Der Kommissar bestellte die beiden ›Pestopfer‹ ein und löcherte das Duo so lange mit seinen Fragen, bis sie die Karten auf den Tisch legten. Beide wiesen sich mit selbst gebastelten Papieren als Bürger des Freistaats Reichenau aus.

Der Fall war damit klar. Der dubiose Freistaat hatte im Konkurrenzkampf mit Andris Balodis um den Stein der Weisen das Kriegsbeil ausgegraben. Der Kommissar fackelte nicht lange und beschloss, dem Reichsbürgerkönig Fritz Klein auf die Pelle zu rücken. Als er Florian davon erzählte, war sein Freund Feuer und Flamme.

»Du erinnerst dich, dass ich schon bei der unautorisierten Durchsuchung der Rembrandt-Bleibe mit von der Partie war. Heißt, ich habe mich als Hilfsermittler bereits profiliert. Wenn du nichts dagegen hast, mache ich wieder mit.«

Für Zoffinger dämmerten sportliche Zeiten herauf. Er musste über gesetzliche Hürden klettern, die den Weg zu einem Durchsuchungsbeschluss versperrten. Er kannte den obligatorischen Monolog des zuständigen Richters auswendig – Unverletzlichkeit der Wohnung, Beweismittelnotstand, Verhältnismäßigkeit usw. Zoffinger hätte die Predigt selbst halten können. Als alter Haudegen wusste er, dass bloße Vermutungen für eine Durchsuchung des Anwesens von Fritz Klein nicht ausreichen. Sein Trumpf war der weiße Kleintransporter, der in der Nähe mehrerer ›Tatorte‹ gesehen worden war und eigentlich stillgelegt auf dem Grundstück von Fritz Klein stehen sollte. Am Ende bekam er den notwendigen Wisch – zusätzlich zu ein paar ermahnenden Worten des Richters.

Zoffinger schloss gerade sein Büro ab, um sich auf den Heimweg zu machen, als ihn ein Kollege auf dem Flur abfing.

»Du wirst nicht glauben, was die Männer von der Verkehrspolizei an mehreren Hauswänden gefunden haben.«

»So wie ich dich einschätze, wirst du mir gleich sagen, um was es geht.«

Der Kollege wedelte mit einem Blatt vor Zoffingers Nase herum.

›Steckbrief‹ stand ganz oben in großen Lettern. Darunter in kleinerer Frakturschrift: ›Gesucht wird Kriminalkommissar Paul Zoffinger – ein Denunziant und psychisch gestörter Mensch, der sich der Repression von Bürgern des freiheitlich gesinnten Freistaats Reichenau schuldig gemacht hat. Wir werden die illegalen Maßnahmen dieses Speichelleckers der Firma BRD entsprechend beantworten.‹

»Das ist geistige Brandstiftung und beweist die verquere Gesinnung dieser Leute«, meine Zoffinger unbeeindruckt.

»Mag sein, dass es sich um bloßes Geschwafel handelt«, meinte der Kollege. »Aber vielleicht solltest du in nächster Zeit deine Haustür abschließen und nicht mehr bei offenem Fenster schlafen. Diesen Dumpfbacken ist alles zuzutrauen.«

Zoffinger machte sich auf den Heimweg – zu Fuß. Sein Auto hatte er am Morgen zu Hause stehen lassen, weil die Klimadiskussion auch an ihm nicht spurlos vorüberging. In seiner Straße angekommen, fiel ihm ein, dass er Florian noch über die geplante Durchsuchung bei Fritz Klein am nächsten Vormittag informieren wollte. Wahrscheinlich hatte er sein Smartphone entweder in seiner Wohnung, im Büro oder im Auto liegen gelassen. Da er ohnehin gerade vor seinem Carport stand, wollte er in seinem Wagen nachsehen. In der Dunkelheit verhakte er sich mit dem linken Fuß an irgendetwas, rüttelte und registrierte im nächsten Augenblick einen Knall, mit dem sich eine klebrige weiße Masse über ihn ergoss. Fassungslos stand er da und sah an sich hinunter, wie ihm das klebrige Zeug von den Klamotten tropfte. Sein Auto sah aus, als sei es schockgefroren worden. Dass der weiße Glibber, der sich im Nachhinein als Dispersionsfarbe herausstellte, im Gesicht und auf den Händen nicht ätzte, war die einzig positive Erfahrung an diesem Abend.

Um den Hausflur und seine Wohnung nicht auch noch mit den Farbrückständen zu beglücken, zog sich Zoffinger neben seinem Stellplatz bis auf die Unterwäsche aus, rollte seine verdreckten Klamotten zusammen und klemmte sie unter den Arm.

»Noch ziemlich warm am Abend um diese Jahreszeit«, frotzelte ein Nachbar, der mit einem Jutebeutel voll leerer Flaschen zum Supermarkt um die Ecke zuckelte.

Zoffinger ignorierte ihn, warf sein versifftes Kleiderbündel in einen Mülleimer und schloss wie jeden Abend seinen Briefkasten auf. ›Wer sich in Gefahr begibt…‹ stand auf dem Zettel, der ihm entgegenflatterte.

Die Kriminaltechnik brauchte nicht lange, um herauszufinden, was passiert war. Die Täter hatten einen Kübel Dispersionsfarbe mit einer Mini-Sprengladung versehen. Eine über den Weg vor dem Carport gespannte Angelschnur diente als Auslöser. Der Schaden war überschaubar, weil sich die wasserlösliche Farbe vom Pkw relativ leicht abwaschen ließ. Nachhaltiger war die Stinkwut Zoffingers auf die Strippenzieher des hinterhältigen Anschlags. Wer für die Sauerei verantwortlich war, stand für ihn fest. Falls die durchgeknallten Freistaatler von der Reichenau um Fritz Klein glaubten, sie könnten ihn mit solchen hirnlosen Aktionen beeindrucken, hatten sie sich geschnitten. Das würde er mit der geplanten Razzia unter Beweis stellen.

Vorsorglich hatte Zoffinger das SEK angefordert, weil bewaffneter Widerstand im Hofstaat von Fritz Klein nicht auszuschließen war. Er ließ die mit Schusswesten ausgestatteten Beamten in einiger Entfernung vom Grundstück parken, um die Aktion nicht schon im Vorfeld hochzukochen.

Das mit Stacheldraht eingezäunte Gelände strahlte den Charme eines Kasernenhofs aus. In riesigen Lettern war ›Freistaat Reichenau‹ auf den betonierten Boden gepinselt. Neben dem Tor machte ein Metallschild darauf aufmerksam, mit wem man es zu tun bekam: ›Sie betreten das Herrschaftsgebiet von Hochkommissar Friedrich dem Kleinen.‹ Statt einer Glocke hing an einer Kordel von einem hölzernen Galgen ein Felsbrocken herab, den man wie ein Pendel gegen eine Metallplatte schlagen musste. Nachdem es zwei-, dreimal kräftig gescheppert hatte, kam der Herr Hochkommissar wie eine Furie aus dem Haus – kleingewachsen, bullig, Stoppelfrisur, kurze Hosen in Tarnfarben, Hemd in Tarnfarben und kanariengelbe Clogs.

»Verpisst euch bloß! Ihr Typen von der Energieversorgung macht euch besser vom Acker. Das hier ist das souveräne Territorium des Freistaats Reichenau. Hier wird 100-prozentig kein neuer Stromzähler installiert. Hier gelten unsere Gesetze und nicht die der Firma BRD.«

»Wir sind nicht von der Energieversorgung. Ich bin Kommissar Zoffinger. Mein Begleiter ist Florian Faller. Das hier ist ein richterlicher Durchsuchungsbeschluss.«

Zoffinger hielt das Papier durch die Torstreben.

»Dass ich nicht lache!«, brüllte der Hausherr. »Den Zettel könnt ihr euch irgendwohin stecken.«

Zoffinger hob die Stimme.

»Ich mache Sie darauf aufmerksam, dass es sich hier um eine richterliche Anordnung handelt. Wer Widerstand leistet, muss mit einem Ermittlungsverfahren rechnen.«

»Noch einmal zum Mitschreiben! Verpisst euch! Wer dieses Hohheitsgebiet unautorisiert betritt, riskiert drastische Gegenwehr. Haut ab, ihr Penner!«

Hinter Friedrich dem Kleinen drückten sich drei ungemütlich aussehende Mitstreiter aus der Haustür und stellten sich breitbeinig hinter ihren Anführer. Einer tätschelte einen Baseballschläger, ein anderer hatte sich mit einem Kantholz bewaffnet.

Zoffinger formte aus beiden Händen ein Sprachrohr.

»Letzte Warnung! Öffnen Sie das Tor oder wir verschaffen uns Zutritt. Jetzt!«

Der Hickhack dauerte noch eine Weile an. Drinnen wechselten sich üble Beschimpfungen mit hämischem Gelächter ab. Draußen ließ Zoffinger eine Aufforderung nach der anderen los, bis ihm schließlich der Kragen platzte.

»Hast du eigentlich deine Knarre dabei?«, tuschelte Florian. »Ich komme mir vor wie im wilden Absurdistan.«

»Das Grobe erledigen jetzt die Kollegen«, beruhigte ihn Zoffinger und zog sein Smartphone aus der Tasche.

30 Sekunden später standen die SEK-Beamten am Zaun. Sie rangierten eines ihrer Fahrzeuge vor das Tor, befestigten eine Kette an der Anhängerkupplung und rissen die beiden Torflügel aus den Angeln. Der rot angelaufene Hochkommissar gab Töne von sich, wie man sie von angeschossenen Monstern in Fantasyfilmen zu hören bekommt.

»Ihr verdammten Arschgeigen! Das wird Konsequenzen

haben!«, plärrte er mit heiser gewordener Stimme. »Diese Angelegenheit landet vor dem internationalen Gerichtshof in Den Haag. Wir sind ein sich selbst verwaltender Freistaat.«

Das SEK drang mit etwa einem Dutzend Beamten auf das Gelände vor und sicherte es. Der Kerl mit dem Kantholz warf seinen Prügel weg, als ihm ein Uniformierter die Mündung seiner Waffe vor den Bauch hielt. Auch sein Partner ließ den Baseballschläger fallen, als er sich der polizeilichen Übermacht gegenübersah. Friedrich der Kleine tobte weiter, auch nachdem ihm Handschellen angelegt worden waren.

Zoffinger sah sich auf dem Gelände um, solange die Kollegen mit dem Hochkommissar und seinen Schlägern beschäftigt waren. Kein einziger grüner Halm traute sich aus der Deckung. An einer grauen Außenmauer reihten sich fünf Gräber aneinander. Auf einem stand ein aus zwei armdicken Ästen gebasteltes Holzkreuz mit einem Emailletäfelchen, die restlichen vier hatten regelrechte Grabsteine aus Granit. Dass es sich um Fake-Gräber handelte, war dem Kommissar spätestens klar, als er die Inschriften las, die putzmunteren Politikern gewidmet waren. Ein prominenter Name war mit dem Zusatz ›Ruhe in Unfrieden‹ versehen. Zwei andere Inschriften wurden noch deutlicher: ›Fahr zur Hölle‹ und ›Möge dich der Teufel holen‹.

Einen Moment lang spielte Zoffinger mit dem Gedanken, den ›Gastgeber‹ auf die symbolträchtigen Ruhestätten anzusprechen. Dann verwarf er die Idee, weil er dem Typen keinen Vorwand für abstruse Begründungen bieten wollte. Sich mit Halbirren zu streiten, hatte er sich längst abgewöhnt.

Während sich die mitgekommenen Spurensicherer im

Wohnhaus umsahen, steuerte Zoffinger auf die Garage zu, öffnete das Tor und warf einen Blick auf den weißen Kleintransporter. An der vorderen Stoßstange war kein Kennzeichen zu sehen. Hinten stand ›Elvis lebt‹. Auf dem Beifahrersitz lag ein weißer Red-Lion-Jumpsuit mit Nieten, Schmucksteinen, goldenen Knöpfen und Borten, wie ihn der richtige Elvis bei seinen letzten Bühnenauftritten getragen hatte.

»Von wegen aus dem Verkehr gezogen!«, meinte Florian und legte die flache Hand auf die Kühlerhaube. »Die Karre muss vor nicht allzu langer Zeit gefahren worden sein. Der Motor ist noch lauwarm.«

Zoffinger nahm sich den kleinen Friedrich zur Brust.

»Hatten Sie heute schon einen Elvis-Auftritt oder mussten Sie im Wald am Schiener Berg nach dem Rechten sehen? Ihr Transporter ist kürzlich gefahren worden.«

»Ihr habt das Auto schon vor Wochen rechtswidrig stillgelegt. Also kann ich nicht mehr damit herumgurken.«

»Der Motor ist aber noch warm. Das ist Beweis genug.«

Der kleine Fritz glotzte wie eine Kegelrobbe beim Friseur.

»Ich habe ihn im Stand laufen lassen, damit das Öl flüssig bleibt.«

»Zeugen haben den Transporter am Schiener Berg gesehen, bevor das Labor in der alten Klosterkapelle in die Luft flog und ausbrannte. Verfügen Sie über Zauberkräfte, oder wie ist das Vehikel auf die Höri gekommen?«

»Der Wagen gehört zwar mir, aber hin und wieder habe ich ihn an Mit-Bürger unseres Freistaates ausgeliehen. Buch geführt habe ich darüber nicht. Ich bin schließlich kein Erbsenzähler. Vielleicht wusste der eine oder andere nicht, dass das Fahrzeug nicht mehr fahrbereit war.«

»Wo haben Sie sich gestern Abend aufgehalten? Vielleicht in der Stadt unterwegs gewesen mit einem Kübel Dispersionsfarbe? Woher wissen Sie überhaupt, wo ich wohne?«

»Falls du vergessen hast, wo du wohnst, kann dir geholfen werden. Am besten, du fragst jemand aus deiner uniformierten Schlägertruppe«, amüsierte sich der Hochkommissar.

Einer vom SEK winkte mit beiden Armen.

»Paul! Das musst du gesehen haben.«

In einiger Entfernung vom Haus stand eine hölzerne Hundehütte, die selbst einem korpulenten Neufundländer Platz geboten hätte. Zoffinger krabbelte über den Asphalt und steckte den Kopf hinein. Im Innern kein pelziger Vierbeiner, sondern zwei uralte Munitionskisten.

»Könnt ihr die herausholen, ohne dass uns die Behältnisse um die Ohren fliegen?«

»Kommt auf den Versuch an«, meinte der Kollege. »Falls es richtig scheppert, sag meiner Frau, sie soll den Müll morgen selbst vor die Tür stellen.«

»Versprochen!«, antwortete Zoffinger trocken. »Wünsche oder Vorschläge für die Trauerrede?«

Der Kollege steckte schon bis zu den Hüften in der Hundehütte und kam langsam wieder zum Vorschein; im Schlepptau die erste Munitionskiste, auf deren Deckel ein verblichenes Wehrmachtssymbol prangte.

»Finger weg! Kann sein, dass der Deckel gesichert ist. Lass mich erst mal einen Blick darauf werfen.«

Nach einer Minute gab Zoffinger Entwarnung und klappte den knarzenden Deckel auf. Auf den ersten Blick sah der Fund aus wie die Schatztruhe eines passionierten Schrottsammlers. In Wahrheit handelte es sich aber um zum Teil stark verrostete Waffen und Sprengmittel. Drei Stabsprengbomben waren auch darunter. Die zweite Kiste enthielt zwei Panzerabwehrraketen, mehrere Granaten tschechischer Herkunft und vier Phosphorbomben – ein sonnenklarer Fall für den Kampfmittelräumdienst.

»Im Zweiten Weltkrieg warfen die Alliierten zwei Millionen Tonnen Bomben über Deutschland ab. Da hat auch der Bodensee einiges abbekommen«, sinnierte der Mann vom SEK.

»Man könnte meinen, man hätte den See als Schrottplatz benutzt«, vermutete Zoffinger.

»Tatsächlich wurde das gefährliche Zeug im See entsorgt, als sich die Wehrmacht zurückzog. Zum Teil stammt der Plunder aber auch von Kampfhandlungen. Speziell bei Bomben haperte es damals mit der Zielgenauigkeit. Vieles liegt seit Jahrzehnten auf dem Seeboden.«

Im Wohnhaus wimmelte es vor Landserplakaten, Fahnen, Symbolen, Memorabilien aus dem Dritten Reich und gerahmten Fotos aller Nazihäuptlinge. In einer Dachmansarde hatte der kleine Friedrich sein Führerhauptquartier eingerichtet, die Wände tapeziert mit regionalen Bodenseekarten, Namenslisten und Infos. Zoffinger fotografierte ein paar Einzelheiten und kippte den halb vollen Papierkorb auf den Boden. Als er ein zerknülltes Blatt auseinanderfaltete, staunte er nicht schlecht: die verschmierte Kopie seines persönlichen Steckbriefs. Beweis genug, aus welcher Quelle sowohl der Zettel in seinem Briefkasten als auch die in der Stadt aufgehängten Suchplakate stammten.

Auf einem Schreibtisch lag ein Stapel Visitenkarten einer Autowerkstatt: Eigentümer Fritz Klein. Die Klitsche musste ganz in der Nähe liegen.

»Fahren wir hin«, schlug Zoffinger vor. »Die Spurensicherer haben hier noch zu tun. Unser Besuch hat sich gelohnt. Allein das, was wir bisher an Beweisen gefunden haben, reicht aus, um den Herrn Hochkommissar in Gewahrsam zu nehmen. Vielleicht kommt noch das eine oder andere hinzu.«

»Sein selbst verliehener Titel kann über den stark begrenzten Horizont von Friedrich dem Kleinen nicht hinwegtäuschen«, meinte Florian. »Die ganze Wohnung – Refugium einer hohlen Nuss.«

Auf der Insel Reichenau konnte man sich nicht verirren. Die Autowerkstatt machte mit einer verratzten Fassade, die förmlich um einen neuen Anstrich bettelte, auf sich aufmerksam. Zwei junge Kerle schraubten an einem Moped herum.

»Arbeitet ihr für Fritz Klein?«, wollte der Kommissar wissen.

»Nein. Aber wir dürfen die Werkstatt nutzen. Das hat uns der Fritz ausdrücklich erlaubt«, antwortete der Größere der beiden.

»Kein Problem. Macht ruhig weiter. Wir sind von der Kriminalpolizei. Wir müssen uns hier mal umschauen.«

Einen Kfz-Betrieb mit einem wilderen Durcheinander hatte Zoffinger noch nie gesehen. Wie Kraut und Rüben lag in der nach Altöl und Reifenabrieb miefenden Werkshalle alles durcheinander. Zoffinger bahnte sich einen Weg durch das heillose Chaos. Zwischen Stapeln abgefahrener Reifen stolperte er über einen roten Teppich. Ein roter Teppich? Der passte in diese Drecksbude wie ein Kronleuchter in einen Abwasserkanal. Gespannt folgte er der Auslegeware durch einen schmalen Gang in einen angebauten Trakt. Noch bevor er die Tür aufstieß, schlug ihm weihnachtlicher Weihrauchduft entgegen. Drinnen keine Spur von Wagenhebern, Schlagschraubern oder Ölwannen, sondern gediegenes Ambiente wie im Rittersaal einer mittelalterlichen Burg. Sechs Stühle flankierten auf jeder Seite eine lange Tafel. Ein Thron an der Stirnseite besaß Armauflagen aus rotem Samt und eine hohe Rückenlehne, in deren Holz das Wort ›Hochkommissar‹ geschnitzt war. Links an der Wand hingen Gobelins vom Trödelmarkt mit alten Wappen und Symbolen darauf. Darüber in bogenförmiger Frakturschrift ›Reichsgericht Bodensee‹. Rechts waren mittelalterliche Hieb- und Stichwaffen dekorativ um eine Ritterrüstung drapiert. Auf einem Beistelltisch neben einem offenen Kamin wies ein Kärtchen darauf hin, für wen der Platz reserviert war: ›Reichsstaatsanwalt‹.

Florian klappte die Türen eines schweren Eichenschranks auf. Der Geruch von Mottenpulver erinnerte ihn an eine Truhe, in der seine sparsame Großmutter aussortierte Kleidung gehortet hatte. Auf einer Ablage lagen in einer Filzschachtel weiße Querbinder.

»Das gibt's ja gar nicht. Die Ritter der Tafelrunde haben nichts ausgelassen. Schau dir diese Klamotten an.«

Er nahm eine scharlachrote Robe vom Bügel, schüttelte sie und hielt sie vor sich wie bei einer Anprobe.

»Jeder Bügel trägt einen Namen. Dadurch wissen wir, wer zu diesem erlesenen Strafgericht gehört. Ein amüsanter Gedanke: Die Mechaniker legen Schraubenschlüssel, Hammer und Rätschen aus der Hand, streifen sich die Roben über und grabschen an der Rittertafel mit öligem Dreck unter den Fingernägeln nach Rotweingläsern. Wäre interessant zu wissen, über was die Kerle verhandeln.«

»Das kann ich dir sagen«, antwortete Zoffinger und tätschelte einen Stapel Akten, die er aus einer Schublade des Reichsstaatsanwalts gezogen hatte. »Man glaubt es kaum, aber die Kerle führen Verfahren gegen missliebige Mitmenschen durch. Hier …«

Er nahm die oberste Akte vom Stapel und klappte sie auf.

»Hier geht es um einen Mitarbeiter der Radolfzeller

Forstverwaltung, der sich wegen mehrerer Anzeigen unbeliebt gemacht hat. Um was genau es sich handelt, müsste ich erst nachlesen. Oder die nächste Akte. Da hat sich offensichtlich ein Nachbar von Fritz Klein die Wut der Reichsbürger wegen der Verletzung einer Grundstücksgrenze zugezogen.«

»Wahrscheinlich haben die selbst ernannten Richter in diesem erlauchten Interieur schon einige missliebige schwarze Schafe schuldig gesprochen. Wie die verhängten Strafen vollstreckt wurden, mag ich mir nicht vorstellen«, meinte Florian.

Zoffinger klemmte sich die Akten unter den Arm und machte sich auf den Weg zurück in die Werkstatt. Am Ende des schmalen Ganges herrschte Dunkelheit, weil sich die beiden Mopedschrauber verdünnisiert und das Tor geschlossen hatten. Ein kleines staubblindes Oberlicht ließ kümmerliches Schummerlicht ins Innere. Irgendwo am Werkstatteingang würde es wohl einen Lichtschalter geben. Der Kommissar tastete sich durch das Chaos, hörte ein Geräusch hinter sich und wollte sich gerade umdrehen, als sich ein Arm um seinen Hals legte und ihm die Luft abdrückte. Reflexartig versuchte er sich von der Umklammerung zu lösen, bekam aber den verdammten Haltegriff nicht los. Mit voller Wucht schlug er den Kopf zurück und spürte, wie sein Stoß den Angreifer im Gesicht traf. Ein unterdrückter Schrei bewies die Wirkung. Aber der Würgegriff lockerte sich immer noch nicht. Mit beiden Händen griff Zoffinger nach dem Arm um seinen Hals, beugte sich nach vorne und spürte, wie er sich den Kerl auf den Rücken lud. Mit zwei, drei entschlossenen Schritten katapultierte er sich nach hinten und schlug mit seiner Last gegen einen harten Widerstand. Scheppernd fielen Gegenstände auf den Boden. Als sich der Würgegriff einen Moment lang lockerte, nahm Zoffinger seinen gebeugten rechten Arm nach vorne und rammte dem Kerl seinen Ellenbogen mit Karacho in die Rippen. Das Keuchen hinter ihm wurde schlagartig zum schmerzvollen Stöhnen. Im gleichen Moment ließ der Angreifer von seinem Opfer ab. Hustend und nach Atem ringend fiel Zoffinger auf die Knie. Aus dem Augenwinkel registrierte er, wie der humpelnde Angreifer auf das Werkstatttor zu hetzte, eine kleine Tür daneben aufriss und verschwand.

Das Gerangel hatte Florian alarmiert, der noch im Rittersaal herumgestöbert hatte.

»Bist du in diesem verdammten Chaos hingefallen?«

Er half seinem Freund auf die Beine, lehnte ihn gegen eine Werkbank und fand am Tor endlich einen Lichtschalter.

»Irgendein Idiot hat mich überfallen und gewürgt«, röchelte Zoffinger und hielt sich den Hals.

»Einer der Mopedschrauber?«

»Mit Sicherheit nicht. Das muss ein kräftiger, erwachsener Kerl gewesen sein. Ich wunderte mich schon, als ich in die dunkle Werkstatt zurückkam und die Jungs nicht mehr da waren.«

»Kombiniere! Wir sind den Reichsbürgern mit unserem Werkstattbesuch kräftig auf die Zehen getreten.«

Zoffinger bückte sich und klaubte die Akten auf, die während der Rangelei auf den Boden gefallen waren.

»Die Typen haben sich weniger daran gestört, dass wir abgefahrene Reifen und Wagenheber zu Gesicht bekommen haben. Überhaupt nicht begeistert werden sie sein, dass wir ihr Reichsgericht ausfindig gemacht haben. Von den Anklageschriften ganz zu schweigen. Bin gespannt, was sich zwischen den Aktendeckeln noch alles verbirgt.«

Er hielt sich den Stapel wie einen Siegerpokal über den Kopf.

»Eines ist jedenfalls sicher: Wir haben in ein Wespennest gestochen. Wenn die sich schon nicht zu schade sind, mich tätlich anzugreifen …«

Im Kommissariat drückte er den Stapel Akten einem Kollegen in die Hand.

»Kümmert euch darum. Falls es etwas Besonderes gibt: Meldung sofort an mich!«

Die Antwort ließ nicht lange auf sich warten.

»Wir haben sieben Akten gesichtet. Sechs beschäftigen sich mit Larifari-Vorwürfen. Eine Anklageschrift wird dich besonders interessieren, weil du Konkurrenz bekommen hast.«

»Was für Konkurrenz?«

»Du bist ab sofort nicht mehr der Einzige, der nach Andris Balodis fahndet. Die Reichsbürger sind ihm auch auf der Spur.«

»Das vermute ich schon seit geraumer Zeit. Der Hauptgrund dafür wird nicht sein, dass der Lette Friedrich dem Kleinen in den Garten gepinkelt hat.«

»Etwas brisanter ist der Fall schon«, meinte der Kollege. »In der Akte steht, Andris Balodis habe sich durch seinen Kooperationsvertrag mit Megafarm als Lakai der russischen Pharmaindustrie geoutet. Die Firma arbeite nach dem Prinzip ›Hier ist die Pille. Das passende Leiden finden wir auch noch‹. Damit habe sich Balodis schuldig gemacht und sein Lebensrecht verwirkt.«

Zoffinger blieb der Mund offenstehen.

»Diese Kriminellen tun gerade so, als seien sie als Menschenfreunde dazu berufen, Kranke vor Fake-Medikamenten zu schützen und den Herstellern das Handwerk zu legen. Das ist der Gipfel der Heuchelei!«

Der Kollege war mit seinem Latein noch nicht am Ende.

»Die selbst ernannten Robenträger haben sich nicht entblödet, auf Balodis ein Kopfgeld in Höhe von 10 000 Euro auszusetzen – tot oder lebendig. Willkommen im Wilden Westen am Bodensee.«

»Das schlägt dem Fass den Boden aus«, fluchte Zoffinger. «Das ist ein Aufruf zur Selbstjustiz. Von wegen harmlose Spinner. Das sind nicht nur Verschwörungstheoretiker, psychisch Kranke, Staatsverdrossene, Querulanten und Neonazis. Die Kerle haben ein offenkundig gestörtes Verhältnis zur Realität, gefährlich tickende Zeitbomben. Wird höchste Zeit, dass wir sowohl dieser Reichenauer Bewegung als auch Andris Balodis das Handwerk legen.«

Zwischen den Reichenauer Reichsbürgern und dem Pharmaclan um Andris Balodis war ein Kleinkrieg ausgebrochen. Zoffinger musste aufpassen, nicht zwischen die Fronten zu geraten. Mit Beleidigungen und Hasskommentaren in den sozialen Medien war es in dieser Auseinandersetzung nicht mehr getan. Unbekannte Täter versuchten bei Nacht und Nebel, ein Gebäude der Höri-Kommune abzufackeln. Dass die Reichsbürger dahintersteckten, lag auf der Hand. Das Vorhaben scheiterte nur an dem Umstand, dass die Benzinbombe zu wenig Sprit enthielt und ein Platzregen das Feuer löschte. Noch in derselben Nacht gab es vermutlich als Retourkutsche der Balodis-Leute einen Brandanschlag auf die Wohnung von Simon Prill in Dettingen. Die Nachbarn entdeckten das Feuer rechtzeitig, sodass sich die Schäden in Grenzen hielten.

Auch Zoffinger blieb in diesem Hickhack nicht außen vor. Schon mehrfach hatten ihn vier mit Sonnenbrillen und Basecaps ausgestattete Typen in einem schwarzen SUV nach Feierabend vor dem Präsidium abgepasst.

»Schönen unbeschwerten Feierabend ohne Zwischenfälle« tönte es jedes Mal aus den finsteren Gesichtern. »Liebe Grüße auch an Florian Faller und Dr. Karin Maiwald.«

Gegen Einschüchterungen dieser Art war Zoffinger immun. Jedenfalls redete er sich das ein, nahm sich aber vor, in Zukunft lieber einmal öfter in den Rückspiegel zu schauen.

Als der Staatsanwalt Wind davon bekam, dass Zoffingers elektronischer Briefkasten Tag für Tag von Hassbotschaften und unverhohlenen Drohungen überquoll, bat er seinen Chefermittler um ein Gespräch.

»Machen Ihnen die Drohungen zu schaffen?«

»Vielleicht sollte ich das als leitender Ermittler nicht sagen«, antwortete Zoffinger. »Aber die Typen können mich mal kreuzweise. Diese Reichsbürgerszene hat sich am Rand der Gesellschaft eingerichtet. Ich trete in meinem Job an, um Recht und Ordnung zu garantieren. Und genau das werde ich auch in diesem Fall tun.«

»Dass Sie ein Risiko eingehen, ist Ihnen klar. Die Drohungen sind alles andere als harmlos.«

»Ich weiß, ich weiß«, winkte Zoffinger ab. »Ich will gegen diese Typen keine Nadelstiche, sondern Schläge mit dem Vorschlaghammer. Sonst bekommen wir dieses Problem nicht in Griff, und es passiert unter Umständen dasselbe wie mit den Clanaktivitäten in deutschen Großstädten. Keine gelegentlichen Strafzettel wegen Falschparkens, sondern ein konsequentes und massives Vorgehen gegen Rechtsbrüche.«

»Schließen Sie nachts Ihre Wohnungstür ab?«

Zoffinger schaute den Staatsanwalt abschätzig an.

»Nein. Ich lasse Türen und Fenster sperrangelweit offen.«

An einem Sonntagmorgen kam der noch nicht ganz ausgeschlafene Kommissar mit einer Brezel und einem Mohnbrötchen vom Bäcker zurück und entdeckte am Knauf seiner Haustür einen runden, verdächtigen Gegenstand, den jemand nur Minuten zuvor angebracht haben musste. Das Ding anzufassen, traute er sich nicht, weil es wie eine kleine Tellermine aussah. Vorsichtshalber alarmierte er den Kampfmittelräumdienst. Ein Beamter in einem Schutzanzug nahm das Teil vorsichtig ab. Als er es umdrehte, stellte sich heraus, dass es sich um einen alten, verdreckten Wecker handelte. Das Stück landete im Kuriositätenkabinett des Polizeipräsidiums.

14
ENDE EINER FLUCHT

Die Künstlerkommune Höri-Art machte einen verwilderten Eindruck. Zoffinger war seit dem Anschlag auf die Klosterkapelle nicht mehr am Schiener Berg gewesen. Fantastisch, wie schnell die Natur verlorenes Terrain zurückerobern konnte. Zwischen den Hortensienbüschen an der Auffahrt zum Hauptgebäude wucherte Unkraut an allen Ecken und Enden. Ein bunter Herbstlaubteppich bedeckte den Hof. Überall lagen aus ihren stachligen Kapseln gesprungene Kastanien. Niemand hatte einen mächtigen Ast weggeräumt, der wegen Altersschwäche oder durch die Gewalt eines Sturms von einem Baum abgebrochen war. Zoffinger rüttelte an der verschlossenen Tür zum Haupthaus. Die Scheune versperrte ein kiloschwerer eiserner Riegel. Das alte Hofgut war in einen Dornröschenschlaf verfallen.

Kein Zweifel: Irgendjemand oder irgendetwas hatte der Künstlerkommune endgültig den Stecker gezogen. War Andris Balodis der Boden zu heiß geworden? Für Typen wie ihn kam Kapitulation nicht infrage. Wenn er tatsächlich eine Kooperation mit dem russischen Pharmakonzern Megafarm eingegangen war, zog er sich vielleicht eine Weile aus dem Tagesgeschäft zurück. Aber die Flinte ins Korn werfen? Garantiert nicht. Irgendwo wartete er vermutlich darauf, dass Gras über die jüngsten Turbulenzen um sein Pharma-Imperium wuchs. Auch der merkwürdige Latzhosenträger war verschwunden. Wahrscheinlich hatte er sich ebenso wie sein Dienstherr in die Büsche geschlagen, nachdem die Vorkommnisse am Schiener Berg aus dem Ruder gelaufen waren. Einzig eine unter der Bank vor dem Haupthaus stehende Wasserflasche erinnerte an ihn. Höri-Art war Geschichte.

Für Zoffinger wurde die Arbeit damit nicht weniger. Seit der ›Seekurier‹ das Thema ›Stein der Weisen‹ und ›Schwelin-Kassiber‹ hochgekocht hatte, jagte in Konstanz und Umgebung ein Gerücht das andere. Der Brandbombenanschlag auf die Klosterkapelle, der Giftmord an Tobias Wegner, die Umtriebe der Reichenauer Reichsbürger und nicht zuletzt die ›Schatzsuche‹ nach dem Schwelin-Kassiber heizten den öffentlichen Rummel zusätzlich an. Zoffinger sah sich, unterstützt von einem Historiker und einem Archäologen, bei einer Pressekonferenz, gezwungen, die Goldgräberstimmung zu dämpfen.

»Ich will es auf einen Nenner bringen: Der mysteriöse Kassiber existiert genauso wenig wie der Stein der Weisen. Das werden Ihnen die hier sitzenden Experten bestätigen. Der rätselhafte Stein ist nichts anderes als eine Metapher für die Sehnsucht der Wissenschaft nach der Weltformel, die zu Macht und Ruhm führen soll. Aber diese ultimative Erkenntnis gibt es nicht. Also Leute! Sucht weder nach dem Stein noch nach dem Kassiber. Ihr hetzt einer Fata Morgana hinterher.«

Genauso gut hätte er Zweifel anmelden können, dass die Erde eine Kugel ist. Überall in der Stadt geklebte Plakate behaupteten, Polizei und Stadtverwaltung hielten einträchtig Beweise über die Existenz und den Fundort des Kassibers unter Verschluss – auf Weisung von ganz oben. Man hatte den Eindruck, als seien manche Kreise daran interessiert, die Gerüchte zu einer Frage der nationalen Sicherheit hochzustilisieren. Der Reichsbürgerfraktion war ohnehin keine Verschwörungstheorie zu bescheuert, mit der sich am Lack der Bundesrepublik kratzen ließ. Und der untergetauchte Andris Balodis jubelte vermutlich darüber, wie die öffentlichen Hakeleien über den Stein der Weisen und den Schwelin-Kassiber kostenlos die Werbetrommel für seine Pharmaprodukte rührte.

Wie vom Donner gerührt war Zoffinger, als ihm eine Nachbarin von einer Stadttour erzählte, die sie mit der Geschichtsstudentin Vera Hanning unternommen hatte. Er rief im Internet die Seite mit dem entsprechenden Angebot auf.

Liebe Gäste! Ich biete Ihnen eine außergewöhnliche historische Stadtführung durch Konstanz an. Stützen sich ähnliche Veranstaltungen, etwa zum Konstanzer Konzil, auf Fakten, lade ich Sie zu einem alternativen Kontrastprogramm ein. Unternehmen Sie mit mir eine spannende Exkursion in die Welt der Spekulationen und Verschwörungstheorien. Suchen Sie mit mir im Nebel der Vergangenheit nach dem legendären Stein der Weisen, der im späten Mittelalter den Weg an den Bodensee gefunden haben soll ...

In Zoffingers Verwunderung mischte sich Ärger. Unverständlich, warum auch Vera auf diesen Zug aufspringen musste. Sie war schließlich belesen und intelligent genug, um zu wissen, dass es sich um nichts anderes als einen idiotischen Hype handelte. Je länger er jedoch über ihr Vorhaben nachdachte, desto milder fiel sein Urteil aus. Am Ende fand er die Idee mit Stadtführungen zu imaginären Zielen gar nicht so übel.

Verwunderlich wäre gewesen, wenn sich nicht auch Radiokommentator Rolf Riedle durch den Rummel hätte inspirieren lassen. In einem im Stadtgarten aufgebauten Kasperletheater ließ er eine als Bischof kostümierte Marionette den Stein der Weisen vor einer Bodenseekulisse kommentarlos hin und her rollen. Nach zehn Minuten der vollkommen witzlosen und langweiligen Performance wurden die ersten Zuschauer unruhig. Nach weiteren fünf Minuten stürmte das veräppelte Publikum die provisorische Bühne, zerlegte sie in ihre Einzelteile und schlug den Theaterkünstler in die Flucht. In Radio Grenzland ging Riedle mit keinem Wort auf die Blamage ein, sondern philosophierte unverdrossen über die Wirkungsmacht des Steins der Weisen. Sein Beweis für dessen Existenz: In vergangenen Jahrhunderten hätten nachweislich Menschen mit dem magischen Objekt Kontakt bekommen. Erst dadurch seien Nikolaus Kopernikus, Charles Darwin, Louis Pasteur, Mozart, Beethoven, Albert Einstein, Lothar Matthäus, Oliver Pocher und Daniela Katzenberger zu Genies geworden.

Selbst die Wasserschutzpolizei bekam es mit der Hysterie um den Schwelin-Kassiber zu tun. Im Internet beteuerte ein esoterischer Zirkel, der magische Gegenstand sei nach Ende des Konzils im Jahr 1418 im Rahmen einer geheimen Zeremonie im Bodensee versenkt worden – in einem Bleitresor, dessen Position nur einigen wenigen Eingeweihten bekannt sei. Boots- und Jachtbesitzer, Schnorchler und Taucher konnten sich offenbar dem Reiz der Latrinenparolen nicht entziehen und machten sich auf die Suche – zum Leidwesen nicht nur der Wasserschutzpolizei, sondern auch der Zollfahnder. Unter Tausenden auf dem See herumkurvenden Booten, Jachten und Schiffen mussten sie jene Verdächtigen herauspflücken, die vielleicht Schmuggelware oder Schwarzgeld an Bord hatten.

Auf einer üblichen Kontrollfahrt entdeckte die Besatzung eines Zollbootes einen Kahn, der aussah wie eine seltsame Kreuzung aus Fischkutter, Schlepper und Hausboot.

»Den Kerl kenne ich«, klärte ein Besatzungsmitglied den Kapitän auf, der seinen ersten Einsatz leitete. »Alle nennen ihn nur Captain Flint nach dem Piratenhäuptling aus dem Roman ›Die Schatzinsel‹. Wie er zu dem Namen kam, weiß ich nicht. Vor einiger Zeit ist er mir auf einem Flohmarkt über den Weg gelaufen.«

»Was macht der Kerl auf dem See? Fischer scheint er nicht zu sein«, meinte der Zollchef.

»Ein harmloser, etwas verschrobener Spinner. Er schippert mit selbst gebasteltem Kunsthandwerk auf dem See herum und bietet seinen Krempel auf Flohmärkten an.«

»Habt ihr ihn schon einmal kontrolliert?«

»Bisher gab es keinen Grund dazu.«

»Harmlose Spinner sind meine Spezialität. Wir nehmen ihn mal unter die Lupe.«

Captain Flint sah unausgeschlafen aus, als sei er eben aus einem lästigen Traum erwacht. Mit einer Tasse in der Hand stand er auf dem Deck und sah zu, wie das Zollboot näherkam.

»Was liegt an, Leute? Ist euch der Sprit ausgegangen?«

Der Zollbootkommandant lachte.

»Guten Tag! Wir sind vom deutschen Zoll. Wir beide hatten noch nicht das Vergnügen. Meine Kollegen sagen, dass Sie mit Kunsthandwerk unterwegs sind. Dürfen wir mal kurz an Bord kommen? Sie wissen schon: Zoll, neugierige, misstrauische Beamte auf der Suche nach Schmuggelgut, Drogen, Schwarzgeld. Darf ich bitte Ihre Papiere sehen?«

»Wenn es sein muss!«

Captain Flint machte mit seiner Kaffeetasse schwungvoll eine einladende Bewegung und kippte sich dabei ein paar Spritzer über den Handrücken. Während der Zollbootkommandant mit einem Beamten an Bord kletterte, verschwand der Schiffsführer in der Kabine und kam mit seinem Ausweis und den Schiffspapieren zurück.

»Aha! Sie sind Marek Pivonka. Ein typischer Badener sind Sie offenbar nicht«, meinte der Kommandant.

»Meine Familie stammt aus der damaligen Tschechoslowakei, heute Tschechien.«

»Standardprozedere ist bei uns, Identitätsdokumente auf ihre Gültigkeit zu überprüfen. Kann ich aber momentan nicht, weil unsere technische Ausrüstung defekt ist. Ich muss Sie bitten, den Konstanzer Hafen anzulaufen. Ich sage meinen Kollegen Bescheid, die dort auf Sie warten.«

»Kein Problem. Konstanz war ohnehin mein Ziel«, antwortete Captain Flint alias Marek Pivonka. »Auf dem Sankt-Stephans-Platz findet mal wieder das Weinfest statt.«

»Eine Frage noch. Wo sind Sie in den letzten Tagen herumgeschippert?«,

»Am deutschen Ufer. Hauptsächlich zwischen Lindau, Überlingen und Konstanz.«

»Österreich? Schweiz?«

»Weder noch.«

Der Beamte stellte die Frage nicht ohne Grund. Zwar hatte der Schwarzgeldschmuggel aus der Schweiz und Liechtenstein in den letzten Jahren nachgelassen. Aber auf den Bodenseefähren und in den größeren Häfen lagen die Fahnder regelmäßig auf der Lauer – nicht nur nach Bargeld, sondern auch nach Kontoauszügen, Wertpapieren und Schließfachschlüsseln. Auf Captain Flints Tisch war Werkzeug zum Bohren, Schrauben und Schleifen ausgebreitet. Abgetrennte Metallstückchen und Bohrspähne hatte der Skipper auf einer Schweizer Tageszeitung gesammelt. Sie lag so, dass das Datum zu sehen war. Das Blatt stammte vom Vortag. Als der Zöllner den Skipper auf die ›irrtümlichen‹ Angaben über seinen Aktionsradius aufmerksam machte, kam er ins Stottern.

»Hab ich ganz vergessen! Gestern bin ich von Konstanz kurz nach Kreuzlingen geradelt. Ich kenne dort ein Delikatessengeschäft, das außerirdisches Alpenkäsefondue als Fertigmischung verkauft.«

Auf seiner Stirn zeigten sich winzige Schweißperlen. Er griff nach einer Serviette, um sich abzutrocknen, machte die Sache damit aber nicht besser. Dem aufmerksamen Beamten entging nicht, dass auf der Serviette der Name einer Schweizer Kantonalbank aufgedruckt war. Der Chef der Seepatrouille beendete die Aktion. Das weitere Prozedere mit Ausweiskontrolle und sonstigen Überprüfungen wollte er den Kollegen an Land überlassen. Sein Bauchgefühl sagte ihm, dass mit dem Kerl irgendetwas nicht stimmte. Er hatte über seine Route gelogen und einen Ausweis gezeigt, der unter Umständen nicht ganz hasenrein war. Im Konstanzer Hafen war eine gründliche Überprüfung des Skippers und seines Kahns ein Klacks.

»Machen Sie sich bitte auf den direkten Weg. Sobald Ihr Ausweis überprüft ist, sind Sie uns los.«

Dass der Plan komplett aus dem Ruder laufen würde, ahnten die Seezöllner nicht.

Captain Flint hatte während der Kontrolle gemerkt, dass die Zöllner misstrauisch wurden. Auf der Fahrt in den Konstanzer Hafen zermarterte er sich das Gehirn darüber, was ihn dort erwarten würde. Während das Ufer immer näherkam, wurde ihm Meter um Meter bewusster, dass er Zoll und Polizei um jeden Preis vermeiden musste. Es stand viel zu viel auf dem Spiel. Bei einer Überprüfung seines Ausweises würde die Fälschung sofort auffliegen.

Krempelten die Beamten sein Schiff um, hätte wahrscheinlich auch sein raffiniertes Schwarzgeldversteck keine Chance. Dafür hatte er tief in die Trickkiste gegriffen. An einer Leine zog er in einer wasserdichten Tasche ein stattliches Guthaben hinter sich her, das er am Vortag von einer Bank in Kreuzlingen abgehoben hatte und am Fiskus vorbei nach Deutschland schleusen wollte. Wenn es um Steuerhinterziehung ging, war mit den Behörden nicht gut Kirschen essen. Das war auch Captain Flint klar. Aber das Schwarzgeld war nicht sein einziges Problem.

Er drosselte die Geschwindigkeit, um für einen Plan Zeit zu schinden, wie er der verordneten Inspektion entgehen könnte. Nach einer Minute drehte er wieder auf. Denn je schneller er vor Anker ging, desto größer war die Chance, dass die aufgescheuchten Häscher ihn noch nicht erwarteten. Noch hielt er auf den Hafen zu. Einer plötzlichen Eingebung folgend, drehte er weiter nördlich ab und steuerte Richtung Stadtgarten. Jetzt ging es darum, sich selbst und das Schwarzgeld so schnell wie möglich in Sicherheit zu bringen. Seinen Kahn würde die Polizei ohnehin finden, egal, wo er ihn anlandete. In Windeseile machte er notdürftig sein Boot fest, lud sein Fahrrad ab und packte die triefende Geldtasche auf den Gepäckträger. Spaziergänger standen herum und staunten über das improvisierte Manöver an einem Uferabschnitt, an dem wahrscheinlich noch nie jemand vor Anker gegangen war. Nach einem letzten Blick auf seinen Pott strampelte er Richtung Altstadt, wenngleich er eigentlich nicht wusste, wohin er flüchten sollte. Weg, weg, weg war sein einziger Gedanke.

Auf Höhe des Konzils hatten sich zwei Polizisten neben ihren Streifenwagen postiert. Einfach drauflos zu fahren wäre für Captain Flint ein viel zu riskantes Manöver gewesen. Wahrscheinlich hatte der Zollbootkommandant seinen Kollegen schon längst mitgeteilt, wie er aussah. Also stieg er aus dem Sattel und tat so, als sei mit seiner Kette etwas nicht in Ordnung.

»Hallo, Sie!«, hörte er plötzlich einen der Beamten rufen. »Hätten Sie einen Moment Zeit?«

Captain Flint warf ihm einen Blick zu und winkte.

»Augenblick, bitte. Ich will nur kurz die Kette richten.«

Mit einem Satz schwang er sich in den Sattel und trat in die knirschenden Pedale. Der einzigmögliche Fluchtweg, der ihm in diesem Augenblick durch den Kopf schoss, war die Unterführung zur Marktstätte, weil ihm die Sheriffs dorthin mit dem Auto nicht folgen konnten. Zwischen auseinanderspritzenden und fluchenden Fußgängern hindurch bahnte er sich den Weg hinauf zur Marktstätte, fasste den Kaiserbrunnen ins Auge und bog, einem inneren Gefühl folgend, nach rechts in die Tirolergasse ab. An der Einmündung in die Münzgasse hielt er einen Augenblick an, weil seine Tasche vom Gepäckträger zu rutschen drohte.

Auf dem Sankt-Stephans-Platz ging es zu wie auf einem Open-Air-Heimwerkermarkt. An allen Ecken wurde an Marktständen, Bühnen und Podesten gezimmert, gesägt und genagelt. Handwerker und Aussteller rüsteten sich für das große Weinfest am Wochenende. Beinahe fuhr Captain Flint einen Händler über den Haufen, der Baumscheiben mit ins Holz eingebrannten Angeboten für Honigbier, Höllenpunsch und Beerenlikör an seinem Stand befestigte. Hinter einem Berg von Bauteilen für das große Festzelt ging der Flüchtige zum Verschnaufen in Deckung, führte mit dem Handy ein kurzes Gespräch und hastete weiter, als er zwei Fahrradpolizisten auf den Platz einbiegen sah.

Die Situation wurde immer brenzliger für Captain Flint. An einer Hand konnte er abzählen, dass er wahrscheinlich in absehbarer Zeit Streifenbeamten in die Hände fallen würde. Eine weitere Flucht durch die Altstadtstraßen war keine gute Idee. Panisch sah er sich um. Zufällig stand er gerade vor einem Friseursalon, der mit offener Tür geradezu einladend wirkte.

»Guten Tag, der Herr. Was darf es sein?«, säuselte die aufgetakelte Friseurin.

Captain Flint riss einen grünen Haarschneideumhang vom Haken, zupfte eine blonde Kurzhaarperücke von einem Styroporkopf und zog sie sich über. Dann schwang er sich auf einen der Friseurstühle und machte eine Ansage, die keinen Widerspruch duldete.

»Tu so, als würdest du mich frisieren. Wenn jemand hereinkommt, sagst du, ein Mann sei eben hereingestürmt und durch die Hintertür entkommen. Ihr habt doch einen Hintereingang?«

Das Mädchen nickte.

»Also! Fang schon an. Und lass dir nichts anmerken. Auf meinen Knien liegt in der Tasche eine hundsgemeine Bombe. Tu, was ich dir gesagt habe. Dann passiert dir nichts. Verstanden?«

Das leichenblasse Gesicht mit den weit aufgerissenen Augen nickte. Zaghaft begann die junge Frau an der Perücke herumzuzupfen, als einer der Fahrradpolizisten hereinstürmte.

»Ist eben jemand hereingekommen?«

Die Friseurin nickte.

»Er ist aber gleich wieder abgehauen. Durch die Hintertür. Ich habe mich fürchterlich erschrocken.«

Außer den örtlichen Polizeikräften war mittlerweile auch Zoffinger alarmiert worden. Er hatte sich sofort auf den Weg gemacht und traf auf dem Sankt-Stephans-Platz genau zu dem Zeitpunkt ein, als die Situation vollkommen aus dem Ruder zu laufen schien. Captain Flint wartete auf seinem Friseurstuhl ab, bis der Polizist verschwunden war. Dann drückte er der verdatterten Friseurin die Perücke und das Cape in die Hand.

»Ganz ruhig! Setz dich hin und halt den Mund.«

Er spähte aus dem mit Werbeaufdrucken halb zugekleisterten Schaufenster. Von Polizei war draußen nichts zu sehen. Auf dem Platz herrschte ein Gewusel wie zuvor. Er wollte sich gerade Richtung Untere Laube davonmachen, als er jemanden schräg hinter sich rufen hörte.

»Stopp! Polizei! Die Tasche auf den Boden und die Hände so, dass ich sie sehen kann.«

Der Beamte hatte sich hinter einem halb fertigen Weinstand versteckt. Captain Flint drehte sich langsam um und blickte in eine auf ihn gerichtete Waffe.

»Ganz langsam, Genosse«. In meiner Tasche befindet sich eine Bombe. Wenn die hochgeht, legt sie nicht nur uns beide, sondern die halbe Altstadt in Schutt und Asche.«

Ein weiterer Beamter laberte in einem Hauseingang aufgeregt in sein Funkgerät. Dann brüllte er aus voller Lunge.

»Dies ist ein Polizeieinsatz! Machen Sie die Straße frei. Sofort! Ich wiederhole. Es handelt sich hier um einen Polizeieinsatz. Ich fordere Sie auf, den Platz unverzüglich zu räumen.«

Manche Passanten und Handwerker reagierten überhaupt nicht. Andere blieben irritiert stehen, tuschelten miteinander oder verdrückten sich mit gezückten Smartphones in umliegende Straßen und hofften vermutlich insgeheim auf den ultimativen YouTube-Hit. Captain Flint stand mit seiner Tasche vor dem Bauch da wie ein verwirrter Zahnbürstenvertreter mit seinem Kollektionskoffer und sah zu, wie sich immer mehr Polizei um den Platz zusammenrottete. Im Schritttempo rollte ein bedrohlich aussehender Polizeipanzer auf ihn zu. Dem Ungetüm folgte in einigem Abstand ein Streifenwagen. Zoffinger stieg mit zwei seiner Leute aus.

»Sollten wir nicht besser auf das SEK warten?«

Der Kommissar machte eine wegwerfende Handbewegung.

»Die Sache regeln wir selbst.«

»Dann zieh dir wenigstens die Schutzweste über«, schlug der Kollege vor.

»Ein angeblicher Schwarzgeldschmuggler trägt eine Bombe mit sich herum?«, sinnierte Zoffinger. »Ziemlich unwahrscheinlich. Der Kerl schiebt Panik. Dass die Situation so eskaliert, hat er garantiert nicht vorausgesehen. Gegen eine Bombe würde eine Schutzweste übrigens auch nicht helfen.«

Zoffinger schob die neugierige Meute auseinander. Einen Steinwurf von Captain Flint entfernt blieb er stehen und staunte Bauklötze. Vor ihm stand der Latzhosenträger von der Künstlerkommune Höri-Art.

»Was für ein unverhofftes Wiedersehen! Vielleicht erinnern Sie sich. Ich bin Paul Zoffinger von der Konstanzer Kriminalpolizei. Ich bin unbewaffnet und würde gerne mit Ihnen reden, Herr Pivonka. Oder soll ich Sie lieber Captain Flint nennen? Ich würde ein Plauderstündchen einem Blutbad vorziehen. Sie garantiert auch.«

Captain Flint wischte sich mit dem Jackenärmel über das verschwitzte Gesicht.

»Was wollt ihr eigentlich von mir? Warum werde ich verfolgt wie ein Schwerverbrecher?«

»Na ja«, antwortete Zoffinger, »der Zollbootkommandant auf dem See hat Sie aufgefordert, im Hafen Ihren Ausweis kontrollieren zulassen. Stattdessen sind Sie abgehauen, weil Ihr Ausweis vermutlich gefälscht ist. Darf ich näherkommen?«

»Bleiben Sie, wo Sie sind. Ich bin bewaffnet.«

»Ich weiß. Man sagt, Sie hätten eine Bombe in Ihrer Tasche. Das glaube ich nicht. Warum soll einer wie Sie mit Kunsthandwerk auf dem Bodensee herumschippern und eine Bombe bei sich haben? Das macht doch keinen Sinn.«

Captain Flint nahm eine Hand von seiner Tasche und zeigte auf eine Hausfassade.

»Und warum sitzen da oben zwei Ihrer Penner am Fenster und zielen auf mich?«

»Das dient nur dem Schutz der Passanten und richtet sich nicht gegen Sie.«

»Natürlich!«, blaffte Captain Flint. »Sonst noch ein Märchen im Angebot?«

»Wie wäre es, wenn wir uns wie zwei zivilisierte Menschen unterhielten? Probleme kann man aus der Welt schaffen.«

»Ich bin müde und will mich hinsetzen«, lamentierte Flint. »Aber ich will keine Polizei in meiner Nähe. Ich meine das im Ernst.«

»Ich hab eine Idee«, bot Zoffinger an.

Er ging auf seine beiden Kollegen zu und tuschelte mit ihnen. In einem Bogen gingen sie um Captain Flint herum, schnappten sich vor einem Café ein rundes Tischchen und zwei Stühle und stellten das Mobiliar zwischen Zoffinger und sein Gegenüber.

Ein paar Passanten fingen an zu johlen. Schließlich stimmte die Menge in das Gelächter ein. »Hin-se-tzen, hin-se-tzen« wurde skandiert.

»Ich würde gerne wissen, was unser Herr und Meister heute Morgen schon geraucht hat«, raunte einer der Kollegen dem anderen zu. »So eine Konfliktlösung ist mir in meiner beruflichen Laufbahn jedenfalls noch nicht untergekommen. Bin gespannt, was am Ende bei diesem Plausch herauskommt. Fehlt nur noch, dass er diesem Kerl einen Müsliriegel anbietet.«

Was herauskam, ähnelte eher einem Werbeclip für Seniorenurlaub am Bodensee. Einträchtig hockten ein angegrauter Kriminalkommissar und ein potenzieller Suizidbomber mitten auf einem öffentlichen Platz an einem Tischchen und plauderten offenbar angeregt über Gott und die Welt. Die um den Platz verteilten Polizisten begleiteten Zoffingers Deeskalation entweder belustigt oder mit ungläubigem Staunen. Aber der Plan schien zu funktionieren. Nach einer halben Stunde schob Captain Flint die Flasche Weißwein, die eine mitfühlende Seele aus dem Café besorgt hatte, zur Seite und warf mit Schwung seine Tasche auf den Tisch. Im umstehenden Publikum machte sich spürbar ein mulmiges Gefühl breit, aber der Kommissar beschwichtigte mit ein paar besänftigenden Handbewegungen. Bedächtig zog Flint den Reißverschluss auf. Kein bunter Kabelsalat, kein tickender Zeitzünder, keine Bombe. Aber Knete satt, als hätte eine Tippgemeinschaft voll in den Jackpot gelangt.

Die Menge quittierte den Reibach mit begeisterten Aaaas und Ooos. Zoffinger, der seinen Auftritt ohne jeden Zweifel genoss, senkte den Kopf über die Zasterbündel wie zu einer Geruchsprobe.

»Soll ich schätzen? Läge ich mit 250 000 richtig?«

»310 000«, gab Captain Flint zu. »Ihr zählt ja ohnehin nach.«

»Hundertprozentig! Mein Vorschlag: Wir nehmen jetzt noch ein Gläschen auf unsere Gesundheit und beenden unser Gespräch. Danach muss ich Sie der Obhut meiner Kollegen übergeben. Ich nehme an, dass Sie mit diesem Prozedere einverstanden sind. Sie haben ohnehin keine andere Wahl.«

Absichtlich hatte er das Wort Verhaftung vermieden, weil kein Grund bestand, verbal aufzurüsten. Ein Beifallssturm fegte über den Marktplatz, als er aufstand und seine Kollegen heranwinkte. Captain Flint ließ sich widerstandslos abführen und in einem Streifenwagen verstauen. Im Präsidium würde man sich wiedersehen.

»Ihr braucht nicht auf mich zu warten«, instruierte Zoffinger seine Kollegen. »Ich will noch einen Blick auf Captain Flints Schiff werfen.«

Der Kahn war mittlerweile in den Hafen geschleppt worden. Als der Kommissar an Bord ging, stach ihm als erstes ein vertrautes Detail ins Auge. In einer Ecke lag zusammen mit grünen Gummistiefeln eine grüne Latzhose. Zwei Kollegen von der Spurensicherung in Schutzanzügen schnüffelten herum und sicherten Beweismittel.

»Schon irgendetwas Wichtiges entdeckt?«

»Mehr als wichtig! Das wird dich umhauen!«

Der Schnüffler hielt einen Plastikbeutel hoch, in dem ein paar Dokumente zu erkennen waren.

»Darf ich den Inhalt anfassen?«

»Nur damit«, antwortete der Kollege und bot dem Kommissar ein Paar blaue Nitrilhandschuhe an.

Zoffinger kippte den Tüteninhalt auf einen Tisch und pickte einen Ausweis heraus. Auf dem Passfoto glotzte ihn ein Gesicht an, von dem er sich wenige Minuten zuvor nach dem Sit-in auf dem Marktplatz verabschiedet hatte. Dass der Latzhosenmann in Wahrheit nicht Marek Pivonka hieß, hatte sich bei der Überprüfung seiner Papiere bereits herausgestellt. Als Zoffingers Blick auf den Namen des Passinhabers fiel, traute er seinen Augen nicht. Einen Moment lang stockte ihm der Atem. Total geplättet ließ er sich auf eine Sitzbank fallen und starrte auf das Dokument. Größer hätte die Überraschung wirklich nicht sein können. Captain Flint war Andris Balodis.

Euphorisch machte sich Zoffinger auf den Weg ins Kommissariat.

»Wir haben den Jackpot geknackt«, jubelte er im Flur vor seinem Büro. »Die Kollegen werden hier gleich eine Rarität abliefern: meinen lange gesuchten Hauptverdächtigen! Passt gut auf ihn auf. Lasst ihn keinen Moment aus den Augen.«

Aus einem Zimmer stürmte ein Beamter mit hochrotem Kopf.

»Daraus wird nichts!«, kreischte er. »Alles im Eimer! Die Kanaille hat sich aus dem Staub gemacht.«

Ein paar Augenblicke lang stand die Zeit still. Es gab Dinge, die konnten nicht sein, weil sie nicht sein durften. Fassungslos glotzte Zoffinger den Kollegen an.

»Was soll das heißen?«

»Zwei bewaffnete Typen haben an einer roten Ampel den Streifenwagen gestoppt und den Kerl herausgezerrt. Eine hollywoodreife Aktion. Mit einem Fluchtfahrzeug sind sie abgehauen. Ziel unbekannt.«

Zoffinger dachte nach.

»War das eine Entführung oder eine Befreiungsaktion?«

Wahrscheinlich eine Befreiungsaktion. Offenbar hatte Balodis seine Handlanger rechtzeitig per Handy über seinen Fluchtplan instruiert. Die Typen hatten in aller Ruhe abgewartet, bis das Tête-à-Tête auf dem Sankt-Stephans-Platz zu Ende war, um sich hinterher ihren Herrn und Meister schnappen zu können.

Die Fahndung war bereits raus. Zoffinger hatte Glück im Unglück. Ein Polizeihubschrauber war ausgerechnet zu diesem Zeitpunkt im Einsatz, um mit Wärmebildkameras nach einer vermissten Person zu suchen. Bereits Minuten später kreiste der umdirigierte Heli über dem Bodanrück, weil Meldungen eingegangen waren, dass sich Balodis mit seinen Leuten in dieses Gebiet geflüchtet hatte. Die fliegende Besatzung landete wenig später einen Treffer. An der Steganlage im Hafen von Dingelsdorf beobachtete sie, wie drei Personen dabei waren, ein Motorboot startklar zu machen. Als die drei den Hubschrauber bemerkten, flüchteten sie aus dem kleinen Hafen. Eine Zeugin sah, wie drei Männer vor einem Gasthaus eine junge Frau, die gerade wegfahren wollte, bedrängten und sich ihren Kleinwagen unter den Nagel rissen.

Über verschlungene Wald- und Radwege hatte es das Trio bis zum Dingelsdorfer Ried geschafft, ehe das Fluchtfahrzeug auf einem Waldweg liegen blieb. Der Tank war leer.

Wo hatte sich Balodis mit seinen beiden Helfern versteckt? Zoffinger schickte seine Leute auf die Höri, um die Künstlerkommune zu überprüfen, die für Balodis der naheliegendste Zufluchtsort hätte sein können.

Schon bald zog sich das von Zoffinger ausgelegte Fahndungsnetz weiter zu. Im ›Seekurier‹ prangte auf der Titelseite ein Fahndungsfoto, das bei der Zollkontrolle auf dem See aufgenommen worden war: ein übernächtigter Captain Flint alias Andris Balodis mit wirrer Frisur wie ein vom Schicksal gebeutelter Heldentenor mit geröteten Augen, Fünf-Tage-Bart und tätowierten Unterarmen.

Es war noch nicht einmal Mittagszeit, als auf dem Kommissariat eine E-Mail mit Anhang eintrudelte, die Zoffinger fast von Stuhl kippen ließ. Balodis hatte sie aus einem Konstanzer Internetcafé abgeschickt und sich darin bitter über das veröffentlichte Foto beklagt, das ihn präsentiere wie einen debilen Obdachlosen. Aber der Clou folgte im Anhang der Mail. Der eitle Balodis schickte ein Selfie, das ihn völlig verändert zeigte, wie eben aus einem Premium-Beautysalon entlassen: akkurates Scheitelstyling, glatt rasiert bis auf ein bleistiftdünnes Oberlippenbärtchen, scheinheilige Grinsstarre, die den arglistigen Zug um Augen und Mundwinkel nur notdürftig verdeckte. Der Schnappschuss wurde im Kommissariat zum Lacher des Tages, weil so etwas noch nie dagewesen war.

Zoffinger konnte sich keinen Reim darauf machen, was Balodis zu diesem abstrusen Schritt bewogen hatte. Vielleicht war der Fahndungsdruck auf ihn mittlerweile so heftig geworden, dass ihm die Kontrolle über sich selbst entglitt. Weil ihn die beispiellose Reaktion des Letten amüsierte, schickte der Kommissar das Foto an Florian, der bei der Arbeit an seinem Roman ein dankbarer Empfänger von nicht alltäglichen Ideen war.

»Zum Totlachen!«, meinte der Romancier in spe, als er Zoffinger anrief. »Danke für den Bilderwitz. Ob es so etwas schon mal gegeben hat? Der Kerl muss doch damit rechnen, dass es jetzt immer schwieriger wird, in der Versenkung zu verschwinden.«

»Wahrscheinlich wiegt er sich in Sicherheit«, antwortete der Kommissar. »Bis zur Stunde rätseln wir, wo sich der Ganove mit seinen Helfern versteckt hält.«

Florian räusperte sich betont auffällig.

»Wie wäre es mit einem Deal? Ich sage dir, wo sich der Ganove versteckt, und du nimmst mich mit, wenn bei ihm die Handschellen klicken.«

Zoffinger musste ein paar Atemzüge lang nachdenken.

»Bist du plötzlich unter die Orakeljünger gegangen? Ich wusste gar nichts von deinen hellseherischen Fähigkeiten. Spielen auch Kartenlegen, Kaffeesatzlesen und der Blick in die Kristallkugel in deinem Repertoire eine Rolle?«

»Seherische Fähigkeiten brauche ich nicht. Ein gutes

Auge genügt. Hier mein heißer Tipp. Schau dir das Selfie mal genau an. Hinter der rechten Schulter von Balodis ist an der Wand ein russisch-orthodoxes Kreuz zu erkennen, zwar unscharf, aber man kann es identifizieren. Wenn mich nicht alles täuscht, weiß ich, wo es hängt.«

»Mach es bloß nicht so spannend. Raus mit der Sprache!«

»Wie sieht es mit unserem Deal aus?«, hakte Florian nach.

»Das ist keinen Deal, sondern Erpressung«, antwortete Zoffinger. »Also sag schon! Wo hast du das Kreuz gesehen?«

Florians Scharfblick überzeugte den Kommissar. Natürlich hatte er die SEK-Razzia des illegalen Pharmalabors im ehemaligen Kieswerk nicht vergessen. Das Gelände war nach der Schließung des Agilosan-Labors von der Polizei zwar gesperrt worden, aber es bestand durchaus die Möglichkeit, dass sich Balodis dort eingenistet hatte. An ein russisch-orthodoxes Kreuz konnte sich Zoffinger nicht erinnern, aber er vertraute der Beobachtungsgabe seines Möchtegernadjutanten.

Ein Alleingang wäre Zoffinger zu riskant gewesen. Falls sich Balodis tatsächlich auf dem Gelände verschanzt hatte, waren mit Sicherheit seine bewaffneten Handlanger bei ihm. Also musste ein zweites Mal das SEK her.

Der Einsatz der Men in Black wurde auf den frühen Morgen gelegt. Man parkte weit genug entfernt. Auch Feuerwehr und Ambulanz waren für den Notfall mit von der Partie. Im Gänsemarsch machte sich die martialische Truppe auf den Weg. Das heruntergekommene Gelände wirkte unter dem sich langsam aufhellenden Himmel beklemmend. Hinter einer Kurve des Schotterwegs kam die alte Kieswerkruine wie eine Horrorkulisse in Sicht. Die

Tür war verschlossen. Vor einem Haufen Bauschutt und Schrott hockte ein Feldhase, der den Aufmarsch interessiert beobachtete, sich dann aber doch entschloss, sein Heil in der Flucht zu suchen. Mit einem Brecheisen hebelte einer der Beamten die Tür auf, trat zur Seite und machte seinen Kollegen Platz, die mit ihren Waffen und Stablampen im Anschlag in die Halle stürmten. Im Innern war noch alles an seinem Platz.

Falls Balodis sich auf dem Gelände versteckt hielt, blieb nur das alte Gasthaus. Im unheimlich wirkenden Morgengrauen erinnerten Zoffinger die schemenhaften Umrisse mit dem altersgebeugten Dachfirst an eine TV-Dokumentation, die er über eine alte Quarantänestation auf einer unbewohnten Insel in der Lagune von Venedig gesehen hatte.

Der SEK-Chef ließ das Gebäude von seinen Leuten einkreisen, um mögliche Fluchten zu vereiteln. Einer seiner Leute meldete Lichtschein aus dem Keller.

»Das wundert mich«, raunte der Kommissar Florian zu. »Nach der Agilosan-Schließung hat der Energieversorger den Strom auf dem ganzen Werksgelände abgedreht.«

Ein Uniformierter pirschte sich mit einem Rammbock an die massive Holztür heran. Einen Moment lang inspizierte er sie mit einer Minilampe, bevor er den Kollegen mit einem Handzeichen den Zugriff signalisierte. Er holte weit aus und schmetterte das schwere Brechwerkzeug beidhändig mit Wucht gegen das Türschloss. Holz splitterte. Etwas Metallenes schlitterte scheppernd über den Boden. Krachend schlug die aufgesprengte Tür gegen die Kellerwand. Sekunden später standen die Beamten im Raum, aus dem Licht in den Flur fiel.

»Polizei! Ich will eure Hände sehen!«, brüllte einer der Beamten. »Die Hände! Ich will eure Hände sehen! Sofort!«

Drei an einem Tisch sitzende Männer waren so baff, dass sie noch nicht einmal von ihren Stühlen aufgesprungen waren. Die Beamten stürzten sich auf sie, zogen sie hoch und drückten sie mit den Gesichtern gegen die Wand. Dann klickten die Handschellen.

»Gesichert!«, rief der SEK-Chef Richtung Kellertür, wo Zoffinger wartete.

»Siehst du, was ich sehe?«, flüsterte Florian dem Kommissar zu, hinter dem er sich in das Zimmer reingedrückt hatte. Grinsend zeigte er auf ein russisch-orthodoxes Kreuz, das neben den drei Festgenommenen an der Wand hing.

Eine auf dem Tisch stehende Campinglampe warf ihr Licht auf leere Pizzakartons, Pappbecher und ein paar Bierdosen. Dazwischen lagen zersägte Rohrstücke, Blindkappen, ein Akkubohrer, eine Metallsäge und zwei Handys – unverkennbar Komponenten und Werkzeuge für den Bombenbau.

»Umdrehen!«, befahl Zoffinger dem Trio. Als das fahle Licht der Lampe in ihre Gesichter fiel, erkannte er, dass er nicht Andris Balodis vor sich hatte.

Im selben Augenblick gurgelte im Stockwerk über dem Keller eine Wasserspülung. Der Kommissar stutzte noch, als zwei, drei SEK-ler bereits durch den Flur zur Treppe ins Erdgeschoss hasteten. Als Zoffinger mit Florian im Schlepptau oben ankam, war der Flüchtige bereits über einen schmalen Aufstieg auf den Dachboden gekrabbelt.

Ein Beamter hielt Zoffinger am Ärmel fest. »Vorsicht! Er trägt vielleicht eine Waffe. Für den Kerl ist da oben ohnehin Ende der Fahnenstange. Wo will der Blödmann denn hin? Die Mühe hätte er sich sparen können.«

Vorsichtig tastete sich ein Kollege die Treppe hinauf und spähte auf den Dachboden. Der Flüchtende war auf eine

Truhe geklettert, machte sich an einem schrägen Dachfenster zu schaffen und kletterte auf das Giebeldach hinaus.

»Ziel erfasst!«, blökte es aus einem Funkgerät.

Zoffinger stand in der Nähe.

»Was heißt Ziel erfasst?«, entrüstete er sich. »Wollt ihr den Kerl erschießen?«

»Nein, natürlich nicht«, kam die Antwort. »Wir haben draußen einen Präzisionsschützen postiert – für den Fall der Fälle. Der hat den Flüchtenden im Fadenkreuz. Aber keine Sorge: Es wird nicht geschossen.«

Zoffinger und Florian rannten aus dem Haus. Der heraufdämmernde Morgen leuchtete die Szenerie aus wie eine Theaterkulisse. Vor dem Gasthaus parkten zwei Funkstreifen und ein Löschfahrzeug mit Drehleiter. Mit Karacho schoss auf dem Schotterweg ein Ambulanzwagen auf das Gasthaus zu. Blaulicht zuckte über das öde Werksgelände. Einsatzkräfte wuselten herum, als liefen die Dreharbeiten für einen Kinothriller. Feuerwehrleute pumpten mithilfe einer Druckluftflasche einen Sprungretter auf, der wie eine XXL-Luftmatratze aussah. Zwei Sanitäter luden vorsorglich eine Trage aus ihrem Sanka. Wie ein riesiges Laserschwert strich der Kegel eines Scheinwerfers über das alte Ziegeldach und blieb an einer Gestalt hängen, die neben der Dachluke im Freien kauerte.

»Hallo, Herr Balodis!«, rief Zoffinger dem Kerl auf dem Dach jovial zu. »So schnell und so unvermutet sieht man sich wieder. Haben Sie nicht auch das Gefühl, dass Ihre Flucht hier zu Ende ist?«

»Haut alle ab!«, tönte es vom Dach. »Verschwindet! Sonst stürze ich mich in die Tiefe.«

Vor dem alten Gasthaus machte sich Ratlosigkeit breit. Ein Vorschlag folgte dem anderen. Sollte psychologische

Hilfe angefordert werden, ein Krisenexperte? Oder erst einmal das Gespräch mit dem hoffnungslosen Dachreiter suchen? Einer wusste, was zu tun war.

»Balodis! Jetzt mal im Ernst!«, kreischte Zoffinger durch die Flüstertüte, die er einem Beamten aus der Hand genommen hatte. »Hören Sie auf mit dem Theater. Ich habe Sie während unseres Gesprächs auf dem Sankt-Stephans-Platz als vernünftigen Menschen kennengelernt. Also kommen Sie runter. Das bringt doch alles nichts.«

Der SEK-Leiter stellte sich neben den Kommissar.

»Mensch, Zoffinger! Ich glaube nicht, dass das der richtige Ton ist, um mit einem Selbstmörder zu verhandeln. Suizidabsichten eines Betroffenen herunterzuspielen, ist meines Wissens keine gute Idee.«

»Stellt mir einen Wagen vor die Tür, mit laufendem Motor«, johlte Balodis aus luftiger Höhe. »Garantiert mir freies Geleit und einen Vorsprung von zehn Minuten.«

»Wir sollten den Verzweifelten nicht in die Enge treiben«, meinte der Mann vom SEK. »Ein Hilfeangebot wäre wohl eher ein probates Mittel.«

»Der will sich nicht vom Dach stürzen«, entschied Zoffinger. »Der Kerl hält uns zum Narren. Der will sich ein zweites Mal vom Acker machen.«

»Was schlägst du also vor?«

»Wir machen hier Schluss und fahren die Fahrzeuge weg. Sackt die Bombenbauer aus dem Keller ein und räumt das Gelände. Lasst drei SEK-Beamte hier bei uns. Wir halten uns im Gelände versteckt und beobachten, was der Kerl unternimmt.«

Der SEKler starrte Zoffinger ungläubig an.

»Ist das dein Ernst? Wir putzen die Platte und überlassen diesen Balodis sich selbst?«

»Genau.«

»Das geht auf deine Kappe, Paul Zoffinger«, brach es aus dem SEK-Beamten heraus. »Mit dieser Entscheidung habe ich nichts zu tun. Sind wir uns darüber einig?«

Balodis plärrte wieder vom Dach.

»Verdammte Scheiße! Stellt mir endlich den Wagen vor die Tür. Lange warte ich nicht mehr. Dann könnt ihr mich da unten mit der Lupe aufsammeln.«

Kopfschüttelnd luden die Sanitäter ihre Trage ein und fuhren ab. Mit ausgeschaltetem Blaulicht folgten die beiden Streifenwagenbesatzungen der Ambulanz. Der zuvor noch pralle Sprungretter pustete mit deutlichem Pfeifton sein Leben aus und wurde im Fahrzeug verstaut. Frustriert trottete das SEK-Team vom Gelände.

»Himmel, Arsch und Zwirn!«, tönte es vom Dach. »Seid ihr eigentlich bescheuert? So läuft das nicht!«

Zoffinger ersparte sich jeglichen Kommentar. Zusammen mit Florian und den drei SEK-Beamten im Schlepptau schlug er sich in die Büsche, um von einer günstigen Stelle das Gasthaus im Auge zu behalten. Schemenhaft war zu erkennen, dass Balodis immer noch auf dem Ziegeldach ausharrte. In was für einem Zustand er sich befand, war wegen der Sichtverhältnisse nicht zu erkennen. Eine gespenstische Stille lag über dem Gelände, auf dem Minuten zuvor noch großer Wirbel geherrscht hatte. Der Kommissar war sich sicher, dass der Abzug von Polizei und Rettungskräften die Wirkung auf den einsamen Kletterer nicht verfehlen würde.

Er sollte recht behalten. Nach einer Viertelstunde robbte Balodis auf allen Vieren zum Dachfenster und hangelte sich hindurch. Zwei Beamte nahmen sich die Rückseite des ehemaligen Wirtshauses vor. Zoffinger und Florian postierten sich mit dem dritten SEKler seitlich des Haupteingangs. Nach einer Weile wurde von innen ein Riegel zurückgeschoben und die Tür vorsichtig geöffnet. Dann kam ein Kopf zum Vorschein, um die Lage zu checken. Balodis machte eben einen kleinen Schritt ins Freie, als ihn der Uniformierte schon zu Boden gebracht hatte.

»Keine Waffe, nur ein Handy.«

Zoffinger steckte das Smartphone ein und half Balodis auf die Beine.

»Das wird dein letzter Spaziergang in Freiheit, mein Lieber«, teilte der Kommissar dem Letten mit und klopfte ihm fürsorglich den Staub von der Jacke. »Dafür werde ich sorgen. Es wird höchste Zeit, dass du aus dem Verkehr gezogen wirst. Du bist nicht nur ein Medikamentenbetrüger, sondern auch ein gefährlicher Bombenbauer. Vielleicht kommen auch sonst noch ein paar Berufsbezeichnungen hinzu.«

»Bombenbauer? Ich bin doch kein Bombenbauer. Wie kommst du denn auf diese Idee?«

»Was wir im Keller des Gasthauses an Rohrstücken und Nippeln gefunden haben, spricht eine deutliche Sprache. Außerdem stand ein 20-Kilo-Sack mit Kaliumpermanganat unter dem Tisch, eine wichtige Zutat beim Mixen von Sprengstoff.«

»Völliger Quatsch!«, protestierte Balodis. »Ich habe gelesen, dass sich mit dem brösligen Pulver Jeans behandeln lassen, damit die Hosen einen Vintage-Look bekommen. Ich dachte, dass sich damit Geld verdienen lässt.«

Das Statement sorgte für allgemeine Heiterkeit.

»Vielleicht hättest du besser unter die Zirkusclowns gehen sollen«, kommentierte der Kommissar.

Auf der Durchgangsstraße wartete der Tross der Polizei- und Einsatzfahrzeuge. Gaffer und Katastrophentouristen standen in Grüppchen herum und setzten ihre Mobiltelefone in Betrieb, als Balodis in einen Streifenwagen bugsiert wurde. Der SEK-Kommandant stand mit säuerlichem Gesicht daneben und kommentierte Zoffingers Erfolg wortlos mit einem fast unmerklichen Kopfnicken.

»Was machen wir mit dem noch jungen Morgen?«, erkundigte sich Florian. »Irgendwo ein Frühstück?«

»Ein Frühstück!«, entschied Zoffinger und klopfte seinem Begleiter freundschaftlich auf die Schulter. Florian verstand die Geste wie einen Ritterschlag.

Sie zogen vom alten Kieswerk um in ein Café in der Altstadt, wo ein ungeahnter Gast an einem Ecktisch vor einen Schreibblock kauerte: Rolf Riedle.

»Ihr kommt gerade recht. Eben bin ich mit einem Kommentar fertig geworden, der heute Nacht über den Sender geht. Ich lese mal vor.

Superschnüffelnase Paul Zoffinger von der Konstanzer Kriminalpolizei hat sich in letzter Zeit bei der Lösung mehrerer komplizierter Mordfälle mit Todesfolge als tiefschürfender Kundschafter und Ombudsmann aller Entrechteten einen Namen gemacht. Behördenintern, von Flur zu Flur wegen seiner liebreizenden Art auch ›Das Goldkehlchen vom Bodensee‹ genannt, hat er bewiesen, wie sich mit nachtigallenhafter Verhandlungsführung selbst schwierigste Fälle verbal und sogar mit Worten lösen lassen.

»Leidest du eigentlich unter Kopfschmerzen, Schwindelattacken oder sonstigen Gebrechen, die das Gehirn befallen?«, erkundigte sich der Kommissar.

Riedle ließ sich nicht aus dem Tritt bringen.

»Pass auf. Es wird noch besser.«

Während anderswo in Saunaclubs, Tiefgaragen und Abwasserkanälen in tödliche Enge getriebene Kriminelle von Polizeischarfschützen am Weiterleben gehindert werden, als

Kampfmaschinen abgerichtete Spürhunde sich in die Weichteile von Schwarzfahrern und Opferstockdieben verbeißen und mittellose Bankräuber durch bluttriefende Sonderkommandos an ihrer unterbezahlten Tätigkeit gehindert werden, setzt der zwitschernde Schurkenflüsterer Zoffinger auf gewaltfreie Überredungskunst und behördendeutsche Eloquenz in kultivierter Atmosphäre.

»Lieber Rolf!«, mischte sich Florian ein. »Könnten wir vielleicht deinen Vortrag abkürzen? Ich muss zu Hause dringend meine Geranien gießen, und Zoffinger hat einen veterinärmedizinischen Untersuchungstermin.

»Klar!«, meinte Riedle. »Lebenswichtige Termine gehen vor. Ich bin auch gleich fertig.«

Zoffinger stand auf.

»Tut mit leid, dass ich dich unterbreche. Ich mache dir einen Vorschlag. Du verzichtest auf eine Sendung mit dieser schrägen Lobhudelei. Dafür bezahle ich deinen Kaffee und spendiere dir zusätzlich zwei Schoppen Wein.«

Riedle überlegte kurz und ließ dann verzückt die Augen rollen.

»Drei Schoppen und wir sind im Geschäft!«

Was im Keller des alten Gasthauses an Beweisen für einen Rohrbombenbau gefunden worden war, reichte aus, um die Sprengstoffamateure für längere Zeit hinter schwedischen Gardinen einzuquartieren. Im Fall von Andris Balodis kam eine ganze Batterie schwerer Vergehen und Verbrechen hinzu. In den sichergestellten Handys fanden sich massenhaft Beweise dafür, dass sich der Lette mit den Rohrbomben gegen die Reichsbürgerattacken zur Wehr setzen wollte.

Nach der Verhaftung von Balodis bat ein TV-Sender Zoffinger um ein Interview – und zwar auf dem Sankt-

Stephans-Platz, wo er sich in Gartenlaubenatmosphäre mit dem Letten unterhalten hatte. In den sozialen Medien wurde er wegen seines besonnenen Umgangs mit Captain Flint mittlerweile als Held gefeiert. Von Bauchpinselei hielt er zwar nichts, wurde von seinen Vorgesetzten aber gedrängt, das Polizei-Image bei dieser passenden Gelegenheit aufzupolieren. Hinterher setzte er sich in sein Auto, dachte über seine Ermittlungserfolge nach und hatte plötzlich eine Idee. Er würde sich für den gelösten Fall Balodis durch einen Abstecher in seine Leib- und Magenmetzgerei in Meersburg belohnen.

»Das freut mich aber, dass Sie mal wieder hereinschauen«, jauchzte die Verkäuferin und strahlte über das ganze Gesicht. »Sie waren schon lange nicht mehr da. Geht es Ihnen gut?«

Zoffinger nickte.

»Ja, seit meinem letzten Besuch ist einige Zeit vergangen«, antwortete er. »Hatte viel um die Ohren. Ich hoffe nur, dass sich an der Qualität der Leberwurst nichts geändert hat.«

Die Frau legte die flache Hand auf die Brust, als würde ein Orchester gleich die Nationalhymne spielen.

»Geändert hat sich absolut nichts. An Klassikern sollte man nicht herumpfuschen. Zwei wie immer?«

»Zwei wie immer!«

Die Verkäuferin angelte zwei knusprige Brötchen aus dem Regal, platzierte sie auf der Anrichte und schnitt sie mit einem großen Messer auseinander. Ihre Handgriffe hatten etwas Zeremonielles. Als die Leberwurst an der Reihe war, schloss sie für einen kurzen Augenblick genießerisch die Augen. Zoffinger beobachtete sie während ihres Rituals einerseits belustigt, andererseits mit Hochachtung, weil er eine hohe Meinung von Leuten hatte, die ihr Handwerk wertschätzten.

Er hatte schon seine Tüte in der Hand und stand an der Tür.

»Halt!«, bellte die Verkäuferin hinter der Theke. »Das hätte ich fast vergessen!«

Sie kramte in einer Schublade und brachte eine winzige Nikolausmütze zum Vorschein, in der ein Zettel steckte.

»Vielleicht erinnern Sie sich an die Dame, die Sie hier kennengelernt haben. Das ist allerdings schon Monate her. Ob Sie es glauben oder nicht: Mittlerweile gehört sie zu meinen Stammkundinnen. Bei fast jedem Einkauf erkundigt sie sich nach Ihnen. Letztes Mal bat sie mich, Ihnen das hier zu geben, falls Sie jemals wieder auftauchen.«

Zoffinger legte das Mützchen, mit dem er Lore seinerzeit den vergessenen Lippenstift zurückgegeben hatte, auf den Beifahrersitz und startete den Wagen. Wie er die Serpentinen von der Oberstadt bis auf die Fähre nach Konstanz hinuntergekommen war, fehlte ihm in seinem Gedächtnisspeicher. Auch hatte er keine Erinnerung daran, in einer Autokolonne auf das Parkdeck gefahren zu sein. Erst als der Kassierer ans Fenster klopfte, kehrte der Kommissar aus der Vergangenheit in die Gegenwart zurück. Wie benommen reichte er einen Geldschein durchs Fenster und spürte den böigen Fahrtwind, der die Fähre rollen ließ. Ein paar Münzen Rückgeld landeten wie von selbst in einem Schubfach bei anderem Klimpergeld.

Hatte nicht jemand behauptet, Lore habe sich nach Lettland abgesetzt? Zoffinger drehte den Kopf und blickte auf die Eisentreppe, auf der er bei seiner ersten Fährenfahrt mit ihr in das Bordbistro hochgestiegen war. Vor seinen Augen lief die Erinnerung ab wie ein auf stumm geschalteter Videoclip. Er wusste sogar noch, über was sie sich beim Espresso unterhalten hatten. Ein paar Momente lang starrte er auf das rote Nikolausmützchen neben sich. Irritiert darüber, dass ihn statt Neugier eher ein flaues Unwohlsein fesselte, fuhr er mit dem Zeigefinger über das staubige Armaturenbrett und hinterließ auf Hellgrau einen dunkelgrauen Streifen. Schließlich gab er sich einen Ruck, griff nach rechts und zog den Zettel aus dem Mützchen.

»Alleine schmeckt mir mein Leberwurstbrötchen gar nicht. Ich kaufe es trotzdem. Falls du mir verzeihen kannst – ich würde mich sehr über ein Lebenszeichen von dir wirklich freuen. Lore.«

Das Auto hinter ihm hupte. Zoffinger schreckte hoch. Ein paar Meter vor ihm wedelte einer von der Fährmannschaft hektisch mit den Armen. Er legte den Gang ein, winkte dem Verkehrsdirigenten entschuldigend zu und zuckelte von der Fähre. Die Gedanken dröhnten so laut in seinem Kopf, dass er kaum bemerkte, wie unkonzentriert er Richtung Altstadt fuhr. In einer Parkbucht stoppte er und schaltete den Motor ab. Er legte die Hände auf das Steuerrad und starrte geistesabwesend durch die Frontscheibe. Schräg über der Straße stand das Werbeschild eines Restaurants, das Reklame für romantische Candle-Light-Dinners in trauter Zweisamkeit machte. Giftgrüne Kleeblätter umrankten einen liebevoll dekorierten Tisch in flackerndem Kerzenschein und einen Kalenderspruch des Urwalddoktors Albert Schweitzer. »Das Glück ist das Einzige, was sich verdoppelt, wenn man es teilt.«

Es fing an zu regnen. Die Tropfen auf der Windschutzscheibe ließen den Sinnspruch zu einem unleserlichen Gekrakel zerlaufen. Dass er in seinem Leben nochmals von Lore hören würde, hätte Zoffinger nie geglaubt. Hin- und hergerissen neigte er dazu, das Briefchen zu zerknüllen und aus dem Fenster zu werfen. Im nächsten Augenblick dachte er an die fabelhaften Zeiten mit Lore.

Er würde sich entscheiden müssen. Irgendwann.

Aus Liebe zur Region

Kommissar Zoffingers erster Fall

Manfred Braunger
Blutroter Bodensee

ISBN 978-3-7977-0751-2
17,00 EURO (D)

Der Konstanzer Kommissar Paul Zoffinger wollte eigentlich seinen Feierabend bei einem Krug Most genießen. Doch das muss warten. Der grausige Fund einer erhängten Frauenleiche im Strandbad Eriskirch zwingt ihn auf die andere Seeseite.
Wenige Tage später wird im klösterlichen Kräutergarten auf der Reichenau ein erstochener Mönch aufgefunden. Ein Mord zwischen Salatköpfen und Gewächshäusern – undenkbar! Wer sollte auf so brutale Weise die Idylle des Bodensees stören?
Zoffinger geht kompromisslos und eigenwillig auf die Jagd nach den Mördern und stürzt dabei in einen Strudel unglaublicher Verbrechen.

Aus Liebe zur Region

Kommissar Zoffingers dritter Fall

Manfred Braunger
Giftgrüner Bodensee

ISBN 978-3-7977-0762-8
17,00 EURO (D)

In der Schnapsstube eines Apfelhofs bei Bodman wird ein Mitarbeiter des Biotechnologischen Instituts erschlagen aufgefunden. Schnell findet Kommissar Zoffinger heraus, dass der Wissenschaftler an der Entwicklung einer neuen, revolutionären Apfelsorte forschte. Musste er deshalb sterben?
Als vor dem Konstanzer Casino ein weiterer brutaler Mord geschieht, traut Zoffinger seinen Sinnen nicht: Das Verbrechen gleicht dem eines inzwischen verstorbenen Killers bis ins Detail. Woher hat der Mörder dieses Täterwissen, das so nie an die Öffentlichkeit drang?
Mit scharfsinniger Kombinationsgabe, genialer Gewitztheit und untrüglicher Spürnase gelingt es Zoffinger, die kriminellen Fäden zusammenzuführen.

Aus Liebe zur Region

Im Sog des Testaments

Martina Arenz-Lüth
Geheimnisvoller Bodensee

ISBN 978-3-7977-0764-2
16,00 EURO (D)

Anna schlägt ihre Augen auf. Eine sonderbare Ohnmacht hatte sie erneut übermannt. Die Geräusche der Klosterkirche Salem dringen wieder auf sie ein. Das Läuten der Glocken, das Gurren der Tauben. Ihr kommt es vor, als habe sie sich in einer anderen Zeit befunden. Anna ist verwirrt. Genau genommen ist sie das seit dem Moment, als ihr von ihrem geliebten Onkel Hubert, auf dessen Sterbebett in seiner Konstanzer Jugendstilvilla, ein Versprechen abgenommen wurde. Er stellte sie damit vor eine schier unlösbare Aufgabe. Mit seinen letzten Worten führte er sie auf die mystische Spur eines uralten Geheimnisses. Ein Geheimnis, das mehrdeutige Rätsel aufgibt und niemals in falsche Hände gelangen darf. Anna versucht, zusammen mit ihren engsten Verbündeten, die Rätsel zu entschlüsseln.